南光 Chu He-Chih

南光

朱《しゅ》和《わ》之《し》

訳 中村加代子

アジア
文芸ライブラリー
—
春秋社

南光

目次

作中には現代の価値観からみて不適当または差別的と思われる表現がありますが、時代背景および原著者の意図を考慮し、原文に忠実な訳語を採用しました。

南光

主要登場人物

鄧騰煇《とうとうき》	北埔出身の写真家。あだ名は南光。南光写真機店を営む。鄧瑞坤の三男。
鄧瑞坤《とうずいこん》	鄧騰煇の父。姜満堂の長男。
呉順 妹《ごじゅんまい》	鄧騰煇の母。
潘清妹《はんせいまい》	鄧騰煇の妻。新埔の富商の出身、台北第三高等女学校卒業。
鄧騰芳《とうとうほう》	鄧騰煇の長兄。上智大学卒業。26歳で逝去した。
鄧騰釬《とうとうかん》	鄧騰煇の次兄。東京美術学校卒業。実家・和豊号を継ぐ。
鄧騰 駿《とうとうしゅん》	鄧騰煇の弟。騰煇と共に法政大学に留学し、画家を志す。
姜 満堂《きょうまんどう》	鄧騰煇の祖父。鄧家の入り婿。
鄧登妹《とうとうまい》	鄧騰煇の祖母。
鄧吉星《とうきっせい》	鄧騰煇の曾祖父。鄧登妹の父。
姜 瑞 昌《きょうずいしょう》	鄧騰煇の叔父、姜満堂の次男。製茶業を営む。写真が趣味で、北埔庄長を務めた。
姜 瑞金《きょうずいきん》	鄧騰煇の叔父。姜満堂の三男。
姜 瑞鵬《きょうずいほう》	鄧騰煇の叔父。姜満堂の四男。
鄧永光	鄧騰煇の長男。
鄧永明	鄧騰煇の次男。
鄧永正	鄧騰煇の三男。
鄧美枝	鄧騰煇の長女。

景子	鄧騰煇の友人
亀井光弘	鄧騰煇の友人。法政大学カメラ部。
喜兄ちゃん	北埔の左官職人。
石おじさん	喜兄ちゃんの父。
李《り》火《か》増《ぞう》	写真家。あだ名はライカ・リー。
彭瑞麟《ほうずいりん》	写真家。アポロ写真研究所を営む。
張 才《ちょうさい》	写真家。戦中は上海に渡る。影心写場を営む。
張 維賢《ちょういけん》	張才の兄。無政府主義運動や演劇に関わる。
李鳴 鵰《りめいちょう》	写真家。あだ名はローライ・リー。
郎静 山《ランジンシャン》	写真家。戦後、中国から台湾に渡る。中国撮影学会理事長。

序

きみはシャッターを押す時の軽やかな響きが好きだ。カシャッという音ひとつで、この世界のある瞬間、ある光と影の動きをカメラで切り落とし、魔法に満ちた小さな暗室でネガフィルムに封じ込める。

一眼のレフレックスカメラのような重たいシャッター音とは、響きがまったく違う。きみの使い慣れたライカは、優雅で美しいシャッター音を立てる。

一眼レフは、よくできた偉大な発明だ。やがてはレンジファインダーカメラに代わって主流となるだろう。レンズとフィルムの間に設置されたミラーに光が反射し、何度か屈折してファインダーに届く。それで撮影者はレンズが捉えた景色を目にすることができる。つまり見たものをそのまま撮ることができるという、賢い設計になっている。

しかしこのミラーがあるがゆえに、光をフィルムに届けるには、シャッター幕を開けると同時にミラーも跳ね上げなくてはならない。フィルムを感光させるため、広い光の通り道をつくってやる必要があるからだ。

一眼レフのシャッターを押すと、シャッター幕の音だけではなく、ミラーの音——あの忌々しいミラーが上がって下がり、カメラ内部でひと暴れしたかのようなひどい騒音——も耳に届く。まるで思春期の少年少女のようなやかましさだ。

それにもし一眼レフを使うなら、きみはシャッターが切られる瞬間を永遠に目にすることができない。その瞬間、ミラーが上がってファインダーは真っ暗になってしまう。たとえシャッター速度がわずか千分の一秒だったとしても、きみは自分が捉えた世界を見逃すことが運命づけられ、その重要な現場に立ち会えない。

だからきみは、ライカのレンジファインダーが好きなのだ。ファインダーとレンズが完全に分離されていて、きみはきみで写真を撮り、ぼくはぼくで見るべきものを見るといった具合に、近くにありながら決して干渉し合わない。彼らの間を邪魔するミラーはなく、シャッターはシャッターとしてだけ存在する。シャッター幕が開閉する時もファインダーの景色は遮られず、きみが何かを捉えようとしたせいで時間の動きが止まることはない。実にシンプルで、優雅だ。

欠点を挙げるとするなら、ファインダーとレンズの視野にわずかなズレがあり、ぴったりとは一致しないことだ。でも、きみのような手練れにしてみたら、そんなものは欠点のうちに入らない。そのズレがあるおかげで、前方の景色をすべて掌握することができるのだから。レンズの外から誰かが歩いて来ても、フレームの端で小さな動きがあっても、即座に反応できる。こういう機敏性も、見たものをそのまま写すだけの一眼レフには望めないものだ。

もしフレームに収まったものを撮影するだけなら、きみは人生において多くの真実を見逃してしまうだろう。ほとんどの人が、ミラーの騒音をシャッター音だと勘違いしたままであるのと同じように。

シャッターを切るのは、ほんの一瞬のことだ。

写真を撮る人と撮らない人とでは、時間に対する感覚がまったく違う。三十分の一秒って何？　千分の一秒ってどういうこと？　写真を撮る人は知っている。シャッターボタンから指に伝わるかすかな振動を通して、シャッター音の響く長さを通して、魂のゆらめきを通して、知っている。

三十分の一秒には三十分の一秒の風景があり、千分の一秒には千分の一秒の風景がある。一度身についてしまえば、違いは明白だ。

千分の一秒などかつては想像のなかにしか存在しなかったのに、そのあっという間に過ぎてしまう刹那が、今や現実のものとなった。夢のようで、めまいがする。シャッター幕が正確に千分の一秒だけ開くようにするため、技術者は全身全霊をかけて速度を制御する装置を設計し、何万回と力を加えられてもくたびれず、精密であり続けるバネを開発した。

とりわけ辺鄙な山村から来たきみにとって、千分の一秒の奥秘を知ったことは、目の覚めるような力強い啓示だった。

あのはるか遠い大隘《たいあい》*1の山村、時間を知らない小さな町。きみは大隘で最も早く振り子時計を所有し

*1　清代に姜秀鑾、周邦正、林徳修らが設立した共同武装開拓組織「金廣福」によって開拓された地域の旧称。現在の新竹県北埔郷、宝山郷、峨嵋郷などを指す。

た豪族の出身だった。だが、ほかの住民にしてみたら時計なんて話に聞くばかりで、時間そのものと同じように神秘的でのぞき見ることも叶わない代物だった。時間、それは豪族が所有する巨万の富や権力、そして凡人には想像すらつかない数々のお宝と同じようなものだった。聞くところによれば、折につけ魂を揺さぶるような低い音を響かせて、何がしか重要な刻が訪れたことを知らせるらしい。

時間は金であり、時間は文明だ。時間を守れ！　公学校[*2]の先生は幼いきみの耳に命令した。しかし今では、きみは先生よりはるかに多くのことを知り、山村の誰より遠くまで来た。

フィルム感度十二、絞り六・三。輝く太陽の下、きみは何だって撮影する準備ができている。世界は新しいもので満ちている。きみはダイヤルを回してシャッター速度を百分の一秒に合わせ、露光時間を決める。

そう、時間はきみの手のなかにある。

＊2　日本統治時代に設置された、台湾人児童に日本語を主として初等教育を施した学校。日本人児童や一部の台湾人児童は「小学校」に通った。

アルバム一

機械の眼

空の彼方に飛行船が現れた時、鄧騰煇《とうとうき》は手元にあるナーゲル・ピュピレのカメラを構えようとはしなかった。ひとつには、目に映る景色がその時彼が追い求めていた「画」――絵画のような美――とは程遠かったからだ。

彼は洒脱なキャデラックに背中を預けた。幼い頃も、熟した龍眼を見つけた兄弟たちが我先にと木を登っていくのを横目に、静かに木の下に佇んでいるのが常だった。ここ霞ケ浦は彼が生まれ育った小さな山の集落とは違って、風が濃い潮の香りをはらんでいたが、モダンな東京の街と比べれば、どこか幼少期を思わせる親しみやすさがあった。

少し離れた歓迎会場には多くの人が集まっていて、飛行船が来たと聞くや、どこだどこだと空を仰ぎ見たり、飛行船を指差して歓声をあげたりしていた。しかしあとになってこの時のことを振り返ると、それはいつも静謐な瞬間として思い出された。どの人もとびきりの表情を浮かべたまま静止し、風の香りですら輝く塩の結晶として想起された。

飛行船は夕刻にいち早く現れる金星と同じような、薄雲の下の銀色の点でしかなかった。これ以前にも新聞や雑誌、映画上映前に流れるニュースで、鄧騰煇は幾度も飛行船を目にしてきた。円柱状で流線形を描く飛行船は、その姿から、銀色の葉巻と称されることもあった。内部は丸いアルミニウム合金の骨組みに支えられた空洞になっていて、さながら鋼鉄で造られた教会のドーム天井のようだった。船体を覆う布を作業員がロープで骨組みに縛りつける光景は、なぜか彼に「行に臨んで密密に縫う*1」という古い漢詩を思い出させた。

こんなものが空に浮かんで世界一周までしようっていうんだから、たいしたもんだ。

飛行船は写真で見た通りの巨大な姿をくっきりと現し、白光を放ちながらこちらへ向かって飛んで来ると、上空を覆い尽くした……。あの日、実物の飛行船を目にした彼がのちに思い起こすのは、そんな情景だった。

それからの数日間、東京の上空を飛ぶ飛行船の写真が新聞をにぎわせた。飛行船は墨田川上空、丸の内上空、日比谷上空など至るところにじっと静かに浮かび、あたかもあらゆる場所に同時に出現したかのようだった。こうした写真は絵はがきになったり、歯みがき粉や石鹸のおまけになったりした。だからこそ彼にも、写真とそっくり同じ様子で霞ケ浦上空に現れたと記憶されたのだろう。

彼は飛行船を写真に収めなかったので、その姿を思い出すよすがを持っていなかった。撮らなかったのには、画になる美しい構図を見つけられなかったことのほかに、もうひとつ重要な理由があるはずだった。ああ、そうだ、飛行船は最初に現れた時、そもそもこちらへなど飛んで来ないで、そのまま海岸に沿って南の方へ飛び去ってしまったのだ。

あら、霞ケ浦に着陸するんじゃなかったの？　どうして行っちゃうのかしら？　一緒にいた景子ががっかりしたように言った。

先に東京と横浜をまわってから、霞ケ浦に戻って海軍飛行場に着陸するんだろう。鄧騰煇と同じく法政大学のカメラ部に所属する亀井光弘が言った。

遠くで人びとが騒ぎ立てても、鄧騰煇は腕を組んで車に寄りかかったまま動かなかった。

景子が言う。いったい何十万人がこの騒ぎを見てるのかしら。東京駅からの臨時列車はどれもいっぱいらしいわよ。みんなこんなに飛行船に興味があるなんて、思ってもみなかったわ。

＊1　唐代の詩人・孟郊による五言古詩「遊子吟」の一節。旅立つ息子のために、母が一針一針着物を縫う様子を表す。

歴史的な瞬間じゃないか。亀井が言った。このツェッペリン伯号は、史上初となる世界一周飛行の最中だった。アメリカ合衆国のニュージャージー州レイクハーストを出発し、途中、ドイツの港町フリードリヒスハーフェンと日本の霞ケ浦、ロサンゼルスにだけ着陸して、レイクハーストに戻る。大西洋に太平洋、そしてシベリアを横断する壮挙だ。ドイツから日本まで船なら一ヶ月、シベリア鉄道でも二週間かかるところを、飛行船は百時間足らずで飛んでしまうという。こんな一大事を見逃す手はない。

海軍飛行場脇の歓迎会場はすでに黒山の人だかりで、祭りのような雰囲気だ。行かないの?と景子が尋ねる。

行かない。鄧騰煇は答えた。ちょっと距離があるからこそ、全体を見渡せるんだ。それに押し合いへし合いするのは疲れる。

彼は写真を撮りたかったが、夕刻が近づき、空を覆う灰色の雲がさらに光度を弱めていた。カメラに入ったフィルムの感度はASA十二、すでに適正露出を得るのは難しかった。亀井は自分のカメラで景子の写真を二枚撮ると、鄧騰煇とキャデラックも一枚撮った。しまいには、鄧騰煇がジャケットと革靴を脱ぎ、腕を枕に草むらに寝転ぶ姿まで撮った。

夜の帳が下りる前になって、ようやく飛行船が戻ってきた。暮れなずむ空に薄ぼんやりとした灰色の影がゆっくり現れたかと思うと、威容堂々たる姿に変わってゆき、まるで天空から降り立つ宮殿のように見えた。

飛行船の船首から係留ロープが投げられ、地上で待つ二百名の日本人水兵らがそれを引っ張った。ところが力が強すぎたのか、船首が下に傾いて、今にも地面に衝突しそうに見えた。周囲から悲鳴があがると、突如、船首の側面から水が放出されはじめた。そうして重量を調整した飛行船は、平衡姿勢を取り戻し、悠然と地上に降り立った。

万歳！　万歳！

これは科学の勝利だ。亀井が叫んだ。

なんて自由なんだろう、こんな風に世界一周飛行ができるなんて。鄧騰煇は心のなかでつぶやいた。続く一幕は、離れた場所にいた鄧騰煇たちには見えなかったが、のちに新聞やニュース映画で知るところとなった。飛行船の扉が開くと、船長エッケナー博士が階段を降りてきて、待ち構える群衆に手を振った。そして彼は首にかけたカメラを群衆に向け、シャッターを切ったのだ。彼を取り囲んだ記者たちは、この瞬間を逃さず写真に収めた。フラッシュが瞬きあい、光の玉となった。

ライカだ、あんなにも軽やかで精巧なカメラは、ライカしかない。

エッケナー博士はライカを手に微笑む。

まあ、空から舞い降りてきた美しい夢のようね。うっとりと景子が言った。

⁂

どうだ、自分のライカを買う気になったか？　腹ばいになって写真雑誌をめくっていた亀井光弘が、出し抜けに尋ねた。

いや、ライカで使うのは三・五センチの小さなフィルムだろう。六×九センチ判の六分の一じゃないか。引き伸ばしてもきれいな作品になるのか？

僕が撮った写真をたくさん見てきただろう。まだ疑うのか？　信用できないなら、専門家の意見を聞いたらいいさ。そう言って亀井は雑誌を投げてよこした。ドイツのパウル・ヴォルフが微粒子印画法を開発したんだ。フィルムの露光を長くして、現像時間を短くするだけで、最大サイズまで引き伸ばしてもきめ細やかな美しさを保てるんだ。

鄧騰煇は繰り返し読んだその雑誌を手に取り、言った。僕にはやっぱり想像ができないな。

それなら自分で試してみたらどうだ？

ライカAの新品だけで二百五十円、それに加えて距離計が二十二円だろ、それじゃ僕の十ヶ月分の生活費だよ。東京で家が一軒買える値段じゃないか。きみのを貸してくれたらいいさ。

いやだよ、万が一壊されてもきみに弁償しろって言いづらいだろう。

じゃあ売ってくれ。

いやだね。

きみにはもうライカCがあるだろう。そっちはレンズだって交換できる。古いのを僕によこしてくれたっていいじゃないか。

それじゃあ僕のコレクションが欠けちまうだろう。わかったわかった、うるさいな。二百円で譲るよ、距離計もつける。

中古品をそんな値段で売るのか。

嫌なら日本中探しまわってみるんだな。こんな値段じゃ手に入らないぜ。金を持ってきたらカメラを渡すよ。

ちぇっ。鄧騰煇はつぶやいた。急いでカメラを買うんじゃなかった。長いこと貯金をしてようやくピュピレを買ったところだったのだ。また一から金を貯めようと思ったら、いったいいつまでかかるかわかったものじゃない。父にも何通も手紙を出して頼んでみたが、一向に色よい返事がもらえなかった。

父は手紙で、日本で勉強させるのには大変な金がかかっているのだから、学業に専念し、くれぐれも遊びにうつつを抜かして志を忘れることのないよう、彼を諭した。祖父の事業を手伝うために勉学の道をあきらめた父は、読み書きが不得手で、かつては北埔《ほっぽ》[＊1]庄長を務める叔父の瑞昌《ずいしょう》に代筆を頼んでいたのを、鄧騰煇は知っている。また、だからこそ四人の息子たちには教育を受けさせ、自分の無念を晴らそうとしていることも。台湾人は本島[＊2]では中学に入ることすら難しかったため、父は四人全員を東京へ送り込んだ。長兄と次兄が学業を修めて郷里へ戻ってからは、彼らに手紙の代筆をさせるようになった。

近来、世界の経済情勢は厳しさを増し、数年前の鈴木商店破綻のあおりを受け、台湾銀行も経営危機に瀕している。また世界金融大恐慌に面し、あらゆる事業が行き詰まっているのだからして、騰煇も時局の厳しさを知り、砥礪切磋《しれいせっさ》することを約束されたし。写真は立派な趣味であるから、余暇に大いにすればよろしい。何れ其れの機種でなければならぬなど、流行を追いかける必要はない……。ここまで読んで、鄧騰煇は思わず吹き出しそうになった。次兄の騰釬《とうかん》は自身も東京美術学校を卒業して

＊1　現在の新竹県北埔郷。清代に「金廣福」によって開拓された。台湾で最も客家《はっか》人住民の割合が高い地域のひとつで、茶葉や柿などの農産物で知られる。

＊2　日本統治時代、日本は「内地」、台湾は「本島」と呼ばれていた。

おり、だからこそ写真を擁護する立場で文章を綴っているのだと、彼にはわかった。騰釬は手紙の内容を大幅に脚色し、時折古典の引用を散りばめていたが、それでも、温厚でありながらも有無を言わさない父の語気は想像がついた。

ライカはただ縮尺を小さくしただけのカメラでもなければ、ましてや玩具でもない。それは世界を望む、まったく新しい視野なのだ！ 亀井は畳に寝転び、両手で雑誌を高々と掲げると大仰に告げた。十ヶ月分の生活費で人類最新の視野を手に入れられるなんて、安いもんだ！

なんてやつだ！ 鄧騰煇は雑誌を亀井に投げ返した。

いてっ。亀井は頭を起こして鄧騰煇を見ると、にやにや笑った。最もモダンなカメラでモガたちを撮るなんていうのは、きっと病みつきになるぞ。

実際は喉から手が出るほどライカが欲しかった鄧騰煇は、もどかしくてたまらなかった。買えないとなるとますます欲しくなるので、何やかやと疑問を呈しては抵抗していたのだ。ライカは本当にみんなが言うほどいいものなのか？ ただセールスマンの口車に乗せられているだけだろう？ 本当にそんな価値があるのか？

もう負け惜しみはたくさんだよ、お坊ちゃん！

⁂

明かりを消した部屋の畳に寝転がって、鄧騰煇は自分がいったいなぜこんなにも写真に執着するのか考えた。

幼少期に撮った二枚の写真が、彼の記憶にあった。どちらも瑞昌おじさんが撮ったものだ。一枚目の写真では、七人の子どもたち全員が、まだ清朝時代の辮髪を残していた。彼が六歳になる年、総督府より、辮髪を切り纏足を解放して旧弊を改めるよう促され、ようやく彼らは頭を刈りあげたのだった。

写真を撮る前、瑞昌おじさんは、露光の間は絶対に動いてはいけない、痒いところがあっても我慢すること、そうしなければ撮影は失敗すると、何度となく念を押した。騰煇はちょうど真ん中に座り、おじさんがカメラの後ろにある黒い布のなかへ、まるで秘密の世界へでも分け入るように潜り込むのを見ていた。突然、目が痒いような気がしてきて掻きたくなったが、もう露光とやらがはじまっているのかどうかわからなかった。ようやくおじさんが布のなかから顔を出してほっとしたその時、シャッターレリーズを握ったおじさんが、はじめ!と叫んだ。驚いた騰煇は身体がこわばってしまい、できあがった写真を見ると、彼だけが太腿の上でぎゅっと拳を握り、視線は遠くをさまよい、ほかの誰よりも思慮深い表情を浮かべていた。大人たちは、この子は将来一番出世するに違いない、学者にだってなれると言い合った。

もう一枚の写真は、その二年後に撮られたものだ。中央に腰かけた八十六歳の曾祖母の両脇に祖父母が座り、孫や曾孫にあたる子どもたちが、立つか座るかしてそのまわりを囲んでいる。この時にはみな頭を刈りあげ、学校へ通う者は着物と下駄を身に着けていて、前の写真とはまるで別の一家のようだ。

弟の騰駿《とうしゅん》は、一枚目の写真を撮った時は生まれたばかりで、十数歳年上の叔父・瑞鵬《ずいほう》の腕に抱かれて眠っていた。二枚目の時には二歳になっていて、自分で座ってはいるものの、まだ物心がついておらず、そもそも「動いてはいけない」という言いつけなど理解できるはずもなかった。瑞昌おじさんが「はじめ」と叫んだその瞬間、騰駿は首を傾け背中を掻いた。おかげで写真には、まさに首をまわした瞬間のぶれた顔が残された。不思議なことに、のちのち家族がこの写真を眺めると、決まって騰駿の動きに目を奪われることになった。あの時、みなが襟を正し、息をつめてじっと座っていたのも、すべてこの子がカメラの前で首を傾げ背中を掻く姿を残すためだったのではないかとすら思われてくるのだった。

これが騰駿かね、まったくどこん家の子かわからないね。おばさんたちは写真を指差してけらけら笑った。

鄧騰煇は、幼い頃の騰駿がどんな顔をしていたか、まったく思い出せない。それどころか時折、弟はまさにあの写真のような、箸で挟んだ跡のある団子みたいだったとさえ思えた。そんな弟も東京へ出てきて学校に通い、今、隣の部屋で静かな寝息を立てていることが、とても信じられなかった。

忘れられないのは、おじさんの後ろにくっついて歩いているうち、うっかり暗室に足を踏み入れてしまった時のことだ。おじさんはこの時、特別に入室を許可してくれた。それまでこの神秘的な禁断の場所に立ち入ることを許された子どもは、誰一人としていなかった。今となっては細部までは思い出せないが、あの鼻を衝く酢酸の匂い――のちの彼にとっては、どこか心安らぐ親しみを覚えるようになる、独特な匂い――が真っ先に脳裏に刻まれた。二番目に印象に残ったのは、ロウソクを覆うドイツ製の赤いガラスの安全灯だった。おじさんは彼に、絶対に触ってはいけないよ、とても高価な物だし、万が一割れたら手に入れるのが大変だからね、と言いふくめた。

狭く薄暗い部屋を照らす赤い光、謎の薬品が入った缶、そして消し去ることのできない酢酸の匂いが、暗室をいかにも怪しい術を行う場所のように思わせた。しかし幼い騰煇は、身を翻して逃げ出しはしなかった。おじさんが妖術を使うのだと思い込み、驚きのあまり動けなくなってしまったのだ。

暗室のすべてが科学なんだ。おじさんは慣れた手つきで缶を開け、きらめく粒を匙ですくうと、薬を調合するのと同じように慎重に重さを量ってから、バットの水に溶かした。そして薬品をひとつひとつ指差しながら、呪文のような名前を読みあげた。炭酸ソーダ、亜硫酸ソーダ、エロン、ハイドロキノン、ハイポ、赤血塩……、一定の比率で配合して、一定の温度に保てば、一定の時間で決まった化学反応が起こるんだ。科学の不思議を見てごらん。

おじさんはガラス板に明暗の反転した像が現れると、外へ出て光に照らし、騰駿のやつ、じっとしてなかったな、と笑った。騰煇も所々が灰色や黒や乳白色になったガラス板を見せてもらった。かろうじて人影だと認識はできるものの、白黒が反転した奇妙な影は、中元節[*1]に慈天宮の前に登場する恐ろしい形相の大士爺《だいしゃ》〔霊を統率する王〕のようで、誰が誰やらさっぱりわからない。なぜおじさんは騰駿が動いたとわかるのか、首を傾げるほかなかった。

影が定着するのを一晩待ち、翌朝、おじさんは薬剤を塗った印画紙をガラス板に貼り付けて、中庭で天日に晒した。おじさんは雲に覆われた空を見上げ、こりゃ一日かかるな、と言った。

おじさんがその場を離れたあとも、騰煇はガラスの横にしゃがみこんで長い間見ていたが、何も不

＊1　年中行事のひとつで、旧暦の七月一五日に行われる。旧暦の七月は霊界の門が開き、霊魂が下界をさまよう月とされ、「鬼月」と呼ばれる。その中間にあたる一五日は、赦罪を司る地獄の帝・地官大帝の誕生日とされ、祖先を供養するとともに、死者の罪が赦されるよう願う儀式が行われる。

思議なことは起こらなかった。いよいよ印画紙を剥がす段になっても、それはいまだ白紙のままで特段変化は見られない。だが印画紙を現像液に浸すと、白かった紙の上にすぐさま像が浮かびあがってきた。本当は薬剤がついたほうを下にするんだよと言いながら、おじさんは騰煇のために、わざと膜面を上にして影が刻まれていく過程を見せてくれた。

初めに黒いかたまりと線が浮かびあがったかと思うと、すぐに人の顔と身体の像が結ばれ、どんどん鮮明になっていった。じいちゃん！　ばあちゃん！　これはぼくだ！　騰駿の頭が動いてる！　騰煇は、無から有へ、慣れ親しんだ人たちの影が浮かびあがっていくのを、びっくりしながら見つめた。それは彼が想像し得るどんな魔法よりも不思議で、思わず叫び声をあげてしまった。

一方で彼を怯えさせたのは、紙の上の人たちが自分をじっと見つめているように感じられたことだ。あの騰駿ですら不気味に思えた。騰煇はこの時、家を建ててくれた左官屋の喜兄ちゃんが言っていたことを思い出した。写真は人の魂を抜き取って、痩せ細らせちまうんだ、と。それが本当のことのように思えてきた。

これは光の絵画なんだ。おじさんはゆったり微笑んだ。昔の人は筆で絵を描いたけど、現代人は光で描くんだ。人が描くものはどんなにうまくたって、どうしても似ていないところが出てくる。でも光の絵は本物とそっくり同じなんだ。おまえも写真術を学べば、世界中のどんな画家にも負けないぞ！

これがいわゆる新興写真というものなのか？　鄧騰煇は驚きのあまり、展覧会場に飾られた一枚の写真の前で動けなくなった。

　赤ん坊の人形が二体、裸で鉄格子の横に転がっている。広げた両手は誰かの抱擁を待っているようでもあり、何がしかの天啓を待っているようでもある。空っぽの眼差しはまっすぐ天に向けられ、右側の一体は両足を失っていた。陽の光が横から鉄格子を照らし、地面に網目状の影を作ってすべてを囲い込み、両端には大きく不吉な影が横たわっている。ただ地面に人形が置かれているだけだとわかってはいても、写真全体からおどろおどろしい雰囲気が醸し出され、あたかも生命あるものがそのなかに閉じ込められ、逃げ出せなくなっているかのようだった。

　まるでこの時代の心の声を表しているみたいね。景子が小声でささやく。

　鄧騰煇は息をするのも忘れるほどだった。これは写真に対する彼の理解を大きく超えていた。世界にこんな写真作品があるとは、つゆも思わなかった。写真は目をそらすことを許さず、意識の深層をまっすぐに衝いた。見れば見るほど没入していき、あの二体の人形が置かれた境遇が自分の心境と重なった。

　超現実主義《シュルレアリスム》、男性名詞……心の純粋なオートマティスム、思考の実際上の働き、理性によって行使されるどんな統制もなく、美学ないし道徳のどんな気遣いも超越し……。いや、違う、理論を諳んじる必要はないんだ。こういうものは一目見ればわかる、これは断じてただの写真ではなく、まったく新しい創作方法だと。

　このハンガリーの芸術家モホリ＝ナジ・ラースローの作品だけではない。独逸国際移動写真展の会場に展示された千枚を超える作品は、みな驚くべきエネルギーで鑑賞者の写真に対する常識を打ち破った。世界に名の知れた芸術家の作品はなく、すべてアマチュア写真家の手になるものであったが、彼らは伝統的な絵画や写真が注意を払うことのなかった題材にカメラを向けた。また、そこで使われる技術や視点も新しかった。航空写真、マクロ撮影、X線写真、事件現場、無機質なポートレート、そして不可解な抽象画……、どれも誰も見たことがないものばかりだった。

鄧くんどうしたの、気分でも悪いの？　景子が尋ねる。

僕は完全に打ちのめされちまったよ。鄧騰煇は心が静まらず眉間をつまんだ。十六歳で東京へ来て名教中学に学び、初めてのカメラを購入して以来、さほど長い時間ではないとはいえ、青春のすべてを写真に捧げてきた。ひたすら西洋の油絵のような優美な作品を撮ることを追い求め（実際ほとんどのカメラ愛好家がそうだ）、あれこれ工夫を凝らしてきたが、今日見た作品から雷に打たれたような衝撃を受け、頭が真っ白になった。

ちょっと休みましょうか。

いや、大丈夫、続きを見よう。

景子はすぐそばにある作品に引きつけられた。ねえ、これを見てよ、カメラを使って撮った写真じゃないわ、印画紙に直接物を置いて感光させてるのよ。

こんなものも写真と言えるのか？　写真とはいったい何なんだ？　鄧騰煇は独りごちた。

二人は有楽町の朝日新聞社に設けられた展覧会場をあとにすると、銀座の名曲喫茶に入り、クラシックに耳を傾けながらコーヒーを飲んだ。

景子はリクエストボードを記入し、コーヒーを片手に尋ねた。鄧くんが今日一番印象深かったのはどの作品？

あの二体の人形かな。あれには驚いたよ、今もまだ動悸がする。

鄧くんがそんなに臆病だなんて知らなかった。わたしはほかにもたくさん面白い作品があったわ。たとえばそうね、髭を剃る男性の姿をX線写真で撮ったものとか。言うなれば「一休骸骨」の風刺画を現実にしたものじゃない。でも好きな作品を挙げるなら、目を大きく見開いて涙を流している作品ね。

マン・レイ？

そう。瞳がたったひとつだけ大写しにされて、長い睫毛が四方に向かって伸びて、まるで何かの植物みたいだった。

ウツボカズラ。

そうそうそう。景子は珍しく相好を崩して笑った。

その時、店員がレコードを交換し、スピーカーから激しい交響曲が流れ出した。鄧騰煇は眉をひそめた。誰がこんな前衛的な曲をリクエストしたのだろう、まったく耳に馴染まない。ふと隣を見ると、若い男女が身を乗り出して音楽に耳を傾け、熱心に語らっていた。

さすがはバルトークだ、規則を打ち破ったこんな傑作を書けるんだからな、と青年が褒め称えれば、女性はレコードのジャケットを手に持ち、そこに書かれたフランス語を読みあげる。バルトークは勇敢にもロマン主義から離反し、民俗音楽に対する独自の解釈を展開した……。二人の討論は熱を帯び、声が大きくなってきたところで別の客から注意を受けた。

ねえ。景子が顔を寄せ、小声で尋ねた。あの人たち、アベックか夫婦か、どちらだと思う？

隣？　そうだな、仲の良さから言うと夫婦みたいだけど、こんな風に同じ趣味でつながっているところを見ると、アベックにも思えるね。

自由恋愛かしら、いいわね。

鄧騰煇はカップを持ち上げてコーヒーを流し込み、眉根を寄せて、冷めてる、と言うと、ウェイター を呼んで新しいものを二杯頼んだ。

景子は話を続けた。自由恋愛だけじゃないわ、わたしは自分の力で、わたし自身の人生を歩みたい。街頭の新聞売りとかバスの車掌みたいなものじゃなくて、もっと立派な仕事がしたいの。

記者？　作家？　もしかしたら景ちゃんは、日本初の女流写真家になれるかもしれないよ。

どれもいいわね。じゃあ鄧くんは？　あなたも自由恋愛派でしょう。

うーん。鄧騰煇はどちらとも答えなかった。

いいわね、鄧くんは名家のお坊ちゃまで、すべてがそろっていて、おまけに精神まで自由なんて。

自由と言えば、と鄧騰煇は声の調子を上げて言った。今回の展覧会の作品は、まったくもって何にも囚われていなかったし、あらゆるものが表現されていたね。石ころも鉄も、平凡な花だって特別なものに見えたよ。

写真は発明されてからちょうど百年が経ったところで、たいした決まりごともないし、言ってみれば時代の産物でしょう。だからわたしたちの身のまわりの世界を表現するのにむいているんじゃないかしら。

なるほど。今日一番の感想は、カメラはもう筆の一種ではなく、筆では描けないものを写し出せるってことだ。鄧騰煇は景子の輝く丸い瞳を見つめ、突然言った。決めた、僕は必ずライカを買う。たとえ父の資金援助がなかったとしても、倹約したって買うぞ。

倹約？　お坊ちゃんらしくないわね。

これは僕の決意だ。

人の目にも撮影能力があればいいのに。鄧騰煇は時折考える。そうすれば見たものをそのまま写せるし、どんな場面も撮り逃すことがない。どういうわけか、こうした考えが浮かぶようになったのは彼がライカを買ってからで、それまでそんなことは思いもしなかった。

　彼の度重なる懇願に、ついに父が折れ、百円を送ってよこした。彼は躊躇なく手元にあるピュピレのカメラを売り、節約して貯めた生活費と合わせて二百円を工面すると、亀井光弘からあのライカAを買った。シリアルナンバーは四四八三七、絞り三・五のエルマー五十ミリレンズ付きだ。

　ライカを携えて街へ出ると、みなが口々に褒め称えるその長所が実感できた。軽くて精巧、人の視野に近いファインダーを持ち、シャッターと絞りも調整しやすく、三十六枚もの連続撮影が可能で、スナップ写真におあつらえ向き、云々。しかし最も強く肌で感じたのは、自分とこの世界の関係が変わったということだ。それは言わば、物理的、機械的な変化だった。

　彼は被写体との距離を測り、絞り値を計算することに追われた。外付けの距離計があるにはあったが、レンズと連動しておらず、いちいち操作していては瞬時に移ろう景色を撮り逃してしまう。操作に慣れるにつれ、撮影の機会を逸して歯噛みすることも増えた。

　自分とあらゆる人物、物体との距離を測り続けることが、すぐに彼の習慣となった。まずは居室のなかで普段よく腰かけている場所を基点に定め、窓までが一・五メートル、書棚は二メートル、戸が三・五メートルと、繰り返し目視することで距離感覚をつかむ訓練にした。ところが一歩外へ出ると、開かれた空間では様々なものに視覚が邪魔され、距離の計算は乱れがちになった。

着物の女性は三メートル、ちょうど全身が写せる。背広の男性は二メートル。前方路肩の新聞スタンドは五メートル……。正面からやって来るモガ三人は、八メートル、五メートル、三メートル、おや、僕に微笑みかけたのか？　彼は距離を計算すると同時に、レンズのピントリングを回し続け、いつでもシャッターを切れるように備えた。

絞りとシャッター速度の組み合わせも、瞬時に判断する必要があった。とりわけ都市部では、橋やアーケード、建物の影を通り過ぎることが少なくなく、想像以上に明暗が目まぐるしく変化した。それまでならまったく意識にのぼらないことだった。

ライカは精巧で魅力的な機械だと、鄧騰煇は身に染みて感じていた。まるでライカを持った自分もまたこの機械の一部となり、あらゆる数字と連動しながら存在しているようだった。機械は冷淡で、機械は忠実だ。数値が正確なら露出も正確になるが、逆もまた然り。カメラを飼い馴らすというよりは、自分がカメラに飼い馴らされているというほうが正しいかもしれない。

彼は機械を使って間断なく世界を測っていたが、その機械とはまさしく自分自身のことだった。自分が移動するのに合わせて、数値も常に変化し続ける。そして彼は、もうひとつの機械で世界のわずかな時空を切り落とし、永遠に閉じ込め、ひとかけらの化石にする。その機械こそがライカだった。

機械と化した鄧騰煇は、住んで六年にもなる東京というこの都市を、自分がまるで知らなかったことに驚いた。彼はよくモボに流行りの銀ぶらに出かけ、銀座の街を気ままに歩いたものだったが、鉄の郵便ポスト、木の電柱、輝く公園の草地（そして横になって昼寝をする人）、ガラスのショーウィンドウ、石造りのアーチ橋、赤煉瓦のビル、大理石の柱など、この街が様々な材質のものであふれていることに初めて気が付いたのだ。見慣れていたはずのものが、今やそれぞれ違う光沢を放つようになっていた。

まだある。西洋建築が建ち並ぶ丸の内の一丁倫敦を下駄で闊歩する人、木造の平屋が肩を寄せ合う浅草の路地を、クラクションを鳴らして走り抜ける自動車。鋼鉄の桁にクレーン車のフック、ワイヤー、リベットで織り合わされた基礎の上を、鳶服と地下足袋で飛びまわる職人。関東大震災で壊滅的な被害を受けた東京は、モダン都市に生まれ変わったと言われるが、昔ながらの古い通りにモダンが滲みわたっていく種々の境目が、鄧騰煇にははっきりと見えた。

なるほど、この機械の眼のおかげだな。

毎晩眠りに就く時には、枕元に敷いた座布団の上にカメラを置いた。こんなにも貴重なものを失くしたくないという気持ちに加えて、寝ている間もライカに親しんでいたいという思いもあった。毎日のように使い込んで一年が経った頃、ようやくライカと一心同体になったと感じられた。彼は心のように腕を使い、腕のように指を使い、指のように機械を使えるようになっていた。ひたすら数値を計算する必要もなくなり、すべての動きは反射になった。

とうとう僕は機械になったのか？　鄧騰煇は面白がって考えた。それとも、機械を心のまま操れる道具にしたのか？　彼にも結論は出なかった。

彼は法政大学カメラ部の活動にも熱心に参加を続け、毎週末女性モデルを招いては、公園や郊外で屋外撮影に臨んだ。ライカを手にした彼は、もう位置取りに焦ることも、カメラの数値を調整するのに手間取り、待ちくたびれたモデルの表情が硬くなってしまうのではないかと心配することもなかった。いち早くモデルをカメラに収めると、あとは悠々と後ろに退き、仲間たちが団子になって汗をかいている滑稽な様子を脇から撮影するのだった。

彼はまた喫茶店やダンスホール、築地小劇場にも頻繁に出入りし、同じく一歩退いたスタイルで観察した。

鄧くんったらコーヒーを飲みに来たのか、写真を撮りに来たのかわからないじゃない。鄧騰煇が三脚を立てたり閃光粉を炊いたりして、ようやく一枚の写真を撮る様子を眺めながら、一緒に喫茶店を訪れた景子は口を尖らせた。

僕は傍から物事の全容を眺めるのが好きなんだよ。僕を自由にしてくれる気がするんだ。鄧騰煇は言った。

彼はよく亀井光弘と夜の銀ぶらへ出かけた。薄茶色の三つ揃えの背広を身につけ、撮影はできないとわかっていてもライカを携え、ネオンきらめく夜の街をそぞろ歩いた。亀井は重たいカメラを持ち歩きたくないと、ライカの革ケースだけを首にかけてひけらかしていた。

二人は道行く人びとの注目を浴びた。みな口にはせずとも鄧騰煇を名家の子息だと思い込み、まさか台湾出身だとはつゆも考えなかった。

鄧騰煇は景子の理想的な写真を一枚撮った。

コダックの折り畳み式カメラやピュピレを使っていた時から、彼は何度も景子を写真に収めていて、ライカに変えたあともそれは続いた。

好きに移動して構図を決められ、背景もすぐに変えられるスナップ写真は、彼に多くの自由を与えた。だが同時に、思いがけない失敗ももたらした。いざプリントしてみたら、背景や行き交う人びとに景子がすっかり埋もれてしまっていることもあったし、景子の頭からにょっきり草や木が生えていることまであった。

人の目とは、かくも不確かな器官なのかと鄧騰煇は思った。それは永遠に自分が見たいものしか見ない。ファインダーから景子をのぞく時、いかに背景が雑然としていようと、目は景子の顔だけにフォーカスし、ほかのものは自動的に排除してしまう。対してカメラは冷静で忠実だ。あるものをありのまま写し、選り好みもしなければ、目をつぶることも嘘をつくこともしない。ただそこにある景色をそのまま切り落とすだけだ。

でも過去の画家たちだって、この先入観に満ち満ちた肉眼という器官を使って、芸術と呼ばれるものを生み出してきたんだ。鄧騰煇は景子に言った。これからの芸術家の課題は、徹底した客観性のなかから美を見つけ出し、美を創造することにあるのかもしれないね。

面白いわ。景子が言う。機械化の時代には、人類も自分をある種の機械にしなくちゃならないってことね?

数多くの失敗を重ねながらも、景子の理想的な写真が一枚撮れていたことに気付き、鄧騰煇の心は弾んだ。しかし「自分が撮った」と言うには、いささか気が引けた。シャッターを切った時にはファインダーの風景がさほど特別なものだとも思わず、なんとなく撮った一枚だったのだ。それが引き伸ばしてみたら思いがけず素晴らしい出来で、景子本人ですら気付いていない特質のようなものを写し出していた。

写真のなかの景子は左下に位置し、画面の四分の一ほどを占めていた。写真はややあおり気味で、空に薄い灰色の雲が広がっているのが見える。景子の背後には枯れ枝か何かが一本、少し傾いで上を指していた。景子は向かって右の、画面の外を見つめている。その表情は沈思、空虚、愉悦、憂鬱のあわいにあった。彼女は着物を身につけていながら、伝統的な女性には見られない自信と落ち着きをたたえ、洋服を着た女の子たちよりもよほどモダンな気品を感じさせた。同時に、モガにはない文学的なセンチメントが、奥深さと柔らかさを醸し出してもいた。

これだ。鄧騰煇は胸を高鳴らせ、長いこと写真を見つめていた。これぞ僕の心にある理想の女性像じゃないか。僕は彼女と添いとげたい、ほかには何も望まない。

わたしにこんな一面があったのね？　写真を手にした景子は驚いた様子だったが、気に入っているのかどうかは察しがつかなかった。

すごくいい写真だろう？　鄧騰煇は彼女の顔に、写真のなかにあった気品を探そうとした。

悪くはないわ……。景子はすぐ次の写真に移り、顔をほころばせた。あぁ、これはいいわ、明るい表情をしてる。

鄧騰煇の心に影が差した。違う、景子はあの理想的な写真の人ではない。あれは構図や何かで作り出された錯覚だったのか？　それとも自分の心象が写し出されたのか？　でも機械は忠実で、レンズもフィルムも嘘はつかない。あるいは、シャッターを切るあの百分の一秒の間にだけ現れた魂のきらめきが、カメラに捉えられたのかもしれなかった。

それから初めて景子と身体を重ねた時、顔と顔を寄せ合い、鼻で鼻をなぞり、彼女の奥深くに身を沈めたいともどかしく願いながらも、目を閉じればあの写真に写った景子の顔が脳裏に浮かんできた。肉体の強烈な刺激も、その影を追いやることはできなかった。

鄧騰煇は自分に問わずにはいられなかった。僕は今まさに目の前にいる景子を抱いているのか、心にいる理想の女性を抱いているのか、それとも、あの写真を抱いているのだろうか。考えてみればおかしな疑問だったが、一方で核心を突いているようにも思えた。

ねえ、何を考えてるの？　景子がすねたように尋ねる。まさかこんな時にまで写真のことを考えてるんじゃないでしょうね？

それはいいね。鄧騰煇は身をよじると、カメラに手を伸ばすふりをした。景子は彼を叩き、首に腕を巻きつけて引き戻した。

何年も経ってから、戦前に発行された日本の雑誌の誌面で、彼は予期せず「Out Door Portrait of My...」と題されたこの投稿写真と再会し、しばらく呆然とした。二人が親密にしていた時の感覚も、景子の裸体も忘れてしまったが、景子が彼を叩いて引き戻したこと、そして目を閉じるとこの写真が浮かんだことだけは覚えていた。

彼は目をつむり、景子のすべてを思い出そうとした。しかし、かつて自分が理想の女性に焦がれていた気持ちですら、もはや跡形もなく消え去ったと知った。

アルバム二

月光下の山の町

大学に入って二年が経った春休み、鄧騰煇《とうとうき》は北埔《ほっぽ》に帰省した。両親の言いつけにしたがって結婚するためだ。

新竹《しんちく》駅から車に乗り、山へ入っていく。日本に向かった七年前には、この山を軽便軌道の手押し台車で下って来た。木の板に車輪をつけた台車は、四隅にそれぞれ一本ずつ棒が立てられていた。前の二本は乗客の手すりで、後ろの二本は車夫が台車を操作するのに使われた。客車と言っても板の上に籐の椅子が据えられているだけだったが、少しよいものになると囲いがつけられ、風や日差しを除けることができた。重量制限五百斤〔三百キロ〕の台車に、千斤〔六百キロ〕あまりまで載せることも珍しくなかった。おかげで急坂や急カーブで危険にさらされる羽目になり、台車が横転して死傷者を出したという話が絶えなかった。

それでも、台車で山あいを行ったならきっと眺めもよく、道中でいい写真がたくさん撮れただろうと、鄧騰煇は思った。

北埔のことを想うたび、まだ幼かった時分の、大隘《たいあい》と呼ばれていた町の様子が目に浮かぶ。あの頃は刺竹《しちく》の竹垣が町を囲っていて、静かな山の小道から外城門をくぐれば、すぐに賑やかな下通りに出た。山で採れたものや薬草、家畜なんかを売る店がぎっしり軒を連ね、声高らかに呼び込みをしていたものだった。折れ曲がった下通りをそのまま行けば、内城門に行き当たった。門の内側に目隠しのための照壁が設けられていて、内部を窺い知ることはできない。しかし照壁をよけて歩を進めると、一気に視界が開け、広々とした上通りがまっすぐ伸びているのが目に入った。通りの先には、美しい緑をたたえる秀巒山《しゅうらんざん》を屏風のようにしたがえ、神の住まう慈天宮が鎮座している。四方の山間部から初めて北埔を訪れた人はみな、その情景に心を奪われた。鄧騰煇は、この上通りの中心にある商家に生まれた。

城門はとうに撤去され、曲がりくねった通りも、車が入って行ける太い直線道路に拡幅された。車は劉漢仙漢薬店の脇から下通りに入り、籲漢苗漢医診療所、張榜雑貨店、陳珍米店、荘可意金物店、梁順氷店、台車駅の前を過ぎると、上通りにある鄧騰煇の生家、和豊号に到着した。上通りも下通りも、道の両側に並ぶ店舗はすべて洒脱な赤煉瓦のバロック式ファサードを誇っている。大正四年（一九一五年）に北埔の市区改正[*1]が行われた際、台北《たいほく》は大稲埕《だいとうてい》[*2]の街並みに魅せられた騰煇の父・鄧瑞坤《とうずいこん》が、それを手本とするよう強く呼びかけたことが、北埔の景色を一変させたのだ。

懐中時計に目をやった鄧騰煇は、針がでたらめな時間を指しているのに驚いた。どうやら壊れてしまっているようだ。ドアを押して車を降りると、ごく自然に数値がはじき出される。絞り六・三、シャッター速度百分の一秒……。だがカメラを構える暇もなく、彼は迎えに来た家族や親戚に囲まれ、家のなかにいざなわれていった。

鄧瑞坤は彼を見ると言った。まず慈天宮と家廟《かびょう》を参拝してきなさい、菩薩様、神様、ご先祖様に、帰郷と結婚を報告するんだ。そして付け加えた。待て、カメラを提げて行くとは何事だ、置いていきなさい。

それを聞いて鄧騰煇はあわてた。カメラから目を離すのは心許なく、弟の騰駿《とうしゅん》にしっかり持って

＊1　明治時代から大正時代にかけて行われた都市改造事業。台湾では総督府が主導し、街区の区割変更や道路、上下水道の整備などが実施された。

＊2　現在の台北市大同区付近。台湾で最も早く築かれた市街地のひとつで、清代末期から日本統治時代にかけて水運で大いに発展した。

おくよう言いつけて渡した。けれど騰駿だって日本から一緒に帰ってきたのだから参拝に行く必要があるとすぐに思い直し、次兄の騰釬《とうかん》に預かってもらうことにした。

台湾へ戻る船を何度も遅らせたせいで、危うく婚礼に適した時期を逃してしまうところだった。おかげで家に帰り着くなり、あわただしく準備に追われることになった。

客家《はっか》*1の結婚にまつわる習俗は、細かくて複雑だ。『礼記《らいき》』の記述通りに、納采《のうさい》、問名《もんめい》、納吉《のうきつ》、納《のう》徴《ちょう》、請期《せいき》、親迎《しんげい》の六礼《りくれい》*2を執り行うほか、新婦を迎えに来た新郎の車に手桶の水をかける、新婦の手を引く介添人をつける、新婦の家族は新郎新婦に雌雄一対の鶏を贈る、結婚の翌日には新婦の実家に赴き、葉や根をつけたままのサトウキビを一対飾る、結婚三日目には新婦の家族が食べ物を持って訪ねてくるなど、実に様々な風習がある。新郎新婦は、車に乗り、ロウソクに火を灯し、祖先を拝み、お酌をし、寝室に入るまで、いちいち縁起のよい四字熟語を口にしなければならない。とてもすべては覚えきれないので、鄧騰煇は年長者の指示を仰いで言われるがままに動き、目の回るような忙しい数日間を過ごした。

合間にひと息入れている時、鄧騰煇は思わず、やることが多すぎて写真も撮れないよ、とこぼした。主役の新郎にそんな暇があるわけないだろう。騰釬が鼻で笑った。疲れるのは仕方ないにしても、素晴らしい場面を目にしながら写真に撮れないっていうのが一番辛いんだ。鄧騰煇は言った。彼は騰駿に、僕の代わりにおまえが儀式に参加して、それを撮らせてくれたらいいのに、と半ば本気で泣きついた。

お断りだね。騰駿は日本語で答えた。僕たちに新しい教育を受けさせておいて、そのくせこんな古くさい習俗にこだわるなんてさ。くたびれ果てた兄さんを見てたら、結婚なんてしたくなくなっちまったよ。

おまえたち、口を慎め。騰釬が険しい顔でいさめた。めでたい日に下手なこと言うもんじゃないぞ。

そう言われて二人は口をつぐんだ。だが、このことが本当に影響したのかどうか、騰駿はその後何度も見合いを断り、三十になってからようやく結婚したのだった。

鄧騰煇が妻に娶るのは、新埔《しんぽ》の富商・潘氏の令嬢である潘清妹《はんせいまい》だ。両家は家柄も釣り合っているうえ、商売上でも関係が深く、みな口々にこれぞ天がもたらした良縁だと言い合った。二人の結婚のことは早くから決まっていたが、鄧騰煇が内地留学したために、今まで引き延ばされていた。当初、父からどんな妻がほしいかと問われた鄧騰煇は、返答に困り、しっかりした教育を受けていて話の通じる人がいいと、思いつくままに答えた。

台湾籍の女性にとって最高学府と言える台北第三高女[*3]を卒業した潘清妹は、まさに条件にぴったりだった。三高女出身の女性の結納金は千五百円が相場とされていたが、鄧家にとってはどうということもない金額だった。

ある日、鄧家はぞろぞろと一家連れだって潘家を「訪問」した。双方とも口にはしないものの、そ

＊1　中国大陸南部や台湾に暮らす漢民族系の民族集団のひとつで、独自の言語や文化を持つ。
＊2　男性側から女性側へ結婚の申し込みをする「納采」、女性の姓名や生年月日を問う「問名」、占いで吉兆を得たことを女性側に伝える「納吉」、結納の儀を行う「納徴」、結婚の期日を決定する「請期」、新郎が自ら新婦を迎えに出向く「親迎」を以て六礼とする。
＊3　日本統治時代、台北には第一から第四まで四つの高等女学校がつくられた。そのうち台北第一高女と台北第二高女は実質的には日本人を対象としており、台湾人が入学するためには学力に加えて家柄も考慮された。

れは実質的には見合いだった。女性側は当人を呼んで客人のためにお茶を淹れさせ、男性側はもし相手が気に入らなければ、何かしら理由をつけて立ち去ればよい。それなら女性側も面子を保てるというわけだ。当日、鄧騰輝がぼんやりして何もしゃべらずにいたところ、それが肯定の意と受け取られ、縁談がまとまってしまった。東京でふとあの時のことを思い返すたび、狐に化かされたような気分になったが、両家はさっさと婚約を決め、早く郷里に戻って結婚するよう再三にわたって彼に催促した。

新婚初夜、数々の婚礼の儀を終え疲れ果てた鄧騰輝は、それでも就寝前にライカを枕元に置くことを忘れなかった。適当な場所がなかったので、赤い布を敷いてその上に安置することにした。

これが僕のカメラだよ、ドイツ製のライカA。そう恭しく新婦に紹介しながら、これではまるで新婦のほうがよそ者みたいだと思い、おかしくなった。

これがライカなんですね？　思っていたより小さいです。やっぱりとても精密につくられた機械なんですね。潘清妹の言葉には、育ちの良さがにじみ出ていた。あなたがこんなにも大切にしているんですから、きっととても貴重なものなんでしょう？

その時、ベッドの下で鶏がコケコケッと、落ち着かない様子で鳴いた。二人が寝室に入る際、新婦側の家族が九尺の赤いリボンで足を結び合った雌雄一対の鶏を籠に入れ、ベッドの下に押し込んでいたことを思い出した。そうしながら延々と祝いの言葉をつぶやく様は、呪術でもかけているように見えた。

竹籠の隙間から、雄鶏がまっすぐ前を見つめている。見知らぬ場所をつぶさに観察する、老練の写真家のようだ。

幼い頃、婚礼は賑やかで楽しいものだと思っていた。しかし今こうして夫婦の寝室を見渡していると、つい数日前には東京の部屋に一人で寝転び、写真雑誌をめくったり、クラシックを聴いたりしていたことがはるか遠く感じられ、まるで別の世界のようだった。

明日の朝、雌鶏は卵を産んでくれるでしょうか？　潘清妹はそう言うと、自分は迷信を信じていないけれど、まわりの人たちが気にするかと思って、と急いで付け加えた。

心配なら、僕が先に台所から何個か取ってきて入れておこうか。

そんなのいけないでしょう？

いけないことないさ、お年寄りにめでたいと思わせるだけなんだから。鄧騰煇がにやにやしながら身体を起こすと、潘清妹に制止された。

初夜に新郎が台所に入るなんて、誰かに見られたら一生笑われます。卵は産んでも産まなくても、どちらでもいいですから。

鄧騰煇はよくよく自分の新妻を見つめた。賢くて気立てもよい妻じゃないかと思ったら、いわく言い難い感動に包まれた。彼は彼女を大切にしようと心に決めた。

◆

瑞昌《ずいしょう》おじさんの古い木箱のカメラを使える日が来るとは、思ってもみなかった。鄧騰煇にしてみたら、それはもはや聖なる存在と言えた。子どもたちはみな、カメラに触ってはいけないと耳にタコができるほど言い聞かされていたし、うっかり倒しては困ると、近づくことさえ許されなかったのだ。おじさんはこのカメラで、うっとりするような神秘的な魔法を繰り返し見せてくれた。

すでに最新鋭のライカを所有しているというのに、今見ればただ大きいばかりの素朴なあの古いカメラに指が触れた瞬間、彼の心は震えた。まるで魔法の本質に触れたかのようだった。驚いたことに本体は想像よりも軽く、作りも単純だったが、だからこそ余計に、魔法は確かに存在していたのだと感じられた。

古びたレンズはくすみ、カメラが長らく使われていないことが見て取れた。大切に保管されてはいても、写真を撮らなくなったカメラは、誰にも拝まれなくなった神像のごとく、眼の光を失っていた。彼はプロのように慣れた手つきでカメラを点検し、磨いた。彼にはわかっていた。自分はまたこのカメラを目覚めさせることができると。

遠慮なく遊んでいいぞ。瑞昌おじさんが陽気に言う。使ってないイルフォードのガラス乾板もいくつかあるんだ。何年もほったらかしだし、もしかしたら乳剤が変質してるかもしれないけど、遊びのつもりで撮ってみたらいい。そう言いながら、おじさんは湯呑みをお茶で満たした。

お茶？　前はコーヒーしか飲まなかったのに。コーヒーはモダンな飲み物だ、コーヒーを飲む人間とお茶を飲む人間とでは価値観が違う、とおじさんはよく言っていた。確かに鄧騰煇も東京ではコーヒーしか飲まなかった。お茶は洗いざらしのくたびれた着物や長袍《ツンパオ》*1のように、どこか古くさくて時代遅れな感じがした。

いい香りだろう。おじさんは茶葉と熱湯を入れた茶壺に慣れた様子で湯をまわしかけて蒸らし、茶壺のまわりが乾く瞬間を見定めると、さっとなかのお茶を湯呑みに注いだ。鬢つけ油で美しく整えられた髪に洒落た丸ぶち眼鏡、白いスラックスに白い革靴。お茶を淹れていようが何だろうが、おじさんはやはり格好よかった。

鄧瑞坤のすぐ下の弟である瑞昌おじさんの姓は、姜《きょう》。祖父の姜満堂《きょうまんどう》は鄧家の入り婿として、祖母・鄧登妹《とうとうまい》と結婚した。「母豚を貸して子豚をもらう」と言われる習俗の通り、第一子である瑞坤は鄧家を継ぎ、第二子以降の瑞昌、瑞金《ずいきん》、瑞鵬《ずいほう》が姜姓を名乗ることとなった。それゆえ宗法《そうほう》上では、瑞昌おじさんが姜満堂の長子にあたる。

鄧瑞坤が父親の事業を手伝うために学業をあきらめざるを得なかった一方、瑞昌おじさんは、まだ人びとが日本の教育に抵抗感を持っていた時期に姜満堂によって北埔公学校に入れられ、初めての卒業生となった。おじさんは続けて台北の国語学校師範部で学ぶと、北埔の母校に戻って訓導となり、さらには北埔庄長にまでなった。

おじさんは北埔で初めて近代的な教育を受けた人物であり、またこの山あいにある大隘の町に初めてモダンの風を吹かせた人物でもある。背広とオートバイ、コーヒー、そして写真は、おじさんのシンボルのようになっている。

おじさんは二年前から北埔で製茶の講習会を開くようになり、自ら茶葉組合を起ち上げて、茶葉の品質向上に力を注いでいるのだという。北埔にはいい茶樹があるのに、今まで茶葉を精製するのにみんなよそへ持って行って利潤を取られてたんだから、もったいない話だよ。おじさんはまたお茶を足し、日本語で尋ねた。どうだ、おまえは経済を勉強して日本語もできる。卒業後は茶葉組合の手伝いをしないか？　北埔の未来はお茶にかかってるぞ！

卒業するのにまだ何年もかかるよ。

＊1　ローブのような形状をした中国式の男性服。

時間なんてあっという間に過ぎる。

鄧騰煇がお茶を一口ふくむと、驚くほど香り高く、蜂蜜のような甘味も感じられた。これは確かに格別だ。だけど、やっぱりコーヒーがいいなあ……、思わず口からこぼれそうになった言葉をあわててお茶と一緒に流し込み、代わりに訊いた。おじさんの暗室を使ってもいい?

暗室はもうないよ、煥蔚《かんい》の部屋にしたんだ。おじさんは笑って言った。仕方ないよ、どんどん人が増えるからね。写真を撮ったらどこかほかで現像してくれ。

暗室のすべてが科学なんだ、見てごらん、これはハイドロキノン、赤血塩、ハイポ、それでこっちがソーダ……。おじさんが暗室で口にしたあらゆる言葉を、鄧騰煇は今なおはっきりと思い出せた。それからあの高くて大きな影も、背伸びしないとのぞけない作業台も、何もかも。彼の温和な性格は父親譲りだとよく言われたが、彼が心の底から憧れていたのは姜瑞昌のエレガンスだった。

ほら! おじさんがまたお茶を注ぐ。お茶というのは厄介だ。休みなく注がれるので、飲むほうも忙しい。おまけにいくらせっせと飲んでも、こんこんと湧く水のようにお茶は後から後から淹れられる。あまり早く席を立つのも失礼だし、どんなテンポでどれだけ飲むかというのは、さながら一種の学問のようだと鄧騰煇は思った。

おじさんにカメラを借りに来たのは、ふとした思いつきだった。婚礼を終えればすぐ日本へ戻れるものだと思っていたら、第一子が生まれるまでは留まるように言われたのだ。鄧騰煇は呆然と鏡を見つめて自問した。僕が妻を置いて逃げ出すように見えるとでも? 何度も父親に掛け合ったが、いつもは理解ある父親が、今回ばかりは頑として聞き入れてくれなかった。

婚礼が終わると、すぐに穏やかな日常が戻ってきた。まるでフルボリュームで演奏していたチャルメラ太鼓楽隊が一斉に演奏をやめたかのように、突如として喧騒が消え去り、残響すら瞬く間に山あいに吸い込まれていった。今、鄧騰煇に課されているのは、一日も早く新妻との間に子をもうけることだけだった。それ以外には何もすることがなく、暇を持て余していた。

北埔の町は小さく、縦でも横でも十分もあれば歩けてしまう。ぶらぶらしようにも行くところがなかった。数日いるだけのつもりで帰省したため、本や雑誌も大して持ち帰っていないし、何よりフィルムを数本しか持ってこなかったことが悔やまれた。これでは好きなように写真を撮ることも叶わない。今日になっておじさんの古いカメラのことを思い出し、こうして飛んで来たというわけだ。

暗室はなくなったけど、ほかのものはみんなしっかり保管してある。おじさんはようやく茶壷を置いて立ち上がり、ついてくるように言った。二人で部屋のなかから大きな木箱をひとつ運び出した。開けてみると、なかにはガラス乾板と印画紙が丁寧にしまわれていた。

この北埔の風景写真は、秀巒山から撮ったんでしょう？　慈天宮前のお祭りはすごい人だね。みんなまだ辮髪だ。日本で賞を獲ったっていうのは、この作品だったよね？　写真を前にして、鄧騰煇は目を輝かせた。

おじさんは笑みを浮かべながらも質問には答えず、別の写真を彼に渡した。普段人がいない時はこうだ。これを撮った時はまだ慈天宮前の広場に石が敷かれていなくて、でこぼこだったんだ。

それじゃあ僕が生まれる前だ。僕は広場に石が敷かれた翌年に生まれたって、よく母さんが言うんだ。鄧騰煇はのめり込むようにして、写真を一枚また一枚と見ていった。上通りのバロック式ファサード、大隘三郷の開墾百年祭、北埔信用組合の設立、それに家族写真もあった。どの写真もすでに何遍も見たものだったが、いまだ新鮮に感じられた。

彼は一枚のガラス乾板を手に取った。たしかこの写真は皇太子が台湾巡幸で新竹駅にいらした時に撮ったと言っていたよね、どうして皇太子が写っていないの？

撮った瞬間にフィルムを持って行かれたんだよ。おじさんはガラス乾板を受け取ると、日の光に照らし、話を続けた。曰く、皇太子の巡幸は軍事行動と同等に見なされ、分刻みの行程表通りに行われる。警蹕《けいひつ》も徹底され、どの訪問先でもあらかじめ決められた写真家が先まわりして撮影をするのだという。おじさんは前日に新竹市内に入り、当日は朝早くからカメラを設置して、ただ皇太子が駅から出てくる瞬間を遠くから一枚写真に収めるだけのために、何時間も待った。撮ったら直ちにフィルムを回収され、のちに写真帖が完成して初めて写真の出来栄えを知ったのだそうだ。

おじさんは賞を獲ったから動員されたの？

いや、国語学校を卒業していたし、北埔の庄長をしてるから、日本人に信用できるやつだと思われたんだろう。このフィルムは待っている間の暇つぶしに試し撮りをして、こっそりしまっておいたものなんだ。紙には焼いてない。そうおじさんは言った。皇太子の影すら写っていないとはいえ、万が一見つかったら面倒なことになる。ひょっとしたら庄長の職まで追われかねない。

おじさんがフィルムを置き、茶壺に残った茶葉を掻き出して新たにお茶を淹れようとしているのを見て、鄧騰煇はあわててリュックからライカを取り出し、おじさんに渡した。おじさん、また写真を撮ればいいじゃないか、今のカメラはとっても便利なんだよ。

これがおまえが何度も手紙をよこして兄貴を悩ませたライカか？　おじさんは手慣れた様子で左手にカメラを握り、右手の人差し指でシャッターを押す素振りを見せると、ファインダー越しに四方を見まわした。その姿勢がすっかり板についていたので、鄧騰煇は思わず尋ねた。

おじさん、ライカを使ったことがあるの？

出張で台北に行った時に、カメラ好きの仲間が何枚か撮らせてくれたんだ。おじさんはライカをあっさり鄧騰煇に返し、自分はやっぱりあの骨董が好きなんだと笑った。準備に手間はかかるし露光時間も長い、でも、だからこそ人間や物の魂を撮れる、と。

まあ、いずれにせよ、もう写真を撮ってる暇なんてないさ、庄長と茶葉組合の仕事で大忙しなんだ。おじさんは茶葉をひとつかみ茶壺に落とすと、有無を言わさずお湯を注いだ。

⁂

潘清妹が妊娠した。鄧騰煇は重荷を下ろした代わりに、いよいよ暇になり、日がな一日町をふらつくようになった。

東京で鍛えあげた機械の眼で生まれ故郷を観察すると、何もかもが新鮮に映った。上通りの幅は十一メートル、実家の店舗の間口は四メートル、慈天宮との距離はおよそ六十メートル――これは歩いて測った距離だ。ライカの距離計で測れるのは最大で十五メートル、それ以上になるとピントは無限遠になる。町は記憶にあるよりはるかに狭く、あらゆるものが曖昧だった。たとえば木桶や竹籠、天秤棒には、基準となる大きさもなければ決まった形もない。時間すらおぼろげで、懐中時計が壊れたままでもさして不便を感じなかった。

彼はファインダーをのぞき、幼い頃から慣れ親しんだ風景を心のなかで切り落としていった。観音菩薩の参拝、媽祖のお迎え、中元節、路上の演劇舞台、神輿担ぎ、灯籠流し、供え物の豚、太鼓の楽隊、客が次から次へとやって来て延々続く宴席……。信仰にまつわる行事は、彼の記憶よりもずっと多かった。新年や節句はもとより、毎月一日、一五日の祭祀もあり、義民爺《ぎみんや》*1に至っては毎日のように食事を供えなければならない。以前は気にも留めなかったが、東京で何年か過ごした今になって、どれだけ祭祀が頻繁に行われているか気付かされた。

北埔で半年ばかり過ごしたある日、彼は突然、知らぬ間に自分から機械のような感度が失われているのを感じた。数値の計算は適当になり、時間も歩みを止めたかのようだった。今日が過ぎれば明日、明日が過ぎれば明後日と、ただ連綿と日々が続くだけで、進みもしなければ後退もしない。唯一違いがあるとすれば、それは祭祀の対象だけだった。

写真が時間と空間を切り落とすものだとするなら、北埔から切り落とされたそれは、ふかしたての蒸し菓子のようにどう切ってもふわふわ柔らかくて捉えどころがなく、鋭い輪郭を持った東京の写真とはまるで違っていた。

この日、町をぶらついていた鄧騰煇は、慈天宮の裏手にある三角形の空き地で、酔っ払った喜兄ちゃんに会った。喜兄ちゃんはこの山あいの町で最も腕の立つ左官職人で、北埔の市区改正が行われた際には、鄧家和豊号の店舗再建を彼に依頼した。ところが彼は毎日飲んだくれ、作業は遅々として進まなかった。しまいには温和な鄧瑞坤もしびれを切らし、厳しい言葉で彼をせっついた。それでネジを巻き直した喜兄ちゃんは、光のような速さで仕事を仕上げた。彼が手がけたバロック風のファサードは、ほかのどこよりも立派だった。その二十年後に町を襲った関刀山大地震で、上通りの店舗も何軒か倒壊してしまったが、和豊号は無傷だった。

和豊号が落成した時、鄧瑞坤は喜兄ちゃんに日本酒を一瓶贈った。その夜、喜兄ちゃんは和豊号の前に椅子を引っ張ってきて、道行く人に見せびらかしながら一人で晩酌を楽しんでいた。不運にも北埔には喜兄ちゃんが思う存分腕を振るえるような依頼は多くなく、彼はほとんどの時間を酔っ払って過ごし、そのうち酔いを醒ますことすらしなくなっていった。

鄧騰煇は彼と二十も歳が違ったが、まわりに倣って喜兄ちゃんと呼んでいた。この時も、喜兄ちゃん、することなくてここで飲んでるの、と声をかけた。

風水を見てんだよ。喜兄ちゃんは呂律のまわらない声で言った。おれん家を新築するには、まず風水を見なきゃいけねえだろ。でもよ、あと二百円分の材料が足りねえんだ。どこで探してくりゃいいかね？

喜兄ちゃんも風水が見られるの？

風水の見られねえ左官屋がいるか？　どこまで見るかの違いだけよ。おまえんとこみてえな老姜家[*2]だか新姜家だかって大家族は、風水の先生を住まわせて、食う寝る遊ぶまで見させるし、大きいもんを建てるにも、小さいとこを修理するにも何やかや意見を聞くけどよ、おれたちみてえな普通の人間は、適当に見ときゃいいんだ。

喜兄ちゃんは大きく腕をまわして、北埔だって風水にしたがってできてんだ、と言った。慈天宮も、老姜家の天水堂も、姜家の家廟、曽先生の家、彭先生の家だってよ、みんな後ろの楽山の中軸線上に

＊1　客家の祭祀の対象のひとつで、清の正規軍として地方の「平定」に協力したり、反乱軍から村を守るために戦ったりして犠牲となった人たちのこと。

＊2　「金廣福」を組織して北埔を開拓した姜秀鑾を祖とする、北埔の豪族。のちに姜秀鑾の弟である姜秀福の孫・姜満堂を祖とする「新姜」が台頭してきたため、「老姜」と呼ばれるようになった。

あるだろ？　胸に宇宙を抱き、山河を数えあげていくかのような優雅な身振り手振りで、喜兄ちゃんは話を続ける。遠くは鵝公髻山《がこうけいざん》が大隘の太祖山《たいそざん》だ。そこから龍脈をたどっていった先の五指山が、少《しょう》祖山《そざん》にあたる。龍脈は秀巒山まで続く。これこそ北埔の父母山ってわけだ。町を護るように取り囲んでる山の両翼が、龍脈の末端の砂《さ》。青龍白虎だよ。正面で北埔渓と水磜子の流れがぶつかってて、明《めい》堂《どう》としても完璧だ。おまけに慈天宮は、ちょうど太祖山から龍脈をめぐってきた大地の気が噴き出す穴《けつ》の位置にある。こりゃあ一番気が強くなる場所で、町全体を護るのにふさわしい。

そんなに詳しいんだから、きっと喜兄ちゃんの家の風水は完璧なんだろうね。鄧騰煇は笑いながら言った。

おまえん家ほどじゃねえよ、家族の平安とおまんまに恵まれてりゃ幸せってもんさ。喜兄ちゃんは大口を開けて笑った。

石おじさんは元気？

すっかり耄碌しちまってよ、一日中おかしなことばっかり言ってるよ。会いに行くか？

喜兄ちゃんに連れられて土角《どかく》でつくられた家に行くと、石おじさんは身体を傾げてぼんやり籐椅子に座っていた。喜兄ちゃんが大声で呼びかける。親父、鄧騰煇が会いに来てくれたぞ。

誰だって？

瑞坤の息子だよ。

あぁ、瑞坤か。石おじさんは顔を上げると口元をほころばせ、ほらほら座んなさい、と言った。

石おじさん、僕は騰煇です、お元気ですか？

瑞坤よ、おまえの親父さんの義理の父さんはな、長髪賊[*1]だったんだぞ。石おじさんはとっておきの秘密を明かすかのように言った。明らかに騰煇を瑞坤と勘違いしていた。

お茶を淹れに行こうとしていた喜兄ちゃんが振り返り、嘘言うな、と怒鳴った。

嘘なもんか、みんな知ってることさ。あの鄧吉星《とうきっせい》はな、太平天国が戦いに敗れて、清朝にとっつかまって首を切られるのが怖くなったから、こんな台湾の山奥まで逃げて来たんだよ。

鄧騰煇はその話に強く興味を引かれた。そんな噂を耳にしたことはあったが、家では一切話題にのぼらなかった。彼は石おじさんに話を続けるよう頼んだ。

石おじさんの目に光が宿り、背筋までしゃんと伸びた。おれは若い頃、姜紹基《きょうしょうき》*2にくっついて鶏籠《ガイロン》〔基隆（きいるん）の旧称〕まで行ってフランス人とも戦ったし、姜紹祖《きょうしょうそ》*3と一緒に竹塹《ゾッチャム》〔新竹の旧称〕で日本人とも戦った。フランス兵っていうのはおかしいんだ、地面に腹ばいになって銃を撃つんだよ、子どもが遊ぶみたいにしてな……。あのな、このへんはよく生蕃《せいばん》*4が出草《しゅっそう》〔首狩り〕に来たんだ。おれのじいちゃんだって茶畑で生蕃に首を狩られちまったんだよ。そんで頭のねえ死体を家に入れるわけにゃあいかねえって、伯公廟〔土地の守り神を祀った廟〕の横にいい加減に埋められちまった。大隘はなんでこんなに伯公廟が多いかわか

*1 一八五一年に起こった太平天国の乱で、清朝に反旗を翻した反乱軍。清朝が強制した辮髪を拒否し、長髪だったことからこう呼ばれる。
*2 姜秀鑾の曾孫。清仏戦争の際、大隘の義勇軍を引き連れて台湾北部の港町・基隆でフランス軍を迎え撃った。
*3 姜秀鑾の曾孫で、姜紹基の弟。一八九五年、下関条約によって台湾を割譲された日本が上陸した際に、義勇軍を連れて抵抗した。これを乙未《いつび》戦争という。
*4 清代、台湾原住民族のうち漢化の進んだ種族を「熟蕃」、漢化されていない種族を「生蕃」と呼んだ。日本統治時代に入るとそれぞれ「平埔族」、「高山族／高砂族」と呼ばれるようになった。

るか？　そこらじゅうに首なしの亡霊がいるからだよ！

石おじさんはまた声を抑え、思わせぶりに言った。おまえたちわけぇもんはあれがどんだけ恐ろしいかわからんだろうが、日が暮れたらさっさと家に帰れ。夜は一人で外をうろつくんじゃねえぞ。そこらじゅうを亡霊がさまよってるんだ。山の茶畑にも一人で行っちゃいかん。

そりゃ百年も前の話だろ。喜兄ちゃんが娘をしたがえてお茶を運んできた。いっつもこうなんだ、話があっちこっちいって何でもかんでも一緒にしちまう。

わけぇもんはあの恐ろしさを知らねえんだ！　夜道にどんだけの亡霊がいるか……。

いいから茶でも飲んでな！　北埔はもう十数年も前に電灯がついたんだ。亡霊がいたって、夜になっても出てこれやしねえよ！

あのな瑞坤……、石おじさんが口を開くや、またも喜兄ちゃんが遮った。こいつは騰煇、日本の学校が休みだから北埔に帰って来てて、わざわざあんたに会いに来てくれたんだよ。

日本だって？　日本人は恐ろしいぞ。フランス兵にゃ勝てたが、日本兵にゃ勝てなかった。石おじさんは何度も首を振った。姜紹祖はアヘンで死んだんだ、日本人にやられたって言うやつもいるが、そりゃ違う、あいつぁアヘンをやって死んだんだ。やっぱり蔡清琳《さいせいりん》*1はすごかった。隘勇《あいゆう》*2や蕃人を連れて派出所を襲って、パンパン、日本人をみんな殺しちまった。女子どもだって生かしちゃおかねえんだからよ……。

今度は北埔事件*3の話になってらあ。いっぺんにいくつの話をしてんだよ。喜兄ちゃんは苛立ちを募らせているようだった。

ふと思いつき、鄧騰煇は石おじさんに尋ねた。僕の祖父である姜満堂は、若い頃豚肉を売ってたって聞いたんですけど、本当ですか？

あぁもちろんさ。姜満堂っていうやつぁすごい、本当にすごい。あいつじゃなけりゃ、老姜家だろうが新姜家だろうが、北埔は日本人に皆殺しにされてただろうよ。ただ、おまえの弟だけどよ、あの姜瑞昌は庄長としてはうまくやってるが、日本人と一緒になって豚を殺さねえように触れまわってんのだけはいただけねえ。中元節なんかの時にも豚を殺しちゃなんねえっていうんで、無縁仏たちが怒っちまってよ、何万匹っていうトンボになって飛んで来たんだ。そんでもうぎゅうぎゅうになって空を覆い尽くしちまうもんだから、みんな腰を抜かしてよ、あわてて豚を祀ってようやく収まったんだ。

わかったわかった、いくらでもくだらねえ話が出てくんな。

何万匹ってトンボをみんなが見てんだ。なあ瑞坤、よくよく弟に言っといてくれよ。

まったく！　喜兄ちゃんは手を振り、相手にすんな、外へ出ようと、鄧騰煇に言った。

じゃあ、お休みのところお邪魔しました。そう言って立ち上がろうとした鄧騰煇は、石おじさんの老いてなお溌剌と輝く顔を見て、考える間もなくカメラを手に取っていた。おじさん、写真を撮ってあげますよ。

いかんいかん、写真ってのは人間の魂を抜き取って、細らせちまうんだから。

＊1　北埔の客家人、北埔事件（注3参照）の首謀者。
＊2　漢化されていない原住民からの襲撃に備えるために召集された兵士。
＊3　一九〇七年一一月、蔡清琳が「清軍が台湾に上陸する」と騙って原住民のサイシャット族や隘勇らを扇動し、北埔の日本人警察官や市民を襲わせた。この襲撃により五十七名が死亡したが、騙されていたことに気付いた蜂起民は蔡清琳を殺害した。

それは日本のカメラです、質が悪いからそうなるんです。鄧騰煇は笑いながら言った。僕のこのカメラはドイツ製です。魂を抜き取ることはありませんから、安心してください。

ドイツ、それは石おじさんの知らない場所であり、初めて耳にする呪文のように響いた。日本でもなければフランスでもない、満でも清でもなければ民国でもない、彼の世界観を越えた存在だった。彼はその名に恐れを抱きながらも、無知を晒したくないという気持ちが勝り、そうかドイツか、撮れ撮れ、と答えた。

鄧騰煇が撮った写真は、石おじさんにとって人生で最初にして最後の一枚になった。石おじさんはその三ヶ月後にこの世を去った。

⁂

その日の夕方、通り雨が降った。地面から熱せられた蒸気が立ちのぼり、さらに蒸し暑さが増した。夕食のあとにうたた寝をしていた鄧騰煇は、汗びっしょりになって目を覚まし、柑園にいる父を訪ねて、涼をとりながらおしゃべりでもしようと思い立った。柑園は町のはずれ、かつての南門を出た山のふもとにある。鄧家はここにもう一軒別邸を持っていた。鄧瑞坤は日中は上通りの和豊号で過ごし、夜はこの柑園に行って、別邸二階のバルコニーでビールを飲むのが習いだった。

鄧騰煇は懐中時計に手を伸ばした。探し当てる前に時計が壊れたままなのを思い出したが、まだそう遅くないだろうと見当をつけ、服を着て家を出た。

門の脇に三階建ての家ほどの高さの電柱があり、電球がひとつ、石畳に黄色い輪を映している。彼は慈天宮の前の道を、南門に向かって歩いていった。公設市場の前を通りかかった時、空き地に雨水が溜まっているのを目にして、以前ここに池があり、市区改正の際に埋め立てられたことを思い出した。その池は老姜家のものだった。鄧騰煇の叔父にあたる瑞鵬は、生まれてすぐ老姜家の養子になっていた。だから騰煇と次兄の騰釬は、魚を捕まえたくなると、この自分と三つしか歳の違わない叔父を探しに、老姜家の天水堂を訪ねたものだった。

思い出に耽っていると、突然街灯が消えた。すぐ近くのひとつだけではなく、北埔全体が停電したようだ。四方が闇に包まれ、空に煌々と輝く満月がのぼっていることに初めて気付いた。銀座のネオンを見慣れた彼は、月がこんなにも美しいものだということを忘れていた。じっと月を眺めているうちに、その光があたかも透き通った薄い殻のなかから発せられているように思えてきた。月は自ら発光しないと当然知ってはいたが、目に映る景色に、科学への信仰が揺らぎそうだった。

後ろにそらした首を戻した彼は、眼前の光景に、さらに激しく心を揺さぶられた。すべてのものが淡い銀色の光に包まれて、色を失っている。まるで動きを止めたまま、白と黒のグラデーションのなかに永遠に閉じ込められたかのようだった。これはすなわち――モノクロ写真だ！　しかもそのなかを歩きまわることのできる、生きた写真だ。目覚めながらにして夢の世界にいるのと同じだ。

その瞬間、鄧騰煇ははっきりと悟った。つまり逆に言えば、写真と呼ばれるものは、平たく押し潰され、生命を失った記憶や夢の標本のようなものであり、写真家はその採集者なのだと。良い写真を撮ろうと思うなら、まず先に人びとの生き生きとした夢を捉える必要があるのだ。

驚きと喜びに胸を高鳴らせ、彼は数歩足を進めた。目の前のものに触れたいと思う一方、触れれば夢から覚めてしまうのではないかと恐れてもいた。その時、黒雲の両手が月の目をふさぎ、大地が暗くなったかと思うと、ある色のかたまりがぱっと現れた。暗いながらも鮮明で、青々として揺れ動いている。

鬼火だ。科学の知識は彼に、これは燐が燃焼して引き起こされる自然現象だと訴えるが、その青白い炎がまっすぐこちらへ向かってくると、肌があわだち、思わず飛びのいてしまった。しかし彼の心を読んだかのように、鬼火のほうが一歩先んじて同じ方向に飛んだ。急いで逃げ出しても、鬼火はさらに速度をあげて追いかけてくる。見れば、あたり一面で鬼火が上へ下へと跳ね、集まって大きなかたまりになっては、自由気ままに浮遊している。

ふと、石おじさんの言葉が頭によみがえった。ここ大隘の山は、どこもかしこも亡霊だらけ。首のある亡霊に、首のない亡霊。隘勇、農民、漢人、タイヤル族、日本人、男、女、老人、それに大勢の子どもたち。

科学を以てすれば燐火は霊と無関係だと説明がつくが、山のあちこちに多くの死者たちが埋葬され、その養分から燐火が生み出されていることは確かだ。彼は足を止め、心を静めて火を見つめた。この光景を写真に撮れたら、と思ったが、残念ながらどうあがいても写真に残せないものもあるのだった。向こうに赤い光が浮かびあがり、鄧騰煇を優しく前へと導いた。こちらは伯公火と呼ばれる鬼火だ。福徳正神の現身で、道に迷った人を導くと言われている。

鄧騰煇は伯公火に導かれるままゆっくり歩いた。道端に小さな祠があるのを見つけ、腰をかがめようとしたその時、一瞬にしてあたりが明るくなった。頭上の電灯に明かりが戻り、光の筋が伸びている。その光は、彼が何年もの間忘れてしまっていた記憶を呼び覚ました。

幼い頃、小作料の取り立てに行く大人にくっついて出かけ、うっかり一軒の農家に迷い込み、その家にいた同じ年頃の男の子と遊んだことがあった。男の子は彼を台所に招き入れ、大人の真似をしてお椀に水を注ぐと、お茶をどうぞ、と言った。鄧騰煇はそれをすっかり飲み干し、これまた大人に倣って当たり障りのない時候の挨拶を述べた。やがて日が暮れ、畑でみかんをもいでいた二人は現れた鬼火に腰を抜かし、二人を探しに来た人たちの赤い松明の光を見るまで動けなかった。

その男の子というのが、喜兄ちゃんの長男だ。石おじさんの一家は、以前は鄧家の小作人で、山で茶とみかんを栽培していた。のちに喜兄ちゃんが左官屋として身を立てたおかげで、一家の経済状況は好転したのだ。しかし鄧騰煇は、あの男の子の名前も知らないし、その後一度も会っていない。今日まで思い出すこともなかったが、彼はどこへ行ってしまったのだろうか。はたしてまだ元気でいるのだろうか。

我に返ると、鄧騰煇は柑園の入口、かつて南門があった場所に立っていた。園内は明かりが落とされ、父ももう休んでいるようだった。宵の風に、涼しさが感じられる。彼は街灯に光の力を奪われた月を見上げ、もと来た道を引き返した。

⁂

毎朝毎晩、鄧騰煇は祖母のご機嫌をうかがいに行かなくてはならなかった。

この頃、彼は古い箱型カメラで写真を撮るようになっていた。木製のカメラは重く、設定にも手間がかかるうえ、露光時間も長い。スナップ写真にはむかなかったが、彼に写真を撮りはじめた頃の、絵画のような美しさを追求する気持ちを思い出させてくれた。箱型カメラを担いでいると、写生に適した風景を探しに出かける画家の気分だった。彼は腰を落ち着けてどんな構図にするかじっくり考えてから、絵画を描くように一枚の作品を撮影した。

中元節には、例年のごとく、上通りも下通りも人でごった返した。素早い動きの儀仗陣式を古いカメラで撮るのは難しいので、彼はカメラを亭仔脚《ていしきゃく》*1の下に立て、賑わいを眺める女性の後ろ姿を逆光のなかに捉えた。これはこれでなかなか趣のある一枚になった。

少しずつ箱型カメラの扱いに慣れてきたある日、いつものように祖母に挨拶に行った鄧騰煇は、特段深い考えもなしに、写真を撮りましょうと言った。祖母もこれを快諾した。ところがこの一枚のポートレートが、思いもよらず今までで最も難しい撮影になった。

幼い頃からずっと、祖父・姜満堂と祖母・鄧登妹にまつわる、真偽のはっきりしない噂の数々を耳にしてきた。ある人によれば、貧しい幼少期を過ごしていた姜満堂は、異母兄弟の貴重品入れよりこっそり金を失敬して事業を始めようとしたが、川のほとりで使用人に追いつかれ、落ち着いた様子で、これ以上近づいたら川に飛び込む、そうすれば人も金も戻らないと告げ、その度胸ある行動で人びとを感心させたという。またある人は、十八歳にして身寄りをなくした姜満堂は、北埔の遠縁を頼るも追い返され、市場で豚をさばく仕事に就き、肉を切り分ける台の下で寝起きしたという。はたまた、姜満堂は鄧吉星に見込まれて読み書きを教わり、娘婿となったうえ、栄和号という雑貨屋の開業まで世話をしてもらい、毎日屈強な男たちを引き連れて山の産物を担ぎ、まだ夜の明けきらないうちに険しい山道をたどって新竹へ赴いては、反物や鉄器、日用品と交換していたが、山賊をも恐れず山道を行き来するその勇気こそが、彼に富をもたらしたのだという人もいた。

こんな話もあった。乙未《いつび》戦争〔五一頁、注3参照〕で抗日兵を率いた老姜家の姜紹祖が命を落とし、家族は日本軍に罪を負わされるのではないかと怯えていた。また、北埔事件で多くの日本人が殺害された際には、日本側が報復すると宣言したため、山の町の住民たちはみな震えあがった。しかしどちらも姜満堂が仲裁に入り、事なきを得たという。

祖父について鄧騰煇が覚えているのは、尖った白い髭を二本生やしていたことだけだった。見るからに怖そうで、子どもたちはあまり近寄りたがらなかった。最も印象に残っているのは、ある時祖父と一緒に風呂に入り、その股間に大きな一物がぶらさがっているのを目にしたことだ。当時まだ男女のあれこれについては知らなかったが、大っぴらに口にしてよいものではないという認識はあったので、黙って風呂からあがると次兄のもとへ飛んで行き、この大いなる秘密を明かしたのだった。

あの一件は思い出すたびに笑ってしまう。子どもの目からしたら、大人の何もかもが大きく見えるものだ。実際には驚くほどのものではなかったのかもしれない。ただ、裸一貫から新姜家を大きく育てた祖父には、人並み外れた能力があったことは間違いない。

祖母については、親身な接客をすることで名高く、遠路はるばる訪れるような客にはいつも食事をご馳走するので、誰もが贔屓にしたという話を聞いた。タイヤル族が魚を買いに来れば、魚の腹いっぱいに塩を詰めて渡してやった。だからこそ彼らは山で貴重な産物がとれると、みな彼女のもとへ売りに来たという。また、祖母はアヘンの煙膏を爪で取り分けるのを得意としていて、客に頼まれたのと寸分違わぬ重さを一発で取り分けていたという話もあった。

＊1　二階建て以上の建物の一階前面を三メートルほど後退させ、街路として開放し、通行できるようにしたアーケード。

瑞鵬おじさんを老姜家の養子に出したのは、彼女の考えによるものだという人もいた。姜紹祖が戦いで命を落としたあと、老姜家には成人男子がほとんど残らず、幼い子どもばかりになってしまった。瑞鵬を養子に出すことは、両家が共に支え合いながら発展していく礎になっただけでなく、老姜家と新姜家の地位が逆転したことを象徴していた。この時、北埔にこんな言い伝えが生まれた。生姜は古いほうが辛いが、北埔の新姜は老姜より辛い。

子どもの頃、鄧騰煇はなぜか栄和号にある祖先を祀った台の下に隠れ、台にかけられた布の内側から外の様子をうかがうのが好きだった。しばらく誰も通らない時にはそこで一人遊びに興じ、人が来れば声や影でそれが誰かを推測し、布の外で何をしているのか想像を膨らませた。

不思議なことに、祖母はいつも、彼がなかに隠れていると気付いているようだった。祖母は声も出さなければ、布をめくって彼に出てくるよう言うわけでもなかったし、供え物もそのままにしていた。それでも鄧騰煇には、祖母が自分に気付いているとわかった。

祖母は黙ったままあらゆることを取り仕切っていた。それこそが祖母の最もすごいところだと彼は思う。店の店員が手を抜いたり不正をしようとしたりする時、あるいは客が盗みを働こうとする時、祖母は口を開かずともそれを未然に防ぐことができた。新年や節句には、若い衆を連れて日本人警察官の家を訪ね、先方が何を必要としているか瞬時に見極めて、帰るとすぐに持って行かせた。祖母は北埔の外へ出たことはなかったが、大隘のことなら風に揺れる草の一本まで知り尽くしていた。

鄧騰煇がカメラの後ろの暗幕に潜り込み、ファインダーをのぞいたこの時も、祖母がレンズ越しにじっとこちらを見つめているように感じられて驚いた。もちろん、カメラの構造上そんなことはあり得ないとわかってはいた。箱型カメラのファインダーは半透明のすりガラスで、レンズから差し込む光線がそこに投影され、ピントと構図を調整する仕組みになっている。外の人から内側の様子が見えるはずがないのだ。しかし、すりガラスに投影された祖母の姿に視線を合わせると、確かに彼女が彼の心のなかまで見透かしているように感じられた。

石おじさんのように魂を抜き取られることを心配する人もいれば、祖母のようにすべてを見透かし、撮られることを恐れないばかりか、反対に撮影する人の気魄を奪ってしまう老人もいるのだ。

何年かのち、親友の張才《ちょうさい》と人物撮影の話になった。張才はたとえ街頭で出くわしただけの見知らぬ人であっても、あるいはどれだけ居丈高な相手であっても、恐れずにシャッターを切るという。それを聞いて、鄧騰煇は祖母を撮った時のことが頭に浮かんだ。あれは彼にとって一度限りの撮影相手との対決だった。しかも彼は大敗を喫し、とうとういい写真を撮ることができなかった。

またさらに時が経ち、暗室で目まぐるしく仕事に追われていたある日、ふと供え物の台の下に隠れる遊びのことを思い出し、はっとした。自分は子どもの頃から暗いところに魅せられていたのだと、この時初めて気付いた。

アルバム三

女の顔

自分は女性の撮影が得意だと気付いたのは、いつだっただろう? 鄧騰煇《とうとうき》は考える。

彼は世界のあらゆることに興味を持ち、何でも撮った。子ども、建設現場、都会人のレジャー、祭り、農村の生活、労働組合の抗議デモ。築地小劇場の芝居に、神戸埠頭の見送り。男性を撮ることもあったが、街頭でアコーディオンを弾く男性やシャベルで砂利をすくう男性、きっちり背広を着こなして食事をする男性など、あくまでも情景のなかの存在として撮影するだけだった。女性を撮る時には、相手の気質や個性、あるいはその瞬間の悲喜こもごもがカメラを通して自然と伝わってきたのに、男性に対しては心が通い合うような感覚はなかった。

ライカを手に入れてすぐの頃、使い勝手を試そうと、亀井光弘と伊豆大島まで出かけたことがある。東京から大島までは定期船で六時間。その間に、日の光に照らされた煙突の質感、欄干、光を反射する鉄の鎖など、船の様子もたくさん撮影した。実験によれば、エルマーのレンズは絞りを開放しても百メートル先にある直径五ミリの電線だってくっきり写せるそうだよ。亀井は得意げに語った。

二人は勇壮な三原山に登り、その堂々たる山容や火口付近の溶岩を写真に撮った。フィルムを現像してみると、とても質の良い仕上がりで、いまだ払拭しきれずにいたライカへの不安が一掃された。

しかしこの旅一番の収穫は、大島の海辺でたまたま撮った「あんこ」の写真だった。あんこはこの地方の方言で、いわゆる未婚女性のことを指す。頭にまげを結って手ぬぐいで覆い、弁当を提げて舟に乗り込む準備をし、海藻を天日干しにし、稲束を運び、ホタテ貝を拾う。あんこのごくありふれた日常を目にした鄧騰煇は、深く考えずにシャッターを切ったが、現像して思いがけずいい写真が撮れていると気付いた。四人のあんこが、視線を交差させるように二人ずつ左右を向いている。それぞれ心に思うところがあるように見える。写真を見る者は自然と情景のなかに引き込まれ、そこに漂う生活の気配のようなものを感じられた。何年か経ってから、鄧騰煇はこの写真を『月刊ライカ』に投稿し、入選を果たした。

この一件は、スナップ写真にライカがいかに威力を発揮するか、彼に痛感させた。もっとも彼はこうした撮影方式を、スナップの代わりに、スケッチと言い表すほうが好きだった。

スナップという言葉には、突然襲いかかり、獰猛に噛みつき、容赦なく獲物の命を奪ってがつがつ食らいつくようなイメージがある。それは言うならば、カメラを持ってずかずか人に近づき、相手の気持ちなどお構いなしに写真を撮っていく輩のすることだ。彼のスタイルではない。彼は機械を絵筆に見立て、めぐりあった美しい人や物を穏やかに描き写した。

たとえば『月刊ライカ』に入選したもう一枚の作品「貧しき画家」は、街頭で写生をする青年を撮った写真だ。彼のチョッキには、いたずらっ子が大喜びで頭を突っ込みそうな大きな破れ目があった。ズボンもあちこち穴だらけで、靴下は端《はな》から履いていない。それでも彼はきっちり中折れ帽をかぶり、一筆一筆真剣に油彩を描いていた。彼にカメラを向けた時、鄧騰煇の心にあったのは、肉食動物が獲物を見つけた喜びではなく、思わぬところで同類に遭遇したような親しみの気持ちだった。

女性の生き生きとした自然な姿を捉えるのが得意なのも、あるいはこの、獰猛に食らいつくのではなく絵心の赴くままに撮りたいという考えのおかげかもしれない。正面から顔を写さなくとも、横顔や背中、または身体の一部分だけでも、雰囲気のある写真が撮れた。

二人で手をつなぎ、屈託なく笑うモガ。

小さな売店の壁に貼られた絵はがきを指差す女性。

日陰から日向へ踏み出す時に、ゆったりと開かれる日傘。

不忍池のほとりに並んで座る女性たちの後ろ姿、その着物からのぞく白い首すじ。ふいにこちらを振り返る一人。

車に乗ろうと足を踏み出す女性のエレガントな肩掛け。

夕暮れの海辺で逆光のなかにはためく軽やかなスカート。

カメラから隠れようとあわてて顔を覆う手。

当然、鄧騰煇だって美人が好きだった。だからといって見目麗しい美人ばかりを探しまわっていたわけではない。彼は一見平凡そうな無数の女性たちからも、彼女たち独自の気質を一目で見抜くのだった。

＊

台湾に戻って結婚するって言って、なんだってこんなに時間がかかったんだ？　芝居がかった調子で亀井光弘が言う。きみは自分がどれだけのものを見逃したかわかってるのか！

亀井は大きなガラス棚の扉を開けた。刀剣の収納庫よろしく、なかには各種の名だたる写真機材がところ狭しと並べられている。折り畳み式の蛇腹カメラ、乾板とロールフィルム兼用のカメラ、二千分の一秒のシャッター速度で撮影ができるカメラ、二眼レフカメラ、ステレオカメラ、小型のポケットカメラ、十六ミリと九・五ミリのシネカメラ、そして中央にはライカとコンタックスのカメラが何台か置かれていた。もちろん、レンズは短いものから長いものまで各種取りそろえられ、様々なカラーフィルター、距離計、露出計、タイマー、フラッシュ、リュックに三脚もある。

それを見て鄧騰煇は思った。カメラは意思も感情も持たない冷たい機械ではあるけれど、石の上にも三年という日本のことわざがあるように、ちょくちょく手に取られるカメラは、生気にあふれ眼が輝いている。反対に、なおざりにされたカメラは、ただの金属とガラスのかたまりでしかない。両者の違いは一目瞭然だ。この棚に収められたカメラのほとんどは、しっかりと覚醒している。亀井のやつ、こんなにたくさんのカメラをいつの間に使ってるんだ。

写真機材店が開けそうだな。その名も、かめいカメラ。うん、悪くないじゃないか。鄧騰煇は亀井をからかった。

よろしいですか、そちらのお客様。亀井は真新しいカメラを棚から取り出した。こちらは最新鋭のライカDでございます。新たに距離計が内蔵されまして、どんなレンズをつけてもピント合わせと連動いたします。誠に精密で、素晴らしい機械でございます。亀井は新劇の役者のような大げさな話しぶりで、よどみなくすらすらと機材を紹介した。

亀井ときたら、本当に熱狂的な写真機材愛好家だな。日本に来てからこっち、写真に関することはすべて亀井に教わったし、様々な機材を貸してももらった。鄧騰煇にとって、彼はあらゆる面で一番仲の良い友人だった。しかし、なぜだか彼には先を越されたくないという気持ちもあった。中学の頃から互いに張り合ってきた。二人とも大人になった分だけ多少落ち着いてはきたものの、顔を合わせるとついまた競い合ってしまう。

亀井は慣れた手つきでボディについたレンズをはずすと、もう少し長いものにつけ替えた。特にこちらのヘクトール七十三ミリのレンズは、絞りが一・九であります。一・九ですよ！ 想像できますか？ この組み合わせでわたくしが撮った銀座の夜景をご覧ください。

ちょっと解像力が弱いみたいだな。鄧騰煇はわざといつもの調子で難癖をつけたが、内心では興奮していた。亀井は、機材の性能を最大限に引き出す表現を追求するのが好きだった。だから毎度新しいカメラやレンズを手に入れると、様々な物の質感に迫る写真や、線状の物質の写真を大量に撮影した。そういうものは鄧騰煇の好みではなかったが、亀井がライカの持ち味を引き出しているのは確かだった。この写真も、輝くネオンを適正露出で捉えているだけでなく、暗部までうまく表現されていた。鄧騰煇は写真を細部までためつすがめつ眺め、これは参ったと称賛した。

これぞライツ社の言うライカグラフィー、つまりライカ写真術です！　亀井はすっかりこの機材に首っ丈のようで、飽くことなくいつまでも眺めまわしていた。剣術の鍛錬にはさほど熱心でないくせに、刀の刃文に心酔する武士のようだ。亀井が言うには、このレンズは浅沼商会で五百二十円で買ったという。それにライカDのボディと標準レンズを合わせ、総額で千円だったそうだ。

鄧騰煇は、結婚後一緒に東京に連れてきた女中が、わずか二百円だったことを考えずにはいられなかった。この女中というのは喜兄ちゃんの九歳になる娘で、新しい家を建てる費用が足りないというだけで売られてしまったのだ。

きみのライカAはレンズが交換できなくて残念だな。撮影する時の機動性がまったく違うのに。亀井がわざとらしく意地悪を言う。

千円か。鄧騰煇は表情には出さずに、D型を買えないか、あるいはスタンダード型を買って明るいレンズと合わせられないか、こっそり胸算用していた。結婚を機に、家族を養うという名目で、父かららこれまでより多くの金額を預かるようになっていた。うまいことやり繰りすればなんとかなりそうだ。ほんの二年前には、父に何度も頼み込んでようやく二百円を工面し、ライカAを買って満足していたことを思うと、まったく人間の欲望というものは果てしがない。

ああ、そうだ、長男が生まれたんだってな、それはそれは誠におめでとうございます。亀井が突然思い出したように、礼儀正しく祝いの言葉を口にした。ご実家はお変わりないかな。

おかげさまで。鄧騰煇も居住まいを正した。でも正直なところ、神戸で船を降りた瞬間、ようやく自由になったって心が躍ったよ。故郷は好きだけど、この一年実家で過ごしてみて、やっぱり自分には都会のほうが合ってるってことがよくわかった。もう僕はモダンの空気でしか息ができないよ。それに今回ほとんどフィルムを持って行かなかったから、今はただただ写真が撮りたくてうずうずしてる。

彼が北埔《ほっぽ》で最後に撮った一コマは、長男の永光が生まれた翌日、母や叔母など親戚の女性たちが永光を囲んで身体を洗ってやっている場面だった。永光の首がすわるや、鄧騰煇はすぐさま家族を連れて東京に戻って来た。

ほら。亀井がフィルムを二本投げてよこした。感光度をASA二十五まで上げた最新のフィルムだ。夜景を撮るなら、明るいレンズとこれを組み合わせるのがいいよ。試してごらん。それから、きみを法政大学カメラ部の代表に推薦して、全関東写真連盟に加入したいと思ってる。

フィルムはもらっておくよ、ありがとう。法大カメラ部の代表？　どうしてまた？

だってきみが連れてくるモデルがみんなかわいいからさ、風流なお坊ちゃん。亀井はにやっと笑った。

こっちを見て。もう少し顔を上げて。違う違う違う、上げすぎ、もう少し下げて、そう！　横のやつ、押すなよ。僕のカメラを倒したら高くつくぞ！

女性モデルの屋外撮影会に集まった、背広を着た同好の仲間たちは、それぞれ高級なカメラを手に正面に陣取り、のんびりピントやシャッター速度を調整している。対して学生服を着た者たちが手にしているのは、ほとんどがお手軽な入門機だ。なかにはくたびれた箱型カメラで、周囲の様子を見ながら場所取りの機会をうかがう者までいた。鄧騰煇は一緒になって場所取りに汗をかくようなことはせず、後方から興味深くその全体を見渡していた。

モデルが腰かける折り畳み椅子の下には柔らかい緑の草が茂り、みんなの後方では池の水がきらめき、空気は清々しい。彼は新たに買ったライカのスタンダード型を手に取り、何枚か写真を撮ると、大きく息を吸った。とても満たされた気分だ。二十三歳で家庭を持ち、子宝に恵まれながら、社会に出ることもなく学生生活の自由を謳歌し続け、毎日のようにふらふら写真を撮り歩き、たまに授業に顔を出す。なんて贅沢なんだろう。こんな風に愉快であってこそ人生だ。ずっとこうやって生きていけたらどんなにいいか。

騰煇はまた逃げ出したのか。亀井光弘がやって来てからかった。

人と押し合うのは好きじゃないんだ。どうせモデルの顔もとっくにこわばってるし。それよりみんなが団子になっているのを見る方が面白いと思わないか？

むさ苦しい男たちなんか撮っても面白くないさ。せっかくこんなかわいいモガに来てもらったんだから、たくさん撮っておかなくちゃ。ところで、騰煇が撮った女子のポートレートはいつも好評だけど、いったいどうやって撮ってるんだ？　まさかこれも芸術の才能ってやつか？

芸術の才能？　鄧騰煇が巻き上げレバーを動かすと、フィルムが片方の軸に巻きつく重たい感覚が指先に伝わってきた。そういえば、ちょうど何日か前に騰駿《とうしゅん》と議論になったところだよ。あいつは頑なに写真は芸術とは呼べないって言うんだ。

駿くんか、長いこと会ってないな。彼も今年法大の本科に入るんだろう？　専攻は？

法律。鄧騰煇は最近撮った弟の写真を思い出した。五歳年下の騰駿は、公学校卒業後四年も間の空いてしまった自分とは違い、卒業してすぐ東京の中学に入った。だからとても日本的だった。その姿を見慣れた鄧騰煇はどうとも思っていなかったが、写真に撮ってみると、放浪する頽廃派の文士のような雰囲気が漂っていた。

あいつは最近、西洋の油絵を熱心に勉強しているんだ。夜は東京美術学校の授業にも出てるよ。騰駿は、絵画というのは一筆一筆の反復で構成されているもので、どの一筆にも画家の深い考えがあるっていうんだ。それに対して、写真はシャッターを押した瞬間に完成するし、そこに写ってるものの多くは、そもそも撮影者の意図が反映されたものじゃないってさ。

それはもう百年も論争になっている問題だよ、まだぐずぐず考えてるのか？　亀井は突然声高らかに宣言した。芸術写真と絶縁せよ。既成芸術のあらゆる概念を破棄せよ。偶像を破壊し去れ！　そして写真の独自の機械性を鋭く認識せよ！　新しい芸術としての写真の美学を樹立しようじゃないか！

鄧騰煇は亀井を見やると、誰の言葉だ、と笑って尋ねた。

伊奈信男が『光画』の創刊号に書いた文章だよ、見てないのか？　ああ、そうだ、台湾に帰っていたんだったな。きみは本当に色んなものを見逃してしまっているよ。亀井は自分の質問に自分で答えて、そう言った。

いい言葉だな。

ここがもっといいんだ。猿が人間を真似る時、猿は決して人間的になるのではない。反対に、猿は、人間を真似る時、最も猿らしくなるのである。写真もまた芸術を模倣することによっては、決して芸術的となることはできない。

つまり、僕たちは猿ってことか？

それを聞いて亀井は大笑いし、カメラを持つと、猿の動作を真似てきょろきょろあちこちを見やった。

フィルムの枚数には限りがあるので、撮影会に参加していた仲間たちは次々と弾切れを起こし、近くの木陰で新しいフィルムに交換するか、そのまま撮影を終了するかしていた。この機をとらえ、鄧騰煇と亀井はのんびり前へ出て行くと、背景を替えながら三人のモデルを手早くスナップ写真に収めた。これぞライカの強みだ。

撮影会終了後、亀井が話しかけてきた。今回お願いしたモガは三人とも美人の部類に入るけど、騰煇は眼鏡の子がお気に入りだったんじゃないか。

いや、そんなことないよ。

ずっと彼女を撮ってたじゃないか、僕の目はごまかせないぞ。

確かに、なんで彼女ばかり撮ってたんだろう、自分でもわからない。

亀井が吹き出す。そんな馬鹿な話があるか。じゃあ今日の三人のモガたちはどうだったのか言ってみろよ。

三人とも悪くなかったよ。ただ、黒いワンピースの子はちょっと自信がなさそうで、恥ずかしがってたな。だから輝きに欠けてた気がする。まるい顔の子は堂々としていて、一番写りがよかった。あの眼鏡の子は、自分が美人だという意識が強すぎて、どこかわざとらしさがあった。

それはおかしいだろう。なんで写りがいいほうを撮らないで、わざとらしいほうばかり撮るんだ？写りがいいほうは、何枚か撮ればもういい作品が撮れたってわかる。相手と心が通じ合ったと感じられる一瞬があれば、それで十分なんだ。眼鏡の子は、そこが変なんだよ。すごくきれいな人だっていうのは間違いないのに、いくら撮っても「撮れた」って気がしなかったんだ。

鄧騰煇のその印象は、暗室で写真を現像した時に、さらに深まった。眼鏡の女性を撮った写真には、一枚も納得のいくものがなかったのだ。彼は悟った。ひたすら彼女ばかりを撮っていたのは、彼女がどういう人なのかがつかめなくて、理想的な写真が撮れなかったからだ。だからこそ自分は、彼女を知ろうとシャッターを切り続けたのだと。

相手を理解できないのは、互いの気質が違いすぎて共鳴できないことも原因のひとつだ。あるいは相手が頑なに自分を隠し、きっちり面をかぶっているせいで、光の行く手を阻まれてしまう場合もある。

写真を撮るというのは、突き詰めれば、人と人との心の交流だ。相手を理解できなければ、いい写真は撮れない。心に壁がある人も、やっぱり撮れない。写真はレンズのあちら側とこちら側、双方が共同で作りあげる作品なのだと鄧騰煇は考えた。

景子が写ったフィルムのコマを亀井光弘に返してもらっていないことを、鄧騰煇はまた思い出した。あの理想的な女性のポートレートだ。亀井は一目見るなり、すごくきれいだと褒め、大きく引き伸ばすから貸してほしいと言った。景子は亀井の同級生だし、そもそも初めは亀井がモデルとして連れてきたのだ。鄧騰煇には断る理由がなかった。ところが亀井は借りていったきり、いまだに返してくれない。最初はすぐに持ってくると言っていたのに、あとになってから、家にものが多すぎてすぐには見つからないかもしれないと言い出した。

あのコマのことを思い出したのは、鄧騰煇が引っ越しをしたからだ。新居には暗室を設けた。これで好きなように現像ができると思ったら、ふと理想の景子像が心に浮かんだのだ。

家族を引き連れて日本へ戻って来た彼は、法政大学のある麹町区を出て、そこから電車で三十分ほどの代々木上原に庭付きの戸建てを借りた。新居に落ち着いてまずやったのが、暗室を整え、大量の写真を現像することだった。

自分の暗室を持つというのは、とても重要なことだ。暗室での作業には、集中力が求められる。フィルムを現像するのも紙に焼くのも一見簡単そうだが、その工程には足をすくわれる罠がいくつもあり、一歩間違えるとそれまでの苦労がすべて水の泡となってしまう。印画紙の号数選択を誤りコントラストの調整に失敗する、露光していない印画紙を現像液に浸してしまう、タイマーのセットを忘れる、さらに定着が終わって明かりを点けた時に、そもそもピントが合っていなかったとわかることもある。

暗室は厠と同じくプライベートな空間であり、人がそれぞれの潜在意識に入って行ける唯一の扉だ。暗室のなかでは、潜在意識に眠る記憶や心象を、すべて解き放つことができる。大学のカメラ部で使っていた共用の暗室なんて、今思い返してみればひどいものだった。

鄧騰煇は世界から隔絶された孤独な時間を堪能した。夏、暗室で夢中になって現像しているうちに汗だくになり、汗と酢酸の混ざり合った奇妙な匂いに鼻を衝かれても、彼は愉快だった。

時々彼は、あえて原則から外れたことをした。ある時は印画紙の薬剤を塗布してある膜面を上に向けて現像液に浸し、赤いライトの下で像が浮かびあがる過程を観察した。現実世界では、朝日が大地を照らしながら昇ってきたり、暗い部屋に光が差し込んだりして、暗がりから徐々に物体の輪郭が浮かびあがってくる時、人は明るい色から先に認識する。ところがプリントの過程は逆だ。印画紙はもともと、目もくらむ雪のように真っ白だ。その紙を露光してから現像液に浸すと、黒い影がじわじわ浮かびあがってくる。

まるで時間を遡っているようだ。光のなかから暗黒が生まれ、影がその全体像を定義づける。人は、徐々にはっきりしてくる色や線を読み解こうと、必死に目を凝らす。だが本来物事のイメージを決定づける明部は、往々にして最後にようやく縁取られ、認識できるようになる。自然な視覚とは正反対の経験に頭が混乱するが、ある瞬間にぴたりと理解が追いつき、嬉しい驚きに包まれる。

写真は科学だというけれど、むしろ呪術に近いのではないだろうか？

鄧騰煇は時に、自分が標本の採集者であるように思えた。人びとの魂がきらめく瞬間を採集し、ライカを針、現像液をホルマリンとして、時間による衰えの進行を止める。チョウやカブトムシ、動物が、輝きを放った姿のまま永遠に閉じ込められるのと同じように、星霜を重ねても、その瞬間の人びとの姿をいつでも鑑賞し、いつでも称賛できるようにするのだ。両者の違いは、昆虫標本をつくるには相手の命を奪う必要があるのに対して、魂の標本は何も奪わないということだけだ。

でも、本当にそうだろうか？　ある人のイメージを所有するということは、事実上、その人の一部分を占有していることにならないだろうか？　誰かの写真を見れば、愛したり、憎んだり、具体的で実感を伴った感情が湧く。誰かの写真を破ったり捨てたりすることは、ある種の呪詛や報復になる。

引き伸ばしの際、露光のテストに使う小さな紙切れには、片目や顔の半分、またはおかしな角度で切り取られた身体の一部が浮かびあがっていることがある。そんな紙切れごとき恐るるに足りないのはわかっていたが、彼らを捨てようとする時、鄧騰煇はいつもその後彼らがたどるであろう恐ろしい旅路について想像してしまった。押し潰され、踏まれ、揉みしだかれ、びりびりに破られ、埋められ、燃やされる。写真に写った人物の魂の一部分も、きっと痛めつけられる。だから少しでも顔の写ったテスト用紙を捨てられず、紙袋や紙箱に集めていたが、彼らはあっという間に数を増やしていった。

亀井光弘から景子のフィルムを返してもらう代わりに、鄧騰煇は手元にある一枚の印画紙から複製を作ることを考えはじめた。紙袋のなかから何枚かテスト用紙を拾い出し、露光時間や階調を変えて何度か試してみたが、どれも思っていたのとは微妙に雰囲気の違う写真になった。

彼はふいに理解した。亀井はわざと返さないのだと。景子は自分のものだと思いたいのだと。亀井と景子は単なる小学校の同級生にすぎなかったが、少なくとも三人の関係においては、亀井は鄧騰煇と景子が彼より親密になることも、景子の最も美しい写真が鄧騰煇によって撮られたものであることも受け入れがたいのだ。だからあのフィルムを自分で所有し、今後一切誰の目にも触れさせまいとしているのではないか。

鄧騰煇は一か八かの勝負に出ることにした。手元に残った一枚の写真を、雑誌に投稿すると決めたのだ。もし雑誌に掲載されず、写真も戻らなければ、彼は永遠に彼女を失うことになる。だが、もし掲載されれば万々歳だ。亀井の密かな策略を台無しにできるし、後世の人たちにも写真を見てもらえるかもしれないのだから。

❖

何年ものち、この世で最も撮影が難しい女性は自分の妻だと、鄧騰煇は気付いた。いや違う、実際には結婚の数ヶ月後には、もう妻の笑顔を撮れなくなっていた。

それでも彼は生涯あきらめることなく、手を尽くし心を砕いて、今一度妻の輝ける表情を撮ろうとした。長男を連れて東京の新居へ引っ越してきた頃、赤子をおぶった妻が振り向いた瞬間に見せた、あの柔らかな微笑みのような表情を。もちろん妻はいつもしかめっ面をしているわけではなく、おしゃべりもすれば笑いもした。だが彼がカメラを向けると、さっと笑顔を引っ込め、一瞬にして暗雲が広がったように光を消す。どれだけ露出をあげても意味がなく、いくらシャッターを切っても無駄だった。

初めはまだ遊びの要素があった。妻だって、うまくレンズをかわすとゲームに勝ったように得意にしていた。ところがすぐに質が変わり、言わば生きるか死ぬかの競争になった。捕まったら最後、そこで命を落とす動物にでもなったかのように、妻はいかなる時も緊張を解かなくなった。鄧騰煇がカメラの腕を磨くのにつれて、妻の警戒心もますます研ぎ澄まされていった。

年がら年じゅう警戒していることに疲れたのか、しまいに妻は無表情を決め込むようになった。まるで撮影の機会すら与えまいとするかのようだった。それでも、荒れ果てた廃墟のなかにかつての栄華の痕跡を探すように、鄧騰煇はシャッターを切り続けた。家で撮り、遊びに行った先で撮り、服を繕う姿を撮り、散歩を撮り、ブランコをこぐところを撮り、証明写真も撮れば、ソファに座って新聞を読む姿も角度を変えて連続で五枚撮った。妻は拒絶こそしないものの、妥協もまたしなかった。

晩年、鄧騰煇は不承不承認めざるを得なかった。彼が若い頃に体感していたこと――往々にして撮る枚数が多いほど、いい結果は得られないということ――が、妻を以て証明されたのだ。彼が人生で一番多く撮影した対象が、妻だった。そして彼はレンズに映る、数十もの夏と冬を共に過ごし、五人の子どもたちを共に育てた女性のことを、とうとう理解できなかった。

永光をおぶった妻を写真に撮ったあの日のことを、彼は今も鮮明に覚えている。あれは彼らが代々木上原の新居に越して間もない頃だ。自分たちだけの一戸建てに、自分たちだけの庭、心が洗われるほど澄んだ空気。妻は背中の子を揺らしながら、楽しそうに客家《はっか》語の童謡を歌っていた。

お月さまキラキラ、娘は茶を沸かす、兄は椅子運ぶ、お客さんお茶をどうぞ。

縁者の家の前に池、泳ぐ鯉は八尺あまり。

頭はとって食べましょう、尾っぽはとって食べましょう、
まんなかはお嫁さんに残しましょう。

べっぴんのお嫁さんもらったら、めしを焦がしてくさいこと。

ちっこいお嫁さんもらったら、めし炊くけむりが香ること。

鄧騰煇がカメラを構えると、妻が振り向いて笑った。おぶわれた赤ん坊はぼんやりと父を見つめている。お月さまキラキラ、娘は茶を沸かす。妻のその歌声も一緒に写真に刻み込まれた。写真は声まで撮れることを、彼は初めて知った。時が経ってからも、写真を手に取れば、あの歌声と笑い声が耳によみがえった。

多くのカメラ愛好家の男性と同じように、彼もまた数え切れないほど妻と永光の写真を撮った。玄関に佇む妻、窓辺に腹ばいになる妻、電灯の下で読書をする妻。港ではクルーズ船と母子を撮り、原っぱではタイマー機能を使って三人で家族写真を撮った。赤ん坊を抱いて和室に座る妻、一人で公園のベンチに腰かける妻。分厚いコートを着て一面の雪のなかに立つ永光、母に手を引かれて前へ踏み出そうとする永光、弾けんばかりの笑顔を見せる永光。

妻は驚くような学習能力で、あっという間にカメラの使い方を習得した。それは鄧騰煇が、永光を抱いて本棚の前に立つ自分を妻に撮ってもらおうとした時だった。まだ詳しい説明をしていないのに、カメラを手にした妻はすぐに使い方を理解し、視線を距離計に合わせると、リングを回してピントを調節した。

距離計連動カメラを使ったことがあるのかい？　鄧騰煇は驚いて尋ねた。どうしてピントの合わせ方がわかるんだ？

初めてですよ。妻はしごく当然といった様子で答えた。ちょっと回してみたら、小さな窓のなかの影が重なったんです。これがピントが合ったということでしょう？

当初、妻は鄧騰煇の趣味について理解しようと努めていた。たとえばパウル・ヴォルフの『ライカによる私の体験』や、アルスという出版社が発行する専門書、あるいは雑誌『月刊ライカ』や『アサヒカメラ』など、本棚にある写真関連の書籍や雑誌を彼女は真剣に読み込んだ。ある時、熱心に『光画』を読む妻に、どの写真家がいいと思うか尋ねた。中山岩太の多重露光が一番面白いです。超現実の手法を使っていながら、何かしらの意味が確かに伝わってくるんですもの、小手先だけではできない作品だと思います。彼女は迷いなくそう答えた。

そうか、じゃあ木村伊兵衛はどう思う？

一見すると、テーマは平凡だし、構図もありふれているように思えます。でも、余韻に満ちていますね。実験的な前衛作品のなかに紛れていると、ちょっと古くさく感じられますけど、刺激の強い冷え冷えとした作品ばかり見た後に、ページをめくって彼の作品に行き当たると、温かく照らしてくれる太陽に出会ったようで嬉しくなります。

鄧騰煇は呆気に取られて、何も言えなかった。妻が口にしたことは、すべて自分自身も同じように感じていながら、うまく言葉にできずにいた感覚だった。しかし鄧騰煇の作品が『月刊ライカ』に掲載されるようになる頃には、妻はもう写真雑誌に興味を示さなくなっていた。

変化は、いったいいつはじまったのだろう？　彼は折につけ、あの振り向いて微笑む妻の写真を取り出しては、繰り返し眺めた。何度見ても彼女の表情はとびきり温かで柔らかく、今まさに目の前で笑っているように思えた。しかしそれは、瞬きをする間に通り過ぎてしまう、天から贈られた一生に一度きりの刹那だった。

写真はその瞬間を忠実に封じ込め、あの笑顔が確かに存在したと証明している。写真のなかの笑顔は、消えることもなければ、変わることもない。どれだけ時が経とうとも、微笑む妻は永遠にそこにいるし、決して移ろわないことが約束されている。この次の瞬間、妻が、お月さまキラキラ、娘は茶を沸かすと歌い出すことを、鄧騰煇は知っている。それから妻は子どもを寝かしつけ、夫婦は畳の上に隣り合って座り、穏やかな午後を過ごすのだ。

けれども、彼はまた知っている。その後、妻は決して笑顔を見せず、二度と振り向かないことを。

人はみな、潘清妹《はんせいまい》を幸運な女だという。

彼女は幸運な婦人として、新婦の手を引く役目をたびたび務めた。婚礼当日、新婦が新郎の家の門をくぐる時には、幸運な婦人に手を引かれて入るしきたりがあったのだ。そうすれば、新婦も福に恵まれると考えられていた。でも、幸運って？　良い家に嫁ぎ、夫婦共に無病息災、子どもたちが元気に育つこと。ましてや三男二女に恵まれるなんて、最高に幸運なことだ。

潘清妹は、まさにその最高に幸運な女性だった。おまけに百歳を超える長寿にまで恵まれた。晩年、潘清妹を訪ねてきて、彼女が弟の嫁の手を引く七十年前の写真を見せてくれた人がいた。彼女はその写真をしげしげと眺め、言った。

まあ、どうしてまだ色褪せないのかしら？

写真を撮ったのは、彼女の夫だ。彼女は右手で新婦の右腕を支え、左手で白いドレスの裾を持ち上げていた。自身は頭を低くし、新婦の足元に注意を払っているように見える。けれど実際には、彼女は何も見てなどいなかった。

彼女自身が結婚した時には、写真は撮られなかった。もし撮られていたとしたら、きっとそっくり同じ写真になっていただろう。新婦は心中の不安を隠せない神妙な面持ちで、手を引く婦人はとっくに運命を受け入れた顔をしている。彼女は贈り物のように美しく飾られた花嫁を、婚姻に投げ入れるのだ。

まあ、どうしてまだ色褪せないのかしら？

潘清妹の最も溌剌とした姿を捉えた写真は、台北《たいほく》第三高女の登山隊に参加し、台湾の最高峰である新高山《にいたかやま》[*1]に登る途中、渓谷に斜めに渡された丸太橋の上で撮ったものだ。丸太は数人そろってやっと腕をまわせるほど太く、みんなでその上に段々に並んで写真を撮った。まるで天まで伸びる梯子のようだった。

女学生たちは白い布の巻かれた菅笠をかぶって、手に八角形の白木の杖を握り、制服を身にまとっていた。制服の上衣は白、下は黒いラインの入った細い格子のプリーツスカートで、いつも履いている靴下と革靴を脚絆と地下足袋に替えただけの装いだった。同級生九人に引率の先生一人を加えた十人で、橋の上に一列に並び、杖に寄りかかるようなポーズをとった。鬱蒼と茂った樹木を背景としたその写真は、さながら歌舞伎の一幕のようだった。劇中の人物は、今まさに、まばゆいばかりの冒険に踏み出そうとしていた。

あれは昭和二年（一九二七年）、高等女学校がこぞって新高山登山を敢行していた頃で、三高女も初めて登山隊を結成する運びとなった。卒業をひかえていた潘清妹は、運良くそれに間に合った。手を挙げた二十数人のなかから、品行、成績、健康状態などを考慮して、学校側が十二人を選び、一ヶ月にわたる訓練を行った。十二人は毎日放課後になると西門から南方向へ出発し、旧台北城の城壁跡を一周するように三線道路[*2]を歩いた。

登山には校長自らが三人の教員を率い、カメラマンと映画撮影技師も同行した。さらに三人の蕃地〔原住民族が暮らす土地〕警察と十人の原住民にも協力をあおぎ、学生を含めて三十一人の大隊で、阿里山から鹿林山の登山道を通って新高山を目指した。雨に濡れ、風に吹かれながら歩くこと二日、ようやく頂上にたどり着いた。

潘清妹は覚えている。登頂した時は見事な晴天が広がっていて、同級生たちは目に歓喜の涙をたたえ、跳んだり叫んだりした。彼女たちは校長の音頭で天皇陛下万歳を三唱し、皇居のある北東方面に向かって頭を下げた。続いて校歌を歌う段になると、誰からともなく身体を揺らし、踊りはじめた。

一万三千尺もの高峰で踊ったのよ、一生忘れない青春の思い出だわ。どこまでも澄みわたった空でね、あんなに深い青はそれ以来見たことがないの。どんな写真にもあの色は写せないし、どんな映画にも、あのたった一度きりの美しい瞬間を捉えることはできないでしょうね。

下山の途中で、一行は大雨に降られた。安全を考え、校長が搭搭加《タタカ》警察の駐在所にもう一泊すると決めた。登頂に成功した喜びと解放感に包まれていた女学生たちは、思いがけない休日と、真っ白な霧に包まれた高山の風景に、興奮を隠せなかった。彼女たちは集まって小鳥のようにおしゃべりに興じたり、カメラマンにカメラの操作方法を尋ねたりした。カメラマンは気前よくカメラを貸し、使い方を詳しく教えてくれた。

＊1　現・玉山。標高は三千九百五十二メートルで、日本統治時代には富士山（標高三千七百七十六メートル）を上回る日本の最高峰だった。

＊2　日本統治時代に旧台北城の城壁を撤去してその跡地に造られた道路。現在の中山南路、中華路、愛国西路、忠孝西路にあたる。三線道路の内側を「城内」と呼んだ。

日本全土で考えても、一万尺以上の山に登った女性って、ほとんどいないんじゃない？　潘清妹の親友である黄婉《こうべん》が言った。

卒業前にこんな夢みたいなことを達成できたんだもの、もう青春に悔いなしよ。

いいえ、私たちの人生は始まったばかりよ。まだまだやるべきことがたくさんあるわ。卒業したら、私は内地の大学で勉強を続けて、将来は教育に携わりたいと思ってるの。潘清妹は答えた。

婉ちゃんは志が高いのね。潘清妹は板の間に膝を抱きかかえて座り、霧が勝手知ったる様子で室内に侵入してくるのを眺めた。顔も身体も、しっとり冷たかった。

私は婉ちゃんみたいな夢を持つ勇気はないな。もう良妻賢母になるって決めたの。すてきな家庭を守っていくことだって、国家への貢献になるでしょう。

作文を読んでるみたいね。黄婉が笑った。帝国最高峰の景色を目にしたのよ？　すべてを運に委ねて、隅のほうで小さな幸せを守ってこれからの一生を過ごすので、本当にいいの？

私たちが教育を受けたのは花嫁修業のためでしょう？　同級生の半分近くがもう婚約してるし、卒業したら結婚するのよ。

清ちゃんはこんなにも文学が好きなんだから、女流作家になれないともかぎらないわよ。急いで結婚するなんてもったいない。

結婚したらもう筆は持たないし、嫁ぐ家には原稿用紙も持って行かない。一度最高峰を見られたんだもの、もう十分すぎるほど贅沢よ。

ねえ、清ちゃんは自由恋愛に憧れないの？

あれはみんな、一時の気の迷いだと思うわ。

本当にもう決心しちゃったのね。あぁ、みんな急いで結婚しちゃうなんて寂しいわ。約束しましょ。結婚しても私たちの友情は少しも変わらないって。

同行のカメラマンがちょうど通りかかったので、潘清妹は、関口さん、私たちの写真を撮ってもらえませんか、お金はお支払いしますと声をかけた。

雨の日は光が弱いんだよな。関口は足を止めて二人を見ると、困ったような顔で言った。でも、もしきみたちが何秒かじっと動かずにいられるなら、カメラを三脚に立てて撮れないこともないかもしれない。

じゃあお願いします！

そうして光のおぼろげな山小屋のなかで、潘清妹と黄娩はしっかり身体をくっつけ合い、息をつめ、瞬きもせずにレンズを見つめた。少しでも動いたら、美しい青春の思い出が泡となって消えてしまうとでもいうように。けれども、関口はその写真を焼いてはくれなかった。やっぱりうまく撮れなかったのかもしれないと思いつつ、手紙で尋ねることもはばかられた。ひょっとしたら単純に関口が忘れていただけかもしれないが、真相はわからないままだ。

黄娩はその後、本当に日本の女子大へ進学した。聞くところによれば、戦争が激化する頃になって台湾へ戻り、総督府の事務官と結婚したという。

人生って本当に不思議なものね。あんなにも仲良しで、一生離れないと思っていた親友なのに、卒業したらこうしてあっという間に連絡が途絶えてしまうんだから。何年かして同窓会で再会したってね、あの特別な関係はもう戻らないのよ。

写真をもらえなかったにもかかわらず、潘清妹の記憶には、彼女と黄娩が膝を並べて座る一枚の画がずっとあった。時が経つにつれ、そのイメージは暗さを増し、はるか遠い黄昏にのまれていったものの、決して消えはしなかった。制服を着た彼女たちの姿は、今もはっきりしている。けれどいつしか顔は曖昧になってしまった。それはまるで、露光の最中にじっと静止していられなかった罰のようだった。

潘清妹は新婚初夜のことをいつまでも覚えていた。丸一日儀式に追われ、ようやく床に就いた時、彼女は緊張のなかで心を決めた。自分をすべて夫に委ね、これからは彼の忠実な妻になろうと。

すると夫がカメラを取り出し、いかにも大切そうに枕元の赤い布の上に置いた。それを見た潘清妹は、自分が邪魔者になったような気がして、恥ずかしさでいっぱいになった。しかし良妻賢母の教えが彼女を冷静にさせた。そもそも自分と機械を比べるなんて、おかしな話だ。

彼女は夫にカメラのことを尋ねた。会話の糸口が見つかって、夫は嬉しそうだった。そして最後には情熱的に彼女に向かってきた。夫を迎え入れる時、痛みとも悦びともつかない感覚のなかで、ふと、横から冷たい視線に射抜かれているように感じた。それは裸になった彼女の身体を、無防備な魂を、冷徹に計測しているかのようだった。途端に身体がこわばり、頭が真っ白になって、その後どうやってことが運ばれたのか一切わからなかった。

長男を連れて東京へ移ってくると、夫はすぐに暗室をつくった。夫は一日中外での撮影に明け暮れ、家へ帰れば暗室に何時間もこもって、食事時に呼びに行ってもなかなか出てこなかった。すまない、印画紙を現像液に入れたところなんだ、定着するまでドアを開けられない。いつもいつもそう言って。彼女の気持ちを察したのか、夫が暗室に招き入れて作業を見せてくれたことがあった。暗室のすべてが科学なんだ。夫は嬉しそうに言った。でも魔術のように思える時もあって、とても不思議なんだ、よく見ててごらん。夫はまるで木の洞に隠した宝物を守る精霊のように、暗室に入るなり生き生きと光を放ち、訪ねてきた客人に宝物を紹介するのだった。

暗室は窓のない小さな部屋で、陰鬱で、酸っぱい奇妙な臭いがした。人一人がようやく向きを変えられるほどの広さしかない空間に、流し台が設置され、上下の棚には計量カップや薬剤、タイマー、バットがところ狭しと並べられ、左手の小さな作業台に引き伸ばし機が置かれている。ふいに夫が扉を閉め、かんぬきをかけた。二人は狭い空間で身体をくっつけ合う格好になった。明かりが消え、天井の安全灯が点る。夜明け前のほのかな光のように、あたりが暗紅色に包まれた。

潘清妹はなぜだか急に緊張し、扉を開けて出て行きたくなったが、じっとこらえた。そうとは気付かない夫は、ネガをセットしてあった引き伸ばし機を手早く操作し、印画紙を露光させると、バットのなかの現像液に浸した。作業をしながら、夫は絶え間なく解説し続けた。見て、露光すると印画紙の銀粒子に化学変化が起きて、潜像が形成されるんだ。見て、現像って言われるのは、印画紙のハロゲン化銀を還元して金属銀にすることなんだよ。見て……。

赤いライトの下で、バットのなかの白い印画紙にゆっくり色のかたまりと線が浮かびあがってきたかと思うと、女性の像が結ばれた。夫はバットの一角を持ち上げて優しく揺すり、薬剤を均等に行きわたらせた。こうするとしっかり現像できるんだと言って。

赤い光の波がゆらゆら行き来するのにつれ、女性の身体も揺らめく。潘清妹はめまいを覚えた。耐えきれずに身を翻し、扉を開けて暗室を飛び出した。

あっ、まだ定着してないのに……。夫が反射的に扉を閉める。数秒が経ってようやく異変に気付いたらしく、夫が暗室を出てきた。

どこか具合でも悪いの？

すみません、ちょっとめまいがして、吐きそうになったんです。でも大丈夫です。印画紙をだめにしてしまってごめんなさい。

印画紙なんていいんだ。酢酸の匂いにやられてしまったのかな。

潘清妹の背中に置かれた夫の手のひらからは、道義的な慰めが感じられる一方で、せっかくの楽しみが台無しになってしまったことへの落胆も伝わってきた。

幼い頃、潘清妹は罰として父に真っ暗な場所に閉じ込められたことがあった。あの日彼女は弟と一緒に、人だかりのそばを通りかかった。気になって足を止め、首を伸ばしてのぞきこんでいるところを父に見つかり、直ちに家に連れ戻されてこっぴどく叱られた。こんな小さいくせに賭けごとに興味があるのか？　ましてやおまえは女の子だろう、行儀よくしてなきゃ嫁にもいけないぞ！

濡れ衣を着せられ、潘清妹は納得がいかなかった。そもそも彼女は大人たちが何をしているかなんて知らず、ただ見てみたかっただけなのだ。彼女たちは大家族で三合院に住んでいた。数十人がいくつもの部屋に分かれて暮らしていて、関係が遠い人とはほとんど面識もなく、それぞれの生活習慣もまったく違った。父は仕事もせずふらふら遊び歩く者を見下し、賭博を目の敵にしていた。それで子どもたちに近づくなと口を酸っぱくして言うのだが、お隣さんは麻雀卓を出して日夜ジャラジャラやっては、ツー、ポン、あがりと叫んでいるし、家を出ようとすれば、誰かがしゃがみこんで四色牌で遊ぶ横を通ることになる。見たくなくたって目に入ってしまうのだ。

潘清妹は真っ暗な場所に閉じ込められた。倉庫だったか戸棚だったか、今となっては思い出せない。どれだけそうやっていたのだろう。怖くもあり、悔しくもあったけれど、声に出して泣きはしなかった。嫁にいけないというのがどういうことか、彼女にはわからなかった。でも三合院にひっそり暮らす独り身のおばさんが、みんなから後ろ指を指されてあれこれ言われているのを思い出すに、きっと人間にとってとても惨めなことなのだろう。

横になって休むかい？　夫が優しく言う。今日はもうごはんをつくらなくていいよ、きみがよくなってから食べに出よう。

大丈夫、すぐに支度します。潘清妹は身体を起こし、夫の無力な慰めには構わず台所に入ると、近くにあった野菜を適当につかんで洗いはじめた。夫はしばし扉にもたれてその様子を眺めていたが、何も言わずにまた暗室へ戻り、後始末にかかった。

⁂

結婚後、夫は何台もカメラを買った。ライカ一台、家一軒と言われるが、それはライカに限った話ではなかった。本棚にあったカタログと照らし合わせると、二、三百円かそれ以上する高級品も多く、なかには八、九百円するものまであった。これを数台合わせれば、別荘だって建てられる。

夫はどこへ行っても写真を撮った。二人で築地小劇場へ観劇に出かけた時も、開幕から閉幕まで舞台を撮影し続け、しまいには画になる構図を求めて席を立っていってしまった。舞台のはねたあと二人で歩いていると、夫が酔いしれたように言った。劇場のなかはまるで巨大な暗箱《あんばこ》だよ。明るい舞台が日に照らされた現実世界で、暗い観客席はさしずめフィルム室だね。劇場のなかでカメラを持って撮影していると、子宮のなかにもうひとつの子宮があって、二重に創造過程を孕んでいるみたいでわくわくしたよ。

それで、今日の劇はどうでしたか？

え？

夫は彼女の写真もよく撮った。初めはどうということもなかったけれど、あまりにも頻繁にカメラを向けられるので、すぐに鬱陶しく感じられるようになった。何をしていても背後霊のように突然現れてカシャカシャと音をさせたかと思えば、ふっと姿を消してまた静かになる。夫が本当に自分を撮りたいと思っているのか、それとも色見本のカードか何かのようにカメラやレンズの性能を試すのに使っているのか、彼女にはわからなかった。

見てごらん、きみの立体写真を撮ったよ。これは視差の原理を利用して立体画像を再現してるんだ。専用の眼鏡で見ると、実物そっくりの画像が浮かんでくるんだよ。

潘清妹が目をやると、わずかに違う角度から同時に撮影された画像が、印画紙の左右にそれぞれひとつずつあった。いつの間に撮られたのか、それは読書をする自分の後ろ姿だった。

彼女が興味を示さずにいると、夫はさらに声を張り上げた。眼鏡を使わなくたっていいんだ。こうして寄り目にするだけで、立体画像が見えてくるんだから。あ、出てきた。ほらほら早く、きみが立体になってるよ！

私本人のほうが立体だと思いますけど。彼女はつっけんどんに答えた。

夫はいつもこんな風に無邪気な様子で、ちっとも勉強をしなかった。本棚を見ても、本分である経済よりも写真関連の書籍や雑誌のほうがはるかに多く、潘清妹は先々のことが心配になってきた。だが一番の気がかりは、夫が大量にコレクションしている女性の写真だった。

夫はあらゆるものを几帳面に整理していた。ネガは三コマずつに切って専用のファイルにしまったうえ、探しやすいように見本をプリントして貼り付ける。引き伸ばした印画紙はピンチに挟んで乾し、重量のある分厚い字典で平たく熨《の》してから、丁寧に写真帖にしまった。

ピンチには毎日のように違う女性の写真が挟まれ、風に揺れていた。洋装の、和装の、水着の、屋内の、屋外の、街頭の、笑っているの、物思いに耽っているの、狡猾そうなの。時折、ほかの女性たちと一緒に自分のむっつりとした顔も干され、不自由に行ったり来たりしていた。

そりゃあね、若い男性が美人好きなのは当然よ。でもね、主人が女性を撮る熱意はそういうものを越えていたわ。それに手当たり次第なんでもござれって感じだったのよ。お世辞にも美人とは言えない人も、怒ったような顔した人も、みんな撮ってしまうの。

あの日は午後になってにわか雨が降り出した。潘清妹は女中の琳《りん》と庭に飛び出して、衣類や布団をしまった。振り返ると廊下に印画紙がぶらさがっていたので、それも一緒に食卓に置いた。

どうしておしめがこんなに少ないの？　ほかのはどうしたの？　潘清妹は服を畳みながら訊いた。琳は大威張りで、この赤ちゃんは大小便が多くっていちいち洗っていられないから、そのまま肥溜めに捨てたんですよ、と答えた。

あのおしめだって高いのよ！　潘清妹はくどくど琳を叱りながら上掛けをしまうと、食卓に置いた印画紙のことを思い出し、二階の書斎に持って上がった。

熨す前の印画紙は四隅が内側に丸まり、何かの甲羅のように硬くて、揺れて紙同士が交差するたびに自然と隙間ができた。みな押し潰されたくなどないと言っているかのようだった。

彼女は一枚一枚手に取って眺め、続けて写真帖も出してページをめくった。写真は夫独自の方法で整理されていた。夫はあたかも独学で身を成した生物学者のように、若い女性たちのために複雑な分類方法を編み出し、彼だけの宇宙を創造していた。本棚には露光のテスト用紙でいっぱいの紙袋があり、それにもすべて女性たちの不完全な姿が写っていた。半分切れた顔も、ひとつきりの目も、夫は捨てずにとっていた。

この時、彼女は気付いた。たとえ平凡な女性であっても、夫はどこかしら輝いたところを写し出している。対して自分の写真は、ほとんどが灰色に暗く沈んでいた。銀座三越で買った高級な洋服に身を包んでいても、その中身がまるきり空っぽであることに、彼女はショックを受けた。

良妻賢母ってこういうことなの？　自分をすべて捧げていったい何になるっていうの？

突然我慢ならなくなって、写真帖を床に引っくり返した。華やかな女性たちの写真が、あたり一面に散らばった。

少なくとも、私はあなたのコレクションのひとつにはならないわ。

それ以降、潘清妹はレンズの前で一切防御を解かなくなった。写真で見る彼女は永遠にむっつりとした、どこかあきらめにも似た表情を貼り付けている。レンズの外の彼女は、笑顔になることがあったのだろうか。それを知る人も段々と少なくなり、やがて誰も気に留めなくなった。

海女を撮りに行かないか？　房総の白浜には「伝統的」な海女がいるっていう話だぞ。知ってるだろ？　これでもかってぐらい短い木綿のズボンを履いて、頭に手ぬぐいを巻いただけで、あとは裸のまま海に入るあれだよ。亀井光弘が勢い込んで話す。美術学校がモデルを探すのもひと苦労だっていうのに、あそこへ行けば好きなだけ裸のスケッチができるんだぞ。騰燿もゴーギャン気取りでタヒチシリーズを撮れるんじゃないか。

きみは裸の女が見たいだけだろう。鄧騰燿は言った。行ってみたらおばさんばっかりで、引き返す羽目になるかもしれないぜ。

小早川が撮影に行ったんだ。若い女の一人は、美人の部類に入るってよ。まったくあいつは抜け目がないよな。

やっぱり裸の女を見に行くだけじゃないか。

健康的な色気は身体にもいいんだぞ。きみだって新しく買った八ミリカメラを試すいい機会じゃないか。で、行くのか？

当たり前だ！

二人は天気のいい日を選び、朝早く出発した。亀井はあのキャデラックに大小様々な撮影機材を積み、東京湾をなぞるように三時間あまりかけて房総半島の南端まで運転していった。

ねえ、海女はどこ？　亀井が道端を行く人にぞんざいな口ぶりで話しかけた。菅笠をかぶり重そうな荷物を担いだ相手が、おどおど前を指すと同時に、亀井はアクセルを踏み込んだ。おれたちのこと、東京から来た役人とでも思ってるんじゃないか。亀井は大声で笑った。しかし、なんでおれがきみの運転手になってるんだ？　たまには替われよ。

　車をぶつけられてもいいっていうなら、いつでも替わるよ。鄧騰煇は冗談めかして答えると、ドアに手をかけて風に当たった。

　海女が仕事をする場所は海辺の岩場だったので、車を遠くに停め、撮影機材を担いで砂浜を歩いて行くしかなかった。二人連れがわざわざ遠くから海女を見に来たかと思えば、輸入車を運転し、高級な背広に身を包んで山のように奇妙な機械を持っているものだから、じろじろ町民に観察される事態となり、しまいには町長まで飛んで来た。町長は彼らの身分を聞いても半信半疑の様子で、もし役人や大人《たいじん》だったら一大事とばかりに、鄧騰煇にぺこぺこ頭を下げるので、亀井は面白くなさそうだった。なんとか野次馬を追い払って、八ミリカメラを三脚の上に立てる頃には、海女たちはすでにひと潜り終えていた。

　鄧騰煇は映画を撮りはじめた。海から垂直に切り立った岩壁の下の小道を二人の海女が歩いてきて、波がゆったりと砂浜に打ち寄せる。今日は海が開いてないね、と年かさの海女が言う。何も獲れやしないよ。彼女の乳房が揺れる。手に持った木桶は空っぽだ。ふいに若い海女が岩の隙間に現れたかと思うと、腰をひねって水のなかへ飛び込んだ。両足を空中に突き出し、見ているこちらが心配になるほど長い間潜っている。やがて悠々と頭を出した彼女の手には、鮑か何かの貝類が握られていた。

　海女たちは集まってわずかな漁獲を整理し、砂浜に座って互いの髪をとかし、アルミや木の弁当箱を取り出して昼食をとり、自由気ままにおしゃべりに花を咲かせた。まるで森の動物のように、彼女たちはまったくカメラの存在を気にかけなかった。肌寒さを感じてようやく服を羽織るくらいで、薄い短パンの紐がほどけて恥毛がのぞきそうになっても意に介さない。

食べたら海藻を獲りに行くよ。年かさの海女が言った。

ちょっと待って。鄧騰煇はずっと一人の海女に目を付けていた。彼女を呼び、岩礁に寄りかかったり、切り立った岩の上に座ったり、籠を背負って逆光になる高い場所に立ったりする姿を、単独で撮影した。

若い海女は太陽の下でまぶしそうに目を細め、いつもと変わらぬ泰然とした様子で座っていた。彼女が時折見せる笑顔は、温かな海のようだった。鄧騰煇は八ミリで彼女を撮影し、亀井がフィルムを交換してくれている間に、ライカのシャッターも切った。

着飾った都会のモガと違って、彼女は自分の美しさをひけらかすことを知らなかった。房総の海女として十年一日のごとく、海面のきらめきを眺め、爽やかな潮風の音を聞く生活に慣れ親しんでいた。もし彼女がモガみたいな格好で東京の街を歩いたら、どんな風景になるんだろう。鄧騰煇はそう考えずにいられなかった。あるいは、東京のモガがみんな彼女みたいに、平然と……。彼の脳裏に、無数の裸体がモダン都市を闊歩する奇妙な光景が浮かび、思わず吹き出してしまった。あまりにも低俗な考えだと反省したが、海女の淡々とした表情に許しを得た気がした。

海女の身体には、禁忌もなければ神秘もなく、誘惑もなかった。彼女は海辺の岩であり、波間の光であり、人を魅了するイルカだった。

家に帰り着いた時にはもう夜だった。鄧騰煇は玄関で細かい砂のついた革靴を脱ぎ、あわただしく夕食を済ませると、暗室にこもって早速フィルムを現像した。今回撮ったものはこれまでとは違うと、一目でわかった。フィルムが乾くのを待ってすぐに見本をプリントし、いくつかコマを選んで引き伸ばしてみて、その思いは確信に変わった。

いったいどこが違うんだろう？

少し前、鄧騰煇は銀座の紀伊國屋で「ライカによる文芸家肖像写真展」を鑑賞し、大きな衝撃を受けた。作品に写る人物はみな新聞で見かける著名人ばかりだったが、普段の物静かな印象とは違っていた。佐藤春夫の分厚い丸眼鏡は、光を反射して完全に目を覆い隠してしまっていたし、大きく目を見開いて遠くを見つめる山田耕筰は、何か驚くべき知らせを聞いたかのようだった。煙草をくわえた長谷川如是閑《にょぜかん》の頭新居格《にいいたる》はこらえきれないように破顔し、斜め上から強烈な光に照らされた長谷川如是閑の頭は、乱雑は、乱雑な巻き髪に覆われている。写真のなかの一人一人が、独特のエネルギーを放っていた。

今までみたいな活気のないポートレートは、気の抜けたビールと同じで味気ないだろう。ちょうど会場に居合わせた作者の木村伊兵衛が、そう友人に語っていた。鄧騰煇は邪魔だてはせず、遠くで耳をそばだてた。

写真っていうのは、肉眼で見た現実と、機械が切り取った瞬間がぴたりと合致したものなんだ。肖像がその人の性格や情感を表現できなければ、真実を伝えることはできない……。

なるほど、自分は無意識のうちにあの時の言葉を胸に刻んでいたらしい。すでに写真についての心得があった鄧騰煇は、ひとつふたつの示唆を得れば、自然とそれを取り入れ、ゆっくり咀嚼して自分のスタイルを醸成することができた。

岩に寄りかかる美しい海女は、ヴィーナス像のようにわずかに腰をねじり、その背後には岩壁が高くそびえたっている。しなやかで強靭な女性と、荒々しく過酷な環境が調和し、彼女の淡い微笑みに、この土地で海に頼って生きる者の明るさと凛々しさが表れている。

鄧騰煇は再びレンズを通して、ある種の理想像を写し出した。しかも今回は単に理想的な女性であるばかりでなく、理想的な生命の状態を写し出したのだった。

アルバム四

電光と神火

深夜、鄧騰駿《とうとうしゅん》は布団の上で寝つけずにいた。山あいの町はとうに寝静まり人の気配はしなかったが、虫やカエルの鳴き声にまじって、遠くのほうでチャルメラと太鼓の音がこだまして落ち着かなかった。

彼は三番目の兄である騰煇《とうき》と一緒に、少し前に法政大学を卒業した。二人には五歳の年の差があったが、一人は経済学、一人は法学の学位を同時に取得した。二重の喜びを祝いに、人びとが鄧瑞坤《とうずいこん》のもとを訪れた。これで四人の息子が全員学業を修めたのだ。肩の荷を下ろして、今後は悠々自適に暮らすことができる。

ぴかぴかの法政大学法学士など山の町では滅多にお目にかかれない秀才、おまけに金持ちの子息で見た目も良しとくれば、まわりが放っておくわけがない。仲人たちがこぞって鄧家を訪れ、あたかも新竹州《しんちくしゅう》中の令嬢から一人を選ばせようとするかのごとき騒ぎになった。しかし騰駿は、自分はまだ若いし、望むような仕事も見つかっていないので結婚のことは頭にないと言って、みな追い返してしまった。

仲人がハエだとするなら、今耳に飛び込んでくるチャルメラの音は、さしずめ蚊だな。いや違う、蚊ならひと叩きで殺せるけど、チャルメラの音はどうしたって防ぎきれない。

騰駿はあきらめて起き上がり、服を着て階下へ向かった。うんざりした気持ちが足取りにも表れたか、ドンドンと階段を鳴らしてしまった。すると騰煇の部屋から人の動く気配がした。しまった、まさか兄さんも出てこないだろうな？　今は誰とも話したくない気分だったので、騰駿は足音を忍ばせながらも急いで階段を下り、危うく転げ落ちそうになった。

店の表門は開け閉めが面倒なので、裏口にまわった。宿直の従業員に、鍵を閉めないでおくよう言い置き、扉を開けて外へ出る。上通りへ来ると慈天宮の法要がたけなわで、広場にも通りにも人っ子一人いなかった。騰駿は信心深くはなかったが、やはりこの生者が近づけない儀式を邪魔するのはよして、裏手にまわることにした。

旧暦七月一二日、満月まであと少しというところで、あたりは清らかな光に輝いている。薄暗い路地を行くと、夜空を切り裂くチャルメラの重く鼻にかかったような音色と、軽やかな太鼓のリズムがこだました。音は遠いようにも近いようにも感じられた。あるいは音の出所が次々に変わっているかのようだった。寝静まった山の町に音楽だけが高らかに鳴り響いて、うら寂しい夜に孤独な熱狂が生み出され、どこか異様な雰囲気だった。

耳を澄ませば澄ますほど、その音は違う時空から届いたように聞こえ、この世のものとは思えなかった。確かにそれは現世のためではなく、天地神明に知らせを届け、四方の無縁仏たちを饗宴に招待するためのものだった。だから住民たちはみな家にこもり、固く門扉を閉ざして外をのぞき見ることもしなかった。

騰駿は慈天宮の裏から細道を抜けて正殿の脇まで来ると、なかの様子をうかがった。黒地に金の龍が刺繡された帽子をかぶり、腰まで届く数珠を提げた導師が、ほかの僧たちを率いて大声で読経している。客家語《はっか》で唱えたかと思えば、今度は閩南語《びんなん》[*1]だ。

僧のほかにには今年の儀式当番がいるだけで、部外者は誰もいない。前の広場には燈篙《とうこう》と呼ばれる竹

*1 閩南地方（現・中華人民共和国福建省南部）で話される言葉。現在「台湾語（台語、福佬語）」と呼ばれる言葉は、十七世紀から十九世紀にかけて閩南地方より台湾に入植した人びとの話す閩南語が基礎となっている。

が三本置かれ、立てられるのを待っている。使われるのは頭から根元まである丸々一本の竹で、一尺あれば三里の霊を呼び集め、長ければ長いほど遠くの霊まで呼ぶとされている。最も長い竹を使う慈天宮の燈篙は、大隘《たいあい》地区全体のさまよえる魂を呼び集め、救済することができると考えられていた。風のない夏の夜の蒸し暑さに、汗が吹き出る。騰駿は僧服の下に革靴を履いている僧が何人かいることに気付き、ずいぶんいい加減だとあきれた。彼はがらんとした陰鬱な広場に目をやり、もしこの世に本当に霊がいるなら、今この山の町は霊だらけでさぞ賑やかなことだろうと考えた。辮髪をさげたもの、顔に文面〔刺青〕を入れたもの、髭をさっぱり剃りあげたもの、老いも若きも男も女もひしめき合い、客家語サイシャット語タイヤル語閩南語日本語で、ぺちゃくちゃしゃべり合っているに違いない。

しかし彼には何も聞こえなかったし、何も見えなかった。それもそのはず、彼は立派な法政大学の法学士、現代的な高等教育を受けた人物だ。たとえ霊であろうとも、狭い道で彼とすれ違うなど畏れ多くて三舎を避く。だから彼の世界に霊など存在し得ないのだ。

ふん、法学士法学士ってなんだ。東京の中学で五年、大学で五年学び、成績も家柄も何もかも日本人に引けを取らなかったのに、台湾に戻ってみれば学んだことを活かせる仕事すら見つからない。総督府以下、州郡官府どこも台湾籍の人間は採用したがらないと聞き及んでいたのは、まさにこのこと。大学で教鞭を執ろうなんて、夢のまた夢だ。台湾人は医療や農林など、実用的な領域でしか力を発揮することが許されない。開明思想を持った文科系の頭脳は危険であり、何もさせてはならないのだ。

親戚友人らが彼の学位を讃えれば讃えるほど、彼は悶々とした。法学士なんてただのお飾りで実際には何の役にも立たず、山の町にこもっているしかないのなら、何年も留学していたことにはたして意味があっただろうか？　一番苦しいのは、十三歳で日本へ渡り、思想も観念も彼の地で形成されたおかげで、北埔《ほっぽ》のすべてが肌に合わなくなってしまったことだった。この町は迷信に囚われて時代に取り残され、文明の遅れときたら目も当てられない。もはや救いようがないほどだ。

日本人のようであっても、結局は日本人ではない。外では出口が見つからず、帰れば帰ったで、自分は故郷を忌み嫌うよう日本人に改造されてしまったと知る。これ以上の皮肉があるだろうか？

彼はふと、三兄の騰煇が撮ってくれたポートレートのことを思い出した。傍から見れば、今の自分はまさにあの写真のような有り様だろう。あの時彼は、東京の部屋で浴衣に身を包み、洗いざらしの濡れたままの髪で、世に倦んだように伏し目がちな表情をしていた。すると突然、兄がカメラを手にして写真を撮ったのだ。不意を衝かれて隠れる暇もなかった。

二日酔いが抜けない頽廃派文士そのものじゃないか、ははは。写真を見た友人たちは、みなそう言って笑った。でもこれは僕じゃない。口では反論しながらも、内心、自分があまりにも日本人らしく見えることに彼は驚いていた。きみじゃなきゃ誰だよ、きみはいつだってこんなご尊顔だよ。彼をからかう友人たちは、そう言って譲らなかった。

彼は昼に法政大学で学んだあと、夜は東京美術学校の授業にも出ていた。ある時、自画像を描く課題が出されたが、なかなか納得のゆくものが描けなかった。鏡のなかの自分を見て筆を運ぼうとすると、どうしてもあの写真が頭に浮かんでくるのだ。鏡に映る顔こそが生きたものであることは明白なのに、写真のなかの人物のほうが雄弁で、厳しい視線で彼の一筆一筆を監視している。彼は歯を食いしばってその影に抗い、なんとか自画像を完成させたが、やはり自分とは似て非なるものになった。法要はだらだらと同じことを繰り返し、終わりが見えなかった。身体中が汗に濡れてますます不快になってきたので、燈篭を掲げる段を待たずに慈天宮の裏側から外に出て、あてもなくそぞろ歩いた。屋根や白壁を月光が煌々と照らし、壁の下ではブーゲンビリアが透き通った紫に輝いている。それはあたかも天地不明の一幅の絵のようだった。その光景に魅せられた彼は、どうやってこれを描こうかとごく自然に考えていたが、夜更けに予期せず出会ったこの美しさを表現するのは、ひどく難しいだろうとも感じていた。

こんなんじゃだめだ！　美術学校の教授は頭ごなしに叱りつけた。きみには才能があるし、技巧だって問題ない。しかしお手本通りに描いただけでは絵画とは呼べない。そこに心がなければ、どれだけ細密に描いたところで写真と変わらないじゃないか。

心がない？　この言葉に彼は長らく苦しめられていた。僕は絵画に全身全霊をかけているのに、どうしてそんな評価しか得られないんだ？

日本人の目で日本の心を描き出す、それこそ絵画の未来だ。教授の言葉は、いつまでも彼にまとわりついてきた。日本の目、日本の心……。

彼は一度は画家を志したが、とうとうこの隘路から抜け出すことができないまま、大学を卒業するとさっさと故郷に戻ってきた。以来今日に至るまで、画材には一切手を触れていない。

彼は白壁の前を離れ、細い路地に入り込んだ。煉瓦の壁が両側にそびえたち、道のもう一方で街灯がかすかな光を落とすばかりで、自分の指先も見えないほど暗かった。ゆっくり歩を進めていくと、目が暗がりに慣れ、煉瓦塀の細部が少しずつ浮かびあがってきた。それは見る見るうちに油絵の筆致に変わり、苛立ちに身をよじらせながら、先を争うように出口を目指していく。

前に何かいる！　騰駿は息をのんだ。怪しい影が動いているのが見えた。勇気を出して何歩か近づいてみると、その影は街灯の下で鮮明な姿を現した。胸元に革のカメラケースを提げている。そんな格好をしているのは兄の騰煇しかいない。

彼は胸をなでおろすと、距離を保ったまま兄の後をつけていった。兄が路地を出るのを待ってから歩を速めて追いつき、こんなに暗くても写真が撮れるの、と声をかけた。

いや、まったく光量が足りない。ただライカを肌身離さず持っていたいんだ。兄はカメラを手に取りはしなかったが、その目は絶えず構図を決め、ピントを合わせ、シャッターまで切っていた。この路地は夜と昼ではまるで別物だよ、光線の違いだけで印象が大きく変わるんだから面白いな。

兄さんは霊を信じる？　騰駿は日本語で尋ねた。まるで自分は信じていないと明言するような口ぶりだった。それでいて亡霊たちにはわからない言葉を使うことで、禁忌を犯さないようにしているようでもあった。

信じてたら外出なんかできないだろう？　でも、まったく信じてないってわけでもないな。もしカメラで霊を撮れたらどんなにいいか。

僕は小さい時、霊が怖くてたまらなかったんだ。でも今は全部でたらめだって知ってる。騰駿は今しがた出てきたばかりの路地を振り返った。知らぬ間に霊とすれ違ってはいないかと確かめるかのようだった。だけど北埔に帰って来てから、また霊が見えるような気がしてきたんだ。町の人たちの眼差しのなかに。

昭和一〇年（一九三五年）四月二一日の明け方、関刀山大地震が発生した。マグニチュードは七・一を記録し、新竹、苗栗《びょうりつ》、台中一帯で三千人以上の死者、一万人以上の負傷者が出たほか、五万戸もの家屋が全半壊した。北埔はまだ幸運なほうで、四戸の家屋が倒壊したものの死者は出ず、近隣地区と比べれば被害は小さかったと言える。恐れおののいた人びとは、神が怒り、霊が騒ぎを起こしたのではないかと考えた。それゆえ今年の中元普渡[*1]は特別盛大だ。寄進が非常に多かったため提灯の数も多くなり、慈天宮の前にはかける場所がなくなるほどだった。供え物の豚や、亀をかたどった真っ赤な餅菓子、蒸し菓子なども、置き場所が足りなくなった。

突然、兄が笑いながら言った。喜兄ちゃんが得意そうにしてたよ。下通りのバロック式ファサードは何軒も壊れたのに、自分が建てた和豊号はびくともしなかったって。だから父さんは酒をもう一瓶よこしてもいいんじゃないかってさ。

壊れてよかったよ、あんな大正時代のもの、とっくに時代遅れさ。この機会に全部建て直せばいいんだ。騰駿は恨みがましく言った。そうしなきゃ迷信だらけの習俗を徹底的に変えることなんかできないんだ……。

この時、遠くで鳴っていたチャルメラと太鼓の音がふっと止み、うっかりハサミで時間を切り落としてしまったかのように、奇妙な静寂に包まれた。そして次の瞬間、爆竹のすさまじい破裂音が続けざまに山あいの町に響きわたり、凍結した時間を粉々に吹き飛ばした。二人が振り返ると、白い煙の柱が悠然と空に立ち込め、月光に冷やされては夜の闇に消えていった。

燈篙が立った。そう言うと、兄は慣れた手つきでケースからカメラを取り出し、絞りを開放にしシャッタースピードを遅くして、煙に向かって長々とシャッターを押した。シャッター幕を巻き取るバネが、ブーンと長い余韻を残す心地よい音を発して、失敗が運命づけられた写真を一枚撮った。

光量が足りないんじゃなかったの？　騰駿は不思議に思って尋ねた。

足りなくても撮るんだ。兄は満足そうにため息をついた。美しい光景に出会ったら、シャッターを切らないわけにはいかないだろう？　うまくいくかどうかは二の次だよ。

騰駿は動揺した。彼は、兄が写真にひたむきに情熱を傾けてきたことを知っていた。しかし兄は、これまで芸術において深刻な困難に直面したことがあるようには見えなかった。だからこそ、今のこれには腹が立った。こんな風に適当に撮影する兄の作品が、しばしば雑誌に掲載されるばかりか、幾度となく展覧会にも出展され、『日本写真年鑑』に入選までするのだ。もはや立派な写真家じゃないか。

騰駿は前々から写真の芸術性には疑問を持っていた。写真は絵画の付属品、あるいは金のかかる趣味という認識だったのだ。だが兄の撮る写真はどんどん磨かれていった。自分だってその何枚かに深く感化され、そこに芸術の力を感じずにはいられなかった。それに比べて、自分は生真面目な態度で絵画と対峙して苦悩し、思想に苛まれ、筆すら握れないほどの苦境に追い込まれてしまった。なんて皮肉なんだろうか。

兄さんは芸術家の心ってなんだと思う？

本当はそう聞きたかったが、言い出せなかった。代わりに言った。もし兄さんが写真に注力するなら、北埔みたいな片田舎にいても発展は望めないから、遅かれ早かれ都会に引っ越すんだろうね。

ある意味では確かにその通りだな。兄が言う。でも今回は帰って来てよかったよ。古き北埔の最後の祭りに間に合った。

普渡は毎年あるだろう？

＊1　中元節（二一頁、注1参照）に行われる、霊魂を供養するための儀式。

おまえ気付かなかったのか？　子どもの頃は北埔は永遠に変わらないって思ってたけど、日本に十年いて戻ってみたら、どこもかしこも変わってるじゃないか。通りも、建物も、住民たちの生活まで変わって、まるで別の場所みたいになってる。あと十年したら、古き北埔はこのカメラが撮影した写真のなかにしか存在しなくなるかもしれない。

そんな前時代的なものに未練なんて持ってもしょうがないよ。

未練というより、ただこの変化の過程を忠実に撮っておきたいだけなんだ。兄が言った。写真を現像して気付くことが何回もあったんだ。自分だって変わってる、それも想像以上に。説明するのは難しいんだけど、写真を見ている時にはっきり感じるんだ。だから僕にとって、このすべてを撮ることは、自分の心象を確かめることでもあるんだよ。

ああ、これだ！　騰駿は胸の内で叫んだ。

どうした？　兄は彼の心の震えを感じたようだった。

いや、なんでもない。

こんなに静かで、そのくせ元気な月は、東京じゃ見られないな。兄は愉快そうに空を見上げた。ある写真家がさ、ライカで昭和の浮世絵を撮りたいって言ってたんだ。僕は兄さんなら北埔の風物詩を撮れると思うよ。急に身体が軽くなったように感じられた騰駿は、なんのわだかまりもなく自由に兄と話せるようになった。

浮世絵、風物詩、郷土絵巻！　悪くないな。兄はファインダー越しに月をのぞきながら言った。望遠鏡か、はたまた宇宙の秘密を垣間見ることのできる魔鏡でものぞいているかのようだった。その好奇心旺盛な姿に、騰駿も刺激された。

この月の色は、どう描こうか……。彼は無意識に顎を触って考え込んだ。

カシャッと音がした。兄が弟にカメラを向けてシャッターを切ったのだった。

鄧騰煇は実家の和豊号と、祖父宅である栄和号の二階の窓から、何枚も外の写真を撮った。

提灯を掲げ太鼓を鳴らしながら、供物を持って慈天宮へ向かう隊列。通りの真ん中で拳法をしながら薬を売る軽業師。祭りの期間に立つ、揚げもの煮もの蒸しものなどの屋台。自由気ままに遊ぶ子どもたち。大勢の人が詰めかける客家歌劇。

それは金持ちの視角だった。短い上通りには左右合わせてわずか十数軒の建物しかなく、ここで通りに面した窓を持てるのは、大隘で最も裕福な商店だけだった。新年や節句には、旧内城門の照壁前に演劇の舞台を建てるのが恒例だったが、そこは上通りと下通りが交わるところでもあった。祖父・姜満堂の栄和号商行は、この賑やかな十字路の一角にあり、二階の窓がちょうど舞台の横にくるので、まるで劇場を貸し切りにしているようだった。通りの人びとは少しでもいい位置を取ろうと押し合いへし合いしているのに、祖母は背もたれと肘掛けのついた椅子に悠々と座り、家族に囲まれて劇を観、劇を観る人びとを観、また劇を観る自分を人びとに観せた。

それはまた、女の視角でもあった。いくら劇が観たいといっても、女たちは通りで大勢の男たちと揉み合うわけにはいかず、亭仔脚《ていしきゃく》の下に留まって遠くから観劇するのが常だった。裕福な家の女たちは、窓辺からすべてを観ることができた。年長者はこの太平安楽な劇を観るのが好きで、終始嬉しそうな笑みを浮かべている。若い者は台詞を聴きもらすまいと、ガラス窓を一番上まで押し上げ、窓辺に手をついて懸命に身を乗り出す。視界良好とはいえ、その表情は、首を伸ばしてなんとか外の空気を吸おうとする、籠のなかの鳥のようだった。

そしてそれは、子どもの視角でもある。鄧騰煇が七歳の時、北埔で初めての市区改正が行われた。城門や照壁が撤去され、下通りがまっすぐに整えられ、通りに並ぶ商店は立派なバロック式ファサードに建て替えられた。山の町はまるごと生まれ変わり、新竹庁管内において、名実ともに新竹市に次ぐ第二の市街地となった。その年の中元普渡は大いに盛り上がった。これまでにない大きな舞台が建ち、大枚をはたいて呼んだ有名な劇団が客家歌劇を上演した。大挙して押し寄せた大隘地区の人びとは、すっかり変わった町の様子に呆気にとられ、別の町に足を踏み入れたのかと錯覚するほどだった。

鄧騰煇にとって、それは記憶にある限り初めて観る客家歌劇だった。実際、当時客家歌劇は誕生してまだ歴史が浅かった。客家にはもともと、どんな場所でも演じられる一丑二《いっちゅうに》旦《たん》〔道化役一人、女役二人〕の気楽な茶摘み劇しかなく、神に奉納する正式な劇としては上演できなかった。のちに台湾全土を熱狂させた外江戯（上海京劇）や乱弾、四平戯といった演劇と融合し、大戯と呼ばれる客家歌劇が形成された。もちろん子どもはそんなややこしいことは知らない。ただ、声が鐘のようによく響く、熟した棗のような赤黒い顔に髭をたくわえた緑の衣装の将軍が、生まれ変わった山の町の舞台に登場した瞬間、詰めかけた人びとが一斉に万雷のような歓声をあげたことをよく覚えている。みな口々に、これぞ関雲《かんうん》長《ちょう》だ、そうだ、これぞ関羽《かんう》だ、と言い合った。

関雲長は、山の住民たちが聞いたことのない、そして聞いてもわからない京劇の節まわしで長々と歌った。にもかかわらず人びとはすっかり酔いしれ、手を叩いて、いいぞ、と叫んだ。七歳の鄧騰煇は窓辺に立ってその様子を俯瞰していたが、より強く興味を引かれたのは、舞台下に集まった群衆の千姿万態のほうだった。ひょっとしたらこの頃にはもう、一歩退いた落ち着きある視野を好む指向が芽生えていたのかもしれない。

あれからちょうど二十年が経った。大地震の記憶はいまだ鮮明で、慈天宮への寄進はあの当時よりもさらに多く、客家歌劇も成熟した。鄧騰煇は同じように窓辺に立ち、三歳になった永光を抱いてあれこれ指差してみせながら観劇した。永光にその記憶は残らなかったが、彼が生涯を通じて最もよく目にした写真のひとつが、父・騰煇がこの日撮った観劇の写真だった。

写真のなかに何人いるか数えてごらん。物心ついた永光に、父はよくその写真を見せて数を数えるように言った。ひとり、ふたり……。しかし何しろおびただしい数の人で、全員などとても数えようがなかった。人と人が重なっているばかりか、薄暗い亭仔脚にまで、ぼんやりした影がたくさん潜んでいるのだ。

じゃあ帽子は何種類ある？　中折れ帽、パナマ帽、ハンチング、キャスケット、二色の学生帽、つばの広い日除け帽、それに菅笠。服は何種類ある？　表情はどう？　舞台を見てない人たちはどこを見てる？　カメラに気付いた人は何人？　そんな遊びがいつまでも続いた。

永光はまだ幼いうちに父と一緒に台北《たいほく》へ引っ越し、その後の人生を台北で過ごした。北埔の上通りに思いを馳せるたび、彼の脳裏には決まってこの写真が浮かんできた。おかげで故郷の人びとは、毎日路上でぎゅうぎゅう詰めになって劇を観ているかのように思われた。だが実際は、写真の二年後に日中戦争が勃発し、皇民化運動が推進されたために、伝統的な演劇は禁止され、劇団はみな廃業に追い込まれた。黄金期を誇った山の町も、産業と交通の中心が移されたのに伴って、次第に光を失っていった。

　永光が老境に足を踏み入れる頃、父の影像記念館が北埔につくられた。来賓として招かれた永光は、今一度あの頃の写真をじっくり眺める機会に恵まれた。そして、初めて気が付いた。大舞台は枝を落とした木の幹と竹を組み合わせただけの代物で、側面も板にござが一枚かけられているだけだった。あの短い北埔の通りにこんなに大勢の人が集まれるということにも、あらためて驚かされた。

　その頃も中元節が来るたび、北埔の通りには舞台が建てられていた。舞台は蛍光のネオンで飾られ、演者はマイクを通してその歌声を四方に響かせた。閩南語と客家語に加えて、国語[*1]の流行り言葉が飛び出すこともあった。雨除けがかけられた観客席には、プラスチック製の椅子が数十個並べられた。観客の熱心さは前と変わらなかったが、まわりの状況は一変していた。

　上通りの商店は次々に建て替えられ、バロック式ファサードはとうに姿を消した。父が写真に残したのは、戦前、客家歌劇が最高潮を見せたまさにその一瞬であり、二度の市区改正の合間の、最も活力にあふれた北埔の姿だった。


　普渡当日の午後、昼寝をしていた鄧騰煇はチャルメラの音に眠りを破られた。通りを望む窓から外を見やると、人びとが大士爺《だいしゃ》の張り子像を、南興通りの角に建てた舞台の脇へ運ぼうとしているところだった。この時、昼の上演はすでに終わり、舞台では下っ端の若手役者たちが場つなぎの出し物をしていた。通りではまだ去りがたそうな観客が大勢舞台のまわりに群がっていたが、大士爺が来たのを見ると両脇によけて道を譲った。

運搬の音頭をとっているのは、黒いジャケットに白いスラックスを身に着けた、姜瑞昌《きょうずいしょう》おじさんだった。鄧騰煇は一階に下りて、像を安置し終え、栄和号の下に停めた自転車を牽いてその場を離れようとするおじさんに話しかけた。

おじさん、こんなに忙しいのに、まだあちこちまわるの？

台湾人は普渡で忙しいっていうのに、日本人は休みじゃないんだよ。おじさんは言った。市区改正の計画図ができてきたんだ。日本の設計士は、自分たちが理想的だと思う碁盤目状の道路を紙に描いてきて、車が出入りしやすいとか、衛生面や景観が改善されるなんて言うけど、現地の条件がちっとも考慮されてないんだよ。天水堂まで一部削られることになってるんだから、こりゃあしっかり交渉しなきゃならない。

ついでに総督府は、いい機会だからって製茶工場まで整理しようとしてるんだ。竹東郡は茶葉組合が八つに統合されて、街庄長が組合長を兼ねることにするらしい。つまり個人の名義では工場を経営できなくなるってことだよ。北埔の膨風茶〔東方美人茶〕はやっと名前が知られてきたところなのに、これでおしまいになんてできるもんか。ましてや日本人に奪われるなんてことになったら、全力で闘わなくちゃならない。

膨風茶っていうのは、もともとは失敗作だったんだ。そもそも夏は茶葉の価格が下がるし、虫に食われて縮んだ黄色い葉っぱなんて、ますます売れない。でもみんなもったいないからって摘んで焙煎

＊1　北京語を基にした台湾華語。アジア・太平洋戦争終結後の国民党政権下で公用語に定められた。

してみたんだ。まさかそれで、蜜のような香りのうまいお茶ができるなんて、思ってもなかったよ。それって写真と似てるね。鄧騰煇は言った。満足のいく写真って、たいていが思いがけず撮れたものなんだ。綿密に計画して撮った写真ほど、なんとなく生気に欠けてるような気がする。ははは、おまえは二言目には写真写真だな。瑞昌おじさんは自転車にまたがり、手を振って去っていった。

鄧騰煇は舞台横まで行き、大士爺の像を眺めた。もともと大士爺は霊の王、それも悪霊のなかの悪霊だったが、のちに観世音菩薩に調伏《ちょうぶく》され、霊界を統率する立場となった。毎年、中元普渡がめぐってくると、慈天宮は職人に頼み、竹を編んで紙を貼った大士爺と山神爺《さんじんや》、伯公の像を一体ずつ作らせた。これを慈天宮の前に安置して、この世に戻ってきた霊たちが悪さをしないよう見張らせるのだ。旧暦七月一四日の午後、大士爺は舞台の横へ運ばれ、夜、普渡の儀式が終わるのを待って燃やされる。大士爺は青い顔に牙をむいた恐ろしい形相で、真っ赤な炎を吐いている。身にまとう鎧の背には旗が挿してあり、頭上には観音像が鎮座している。子どもたちはこの像に憧れる一方で恐れも抱き、もっとよく見たいと思いながら近づくのを怖がった。

中元節のひと月前には、張り子職人が五、六人の弟子と共に慈天宮へやって来て、三体の張り子像と宮殿をひとつ作りはじめる。幼い鄧騰煇はこの作業を見るのが好きで、職人の横にしゃがみこんでは、彼らが竹を細く割き、曲げ、縛って枠を組みあげ、手早く様々な形に切り出した紙を何層にも貼り付けて成形し、最後に鮮やかな色を塗っていくのを見学した。一番不思議だったのは、地面に散らばった紙切れや装飾がどの部分に使われるものなのか彼にはまったくわからないのに、職人はたとえ目をつぶっていても、やはりどこがどこやらわからない竹組みの、ぴったり正しい位置にすべてを貼り付けられるということだ。そうして、段々と像ができあがってくる。いちから大士爺が作られていく過程を見れば、単なる空っぽの紙の張り子だとわかるので、像が完成しても怖いとは思わなかった。それなのに慈天宮の前に置かれて開眼した途端、恐ろしい気迫がみなぎり、圧倒されてしまうのだった。

自分はいつから大士爺を怖がらなくなったんだろう？　それに暗闇を恐れなくなったのはいつからだろう？

十一歳の年、遠方から電気が引かれた。電柱があちこちに大威張りでそびえたち、短い横木には白磁の碍子《がいし》が付けられた。漏電を防ぐためのものだという（つまり電気は漏れるもの？　水みたいに？）。黒い線が蜘蛛の巣のように上通り下通りの空を覆い、のちに写真を撮るようになってからは、どうしてもそれが写り込んだ。

大きめの十字路に立つ電柱には電灯が取り付けられ、夜も光を得ることになった。この時を境に、暗黒も恐怖も古来より伝わる伝説も、もはや北埔の夜を支配することはできなくなった。

姜鄧両家は率先して照明設備を導入した。おかげで日没後の起居、飲食、読書、帳簿つけ、何もかもが便利になった。しかし一番初めに変化を感じたのは、嗅覚だった。夜が来ても、もう鼻を衝くような重い臭いがする石油ランプはいらないし、厠にだって行けるので、ぷんぷん臭う屎尿壺をベッドの下に押し込んでおく必要もなくなった。

ある晩、昼間店のどこかに落としてしまった玩具を探すため、覚悟を決めて暗闇に飛び込んだ時のことを、よく覚えている。空気中に何かがふわふわ浮いているような感じがあった。触れもせず見えもしないが、それは機を狙うように意地悪く動きまわっている。指先が電気のスイッチに触れた瞬間、光が闇を破った。そこには何もいなかった。いや違う、彼が玩具を拾って電気を消すと、やはりそれはもとの場所にいた。恐れおののいた彼は、あわてて逃げ出した。

それで、幼い鄧騰煇は知ったのだ。文明の利器である電気の光でも、闇を消し去ることはできないと。光はただのマントであって、闇を一時的に覆い隠すことしかできない。人は光のマントに守られて闇の領地に足を踏み入れることはできるが、永遠に占領することは叶わないのだ。

黄昏時になると、家々の前に供物や香炉を載せる台が出された。町じゅうにロウソクの火が揺れ、紙銭を燃やす赤い光があちこちで爆ぜて、頭上に灯された電灯の存在を忘れさせた。夜の舞台がはねる頃、慈天宮の法要もちょうど終わった。伯公と、神獣にまたがった山神爺の像が広場で燃やされて天界に帰され、三本の燈篙も同じように燃やされた。

読経をする僧に導かれた人びとが、大士爺と紙の宮殿をかつて城門があった場所に担ぎ出し、開基義友塚[*1]の脇に安置した。まわりには金の紙銭が小山のように積まれ、大士爺を冥界へ帰す準備が整えられている。清らかな月明かりしかない野原は薄暗く、大士爺も人びとも影となった輪郭が浮かぶばかりで、顔もわからない。

一人が前へ出て、紙銭の山の裾に火を点けた。まるで捕らえた獲物を弄ぶかのように、小さな火種がゆっくりと紙を温める。まだ大した炎も見えないのに、紙の端が丸まりはじめたかと思うと、縮んでふっと消えていく。なるほど、燃やすと別の世界へ行くと考えられたのも頷ける。気が付けば、足元に大きな明かりが灯されたかのように、大士爺が内側から光を放ちはじめている。

誰かが長い竿でつつくと、炎が大士爺の身体を駆け上り、後ろの宮殿と紙銭の山に燃え移って、にわかに熾烈な火柱が立った。無数の赤い灰が、はらはらくるくると宙を舞う。あたり数丈が大きな光の玉になったかのように輝き、義友塚の上に揺れるススキも目を覚ました。明るくなって初めて、みな、ものすごい数の人がまわりを囲んでいたことに気付いた。火の勢いに押されて、人びとは一歩また一歩と後ろへ退く。大士爺の姿は炎に消え、ただの燃える紙と竹ひごに戻っていた。

鄧騰煇は写真を撮らなかった。近くに寄りすぎたせいで画角が足りなかったし、瞬時に変化する炎は、明暗のコントラストが大きすぎた。だが本当は、彼にとってそんなことは取るに足らない問題だった。彼はただ、自分の目で燃え盛る炎を見ていたかったのだ。

これは闇を覆い隠さない光だ。人びとを闇の奥にある光に導くものであり、心のどこかに火を灯す光だ。

人びとの眼差しのなかに霊が見えるという、騰駿の言葉を思い出した。この時、鄧騰煇は人びとの眼差しのなかに、光を見ていた。

＊1　大隘地区を開拓した際、原住民族と衝突して犠牲となった人びとを祀った塚。

アルバム五

整色性の写真家

鄧騰煇《とうとうき》は毎朝、天気や気分に合わせた三つ揃えの背広を身につけて、油で髪をなでつけ、一階に下りて店の扉を開けるそのたびに、カメラ屋が開けそうだなと亀井光弘をからかったことを思い出す。まさか自分のほうが店を持つなど思ってもみなかった。

彼は満足気にショーウィンドウを眺めた。足元まであるガラスケースのなかには、三十五台もの新型カメラがずらりと並び（店内にはさらに多くのカメラがある）、その後ろには十八×二十二インチの全紙サイズに引き伸ばして額装した写真が飾られている。彼が撮った房総の海女の写真だ。裸婦の写真を飾るわけにはいかないので、こちらに背を向けて岩礁に座り、振り返っているものを選んだ。ウィンドウの上には「Developing, Printing, Enlarging（現像、プリント、引き伸ばし）」と書かれている。そして店の顔とも言える看板には、洒落た字体で「南光写真機店」とある。南光、それは店の名前を考えていた時に、ふっと頭に浮かんできた二文字だ。南国の人、まばゆく咲きほころぶ南方の光。

店を持つにあたり、鄧騰煇はいっぺんに百台を超える各種カメラを手に入れた。それを好きにいじっていられるなんて、まさに夢のような仕事だ。ライカ一台、家一軒と言われるが、この店を開くのに使った金額なら通り一本丸々買えてしまう。なんと贅沢な幸せだろう！

彼はおまけに、ひとつ大胆な決断をしていた。店ではドイツ製の高級カメラしか売らないことにしたのだ。台北《たいほく》市内にある同業四店舗の経営者たちは、それを知って震えあがり、いったいどこの大商社が手がけた店なのかと探り合った。ところが、ひとたび事情がわかるとみな胸をなでおろし、そんなぼんぼん育ちのやる店など長くは続くまいとせせら笑った。

実のところ、彼はこれでも妥協をしていた。本当はライカだけを売りたかったのだ。だがほかのドイツ製のカメラも、気品があって精密で信頼の置けるものだった。ライカが帝王だとするなら、コンタックスがそれと並んで双璧を成し、ローライも一軍を率いる大将と言えるだろう。フランスのカメラも十分にエレガントだったが、ちょっとした不具合が多く、イギリスのものは廉価ではあるけれど、粗野で庶民的だった。日本のカメラに至っては、まったく話にならない。あれはドイツ製のカメラに成りすましたひどい代物で、使えばすぐに馬脚を現した。

鄧騰煇は毎日カウンターのなかに立って客を待った。時折カメラを持って店の入口へ行き、何枚か写真を撮る。おかげで向かいにある京町薬局と松本商行のファサードは、隅から隅まで記憶してしまった。時にショーウィンドウに寄りかかり、亭仔脚《ていしきゃく》の梁に巣をつくるツバメを眺める。ツバメの親は出たり入ったり忙しなくエサを運び、ヒナたちはちょっとでも動きがあると首を伸ばしてけたたましく鳴き続けた。

南光があるのは、台北城内[*1]の京町二丁目十三番地[*2]。隣は有名な学校美術社[*3]だ。この場所を選んだのには理由がある。当時、台北三市街と呼ばれていた地域のうち、官庁が集まる城内は日本人の生活圏で、大稲埕《だいとうてい》と萬華《まんか》は本島人[*4]の町だった。新興の西門《せいもん》町は三者の中間に位置し、日本人本島人双方で賑わう繁華街になっていた。

本島人が経営する写真館は、台北市に十六軒あった。そのうち十二軒が大稲埕、四軒が萬華にあり、

＊1　三線道路（八三頁、注2参照）に囲まれた内側。かつての台北城にちなんでこう呼ばれた。
＊2　〔原注〕現在の漢口街との交差点に近い、博愛路の東南側あたり。
＊3　額縁や画材を売る店。画壇との縁も深く、西洋画の展覧会なども開催していた。
＊4　日本統治時代、日本人が漢民族系の住民を指すのに使った呼称。これに対し、日本人は「内地人」と呼ばれた。

城内は完全に日本人写真師の天下だった。カメラ機材を扱う店は四軒。栄町に三階建ての店舗を構える西尾商会を筆頭に、すべて日本人が経営していた。南光写真機店はそんな城内に入り込み、彼らと競い合うことになった。そうせざるを得なかった理由のひとつには、カメラは高価であるため、興味を持つのも手が届くのもやはり日本人のほうが多かったことがある。もうひとつの理由は、客家《はっか》の山村出身の鄧騰煇が、閩南《びんなん》語をまったく話せなかったことだ。だから閩南語を使う本島人の多い大稲埕の太平町[*1]に出店するほうが、よほど難しかったのだ。

京町は北門のすぐ内側で、とりわけ二丁目は西門町からも遠くない。大稲埕や西門町方面の客も足を運びやすく、まさに双方の行き来に便がよい好立地だった。鄧騰煇は知る由もないことだが、数十年後ここはカメラ街として名を馳せ、撮影機材を売る店の密集度が台湾で最も高い通りになる。しかしその時には、先駆者として旗を立てた南光はすでによそへ移転し、そんな店があったことも忘れられていた。

台北城内の通りは広くて美しかった。日本から視察に来た中央の役人がいたく感心して、内地の多くの町よりも、こちらのほうがずっと先進的だと褒め称えた。およそ百年後の人びとも、当時の写真を見るにつけ、この雑然とした旧台北城内にかつてはこんなにも雅やかな風景が広がっていたのかと目を見張った。

何も不思議なことではない。植民政府は町を改造したいとなれば、紙切れ一枚で命令を下せばよいのだ。ただ地図を見てどんな風に道路を引こうかと考えるだけで、実在する通りを潰してしまえる。これが内地なら、事はそう簡単には運ばない。古びた家を一軒壊そうというだけでも、地主の反発に遭う。首都東京ですら、関東大震災で壊滅的な被害を受けてようやく局面が変わったくらいだ。

鄧騰煇にとって台北は、店を開く前に何度か短い滞在をしたことがあるだけで、十年暮らした東京よりもはるかに馴染みが薄かった。おまけに開店当初は高価な機材が心配で、店を離れて撮影に出かけることもできず、なかなか町を知る機会に恵まれなかった。

時折自分が、ヨーロッパの神話に登場する、洞窟の財宝を守る火噴き龍であるかのように思えた。金銀財宝の山を有しながら、その富の恩恵を享受できないのだから。

その代わり、彼は数多の他人のレンズを通してこの町を知るようになった。南光の主要業務は、客に代わって写真の現像をすることだった。カメラ愛好家の多くは、家に暗室を設置できなかったり、現像に失敗して大切な写真をだめにしてしまうことを恐れたり、あるいは単純に面倒だったりして、専門家を頼った。一般的に写真館では現像の依頼を受け付けておらず、わずか数軒のカメラ機材店だけがそれを商売にしていた。

フィルムは彼の手によって一本ずつ現像され、一枚ずつ丹念に引き伸ばされた。三線道路を照らす朝日、停留所の前でバスを待つ人びと、黒い瓦を載せた木造の日本家屋、赤煉瓦の三合院、市場の食べ物屋台。長衫《ツンサア》*2でモダンな通りを闊歩する姿、商店の亭仔脚の前を行く祭りの行列、正月飾りの菊と門松を買おうと群がる着物姿の婦人たち、滝のように上から下へ長く伸び広がるガジュマルの根。

そこには西洋、日本、台湾、中国の要素が入り混じりながら共存していた。彼に言わせれば、台北

---

*1 〔原注〕現在の延平北路一段から三段あたり。中心となるのは現・市民大道と民権西路に挟まれたエリアで、台北で最も栄えた台湾人の街。

*2 現在のいわゆるチャイナドレス（旗袍《チーパオ》）よりも少しゆったりした中国風のワンピース。北京語では男性の衣装のみを指す言葉となったのに対して、台湾で使われる閩南語では男女双方の衣装を指す言葉として用いられた。

は北埔《ほっぽ》と東京の間に位置する奇妙な複合体だった。モダンでありながら郷土的でもあり、帝国でありながら南国でもある。もう東京へは行くことのできない彼が台北を選ぶのは、しごく当然の流れだった。気が付けば、彼はこの見知らぬ土地にすっかり腰を落ち着けていた。

鄧騰煇は毎日暗室にこもって仕事に励んだ。彼は現像のどんな過程も、決して人に任せようとはしなかった。そしてそれは、南光最後の営業日まで頑なに守られた。

自分で撮影する機会は減ったにもかかわらず、日々大量の写真を現像していると、写真の秘訣が自然と身についていった。客の失敗作を何枚も見ているうちに、どうすれば同じような失敗を避けられるかわかってきたし、写真を引き伸ばす作業を繰り返すうちに、一目でフィルムの細部まで脳裏に刻み込んで、露光時間を正確に調整できるようになった。こうした訓練はすべて彼の血肉となり、いざカメラを手に取った時、即座に以前よりも多くのことに気がまわるようになった。

当時、新興写真のうねりはまだ台湾には届いていなかった。カメラ愛好家のほとんどが全関西写真連盟に加入して軟調な絵画的表現を追求していたおかげで、どれも似たような写真ばかりだった。

そんななかで、李火増《りかぞう》という客の写真が鄧騰煇の目を引いた。彼はまめに撮るうえ、どの写真もよく撮れていた。それにライカを使っていると一目でわかった。風景スナップはシャープで正確でありながら、綿密な計画に苦心した痕跡が一切なく、心の動きに合わせて自在に構図をとっていることが伝わってくる。まさに小型カメラの本領が発揮された写真だった。

李さんが使っているのはライカですよね？　鄧騰煇は尋ねた。

いかにも。みんな僕のことを「ライカ・リー」と呼ぶんだよ。李火増は得意げに答えた。

あなたが「ライカ・リー」なら、「ローライ・リー」もいるのでは？

ははは、それはまだいないね。でもそのうち出てくるかもしれないよ。

おかしいな、僕もライカを使っているんですが、誰もライカ・トウとは呼んでくれません。

ライカ・トウ？　どうもしっくりこないな。これからは南光さんと呼ばせてもらうよ。

　李火増もまた、家業の巨大な漢方薬局を若くして引き継いだお坊ちゃんだった。流行を追うのが好きで、毎日ライカを携えてあちこち写真を撮り歩いていたものの、現像が面倒で南光に持ち込んでいた。二人は店の二階に設けられた応接室でコーヒーを飲んだり、レコードを持ち寄って鑑賞したり、最新の日本の写真雑誌を眺めたりしてあっという間に仲良くなった。

　李火増は屋外撮影に熱をあげていた。毎週末のようにモデルと仲間を引き連れ、草山《そうざん》〔現・陽明山〕で弁当会を開くか新店《しんてん》の碧潭《へきたん》に屋形船を出すかして、丸一日撮影に明け暮れていた。ちょうど両者の中間にあった南光は、いつしか参加者の集合場所になった。出発前にフィルムやフィルターなどを買っていく人もいれば、帰りにフィルムを現像に出していく人もいた。

ある日、李火増が訊いた。南光さんはアポロ写真研究所を知ってるかい？

写真研究所？　それは何をするところなんだい？　鄧騰煇は首を傾げた。

聞いたことない？　アポロ写場は台北で一番高価かつ一番業績がいい写真館で、日本人からも一目置かれてるよ。彼の技術と理論は東南アジアにまで知れわたっていて、彼に学ぼうとはるばるやって来る人がたくさんいるんだ。本当は僕も習いに行きたかったんだけど、あそこは決まりが多くてね、面倒になってやめたんだ。

その彼っていうのは誰なの？

あぁ、名前を言ってなかったね。彭瑞麟《ほうずいりん》っていうんだ。南光さんと同じ客家の人だよ。

彭瑞麟！　その人なら知ってるよ！

彭瑞麟は早い段階で、写真は真実ではないと見抜いていた。

二年前の昭和八年（一九三三年）に一大旋風を巻き起こしたあのフィルム、コダックが打ち出した史上初めての全整色性《パンクロマチック》フィルムは、光のスペクトルすべての色に感光するというもので、これまでの撮影方法を根底から覆す画期的な商品だった。

それ以前の写真に使われていた整色性《オルソマチック》フィルムは、紫と青、緑にだけ感応し、赤には感応しなかった。言ってみれば、色盲と同じだ。長所を挙げるなら、赤色安全灯の下で様子を見ながら現像できる点だろう。しかし赤に感応しないということは、つまり黒と同じになるということだ。赤ければ赤いほど、黒がより強く出る。

かつては短波長の青と紫、紫外線にしか感応しない非整色性《レギュラー》フィルムというものもあったが、X線写真を撮るのでなければ教科書でしかお目にかからないので、ここでは言及しない。

感光乳剤が進化するのにつれて、フィルムが感応する色はどんどん増えていき、ついには肉眼をも超越した。全整色性《パンクロマチック》フィルムやその後の超整色性《スーパーパンクロマチック》フィルムは、さらに多くの色を「見る」ことができるようになった。つまり写真の世界は現実世界よりもさらに色彩豊かに輝き、賑やかだということだ——たとえそのすべてが白黒灰色の階調で表現されるとしても。あるいはそれこそが、現実よりも写真のほうが人を惹きつける理由のひとつなのかもしれない。

したがって撮影者には、目に映る色彩を白黒灰色の階調に変換する能力に加えて、それらの色が印画紙の上でどのような階調で表現されるかの判断力も求められる。フィルターの力を借りて色味を調整することはできるが、それはそれでフィルターの効果を熟知していなければ正確な操作ができない。写真は決して真実の複写ではない。その間には人が手を加えられる変数が数多く存在していて、とても「真を写している」とは言えない。しかし写真が科学であることには疑いがない。物理と化学の原則を熟知し、うまく扱えるようになれば、芸術を創り出すことができる。これがアポロ写真研究所にやって来る学生たちに、彭瑞麟が最初の授業で教えることだ。

彭瑞麟には、顧客にも学生にもひた隠しにしている秘密があった。彼は色弱だったのだ。完全な色盲ではなかったが、かつての整色性《オルソマチック》フィルムと同じように赤がわからない。太陽光の下でならかろうじて赤を認識できるものの、橙色と区別がつかなかった。曇りの日や暗い場所となると、赤いものは往々にして黄土色やこげ茶色、もしくはねずみ色に見えた。

彼は心のなかで自分を整色性《オルソマチック》の写真家だと嘲笑った。言ってしまえばそれだけのことなのだが、もし人に知られたら写真館の信用に瑕がつくだろう。色盲の写真師だって？　いったいどうやって写真を撮るんだ？　世間は理解できないだろうし、理解しようともしないだろう。写真はこれまでもずっと色盲のフィルムで撮られていたのに。

彭瑞麟は色を見分ける訓練をした。初めは客の唇や服の暗く沈んだ部分が赤なのか黒なのか見分けるのにも苦労したが、そのうち直感のようなものが養われ、瞬時に判断できるようになった。

子どもの頃、世界は自分が見ているままの姿であって、ほかの人にも同じように見えているのだと思っていた。師範学校の入学検査で色弱患者だと知らされた時には、天地が引っくり返るほど驚いた。

患者？　僕はそもそも欠陥を持った患者で、不健康で不完全な人間だったっていうのか？　でもどれだけ考えてみても、結局自分が何を失ってきたのかわからなかった。

彼はあらゆる赤を理解しようと心に決め、科学で以て欠陥を矯正することにした。真紅桃紅洋紅朱色棗色血色真っ赤っ赤な赤。彼は人びとが赤だという様々なものを写真に撮り、白黒の印画紙に現像して印をつけては、穴が開くほど見つめた。しかしとうとう道理を理解することはできなかった。唯一わかったのは、まだ結婚する前の妻の唇がモノクロの印画紙の上で魅惑的な色調に変化したことだけで、その瞬間、不意を衝かれた彼は激しく動揺したのだった。

◈

百年前に写真術が発明されて以来、人びとはありとあらゆる材料と方法を使って現実を捉え、再現しようと試みてきた。それぞれに長所があるなかで、画質や費用、手軽さなどの需要に応えながら発展してきたことで、現在主流となっているような形になった。だが彭瑞麟に言わせれば、それは邪道だった。写真は科学による芸術であり、科学は研究を通して掌握できるものであるから、芸術にはいかなる妥協も許されないというのが彼の考えだった。

実験精神に満ちあふれていた彭瑞麟は、様々な手法を探究した。ある時は三色のカーボン膜で天然色の写真を作り出した。青、緑、赤の三つのフィルターを使ってそれぞれガラス乾板に写真を撮り、別々に色をつけてから重ね合わせて天然色の写真にしたのだ。「静物」と名づけられたその作品は、東京写真研究会の研展画集にも掲載された。またある時は、重クロム酸塩ゴム印画法でポートレートや風景写真を撮った。主流の銀塩写真に比べると、柔らかな色調ながら粒子は荒く、古典絵画のような質感になった。X線写真や赤外線フィルムを使った撮影、青焼き写真、さらに写真の彩色にも挑戦した。難しい技法であればあるほど、手間がかかればかかるほど、征服したいという気持ちも強くなった。

同僚や学生たちは、彼の博識と高い技術力に感服していたが、その実、彼の成し遂げたことを真に理解できている者はほとんどいなかった。彼は次から次へと困難な山を登り切ったが、ふとまわりを見渡せばついてくる者は誰もおらず、途方に暮れるしかなかった。

数日前に鄧騰煇が訪ねてきた。彼は友人である姜瑞鵬《きょうずいほう》の甥で、城内京町にドイツ製の高級カメラを専門に売る店を開いたところだ。そんな風に写真を貴族の娯楽のように扱うやり方からして、彭瑞麟は気に食わなかった。きっちり身なりを整え、顔に笑みを浮かべた鄧騰煇は、丁重な手つきで写真を何枚か取り出して彼に教えを請うた。写真からは芸術的なセンスと才能がうかがえたし、技術的な工夫を凝らしていることも伝わってきた。しかし題材の選び方があまりにも気ままで、作品を創りあげる真剣さに欠けていた。

彭瑞麟も昨年完成させたばかりの、四枚にわたる新竹《しんちく》の風景写真を取り出した。そのなかには「五指山風景」も含まれていた。鄧騰煇がどこまでこれを理解できるのか試してやろうと思ったのだ。彭瑞麟が生まれた新竹州二重埔は、北埔と同じ竹東郡にあり、五指山は彼らに共通する故郷の景色だ。この作品は彼が腕を鳴らした重クロム酸塩ゴム印画法による力作で、まったく同じ複写をつくることはできない。唯一無二の芸術品だ。

写真は黄褐色の金属のような光沢に表面が覆われ、純白はなく、中間調の豊かなグラデーションになっている。端正な山容と谷間から流れ出る小川が、永遠に続く静謐さをたたえていた。なかでもまるで水彩画の筆致のように見える雲が、とりわけ彼を得意にさせた。ところが鄧騰煇は特に感じ入った様子も見せず、お世辞めいた言葉で技術の高さを褒めただけだった。

道同じからざれば、相為《あいため》に謀《はか》らず。[*1] おまけに彭瑞麟は、彼を待つ急ぎの仕事が気にかかってもいた。発売されて間もない高価な赤外線フィルムを日本から取り寄せ、撮影したものを現像しようとしていたところだったのだ。彼は鄧騰煇を忙しなく追い返した。

この赤外線フィルムは、もともとはコダックがアメリカ農業局のために開発したものだ。健康な葉は太陽の下で熱を吸収し、赤外線を発する。それを写真に撮ると、一面雪のように真っ白になる。これがもし病に冒され枯れかかっていると、印画紙は灰色がかった黒になる。つまり写真を使って植物の健康状態を判定できるというわけだ。写真家が芸術の創作に使っても、きっと特別な効果が得られるはずだ。

彭瑞麟はあちこち見てまわり、総督府周辺の木々から撮影してみることにした。真っ白な樹木と荘厳な建築との対比を狙ってのことだったが、そのためにわざわざ事前に撮影許可まで申請した。赤外線フィルムは光に非常に敏感で、必ず真っ暗な状態でフィルムの着脱をしなければならない。原価もかかっているので、彼は慎重な手つきでカメラを暗室に持ち込んだ。

アポロ写場の壁には、彼が客のために撮ったポートレートが額装され、ところ狭しと飾られていた。しかし彼専用の暗室の入口にあるのは、背中を撮った写真だった。それは写真館を開く時、彼が自分のために撮った最初の写真であり、自分の背中を撮影することに初めて挑んだ写真でもあった。

写真のなかの彼は、何かを探しているかのように背中を傾け、ややうつむき加減になっている。最も目を引くのは、彼が身に着ける毛玉だらけのセーターだ。まるで無数の毛玉がこの写真の主役であるかのようだった。

学業を修めたあと、彼は公学校の教師になった。ひどく冷えたある年の冬、新しい服を買う余裕のなかった彼は、図々しくも女学生に編み物を教えてもらい、自分でセーターを編んだ。

私が編んであげますよ。林霜葉《りんそうよう》というその女学生は言った。

いいんだ、編み方を教えてくれれば。

先生は編み物をしたことがあるんですか?

いいや、編み針を持ったこともない。

じゃあ最初から教えないといけませんね。

それでは時間がかかりすぎる。こうしよう、きみが一針編んだら僕も一針編む、もし間違っていたらその場で直してもらう。これならきみが編んだも同然だ。

彭瑞麟は複製を作るようなこのやり方を頑なに守って、セーターを編みあげた。林霜葉が手本を見せている時、彼は彼女の手元ではなく唇を見ていることが多かった。どんな赤なんだろうと想像が膨らんだ。そんな調子なので当然ながらよく編み間違え、そのたびに林霜葉が編み直してくれた。だから実際にはお手製とは名ばかりだった。

立派なセーターができましたね。先生すごいです、とても初めてとは思えませんよ。林霜葉は嬉しそうな顔でセーターを高々と掲げた。彭瑞麟本人よりも喜んでいるように見えた。それにこの赤土色

＊1　「志す道が違えば助け合うことはできない」という意の孔子の言葉。

が先生によく似あいます、いい色を選びましたね。

赤土色……。彭瑞麟は呆然とした。鉄灰色《てっかいしょく》だとばかり思っていたのだ。

林霜葉さんはとても聡明なのに、どうして学校に来させないのですか？　それからしばらく経ったあと、彭瑞麟は彼女の家を訪問し、父親に尋ねた。公学校だけで終わらせるのではなく、高等女学校も受けさせたほうがいいですよ。そうでなきゃもったいないです。

はあ？

先生は一生あの子の面倒を見るおつもりがあるんですか？

みんな先生がうちの霜葉を憎からず思っていると噂しています。このまま学校に行き続ければ、あの子は嫁にいけなくなりますよ。

まだたったの十三歳じゃないですか。僕はただ彼女に手伝いをしてもらっただけです。いったい誰がそんなくだらないことを言ってるんですか？

女の子は遅かれ早かれ嫁にいくんですから、これ以上勉強をさせたって意味はありません。先生、もうお帰りください。隣近所に見られたらもっと面倒なことになりますから。

彭瑞麟は怒りに震えてその場を立ち去った。角をふたつ曲がったところで林霜葉が追いかけてきた。

本当にごめんなさい、父が失礼なことを言って。林霜葉は急いで頭を下げた。先生、私のことは心配しないでください。どうぞお元気で。

言い終えると、彼女は身を翻して駆け出した。太陽がまばゆく輝いたその瞬間、彼女の頬が赤く染まっているのがはっきり見えた。待って！　彭瑞麟は身体中の血をたぎらせながら再び林家の門をくぐった。霜葉さんは絶対に高女へ行くべきです！　学費は僕が負担するし、卒業したら僕が面倒を見ます！

彭瑞麟はあのセーターを着て日本へ行くと、東京写真専門学校で三年学び、首席で卒業した。最後の学期の色彩学では、十五科目中で最も高い九十八点を叩き出した。宮内庁が彼を皇室御用達の写真師として招聘し、官費でアメリカ留学もさせると申し出たが、彼はあっさり断った。台湾に戻って約束を果たさなければいけないんです、と言って。

彼は新竹高女を卒業した林霜葉と約束通りに結婚し、台湾初の写真学士という看板を引っ提げて、台北の太平町にアポロ写場を開いた。同時に研究所も設け、写真を学びに来る人たちをみな受け入れた。店のショーウィンドウの右側には、客に見せるための商業用写真を飾った。左側には彼の創作写真を展示して、写真のことをよく知らない人びとを啓蒙し、高品質の写真とは何たるかを堂々と見せつけた。

暗室の入口に自分の背中を撮ったポートレートを貼ったのは、毎度仕事を始める前にあの後頭部と古いセーターを見ることで、自分がどこから来てどこへ向かうのか、忘れないようにするためだった。

しかし今日はセーターの毛玉を目にした瞬間、唐突に釈然としない思いが激しく湧きあがった。彼はこの赤外線フィルムを完璧に仕上げてやると決意した。鄧騰煇のことを考えると、心に火が点いたようになった。北埔新姜家の伝説や名声ならよく知っていた。ちっ、坊ちゃんが。カメラで遊ぶほど金があり余ってるくせに、真面目に芸術表現を追求しないでどうする。真剣に創作してるこっちは資金不足に苦しんでるっていうのにさ。仕方ない、世の中ってのはそういうもんだ。

負けるわけにはいかなかった。コンテストに出品するわけでもなく、誰かと争っているわけでもなかったが、台湾写真界で、いや、東アジア写真界で一番になるために彼は懸命に闘わねばならなかった。

⁂

彭瑞麟は扉にかんぬきをかけて電気を消し、完全な暗闇にした。人は視覚を失うと、空間はおろか自分の身体の把握まであやふやになり、左右の手を合わせることさえ難しくなる。しかし彼はとっくに暗闇での動き方を身につけていた。素早くカメラを開いてフィルムを取り出すと、机の上でらせん状になったリールを見つけ出し、フィルムの一方の端を軸に挟んで、慎重に巻き上げていく。この際、フィルムが互いにくっつかないように隙間を残しておく必要がある。重なっているとそこだけ薬剤が行きわたらず、うまく現像できないからだ。指紋が残ってしまうので、フィルムの膜面に触れてもいけない。すべては触覚に頼るしかなかった。操作が正しく行われているか検証する術もなく、失敗しなくなるまで鍛錬を積み重ねてきたことだけが頼みだった。

暗闇に一時間、次第に自分自身も闇に融け出し、身体まで消えてなくなったかのように思えてくる。何かに触れることで初めて存在が確かめられた。こういう時、よく父の言葉を思い出す。たとえ目をつぶっていても生薬をすべて同じ厚さに切れるようになってこそ一人前だ。かつて薄暗がりのなかで、手触りと匂いだけを頼りに、形もそっくりな生薬をただのひとつも間違えず正確に探し出す父の姿を見たことがあった。

彭瑞麟は端から写真家を志していたわけではなかった。最初は医者、次は画家を志したが、最後には写真家の道を歩むことにした。

公学校時代、彼は台湾総督府医学校を受験したいと思っていた。ところが卒業前に家業が傾き、仕方なく台北師範学校を受けることにした。師範学校を首席で卒業する頃には、莫大な借金を残して父が急逝した。

父は腕の立つ漢方医で、薬理にもよく通じていた。父の手で健康を取り戻した人は数多く、郷里では一目置かれる存在だった。彭瑞麟は父から、何事にも真摯に取り組み、いついかなる時も気を抜かない姿勢を学んだ。人命に関わることは些かでも疎かにしてはいけない、と父はいつも言った。診療にしろ生薬の調合にしろ、ちょっとしたことで他人の一生を台無しにするかもしれないんだからな。

父は彼に包丁を与え、生薬を切る練習をさせた。父自身の包丁は繰り返し研いだおかげで刃が半分にすり減り、柄はすっかり変形し、まるで父の身体の一部のようになっていた。おまえの包丁がこれと同じようになったら、私を越えられるよ。そう父は言った。

しかし日本人が来たあと、この島で医療に携わる者には、西洋医学の知識まで問う厳格な資格検定が実施されるようになった。地方の漢方医たちのなかには、その情報が届くのが遅すぎて検定に参加できなかった者もいた。そのせいで合格率は五割にも満たず、多くの漢方医が転職を余儀なくされた。免許がなければ仕事を続けることはできない。父は生計を立てるため、慣れない土地投資に手を出して失敗し、多額の借金と恨みを抱えたまま四十九歳の若さで死んだ。死の直前、父は彼に生薬を切る包丁を捨てるように言った。何をしてもいい、但し日本人が非科学的だと言うことだけはするな、と。

父には一枚、木炭で描かれた肖像画があった。それなりの仕上がりではあったが、目にするたびどこか趣に欠ける気がしていた。唯一残された父の写真は、大勢の人との集合写真だった。父は後ろのほうに控えめに立っていて顔しか見えないうえ、よくある記念写真同様、ぼんやりした表情をしていた。露出はオーバーだし、印画紙もすでに劣化していて、写真のなかの顔をますます曖昧にしていた。それは彭瑞麟の記憶を試し、写真の腕をも試していた。

父の写真を引き伸ばして保存できる科学的な手立てはないかと、彼はずっと考え続けていた。赤外線フィルムを端まで巻き終わると、あらかじめ現像液を入れておいた現像タンクにリールを入れ、しっかり蓋を閉めてから壁にある電灯のスイッチに手を伸ばした。あっという間に光が届き、小さな暗室が見渡せた。暗闇の外で世界はいつも通りに動いている。

彼はタイマーで時間を計りながら、机の上からあの刃が半分になった包丁を手に取り、柄の後ろ側で現像タンクを軽く叩いた。フィルムについた気泡をなくし、現像にムラが出ないようにするためだ。このなかが見えない現像タンクのフィルムに本当に気泡がついているのか、毎度興味が湧いた。もちろんそれが確率の問題だということはわかっていた。叩けば問題は起こらないが、叩かなければ一定の割合でムラが生じる。それでも彼は、今まさに目の前にあるタンクのなかに意地悪な気泡が潜んでいるのかどうか知りたかった。ひねた考えに執拗に囚われ、いっそタンクを叩かないでおこうかという衝動に駆られる。結局はいつも叩くことを選ぶのだが、自分が生きて行うすべての動作に意義があるのか知ることが、彼にとっては非常に大事だった。

あるいは人生だってそうかもしれない。どんな科学的手段を尽くしても測定できないブラックボックスがあり、起こり得る失敗を避けるためには、はたして意味があるのかわからない行動をとる必要が出てくる。叩けば問題は起こらない、それは確かだ。これぞ科学的な態度ってやつだろう。

彭瑞麟が医師を志したのは、科学的な方法で東洋医学の力を証明したかったからだ。しかし家業が傾いて医学校の受験はあきらめざるを得なかった。挙げ句、亡くなった父の借金まで背負った彼は、師範学校を卒業後、公学校で五年教鞭を執ってようやくすべてを返済した。

苦しい教師生活の合間に、美術の授業で学んだ技術を活かして、木炭の肖像画を請け負うことがあった。これが思いがけず評判を呼び、依頼が絶えなかった。おかげで家計の足しになったうえ、絵に没頭している間は憂鬱な気持ちを忘れられた。

彼は何をするにも真剣だった。単なる暇つぶしでは満足いかず、そこに創造する意義を求めた。絵を描くなら、台湾で一番になりたかった。台湾にまだ帝展[*1]に入選したことのある画家がいないのは、僕を待っているからだろう。彼は本格的に絵を習う前から、壮大な志を胸に抱いていた。水彩画の大家である石川欽一郎[*2]が再び台湾で教壇に立つと聞くと、すぐさま彼のもとを訪ねた。さらに台北での授業に参加しやすくするため、新竹の山中にある公学校から、より台北に近い桃園《とうえん》の公学校へ転属させてもらった。林霜葉と出会ったのもそのおかげだ。

時間だ！　彭瑞麟はタイマー通りに現像液を排出すると、今度は停止液を注ぎ入れて、また時間を計りはじめた。

冗談だろう？　彭くんが色弱？　あの日、石川欽一郎は心底驚いた様子だった。大胆に青を重ねた君の作品が深く印象に残っているよ。これからの表現にもとても期待していたのに、まさか君が色弱

＊1　帝国美術院が主催していた帝国美術展覧会の略称で、政府による美術展の最高峰だった。現在の日展。
＊2　静岡県出身の洋画家。独学で水彩画を学んで、二度にわたり台湾で美術教師を務め、陳澄波や黄土水など、のちの台湾美術界に名を残す人物を数多く育てた。

患者だったなんて。

あの時の恩師の表情を、彭瑞麟は生涯忘れない。石川欽一郎の卓越した画力に加えて、その人格をこそ彼は尊敬していた。恩師は温和で礼儀正しく、自身を厳しく律し、普段は酒も煙草もやらなかった。ましてや軽々しく感情を露わにすることもなかった。だからこそあの恩師の反応は、画家としての彭瑞麟の死を宣告したのと同じだった。

先生までそんなことをおっしゃるということは、色弱は画家にとって致命的な病なんでしょうか？

日本美術界には派閥もあって競争も熾烈だ。ただでさえ台湾人が割って入るのは難しいのに、おまけに色弱となったら美術学校の試験だって通らないだろうね……。石川欽一郎は長いこと考え込み、唐突に言った。彭くん、写真の道に進んではどうかね？

お言葉ですが、写真に芸術的価値があると言えますか？　悔しさのあまり反発の言葉が口を衝いた。僕は二流の仕事しかできない、平凡な愚か者になるのが運命づけられてるってことですか？

石川欽一郎は彼の失礼な態度は不問に付し、冷静に続けた。写真は水彩画と同じく大自然の趣ある瞬間を追い求める。光線や空気、視覚を深く探究し、純粋な絵画から脱して科学芸術の域に達するものだ。きみには絵画で培った構図の能力があるんだから、きっと良い写真が撮れる。写真がもたらす新しい視覚を体験したら、絵画にも発展があるかもしれないよ。

彭瑞麟は何も言わず、黙って画材を片付けるとその場をあとにした。

彼に写真を学ぶ決心をさせたのは、画家の陳澄波《ちんとうは》[*1]が帝展に入選したという知らせだった。台湾一の画家になれないのなら、続けたって意味がない。よし、今日から写真を研究しよう。帝展に光画部門を設けてくれるよう請願する人も多いと聞く。もしそれが叶ったら、その時こそ僕が台湾で最初に入選する写真家になるんだ。

——君が言う写真の芸術的価値の問題についてだが——。後日、石川欽一郎より、彭瑞麟の疑問に対する自身の考えを懇切丁寧に記した手紙が届いた。——最後は徹底的に科学を攻略しようという技術者の態度に帰すると思われる。写真は真の芸術足り得るかと問われれば、正直なところ、少なくとも現段階では承認を得るのは難しいだろう。然しもし芸術家として厳粛な姿勢で奮闘すれば、いつか価値ある芸術としてある種の頂点を極められぬとも限らない。芸術の枠を押し広げることも不可能ではないと考える。

できた！　さすがは赤外線フィルムだ。聞き及んでいたものよりも素晴らしい。彭瑞麟は定着の終わったネガを広げ、電灯に透かしてみた。脳内で明暗を反転させると、ずらりと並ぶ樹木がみな真っ白に光り輝いているのに対して、恩師が言うところの「阿保の塔」は色を失っていた。

科学はやはり科学だ。知識を持って正確に使いこなせば、決して裏切らない。赤外線フィルムは彼が見ることの叶わない赤だけでなく、すべての人間が見られない光線までも捉えている。見えないことは存在しないことを意味しない。努力を惜しまない人だけが、さらに広い視野を得られるのだ。

彼はフィルムを乾燥させて印画紙にプリントし、「若葉の総督府」と題した作品など三点を、東京の朝日新聞に送った。紙面に掲載された作品は、絶賛を浴びた。

＊1　一八九五年、台湾中部の嘉義に生まれた洋画家。石川欽一郎に師事し、一九二六年「嘉義の町はづれ（嘉義街外）」で台湾人画家として初めて帝展に入選するなど目覚ましい活躍を見せた。戦後、中華民国国民党政府の下で発生した二二八事件（二六九頁、注1参照）に巻き込まれ、一九四七年、五十二歳の若さで銃殺された。

彼はすぐに赤外線フィルムから手を引いた。完成を見たものに未練を持つ価値はない。行く手にはまだまだ征服すべき山があり、足を止めている時間などないのだ。

鄧騰煇は八ミリ映画の撮影に熱をあげ、カメラにはほとんど触らなくなっていた。

軽くて便利な八ミリは、スナップにうってつけの撮影機と言えた。日本にいた頃に八ミリで海女を撮ったことがあったが、故郷に戻り、台北に越して店を開いてからしばらく撮影機はほったらかしだった。少し前に実家に預けていた長男の永光を台北に連れてきて、幼稚園に入れてから、八ミリで息子の成長過程を撮ってみようと思い立った。それでまた持ち出していじりはじめると、すっかり病みつきになってしまったのだ。

小観音山に雪が降ればすぐに永光を連れて鑑賞に行き、晴天に恵まれれば友人たちと船を貸し切って新店の碧潭まで出かけ、永光と一緒に浅瀬で遊んだり、船頭が釣ったばかりの川魚を小高い丘の上で天ぷらにしたりした。幼稚園の運動会では、体操に大玉転がし、かけっこ、輪になって歌ったり踊ったりする子どもたちの様子を撮った。総督府始政四十周年記念の台湾博覧会では、着物に身を包みステッキをついた紳士淑女の行進を、龍山寺の祭礼では町をめぐる華やかに飾りつけられた山車を撮影した。

この時期、彼は毎晩家にこもっていた。卓上の明かりに照らしてフィルムを切り貼りし、一フィートずつ秒数を計算しては、映写機で壁に投影することを繰り返した。おかげで李火増ら友人たちと酒を飲みに行く機会もめっきり減った。

ただ映画を観るだけの観衆と違って、彼はフィルム本体の映像を点検することができた。フィルムを伸ばして目を凝らす時、いつも奇妙な感覚に襲われた。この一コマ一コマは——通常は一秒二十四コマだが、節約のために十六コマで撮ることもあった——まるで連続写真のようだ。何も間違ったことは言っていない。どのコマもひとつ前のコマとわずかに違い、どのコマもそれだけで一枚の写真として成立していた。彼は遊び半分で何コマか切り取って、単独で眺めた。不思議なのは、切り取られたコマが命を失ったように思えることだった。同時にカメラで撮っていた写真とはまったく違った。

彼はそれぞれのコマに写った画を見つめた。海辺のブランコのシルエット、雨のなかの人力車、空を見上げて何かを歌う眼鏡をかけた男性のアップ、永光を抱いた妻、大きな川の岸辺で遊ぶ母子三人、海水パンツを穿いて岸にボートを押し上げる自分……。

なかには構図や露出が理想的なものも少なくなかったが、それは瞬間的な判断によって正確に切り取られたものではなく、すべてをありのまま呑み込んだ結果、偶然得られた収穫だった。それに彼は知っている。このコマの前にはすでに別の一コマがあり、すぐ後ろにも次の一コマが迫っている。宙に浮いたブランコはそこで固まっているわけではなく、次のコマではもう少し高く上がり、その次のコマではさらに高く、次はもっと高くと続く。永光の天真爛漫な微笑みだって永遠に続きはしない。前のコマではまだこれほど歯をこぼしていないし、もうひとつ前のコマではそもそも仏頂面をしている。

彼は困惑した。カメラで直接時間を切り落とすのと何が違うのだろう？　そんな疑問が浮かぶのは、あるいは彼がすべてのコマを見たからかもしれない。すべてを見たあとでは、もはやどのコマもそれだけで完結した宇宙ではなく、毎秒二十四回シャッターが開くという意味しか持たないとわかる。たとえ切り出したコマが完璧に見えたとしても、次の不完全な瞬間へ向かうことを止めることはできない。人生と同じように。

　このことは彼の写真に対する信念を揺るがした。生命の行進は連綿と続くものだ。ある写真が撮られる前と後に起こったことについて、彼はすでに知っている。ならばたった一枚の写真が、あたかもひとつの世界であるように珍重されるのはなぜだろう？

　しかし映写する楽しさがそんな疑念を押し流し、彼を映画に没頭させた。特に好きなのは、川に浮かべた船から撮った水面に反射する光の映像で、何度も繰り返し見た。水面の光の魅力は、気ままで不規則であることだ。同じ光はひとつとしてなく、同じ波紋もまたひとつとしてなかった。だがフィルムの一コマ一コマを見ていくと景色が変わる。フィルムの上の水の光は運命が定められ、たどるべき軌跡があって、前世も今生も一目瞭然だった。

　鄧騰煇は悟った。写真が捉えるのは何がしかの光が放たれた瞬間であり、人の心を打つ表情や仕草であり、言葉を越えたイメージであり、ある種の象徴なのだと。それは時間のかけらを摘み取り、乾かし、平たく熨《の》して、いつでも自由に鑑賞できるようにしてくれる。対して映画で撮影されているのは、一連のつながった動作と出来事であり、映画は時間を旅する小船だ。人は必ずその小船に乗り、同じだけの時間を差し出して初めて前へ進める。

　もう一度映写機にフィルムをセットした。壁に光の玉が映し出され、フィルムが走り出す。昆虫が羽ばたくような音が響いて、書斎の白壁に再び川の流れが映し出される。

　ごほっ。

扉の外から妻のくぐもった咳が聞こえてきた。妻は軽い咳ばらいにとどめようと努めていたが、抑えつけることで余計に重く響いた。妻の咳はもうずいぶん長く続いていた。医者に診せたほうがいいのではないかと何度も言ったが、そのたびに妻は、身体を冷やしただけだからすぐによくなりますと言って、そのまま今日まで来てしまった。くぐもった咳は聞いていて気分のいいものではない。とは言え一番辛いのは妻なのだからと、黙って我慢していた。

咳き込む声は不規則に続き、でたらめなリズムで映画と張り合っているようだった。鄧騰煇はなんだか妙に煙草が吸いたくなり、一本火を点けた。映写機の前を濃い煙のかたまりが阻み、光の道が浮かびあがる。白煙はまるでよじれたスクリーンのようで、ぼやけた水面の光がその上に投影された。これはこれで奇妙な味わいがあった。彼はこの瞬間を生涯忘れなかった。

晩年になってから振り返ると、鄧騰煇はあの二年――昭和一〇年から一二年（一九三五―三七年）――が彼の人生で一番幸福な時だったように思えた。結婚し子を成して家庭を持ち、高級カメラ機材店を営み、かわいい息子とあちこち出かけ、撮りたいものを撮り、買いたいものを買い、金の心配もなく、世情もまだ平穏だった。

だが生活の細部はほとんど印象に残っていなかった。もちろん何かしらの特別な出来事は覚えていたが、それ以外は記憶にない。彼は三十年もの間しまっていた八ミリフィルムを取り出し、映写してみた。カビが生え所々劣化はしていたものの、幸いまだ鑑賞に堪えられた。映写してみると、当時苦労して切り貼りしたいくつかの完成品はなんとか見られたが、大量に残された、何をしているのだかわからない無意味なフィルムに至っては、とても見られたものではなかった。

なかには友人来訪と記されたフィルムが何本もあった。これはどこの家だ？　映画に出てくるような庭付きの平屋に住んだことはなかった。おまけに誰だかまったくわからない人もいて呆然とした。

十数巻のフィルムを見てみたが、あくびが出るばかりで、このなかの大半は三十年前に捨てておくべきだったと思わずにはいられなかった。当時はどんなコマも人生の大切なかけらであって、時間が経ったりフィルムを捨ててしまったりしたら二度と取り戻せないと思い、全部保管しておいたのだ。しかし六十も過ぎてこれを整理するのは骨が折れた。それに、映画に写る若い自分と向き合っていられるほど暇ではなかった。

あの頃丹念に編集した「漁遊」という作品を、日本で開催された第三回全日本八ミリ映画コンテストに送って佳作の賞状をもらった。それですっかり得意になり、将来は映画監督になるのも悪くないなどと思っていたが、今考えれば、あれは高い参加費に対する領収書程度のものだったのだろう。

鄧騰煇の八ミリに対する束の間の熱狂は、昭和一二年に唐突に終わりを告げた。そう、戦争が始まったのだ。好き勝手にうろうろして撮影することができなくなったし、八ミリフィルムも次第に入手しづらくなっていった。それこそ彼が写真に回帰した本当の理由だった。

惜しむらくは、台北に来た祖母を映画に収めておかなかったことだ。開戦の翌年、祖母は父、瑞金《ずいきん》おじさんとその妻、瑞鵬おじさん、弟の騰駿《とうしゅん》を連れて台北に遊びに来た。鄧騰煇の京町の店にも寄り、裏庭で家族写真を撮った。一緒に新公園〔現・二二八和平公園〕や北投《ほくとう》へ行った時にスナップ写真も撮ったが、映画を撮ることは思いつかなかった。

彼は祖母を尊敬しながら、畏れてもいた。父に連れられ、カメラ機材店を開くと祖母に伝えに行った時、祖母はただ淡々と、文武どちらでもないね、と言った。それ以外に言葉はなく、反対されたわけでもなかった。しかし彼はどこか納得がいかなかった。もう山の産品やアヘンの時代でもあるまい。

自分はモダンの最前線に立っていて、カメラを売ったり写真を広めたりするだけではなく、何と言っても写真芸術の創作に携わっているのだ。

晩年になって冷静に考えれば、商売の面では祖母の見立ては正しかった。ドイツ製のカメラだけを売るという決定は、すぐに深刻な問題をもたらした。まず、軍備に余念がないナチス・ドイツがライヒスマルクのレートを吊り上げるのに伴って、日本にカメラを輸入するコストが膨れ上がった。そして日本が中国を相手に戦争を始めると、景気のよかった写真市場はすぐに打撃を受けた。舶来品など、政府が贅沢品とみなしたものに高額な物品税が課されるようになったために、カメラの輸入総額が年間六百四十万円から百二十万円まで一気に減ってしまったのだ。カメラ市場は混乱に陥った。東京にある大手数社がやむなく協議をし、昭和一四年（一九三九年）に公定価格を決定した。中古のライカⅢa（G）型は千五百円、中古のコンタックス三型は二千円、日本のキヤノンの新品でも五百七十円もの高値がつけられた。

当初は東京の同業者との取引で儲けが出せたが、その後はまったく売れなくなってしまった。さらに何年かすると、フィルムまでもが軍需品になった。客に売る分を手に入れられなくなり、現像の仕事もなくなった。空襲のあとの悲惨さに至っては、もはや言うまでもない。

映画には撮らなかったにもかかわらず、祖母の印象は鮮明に残っている。台北を訪れた時すでに高齢だった祖母は、以前のような精悍さを失っていたものの、依然として意気軒昂だった。みなと一緒に草山まで足を延ばしたり、嫁を連れて人力車に乗り、永楽町〔現・迪化街界隈〕へ芸旦の歌を聴きに出かけたりするなど、祖母は初めての環境や言語にも怖気づくということがなかった。

あれは北投だったたか、天然木の風合いを生かした長椅子に祖母を座らせ、遠くの山を背景にポートレートを撮った。祖母は客家伝統の大きな襟のついた上着に、裾の広がったズボンを身につけていた。布靴は泥で汚れていたが、ぬぐいもせずそのままだった。祖母の視線にはもう人を圧倒するような力強さはなかったが、堂々と佇む老木のような存在感があった。

鄧騰煇には、そんな祖母の姿を一秒二十四コマからなるおびただしい数の画像に変換できるとは、到底思えなかった。

壁に映写していた映画にノイズが混ざり、現実に引き戻された。フィルムを適切に保管していなかったせいで、中心から外に向かって膜面が融けて傷を作り、リールが回転するたびに焼けたようなねじれた黒点が映る。

まるで大空襲を受けたあとの京町のようだった。

あの日の鮮明な記憶とノイズの入った映像が入り混じり、直線的な時間の歩みが何度も遮られた。融けて傷ついた部分は川面の光と同じように、映写され続けるうちに生命を得、激しく燃えあがり、身をよじらせながら鄧騰煇の記憶を貪欲に呑み込んで養分とし、膨らんでいく。

彼はあわてて映写機を止め、フィルムを引き出して点検した。そこにはただ点々とカビの跡が残り、傷ついた膜面があるだけだった。

アルバム六

山へ還る

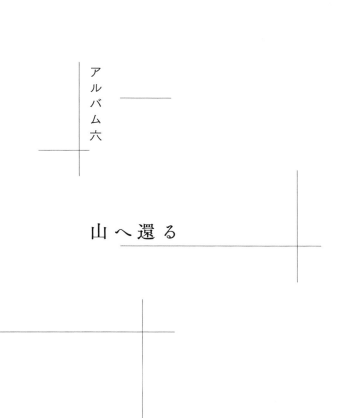

鄧騰釬《とうとうかん》は軍に入隊して半年で、何事もなく任を解かれて復員した。和豊号の前で車を降りると、出立時の華々しさとは打って変わって数人の親族が迎えに出てきただけで、上通りはしんと静まり返っていた。父・鄧瑞坤《とうずいこん》が帰還を祝う席を準備してくれていた。店を抜けて中庭を通りかかると、母・呉《ご》順妹《じゅんまい》が、これを食べて湯浴みをしてから着替えなさいと、一杯の麺を渡してくれた。

中庭は以前と何ひとつ変わらず、陽光が石畳を照らし静けさに包まれていた。

半年前、鄧騰釬と従弟の姜煥蔚《きょうかんい》、そして従妹の夫である荘阿魁《そうあかい》の出征壮行会のために、この小さな中庭に数十人が集まったことが嘘のようだ。あの日、彼らの背後には祝応召鄧騰釬君、祝従軍鄧騰釬君、祝応召姜煥蔚君、祝従軍荘阿魁君などと大書きされた白い幟が何十棹も立てられた。鄧騰釬ら三人は日本軍の軍服を着て、大勢の人にぎっちり囲まれた長机の上座に立った。机の上は誰も手をつけていないつまみが四皿と、空になった三本の酒瓶が置かれているだけで、その大きさに不釣り合いなほどすっきりしていた。銘々小さな杯を手にする。

乾杯――

ちょっと待ってください！　三番目の弟・騰煇《とうき》が突然叫んだ。こっちを見てください、記念写真を撮ります。

酒を飲み干そうとしていた人びとは、杯を持った手を宙に浮かせたまま長机の反対側に顔を向け、カメラがこの永遠の瞬間を捉えるのを待った。杯を持つ鄧騰釬の手はかすかに震えていた。風蕭蕭《かぜしょうしょう》として易水《えきすい》寒し*1という古い詩の一節が思い出された。彼にとってこの一杯は、さながら自分の弔い酒だった。騰煇のひと声が時間を止め、死へと向かう苦しみを引き伸ばしているように感じられた。

あの時は頭が混乱していて場の細部までは覚えていなかったが、あとから騰煇の撮った写真を見て全容を知った。上座の中心に立った自分を日差しが斜めに照らし、顔の上に硬い影を落としている。その表情は滑稽なほどに悲壮感を帯びていたが、あるいは悲壮なほどに滑稽だったのかもしれない。
騰煇は机の左角に立つ父を画面の中央にして構図をとっていた。父の左隣には、姜煥蔚の父であり荘阿魁の義父でもある姜瑞昌《きょうずいしょう》おじさんが立っている。おじさんの高く揚げた杯が父の口元を覆ってしまっているせいで、父が率先して酒に口をつけようとしているように見えた。さらにその横には瑞《ずい》金《きん》おじさん、瑞鵬《ずいほう》おじさんが並び、頑なにカメラを見ようとしない一番下の弟・騰駿《とうしゅん》と続いた。騰駿は起こっている出来事に納得がいかなかったのだ。左側の手前には見送りに来た友人らが並び、日陰になった机の右側には、召集に来た軍関係者がいる。一人二人笑みをこぼしている者もいたが、それ以外はみな沈鬱な表情をしていた。それでいて、悲しみを露わにすることもまたできずにいたのだった。

　これじゃまるで葬送みたいじゃないか。初めて出征の場面を見た時、鄧騰釬は衝撃を受けた。白い幟は野辺送りの時に使うものだろう？

　北埔《ほっぽ》で誰かが亡くなり、山へ還す野辺送りが行われるとなると、町じゅうから貧しい家の子どもたちが集まって、謝礼目当てに輓聯《ばんれん》〔死者を悼む対句を書いた幟〕や花輪を掲げる役目を取り合った。老いてなおアヘンの悪癖を断ち切れず貧困にあえぐ陰勇《あいゆう》たちも、痩せて骨ばかりになった身体で、恥ずかしげもなく子どもに交じる。喪家は彼らに清潔な衣装を与え、葉のついた竹を持たせて葬列の一番前を歩かせた。

＊1　司馬遷『史記』の一節。風はもの寂しく吹き、易水は寒々と流れるの意。後に「壮士、ひとたび去りてまた還らず」と続き、戦いに赴く前の決死の覚悟を表す。

そのあとに竹竿を高く掲げ、白く長い幟を風にはためかせた子どもたちが続いて、死者の栄誉と哀悼の意を表す。

喪家が立派であるほど参列する親族や友人、花輪の数も多くなり、野辺送りの葬列は長くなる。鄧騰釬が十九歳の時、祖父・姜満堂《きょうまんどう》が亡くなった。葬列は上通りを出発して旧西門跡を抜け（それはつまり山の町を出るということだ）、崖下へまわり込み、久安橋を渡って大湖渓の向かいにある山の墓地へ至る。列の先頭が墓地へ到着した時、祖父の棺はまだ栄和号を出発してすらいなかった。

葬送の途中で風がやみ、空を泳いでいた幟が垂れ下がって、緑の山あいに真っ白な幕が下りたようになったことを、鄧騰釬は思い出していた。この壮行会はあれとそっくりじゃないか？

その場にいたみなが同じように鬱々とした思いを胸に秘めていた。耐えきれなくなった荘阿魁がこぼした。日本の代わりに戦争に行かされるだけならまだしも、日本人の壮行会まで真似する必要があるか？　決死の覚悟で出征する前に、家族とお別れしておけっていうのか？　年長者たちには耳の痛い話だったが、万が一日本人に聞かれたら厄介なことになる。鄧騰釬はあわてて彼を止めた。

出征する者の餞《はなむけ》をどうするかについては、さんざん話し合われた。北埔から出征者が出るのは、光緒二一年（一八九五年）以来、四十三年ぶりのことだ。あの時は姜紹祖《きょうしょうそ》が、台湾民主国[*1]を建国しようという理念に共感する者を率いて抗日戦を闘ったが、あえなく敗れ、自害した。姜紹祖は命を絶つ前に、男子は国家の計に応ずべし、敵に降伏してあに生きられんや、という辞世の句を遺した。

あれから世は移ろったと言えども、たかだか二代下っただけで、姜家の子孫は日本の軍服を着て出征することになった。当然ながら祖先に出陣の決意を誓うような儀式はできない。しかし軍に召集されてしまったからには仕方ない。鄧瑞坤の考えで、身内だけで集まって送ろうということになった。

ところが北埔庄長の平間秀顕が訪ねて来て、本庄から初めて本島人が皇軍に入隊するとは大変光栄なことであり、ましてや名の知れた姜家が率先してお国のために奉公するのだから、これは盛大な壮行会を開いて従軍者の武運長久を祝い、郷里の模範とすべきだと言う。

平間は新聞に掲載された写真を指して、壮行会はこれに倣って行うと言った。それを見てみな唖然とした。「出征風景」と題された写真は、どれも真っ白な幟で埋め尽くされ、悲壮感に満ち満ちていたのだ。

姜瑞昌が前庄長という立場から、送別はこの土地の習俗に則ってやりたいと申し出たが、平間はそれではいけないと言う。これは上からの指示であり、台湾中が同じようにやるのだからと。そう言われては従うしかない。平間が庄内の学校や保甲[*2]、信用組合、商店などに出征旗を作って贈るよう言い渡したおかげで、壮行会はとても華々しい様子に見えた。

撮れました！　鄧騰煇が撮影を終えるや、人びとを彫像のようにしていた呪術も解けた。

万歳！　万歳！　万歳！

人びとは万歳を三唱して祝い酒を飲み干すと、銘々手にした杯を長机に戻した。これで壮行会はお開きとなり、軍関係者はさっさとその場をあとにした。しかし荘阿魁はいまだ彫像の呪いにかかっているように、身体を固くして立ち尽くしていた。鄧騰釬は彼のほうを向いて言葉をかけた。姜瑞昌と

＊1　一八九五年、日本の台湾領有に対抗して独立を宣言し、建てられた政権。日本軍との戦いに敗れ、同年中に消滅した。

＊2　日本統治時代以前より存在した自治組織を、台湾総督府が警察及び行政の下部組織に位置づけ直し、本島人の管理に活用した。民家十戸で一甲、十甲で一保を形成する。

姜瑞金も杯を握ったまま放そうとせず、鄧瑞坤は悲しみのあまり一気に老けこんだかのようにぼんやり宙を見つめていた。

父の顔を見た鄧騰釬は、やりきれない気持ちになった。まだ五十六歳だというのに、父はひどく年老いて見えた。長男である父は、母の入り婿となって鄧姓を名乗った。祖父の姜満堂は父が和豊号を立てる手助けをし、少なからぬ土地や財産も分け与えた。しかし自身が創業した栄和号は、姜姓を名乗る瑞昌おじさんに継がせた。物心ついた時から祖父母のもとで家業を手伝っていた父は、早くに学業から離れてしまった。対して三人の叔父たちはそろって台北《たいほく》国語学校を卒業し、教職に就いたり金線が刺繡された文官服を着たりし、流暢な日本語と学歴の高さで官公庁でも商売でも有利な立場にあった。自分に学のないことを内心悔しく思っていた父は、四人の息子たちは文明的で進んだ人材に育てようと、全員を東京の学校で学ばせた。それが、いざ戻ってきた息子と協力して家業を盛り立てようとしていた矢先に、この有り様だ！

長男の騰芳《とうほう》は上智大学商科を卒業し、テニスに熱をあげて柑園にテニスコートまでつくっていた。ところが球に当たってできた傷が悪化して肋膜炎になり、そのまま二十六歳の若さで旅立ってしまった。日本滞在が一番長かった三男の騰煇は、法政大学で経済学士の学位を取得したものの、カメラなどという高価なものに魅せられてしまい、台湾に戻ってからも北埔にはいつかず、大枚をはたいて台北にカメラ機材店を開いた。法律を学んだ末っ子の騰駿は絵を描くのが好きで、柑園にある別邸の一室を改装してアトリエにし、毎日創作のことばかり考えているうえ、結婚すらしようとしない。

息子たちに東京で学をつけさせたのが正しかったのかどうかわからない。そう父が叔父にこぼすのを、鄧騰釬は偶然聞いてしまった。

彼自身は東京美術学校で学んだ、実直な男だ。兄弟のなかでは最も経営からかけ離れたところにいたが、兄が急逝して家業を継ぐことになった。仕事は真面目で丁寧、園芸や茶業講習会にも積極的に参加したので、父は安心して和豊号を彼に任せた。それがまさか召集令状一枚で運を天に委ねるしかない前線へ送り出されることになるなんて、誰が思っただろうか。希望を失った父が一夜にして老けこんでしまうのも無理はない。

北埔ではこの新姜家三人のほかに、老姜家からも姜阿新《きょうあしん》*1と姜《きょう》重垣《じゅうえん》の二人が召集された。二人とも若い跡取りで、やはり日本で高等教育を受けている。

五人は北埔口に集合し、軍のトラックで竹東へ行って入隊の報告をすることになっていた。公学校の生徒たちが動員され、集合場所まで見送りに来ていた。あたり一面に日の丸が揺れ、いかにもめでたい光景だった。しかし子どもたちは退屈そうな表情で命令に従っているだけで、野辺送りの輓聯を掲げている時よりもおざなりだった。まるでうっかりケチな家の葬送に紛れ込んでしまったかのようだった。

三男の騰煇も一緒にくっついてきて、ここでも五人の集合写真を撮るという。五人とも覇気のない顔で、友人たちの寄せ書きがされた日の丸を、半分丸まったままそっと握りしめていた。きらびやかな装飾が施されながら悪臭を放つ便壺を持たされた、不運な下僕のようだった。身体に近づけたくは

*1 紅茶や膨風茶の生産と輸出で財を成した北埔の富商。日本統治時代より製茶産業に従事し、一九四六年に永光茶葉公司を設立。インドなどの茶葉生産国が徐々に戦後の混乱から立ち直り、台湾産の茶葉が市場から駆逐されていくまで、北埔の茶産業の黄金期を築いた。北埔における茶産業の栄枯盛衰を描いた二〇二一年の台湾ドラマ「茶金　ゴールドリーフ」の主要登場人物・張福吉のモデルとなったことで一躍脚光を浴びる。

ないが、手を滑らせて落とすわけにもいかない。

生真面目な鄧騰釬は、カメラの前で体裁を保たねばと、無理して少し日の丸を開いてみたが、渋々そうしていることは一目瞭然だった。対して隣の姜阿新は、ぱっと国旗を開いてみせ、見送りの生徒たちの前を通る際も誇らしげに旗を掲げた。のちに彼は「茶虎」の異名で知られる、竹東茶業界の大人物となる。軍用トラックの上で彼は、抗っても仕方のないことは正面から受け止めるだけだ！と鄧騰釬に言った。いかにも彼らしい言葉だった。

トラックの荷台から外を見やると、故郷がどんどん遠ざかっていく。群衆のなかで騰煇がまだこちらにカメラを向けているのが見えた。次はあいつが召集されるのかと、鄧騰釬は考えた。同時に、騰煇は最後までこの戦争には巻き込まれないような気もした。なぜなら騰煇はいつだって渦中の外に身を置いてものを見る人間だからだ。

竹東に到着した五人は軍部に入隊の報告をすると、基隆《きいるん》から船に乗って広州へ渡り、中山大学で訓練を受けたあと、それぞれの部隊に配属された。蓋を開けてみれば、そもそも五人は前線で戦う兵士として召集されたのではなく、広東の通訳官として採用されたのだった。昭和一三年（一九三八年）当時、誉れ高き帝国軍人となって天皇のために死ぬ資格を、台湾人はまだ持っていなかった。

なんともお粗末な話だが、広東で通訳のできる人員を求めていた日本軍は、台湾に原籍が「広」と記された客家《はっか》人が大勢いるとどこからか聞きつけ、すぐさま前線へ赴くよう召集令状を出した。そして召集された者たちが現地に到着して初めて、客家語と粤《えつ》語〔広東語に代表される、主に広東省で使用される言語〕はまったく違う言語だと知ったのだ。わざわざ多額の費用をかけて役に立たない面々を集めて、軍の物資や食料を無駄にしてしまったうえ、軍人に転属もさせられないとなれば、軍幹部は批判を免れない。五人はみな半年以内に故郷へ送り返されることになった。

広東にいる間、何もすることのなかった鄧騰釬は、時折気の合う幹部に連れられて温泉に行った。おかげで現地の温泉のことはよく覚えている。通訳官は軍属の文官であり、階級章はなかったがサーベルを提げることはできた。正式な場に出る時、上着で右胸の「通」という目立つ文字を隠してしまうと、事情を知らない新参兵が緊張した面持ちで彼に敬礼することもあった。生真面目な彼も、これにはいくらか虚栄心をくすぐられた。

実のところ、彼のサーベルは手にした時から錆びていた。軍部は彼ら台湾人軍属に疵ものを支給したのだ。彼は時々、深夜に一人でサーベルを抜いてじっくり眺めた。錆を落とそうと磨いてもみたが徒労に終わり、最後にはその不完全な姿を受け入れた。鞘から抜きさえしなければ、威風堂々とした文官用サーベルなのだ。

馬鹿らしい勘違いによって召集されたということで、復員はひっそりと、誰にも知らせず行なわれた。もちろん歓迎行列などあるはずもない。

父は彼が無事に帰って来たのを見て、ようやく胸のつかえが下りたようだった。だがその顔に、かつてのような一角の人物ならではの鋭気は見られなかった。そしてあの生前葬のごとき壮行会については、誰も口にしなくなった。

今回の一件で寿命が縮んだのかどうか、鄧瑞坤は三年後に五十九歳でこの世を去った。同じ年、あろうことか北埔では三件の葬儀が相次いで行われることになった。葬儀の規模は回を追うにつれ大きくなり、北埔が最も栄えた時代までもが、死者と共に旧城門から野辺に葬られたのだった。

母・呉順妹の告別式の席で、鄧騰煇は落ち着かない気持ちだった。母の死はとても悲しいのに、なぜか式場では少しも悲しみが湧いてこないのだった。

告別式は柑園で行われ、長孫の鄧永源《とうえいげん》、鄧騰釬、鄧騰煇、鄧騰駿の順に四人の孝子《こうし》が並んだ。彼らは白い麻の喪服を身につけ、長々続く物寂しい親族だけの儀式を終えると、続けてすし詰めの来賓たちとさらに長い公の儀式に参列して、僧の指示に従い読経、平伏、復位を繰り返し、香をあげに集まった人びとに挨拶をしてまわった。

数日前、台北にいる鄧騰煇のもとに、母が危篤だと兄から電話があった。もし母のポートレートがあるなら、遺影用に何枚か引き伸ばして来るよう兄は言った。

祖母が家族を引き連れて台北へ遊びに来た時、書斎を撮影室に見立てて母のポートレートを撮っていた。正面、左側面、右側面が一枚ずつと、生まれたばかりの次男・永明を抱いた写真が何枚かあった。

どの写真もきめ細かい鮮明な画質だったが、それがかえって母の疲れと老いを際立たせ、大家の妻らしい優雅さを消し去っていた。電灯のせいで眉間に刻まれた皺に大げさなまでの悲壮感が表れ、永明を抱いた写真ですら、戦火のなかを逃げ惑ってきたかのような底知れぬ焦燥感に満ちている。

驚いた。彼は母が心に秘めていた人生の真実を、無意識のうちにカメラで写し出してしまったのかもしれない。

あの時はポートレートの代わりに、植物園で撮ったスナップ写真を母にあげたのだった。母が永光、永明とベンチに座って穏やかに笑っている写真で、眉間の皺は慈しみと慰めに満ち、全身が優しさに輝いていた。

なんだってこんなにも違うのだろう？　これは本当に同一人物なのか？　どれだけ考えても答えは出なかった。

鄧騰煇は徹夜で母のポートレートを引き伸ばし、スナップ写真も何枚か一緒に準備した。北埔に帰って病床の父にまずスナップを見せたところ、父はあまり気に入らない様子で、あの醜いポートレートのほうを選んだ。彼は父に考え直すよう言ったが、父は、遺影というのはあとに続く子孫が長きにわたって仰ぎ見るものだ、威厳がなくてはいけないと言うのだった。

額縁の上部に黒い布を斜めにかけられ、無数の供物や花輪、輓聯に囲まれて式場に高く掲げられた母の遺影を見ていると、過ちを犯したような感覚に襲われた。大家族のなかで苦労を重ねた母の憔悴しきった顔を引き出してしまったのは彼で、そんな母の顔を衆目に晒し、棺の蓋を閉める前の最後の印象としてしまったのも彼だった。

葬儀は冗長で繰り返しが多かった。喪服を着る、遺体を棺に納める、棺に蓋をして釘を打つ、法要、そのどれにも細かい決まりごとがあった。六日目から始まる読経は夜を徹して丸二日続き、北斗七星に見立てた卓のまわりをめぐりながら読経し、罪を懺悔する。また僧による雑技や、唐の僧たちが西方より経典を持ち帰る、魂が橋を渡る導きをし歌で訓話を伝える、などといった出し物もしなければならない。孝子は重要な儀式にはすべて参加することになっているので、何日かすると疲労困憊だ。

鄧騰煇は孝子の衣装も気に入らなかった。そもそも悲しみのあまり着るものになど構っていられず、そのへんにあった一番粗末な服を身につけたのが始まりだったはずだ。それが現代人ときたら、葬儀のためにわざわざ白い麻の衣装や帯を買いそろえるのだから本末転倒じゃないかと、休憩の間に騰駿と話した。

今の孝子服はずいぶん簡易化されたよ。横で聞いていた騰釪が冷ややかに言った。確かに今や粗い麻布の喪服一式を着る必要はなくなった。シャツとズボンの上に白いガウンを羽織り、麻の冠の代わりに麻の縄で白いスカーフを縛り、草鞋《わらじ》ではなく革靴やスニーカーを履く。彼らは風俗の最先端にいるのだった。

長々と続く儀式は、告別式で山場を迎えた。鄧騰輝は頭がぼんやりして、悲しむどころではなくなっていた。顔を上げると母のポートレートが目に入り、後悔の念に駆られた。導師が何十ものありがたい経典を読みあげるのを、意味もわからず連日連夜聞き続けたり、代わる代わる訪れるおびただしい数の弔問客に応えたりするのではなく、いっそ棺に突っ伏して泣きたかった。

複雑な感情が、彼をいよいよ苦しめた。儀式の最後に母の棺が担ぎあげられ、華やかな棺掛けが載せられる段になり、これで母の葬儀が終わってしまうと焦った彼は、常識はずれの行動に出た。孝子という重要な立場にあるにもかかわらず、柑園を飛び出して上通りの和豊号に駆け戻ったのだ。ライカをつかんで外へ出ると、ちょうど野辺送りの花輪と銅鑼、通りを埋め尽くす白く細長い幟と出くわした。

角を曲がってくるのは、位牌を持った長孫の永源を乗せた籠だ。続いて、紙の東屋に鶴、草花で飾られた棺掛けを載せた巨大な棺が悠々とその姿を現し、上通りの真ん中で方向転換をした。母は和豊号に最後の別れを告げて西門を出たら、もう二度とこの山の町には帰らない。

鄧騰煇はカメラを構えてシャッターを切った。涙がとめどなくあふれてきた。ファインダーをのぞいていられなくなったが、そんなことはどうでもいい。彼には鍛えあげられたスナップ写真の腕がある。直観でピントを合わせ、経験に頼って構図をとり、本能のまま数値を調整した。同時に孝子の役割も忘れたわけではなかった。何枚か写真を撮ると、急いで棺の後ろについて孝子行列に加わった。だが行列が町を出て野原のなかの道へ歩を進めると、また時折列を離れてその様子を撮影した。

彼はシャッターを切りながら泣いた。カメラを手にしてようやく母を失った悲しみの湧いてくることが、自分でも不思議だった。なるたけ人目に付かないよう行動したが、どこかやましい気持ちがあり、手に汗をかいた。しかし孝子服に身を包み、銀色に輝くライカで撮影していては、目立たないはずがなかった。のちに写真を現像してみると、どれも露出オーバーだと発覚した。緊張のあまり、カメラに最新の高感度フィルムを装填していたことをすっかり忘れていたのだ。しかも撮った写真はたったの八枚だった。

最後の一枚は、棺の担ぎ手が八人、質素な木の棺桶を縄で墓穴に下ろしている写真だった。この写真を撮ってすぐ、鄧騰煇は前へ出るよう言われ、兄弟たちと一人一すくいずつシャベルで棺に土をかけた。それから棺担ぎがあとを引き受け、墓を埋めた。シャベルでわずかばかりの土をすくって棺の上に撒いた時、母はこれから独りでこの小さな穴のなかにいなければならないのかと考えずにはいられなかった。

その瞬間、なぜあのポートレートが失敗したのか腑に落ちた。

母は生涯、自分自身のために生きたことがなかった。いつだって祖父母に仕え、父の世話をし、子どもの面倒を見、義姉妹の関係を調整し、炊事裁縫洗濯に追われていたうえ、折々の祭祀の準備までしなければならなかった。母が手を休めて、自分の趣味や楽しみに時間を使うところを見たことがない。

母は家族のものだった。家族と一緒にいる時は充実して穏やかな顔をしていた。翻って鄧騰煇が母を単独でカメラの前に立たせたあの時、家族というフレームから抜け出た彼女は、孤独で、丸裸の、空っぽな姿にさせられてしまったのだ。

墓穴が埋められた。彼はまだ何か撮れないかカメラを構えたが、ファインダーから見えるのは平らにならされた土だけだった。

⁂

母が亡くなった時、父の容体はすでに予断を許さない状況だった。それでも鄧騰煇は、まさか次の葬儀がこんなにも早くやってくるとは思っていなかった。今回は兄に言われるまでもなく、父のポートレートを準備して北埔に戻った。しかし到着してみると、和豊号の前に建った臨時の祭壇には、もう遺影がかけられていた。

地元の名士だった父は、名人録などの出版物に掲載されることが多かったので、折につけポートレートを撮っていたのだ。遺影に選ばれた写真は、和豊号の真向かい、まだ開業間もない栄泉写場で撮られたものだった。店主の呉錦鑾《ごきんらん》は台北のアポロ写真研究所で彭瑞麟《ほうずいりん》に教えを受けた、この世界では珍しい女性の写真師だった。

それは端正で優雅な、良いポートレートだった。光の加減も申し分なく、遺影にするのにぴったりだ。父はスナップ方式で撮られた写真を嫌っていた。年配の人にとって、自身の姿を後世に遺すのは極めて大事なことであるらしい。写真は写真館、さもなくば庭に椅子を出して草花で飾りつけ、身なりを整え、姿勢を正して撮る。だからこういう写真が最も父の希望に適っているのだろう。

対して鄧騰煇は、その瞬間の生き生きとした表情を捉えるのに長けてはいたが、それは子孫が仰ぎ見るのにふさわしい写真とは言えなかった。経済学にしろ写真術にしろ、自分の学んできたことが、結局少しも父の役に立たなかったことに落胆した。

幼い頃、北埔は世界一賑やかな場所だと思っていた。小作料の徴収に行く大人たちにくっついて町を出れば、そこには田畑や林が広がり、長いこと歩いてようやくぽつんと建つ一軒家にたどり着く。正月や節句ともなれば、参拝や買物をしに、四方八方から北埔の町に人が集まってくる。しかし物がわかるようになってくる頃、二人の兄が東京の学校へ進学した。兄たちは夏休みになると、ぱりっとした学生服に身を包み、見たこともないようなものをたくさん持ち帰っては、彼をびっくりさせた。そして彼は知ったのだ。山の町の外には、より大きくて、より進んだ世界があることを。

これはテニス、今一番モダンなスポーツだよ。長兄の騰芳は奇妙な道具を取り出して気取ったシャツに着替え、人を呼んで柑園の一画を平らにならさせて、騰釬とボールを打ち合った。テニス、モダン、スポーツと、短い文に三つも騰煇の知らない言葉があった。

今年アントワープオリンピックで、熊谷一弥選手が男子シングルスの銀メダルを獲得したんだ。日本人選手が初めてオリンピックで獲得したメダルだぞ。騰煇も今から練習を始めれば、将来メダルが獲れるかもしれないよ。

兄は騰煇を呼び寄せると、分厚い木のラケットを握らせ、来た球を打ち返すやり方を教えた。うまいぞ！　なかなか様になってるじゃないか。騰煇はものの動きを把握するのが得意なんだな！　でもボールが落ちてくるのを待たなくていいんだ。ボールが最高点まで跳ねる前に打つんだよ、やってごらん。

数球打っただけで息があがってしまった。兄は大笑いしながら、ボールをぽんと弾いて受け止めた。楽しくないわけではなかったけれど、横に座って見ているほうがよかった。テニス、なんとも奇妙な言葉だ。平たい網も変な感じがした。魚を捕るのでも海老をすくうのでもなく、ただボールを打つためだけに使うなんて。東京の人は毎日庭でこんな遊びをしているのだろうか？

兄たちは美しい写真が載った本や雑誌もたくさん持ち帰った。広々とした通り、大きな建物、大勢の人びと。これはみんな本物？　みんな本当なの？

そうだよ、言ってみれば北埔は田舎も田舎さ。北埔の外には竹東があって、竹東の外には新竹《しんちく》がある。でも新竹は台北には負けるし、台北は東京とは比べられたものじゃない。その東京だって、パリやロンドン、ウィーンなんかには遠く及ばない。外へ出てみないと、自分が井のなかの蛙だってことにも気付けないんだよ。

この時を境に、騰煇は北埔を離れるのが待ち遠しくなった。てっきり自分も公学校を卒業したら、兄と同じように東京へ行って勉強できるものだとばかり考えて、その日を待ちわびた。

ところがいざ卒業してみたら、東京行きはあと四年待たなければいけないという。祖母の考えだと聞かされたが、実際には父が決めたことだった。騰煇は二人の兄と歳が離れていたので、今東京へ行くと二年後には兄が卒業して北埔へ戻り、騰煇が一人で東京に残ることになってしまう。それに弟の騰駿がまた騰煇と五歳離れていた。いっそ騰煇の出発を後らせて、二人一緒に行かせるほうがよいという判断だった。

東京へ行くのを待つ間、つまり弟が成長するのを待った四年の日々は、単調でつまらないものだった。公学校の同級生は卒業と同時に農業に従事したり、店の丁稚になったり、あるいは早々に結婚して一人前になったりして、遊び相手もいなかった。

兄は毎年一学年ずつ進級して、性格も見た目も驚くほど変わっていった。成熟して落ち着きを身につけただけでなく、そこらの北埔の人たちとは違う独特の顔つきになった。

世界は前へ進んでいるのに、騰煇だけが停滞していた。彼は兄が置いていった雑誌を読み込んだ。掲載された写真も一枚一枚舐めるように眺め、もはや東京のことは何でも知っているような気になった。兄が新しい本を持ち帰るたびに、彼の視野は広がっていった。

騰芳は時折、手紙に写真を付けて送ってきた。最初の一枚は、学生服を着た生真面目なポートレートだった。次は生地も仕立てもよい高級な背広を身に着け、友人たちと写真館で撮った集合写真だった。立ったり座ったり、各々違うポーズでずいぶん気楽な雰囲気だった。

帰省の時にこっそり見せてくれた写真もあった。どれも友人と遊びに行った時のもので、もし父に見つかれば、軽薄だと大目玉を食らうに違いなかった。大学生には特権があるんだよ。兄はよくそう言った。気ままな放浪こそ学生の本分だ。写真のなかの青年たちは身なりに構わず、だらしない格好をしていた。コートを肩に羽織り下駄をつっかけて、どこか反抗的な顔をしている。

食事の時にもぴしっと背筋を伸ばしていなければいけない騰煇には、とても信じられない光景だった。醜い者ほど人目を引こうとし、痩せた牛ほど病が多い。父はそうやって彼を教え諭したものだった。

た。

いったい兄さんは東京で何をしてるの？

自由。兄は秘密めかして笑った。

出かける時いつもカメラを持って行くの？　あれすごく重いでしょ？　騰燀は尋ねた。

ははは。兄はそっくり返って笑った。今も瑞昌おじさんの木箱カメラみたいな古くさいやつを使ってると思ったのか？　兄はリュックから革製の黒い箱を取り出し、騰燀の前に差し出した。手に握るのにちょうどよいくらいの大きさだった。

これは何？　お財布？　煙草入れ？　ノート？　まさかカメラじゃないよね？

兄が箱の真ん中についている蓋をパカッと開くと、小さなレンズが顔をのぞかせた。レンズのまわりには、黒地に金の文字でアルファベットや数字がびっしり刻まれた、丸いプレートが埋め込まれている。なんだかすごそうだ。続いて兄は、レンズの下にある金属の小さなつまみを引いた。するとレンズが箱のなかから滑り出し、蛇腹が一緒に引き出されて、手品みたいにあっという間にカメラになった。騰燀は腰を抜かした。

今はフィルムを入れてないから、どうやって操作するのか教えてあげるよ。兄は露光時間を自分で調整できるようシャッター速度を設定して、シャッターレバーを押し下げた。レンズのなかにあった三枚のシャッター幕が「カシャッ」と姿を消し、どこまでも透き通ったようになった。まるでどこか別の奇妙な世界に通じているみたいだった。もう一度シャッターを下げると、また「カシャッ」と音がして、今度は奥に何か大切な秘密でも隠しているかのように、シャッター幕が固く閉じられた。

僕を一枚撮っていいよ。兄は少し時間をかけてフィルムを装填し、数値を調整した。そして騰燀にカメラを渡し、うつむいて上からファインダーをのぞく方法を教えてくれた。

騰煇は恐る恐るカメラを腹の前に抱えた。爪とそう変わらない大きさの鏡に、小さく縮んだ兄の姿が映っているのを確認してから、親指でシャッターレバーを下げる。

カシャッ。

いいぞ、騰煇人生初の写真撮影が完了だ、めでたしめでたし。兄は愉快そうにカメラを受け取り、てきぱきとレンズをしまって箱の形に戻した。これはポケットカメラって言うんだよ、写真好きのお出かけにぴったりの相棒さ。

これでもう撮れたの？　何かすごいことが起きるのでないかと思っていた騰煇は拍子抜けした。摩訶不思議な機械を相手に、しっかり時間をかけて準備をしたのだ。天地を揺るがすような一大事が起こったっておかしくないと、息をつめていた。ところがシャッターレバーを動かしても何も感覚はなく、かすかな音がしただけではないか。もしやまた兄にからかわれたのかもしれないと思った。けれど兄は、東京で現像して送るよ、そうしたらわかるから、と言った。

はたして二ヶ月後、兄が東京から鄧騰煇様と手紙を送ってきた。ふふん、僕はいつから「様」になったんだ？　インクの鮮明な消印が、「様」という呼称にお墨つきを与えてくれているようだった。

鄧騰煇様は慎重に封を開いてなかに入っていた写真を取り出し、呆然としてしまった。写真の兄は襟元に黒い縁取りがされた白いセーターを着、頭に中折れ帽、手にはテニスラケットを持って格好よく写っていた。けれどそれは騰煇の撮ったあの写真ではなかった。引っくり返すと、裏には兄の字とは思えないほど端正な筆跡で、芳子の思い出に、と書かれ、鄧騰芳とサインがあった。意味があるのかないのか、ふたつの「芳」の字だけが少し大きめに書かれている。これは送る相手を間違えたんじゃないの？　兄さんの婚約者だって芳子じゃないし。

つまり、僕の撮った写真は、芳子さんのところに送られたってこと？

どうしたらいいのかわからなかったので、黙って写真をしまった。兄が帰ってきたら訊いてみようと思っていたが、結局言い出せなかった。

何年かして兄が大学を卒業して戻って来ると、父はすぐに和豊号の経営を兄に任せた。同時に結婚の手はずも整え、忙しない日々がしばらく続いた。東京へ行く日が近づいていた騰煇は心が弾み、何もかもが輝いて見えていた。おかげで兄が悩みを抱えているらしいことにも長らく気付かなかった。兄は前と変わらず明るく元気に振る舞っていたが、その顔からは、留学していた頃のような生き生きとした艶めきが消えていた。

兄は柑園に正式なテニスコートをつくり、イギリスから取り寄せたネットを張って、ラケットやボールもたくさん準備した。うちは北埔で初めての洋館を建てたうえに、今や初めてのテニスコートまであるんだぞ。テニスについて話す時だけ、兄の目が光を取り戻した。それからというもの、柑園からポンポンとボールを打つ音が響きわたるようになり、時折そこに雄叫びや弾けるような歓声も混ざった。荷物を担いで通りかかった農民たちが、何事かと足を止めてなかをのぞいたが、みなさっぱり理解できないといった様子で首を振りながら去っていった。父が柑園に建つ洋館の入口から眺めていることもあった。ひょっとすると、習慣としている長い午睡を破られたのかもしれない。しかし父は一切口を挟まなかった。

兄はテニスをする相手がいないことに困っていた。次兄の騰釬は運動神経がよいほうではなかったし、テニスにもそこまで興味を持っていなかった。親戚や友人も、何度も誘われるうちに逃げまわるようになってしまった。兄は叔父たちにまで声をかけていて、もちろん騰煇も誘われた。テニスに臨む兄は真剣そのものだった。絶対に届かないと思われるボールも全力で追いかけ、どんなに弱い相手にも容赦なく打ち込むので、せっかく相手のなかに芽生えかけたテニスへの関心をことごとく潰してしまった。

やっぱり亜熱帯の芝はだめだな。ここにちゃんとしたコートを持ちたいっていうのが贅沢なのかな。ある時、ボールを打ち終えた兄が肩で息をしながら、突然日本語でこぼした。

でもテニスって面白い遊びだね。騰煇は言った。

スポーツっていうのはただの遊びじゃないんだ。身心を鍛えてくれる、健全な娯楽だよ。

兄さんは、家に戻って来たのがつまらないの？　そんな質問が口を衝いて出た。

いや、こうやってボールを打っていられれば十分満足だよ。兄はにっこり笑って答えた。騰煇ももうすぐ出発だね。ひとつ忠告しておくよ。日本に行ったら、やりたいと思うことはできるだけやること。遠慮なんていらないから、思い残しのないようにするんだぞ。兄は意味ありげにじっと騰煇を見つめた。その視線にあるものは、感慨か嘆息か、あるいは日本へ向かう弟への羨望なのかわからなかった。

そうだ、兄さんの告別式に使った遺影はどの写真だったっけ？　鄧騰煇は隣の騰釬に尋ねた。騰釬はそれには答えず、今そんなこと訊いてどうするんだと尋ね返した。父の葬儀でなぜ兄のことばかり思い出してしまうのか、彼自身も不思議だった。

十六歳になる大正一三年（一九二四年）、鄧騰煇はついに東京へ行き、同級生より何歳も年上ながら、名教中学の一年生になった。彼はすぐに人生初のカメラを買った。兄と同じコダックＮｏ．２ブローニー。使うのは一二〇フィルムで、八枚まで撮影できる。レンズは二枚のガラスが合わさってできていて、ピントは二・五メートルの近距離と三十メートルの遠距離の二段階しか選べない。シャッター速度も五十分の一秒か二十五分の一秒、もしくは低速の三種類しかなかった。

今思えば重くて単純で、まったく玩具みたいな機械だった。そのくせ一台二十三円もした。坊ちゃん留学生の一ヶ月分の生活費だ。

東京へ着いてすぐ、兄の言っていた自由とは何かがわかった。俯瞰してみれば、あの頃は大正ロマンとデモクラシーの風潮が残る時代の末期にあたり、社会はまだ開放的な空気に満ちていた。だが彼個人の視点からすると、最も切実に迫ってきたのは、人は家族から離れても生きていけるのだという実感だった。

下宿人となった一日目の夕方、大家の妻が木の盆に載せた夕食を彼の部屋まで運んできて、ごゆっくり、と畳に置いていった。彼はてっきり自分が嫌われているのだと思い込み、食べながら涙をこぼし、家を恋しく思った。おかげで初めて食べる味噌汁や青菜、焼き魚もまったく味がわからなかった。

北埔の家では、食事の支度ができると鍋を打ち鳴らして家族を呼び集めるのが習いだった。銅製の鍋は祖母がアヘン膏を煎じるのに使ったもので、毎日食事前に鳴らすことで、子孫に自分たちのルーツを忘れさせないという意味も持っていた。まず食卓につくのは男たちだった。食事の間は姿勢を正し、いいおかずはあとに食べる女たちのために少し残しておくのが決まりだった。

何日かして、同級生もみな同じようにそれぞれの部屋で食事をしていると知った。自分だけが冷遇されているわけではないとわかり、彼はすぐにこの自由気ままな食事の仕方が好きになった。

祖母は公平を重んじた。誰かに贈り物をもらったり、小作人がみかんや筍、太った去勢鶏、淡水魚のコクレンなどを持ってきたりすると、ぴったり五つに分けるよう父に言いつけ、ひとつを自分に、残りを四人の子どもに均等に分け与えた。

公学校を卒業したあと、特段することもないまま十五、六歳になり、ある程度ものがわかるようになっていた鄧騰煇は、父のそばで人の世のあれこれを見た。冠婚葬祭に季節ごとの祭事、歓送迎会などの行事はもちろん、新姜老姜の複雑な関係、絡まり合った数々の怨恨、誰と誰の間には因縁があるから一緒にしてはいけないだの、誰それは狭量で勘定高いから贈り物や話す内容には気を付けろだの、とにかく年がら年じゅうそんな事情への対応に追われている気がした。

慶事にしたって繁雑な儀式に疲弊して喜びも消えてしまうのだから、葬儀のような弔事に至っては言うまでもない。まずは気持ちを奮い立たせて、潮のように押し寄せる弔問客に対応しなければならず、とても悲しんでいる余裕などない。ここでしっかりやらないと、結局また新たな懸念や不信感を生んでしまうのだ。

こうしたすべてから遠く離れて東京にいる鄧騰煇は、水を得た魚だった。最初の頃こそ夏休みには大人しく帰省していたが、次第に何やかや理由をつけては先延ばしにするようになり、最終的には兄弟の誰よりも長く東京にいた。モダン都市の思考や生活様式に慣れるにつれ、北埔へ戻っても家族と話が合わなくなっていった。

何を話せばいいかわからない、というのが、父に対する一番強い印象だった。父さん行ってきます、帰りました、明日はお参りだね、父さんごはんだよ。店の客だってもう少し世間話をするだろう。父と話がしたいと思ってはいたが、商売や農作物に関しては言えることがなく、だからといって父と最新のライカの良さについて語り合えるわけもなかった。

父の遺影を見ながら思い出すのは、取るに足らないことばかりだった。ある時家に帰ると、塩梅風味の蒸し菓子を父が切り分けているところだった。父は、お前が好きなやつだよ、と言って大きく切ったものをくれた。父さんの記憶違いだよ、これは騰芳兄さんが子どもだった時の好物だし、兄さんだって日本から戻る頃にはもう好きじゃなくなってたんだけどな、と彼は心のなかで思った。とは言え、父が決まりを破って大きなかたまりをくれたことが嬉しかったので、全部きれいにたいらげた。

日本に行って二年が経ったある日、鄧騰煇は予想外の電報を受け取った。それは騰芳の訃報だった。しかし葬儀に参列する必要はないとあった。電報は簡潔で、兄の死因も、なぜ帰らなくていいかも書いていなかったし、告別式の日取りもなかった。

彼は理解に苦しみ、畳の上を転げまわった。参考書のように電報を何度も何度も眺めては、水につけたり火であぶったりしたら隠された文字が浮かびあがってきやしないかとまで考えた。混乱しながら、とにかく荷物をまとめようとあわただしく準備をしたものの、出発するのもまたためらわれた。健康な二十六歳の青年が、長男だって生まれたばかりの青年が、なんだってこんなにも突然死んでしまうのだろう？　これは何かの間違いじゃないのか？　もし今あわてて出かけたら、訂正の知らせを見逃してしまうんじゃないか？　それとも疫病による突然死で、手早く埋葬されたのかもしれない。それなら帰っても無駄足になってしまう。

数日後、次兄の騰釬から手紙が届いた。長兄は連日の仕事で疲れが溜まっていたのに、ボールが胸にあたって怪我をしても決して休もうとせず、変わらず出歩いていた。そのせいで肋膜炎を引き起こし、帰らぬ人となってしまったという。

夏休みに帰省して、騰釬からさらに詳しい話を聞いた。医師によれば、怪我が原因で肋膜炎が引き起こされることは滅多になく、疲れて免疫力が低下していたことこそが原因だという。しかし山の町ではあのテニスとかいう奇怪な遊戯のせいだと言われ、神を怒らせたのだとあらぬ噂まで広まった。これ以上噂を立てられぬよう、家は素早く簡単に葬儀を済ませた。だから騰煇にも帰って来なくてよいと言ったのだった。

テニスコートは完全に姿を消し、新しく果樹が植えられていた。家のなかからもテニスに関するものは一掃された。

長兄の死後も、父の日常は変わらなかった。午後には長い午睡をし、夕食のあとは兄嫁の炒めた料理をあてに、柑園のバルコニーでビールを飲んだ。それまでと違うことは、バルコニーに上がったあと木の梯子も一緒に引き上げてしまい、誰にも邪魔させないようになったことだった。通りかかった家族が時折、空になったコップを手にバルコニーの端に立ち、黙って果樹園を見つめる父の姿を見かけた。

長兄の逝去から九年後、騰煇と騰駿はそろって法政大学を卒業した。父が生涯で初めて東京を訪れ、卒業式に参加するついでに、物見遊山に出かけることになった。ちょうど桜が満開の時期で、騰煇は父を連れて観光名所をめぐった。浅草の観音様を参拝し、上野公園で桜吹雪を浴び、丸の内の西洋街道を散策し、隅田川の屋形船にも乗った。父は生来朴訥で、騰煇も口数の多いほうではなかったので、父子はただ黙々と歩いてまわった。時々、ここの景色はどうかとか、食べ物は口に合うかなど尋ねてみたが、父の反応は薄く、好きも嫌いもわからなかった。

滞在最後の日、朝食をとりながら、行きたいところはあるか父に尋ねた。

どこでもいい。父はゆっくり時間をかけて煙草を一本吸うと、何気ない調子で、前に騰芳がいたところを見に行くのでもいい、と言った。

騰煇は配車の予約を取り消し、父と都電に揺られて四谷見附まで行き、兄の母校である上智大学へ足を踏み入れた。父はステッキをつきながら一歩一歩踏みしめるようにキャンパスを歩き、このカトリック学校の洋風建築を一棟一棟じっくり眺めていったが、その顔は無表情だった。キャンパスをひと回りして外へ出ると、父は一言、なんでテニスコートがないんだ?とだけ言った。

二人は江戸城外堀跡の堤を歩いた。それは兄がよく話してくれた毎日の通学路だった。見晴るかせば視野が広く、気分がよかった。少し歩くと弁慶橋に着いた。橋のたもとに立派な桜の木が一本悠々と佇み、満開の花を誇っていた。この数日あちこち桜の名所をまわってきて、空を覆い尽くす桜が風に揺れる美しい風景も見飽きていたはずだったが、どうしてか桜の木の前で、父子はそろって足を止めた。

この桜の下で写真を撮ってくれないか。これまでずっとスナップ写真の撮影を拒んできた父が、突然言った。

うららかな春の日に咲き誇る桜の木に、後ろの欄干がよく映え、対岸にかかる木の橋が斜めに写り込む。五十一歳の父はステッキを握って花の下に立ち、ぼんやり遠くを見やっている。次の瞬間風が吹き、父の黒ずくめの紳士服に、白髪まじりの頭に、薄いピンクの花びらが降りかかった。陽光がちょうどよい具合に父の濃く短い影を地面に落とし、満開の花がその背中に寄り添っていた。鄧騰煇の心には、この時の父の姿が印象深く刻まれている。

十六名の担ぎ手が、父の棺を担ぎあげた。ここから墓地に埋葬されるまでの道中、もう地面に下ろされることはない。紙の鶴、草花、房飾りなどが折り重なった、きらびやかな三段の棺掛けが棺に載せられた。幟、輓聯、花輪、西洋式の鼓笛隊が前を行き、位牌を持った長孫の永源が籠に乗って棺の前を、孝子と賢孫が棺の後ろについて、壮大な野辺送りの行列が出発する。

　棺が西門跡を抜けて広々と開けた野原に出ると、家族は振り返って同行してくれた人びとに頭を下げ、お見送りはここまでで結構ですと告げる。輓聯や花輪、その他追悼の品々もそこから先には持って行かず、夕方この場所で焚いてしまう。ただ押し黙った静かな行列だけが、うら寂しい終着点を目指すのだ。

　鄧騰煇は孝子服の下に隠していたカメラを取り出して列を離れた。あぜ道を行く行列を横から撮り、巨大な棺が苦労して泥の坂を下る様子を前にまわり込んで撮り、狭い久安橋を渡って山を登るのを撮った。幟も楽隊もよそ者もいなくなった今、耳に届くのは、担ぎ手のかけ声と野山に響く鳥のさえずりだけだった。

　列の孝子の立ち位置から離れて鄧騰煇はようやく自分を取り戻し、カメラを通して父が山に還る最後の場面に立ち会った。

　だが少し卑怯な気もした。スナップ写真を嫌っていた父は、もう撮影を拒めないのだから。母の葬儀のあと、店の仕事を片付けるために一旦台北へ戻らなければならず、病床の父に暇を告げに行った時のことを思い出した。あの時、父はすでに昏睡状態に陥っていた。父の肩をなでながら、記憶にある限り、こんな風に父と触れ合うことは一度もなかったと気付いた。彼は父の手を上から包み、女たちに倣って耳元で、すぐ帰って来ますからゆっくり休んでくださいね、と優しくささやいた。どれも父が元気な時には決してしなかったことだった。命の危機に瀕した老人は、世間の決まりごとからも、男性の威厳が築かせる冷たく堅牢な壁からも解き放たれていた。おかげで長らく距離のあった息子は、拒絶できない父に近寄って、普段は口にできない思いを伝えられるのだった。彼は自分の意気地のなさを思い知らされた。もし父が抜け殻のようになっていなければ、息子として言いたいことも言えなかっただろう。

棺が墓地に着いた。棺掛けがはずされ、質素な木の棺桶が露わになり、墓穴の上の横木に仮置きされた。この瞬間、手にしたライカが鄧騰煇と父の、唯一にして最後のつながりだった。

日本にいる時には、月に一度届く為替手形が、鄧騰煇と家との数少ない結びつきだった。正直に言えば、月末が近づいて為替手形を待つ時にだけ、普段はまったく思い出さない家のことが頭に浮かんだ。あの短い紙切れが、まるで長く伸ばしすぎた凧糸のように、かろうじて彼をつなぎとめていた。時々考えた。自分が東京で勉強できているのは、家の財産に頼っているからであり、父の許可があってこそライカが買えるのだと。それでいて日本で見聞きしたすべてが、彼をどんどん故郷から引き離すのだった。

この糸があるからこそ彼は自由な気持ちで飛べるのであって、もし高く飛びすぎて糸が切れれば、瞬く間に墜落してしまうだろう。反対側で糸を引いていた父も、塩梅に苦心していたに違いない。

棺が下ろされ、墓穴が平らにならされた。いずれにしても父の庇護はこれまでだ。この世にもう父の姿はない。

昭和十六年（一九四一年）の干支は辛巳《かのとみ》だった。鄧騰煇の実家は悪い星まわりにあたってしまったらしい。母・呉順妹と父・鄧瑞坤を相次いで亡くした衝撃を受け止めきれなかったのか、祖母・鄧登《とうとう》妹《まい》の健康状態が急速に悪化した。新姜家の伝説を支えた女主は、七十五歳でその生涯を閉じた。

一年のうちに三度も葬儀が行われた。その規模は回を重ねるにつれて大きくなり、見物する大隘《たいあい》地区の住民たちを大いに沸かせた。呉順妹の葬儀の際には、六年前に老姜家の姜清漢《きょうせいかん》〔姜阿新の父〕が亡くなった時以来の規模だと騒がれ、続く鄧瑞坤の葬儀はさらに人びとを驚かせた。鄧登妹の番が来た時にはみな呆気にとられ、西太后《せいたいこう》〔清の第九代皇帝・咸豊帝の側妃〕の葬儀だって足元にも及ばないと言われた。

十六人で担ぐ棺の上には、紙で作られた鳳凰や草花、玉飾りでいっぱいの、三段になった豪華絢爛な棺掛けが載せられた。棺が動き出すと、あたかも白い宮殿が移動しているかのようだった。通りの中心で向きを変える時、棺のまわりのガラス一枚一枚が太陽を反射してきらめき、法輪のように見えた。輓聯や花輪の多さは言うまでもなく、庄内の貧しい子どもたちがひとつずつ担いでもまだ足りないほどの数にのぼった。白頭巾をかぶった喪服の葬列は、通りの端から端まで続き、神輿行列にも負けないほど長かった。わざわざ新竹から呼び寄せた高僧も、良い声で経を読んだ。制服に身を包んだ竹東交響音楽隊には、クラリネットもトランペットもトロンボーンも大太鼓もそろっており、そのへんのチャルメラ楽隊など比べものにならなかった。大隘地区や新竹州中から人が詰めかけただけでなく、警察界や政界、商工界、教育界の日本人も参列した。斎場に入りきらない人びとが何重にもなってまわりを囲み、この台湾の老婦人に恭しく頭を下げるのだった。

鄧登妹の野辺送りを見たかい？　あれぞ死者の栄誉だよ。さすが北埔一の富豪は違うねえ……。祖母の葬儀は、その後何年にもわたって大隘の人びととの話題にのぼり続けた。話は決まってこう締められた。あんな葬儀はもう二度と見られないよ！

しかし普段の祖母の暮らしぶりは、それとは真逆だった。当時、北埔ではこんな言葉がささやかれていた。姜満堂の豚は猫より小さい！　毎年、中元普渡がやって来ると、懐に余裕のある人びとは競い合うように大きな豚を奉納した。そうして神へ感謝と誠意を捧げるだけでなく、自分の財力をひけらかしていたのだ。だがこの土地の頭領たる姜満堂は、そんなことに金を浪費するのを良しとせず、子豚を奉納するのが常だった。みすぼらしいと笑われても、まったく意に介さなかった。鄧登妹も夫と同じ考えだった。倹約家かつ勤勉な祖母は、普渡や祭礼の際には徹夜で店を開けて商売に励んだ。晩年になって巨大な家業を引き継いでからも、簡素な伝統服とズボンで通した。

とは言え子孫の立場からすれば、新姜家の面子というものがあるし、女主の栄誉も守らなければならない。それで贅沢な葬儀を催したのだった。

鄧騰煇はひたすら写真を撮った。ほかのことは何も考えられなかった。北埔はすでに沈みかけ、故郷はもはや以前の故郷とは違うものとして彼の目には映っていた。今回孝子の役割を務めるのは、姜姓を名乗る三人の叔父だった。騰煇たち兄弟は背広の袖に黒い帯を巻く以外さしたる決まりもなかったので、カメラを持って動きまわりやすく、告別式から野辺送り、埋葬まで、すべての過程を写真に収めることができた。どこに立とうと、誰からも白い目で見られなかったのは意外だった。みな彼が手にしたカメラを見て場所を譲った。まるで彼の手にあるのが文明のお守りで、特権的に通行できる手形ででもあるかのようだった。

まさか祖母が死ぬ日が来るなんて。もちろんそれが馬鹿げた考えだということはわかっていた。人は誰しも死ぬものだ。それでもそう強く思わずにはいられなかった。数日前、彼は大湖渓のほとりで流れゆく水をしばらく見つめていた。悠久の昔から川の流れは同じなのに、ひとつとして同じ水しぶきはないと思うと、とても不思議だった。顔を上げれば山は輝き、美しい景色が広がっていた。

彼は祖母と近しいとは言えなかった。しかし祖母は新姜家の龍脈祖山のように、いつでもそこに佇んでいた。少しずつ家業を退きつつあった晩年も、祖母は新姜老姜で手を取り合って姜氏の家廟を建て、夫の姜満堂と新姜の子孫たちをそこに祀るために尽力していた。ついに新姜は名実ともに老姜と対等になったのだ。家族で揉めごとが起きると、兄弟や伯父甥と呼び合う男たちで言い争いになったが、祖母が一言口を挟めば、みなが一歩退いて丸く収めようとするのだった。

こんな葬儀はもう二度と見られないよ。姜家の子どもたちはみな日本の教育を受けているし、皇民化を推し進める総督府が、迷信を退け儀式を簡略化させているから、葬儀も今後はどんどん質素になっていくだろうよ。弔問客はそう言い合った。いかに繁栄を誇る姜家と言えども、今が頂上だろう、と。

祖母の棺が土に入り、盛大な葬儀は幕を閉じた。墓石を建てる代わりに、墓の前に大きな石を置き、まわりをたくさんの小石で囲って印とした。最初に埋葬する時にこうしておいて、数年後に墓を掘り起こし、洗骨してから正式に埋葬するのが客家の風習だった。移動の多い客家人ゆえに、このような風俗が生まれた。これならいつか故郷を離れることになっても、参拝する子孫のいない場所に祖先を遺していかなくて済む。

金の甕を背負って海を渡り、深い山に分け入って城塞を築いた祖先の苦労がどれだけのものだったか、鄧騰煇には想像もつかなかった。父や母の墓を別の場所に移すなんてことは、もっと想像しがたい。彼らはとっくにこの土地の一部になっているのだ。眼前で繰り広げられているすべてを見ながら、いつか自分もこんな風に別れの儀式をされるのだろうかと、興味深く思った。彼は科学を信じていた。

人の死は明かりを消すが如し。しかしそんな難しいことはいいのだ、ただ天地に還れればそれでいい。

毎年春になると各地から家族全員が集まり、祖母と一緒に曾祖父の墓参りをしたことを思い出す。墓石の上にひと重ねの黄色い紙を載せ、石で押さえつけて、これは主のいる墓だと示す。祭祀の終わりに爆竹が鳴らされるのが、子どもの頃の一番の楽しみだった。それは供え物を分け合い、蒸し菓子を食べる時間が来たことを告げる合図だった。

三年前、カメラを持って行って墓参りの様子を撮影した。祖母は少し背中が丸くなっていたが、それでもしゃんと立ち、父に支えられながら野を越え山を登って墓を参った。あの日は霧雨が降っていた。傘を草むらに置いて、墓の前に鶏豚魚、赤い餅菓子、金紙、線香、ロウソクなどを並べている騰釬と騰駿の服に、雨が点々と跡を残した。傍らでは息子の永光がほかの子どもたちと一緒に遊んでいた。

写真のなかでは一人一人がみな違うことで忙しくしていた。草を刈る者、黄色い紙を置く者、紙銭を焼く者、供え物を並べる者、あるいは隅のほうで油を売っている者もいた。そんななか祖母だけは終始手を合わせて香を持ち、まわりで人が動きまわろうが子どもが騒ごうが構わず、延々祈りを捧げていた。その光景を見ながら、祖母自身が祖先となって子孫に拝まれる日もそう遠くないだろうという、不謹慎な考えが頭をよぎった。時が来れば曾祖父と思う存分語り合えるのだから、今急ぐ必要もあるまい。祖母はいったい自分の父にそんなにも熱心に何を訴えているのだろう?

時折、近くに遠くに爆竹の音が響きわたり、霧雨にけぶる山の合間に寒々しい寂寥感がひとしお募った。祭祀の終わりに騰煇ら三兄弟も爆竹に火を点けた。儀式を終えたことが周囲に告げられ、うそ寒さもどこかへ追い払われた。墓地のまわりの子どもたちが、その音を聞きつけ供え物やおひねりを目当てに集まってきたので、いつも通り分け与えてやる。

ススキがざわめき、煙は風に吹かれて散った。片付けを終えて振り返ると、伝統服に布靴を履いた祖母が、背広に革靴を履いた父に支えられて、杖をつきながらススキ野原を下っていくのが見えた。遠ざかる二人の影は次第に小さく細くなり、あっという間に揺れるススキのなかに消えてしまった。

アルバム七

撃墜される瞬間

家族三人の葬儀が相次いで行われるのにつれて、戦況も厳しくなっていくように鄧騰煇《とうとうき》には感じられた。中国相手に戦争を始めてからの三年間、社会はまだ平穏だった。戦果を祝う旗行列も頻繁に行われ、どこかロマンチックな気分すら漂っていた。景気も上々で酒家も繁盛していたが、米と砂糖だけは切符制で販売されるようになった。それが母が亡くなる頃には、肉類、食用油、マッチなど多くの生活用品が次々と配給制にされ、いくら金があっても好きには買えなくなった。父の葬儀の時になると、百円札が出回らなくなった。銅やニッケルといった金属はすべて回収され、ドアノブまで持って行かれた。

祖母までもが山へ還り、支柱を失った家族は天が割れ地が裂けるほどの激震に見舞われた。続けて三度も豪奢な葬儀を出し、みな精も根も尽き果てた。ようやくこの一年の難局を乗り切れたかのように思えた年末、真珠湾攻撃が起こり、戦争が一気に拡大した。旗行列や演習が頻繁に行われ、たびたび動員がかかった。夜間には灯火管制が敷かれ、治安は悪化、窃盗も相次いだ。戦争がいよいよ本格化したのだと痛切に感じられた。

最も頭を悩ませたのは、内務省が映画用のフィルムを軍需品として管理するようになったことだ。写真用フィルムはまだ流通していたものの、国外から輸入はできない。国内も原材料が不足して生産が縮小し、どんどん入手が難しくなっていった。

それで鄧騰煇は仕方なく、李火増《りかぞう》と一緒に青年団に加入した。青年団は本来、台湾人社会を教化するための団体だったが、時局にあわせて、青年たちに国民精神の教育と軍事教練を行う末端組織に変化していた。鄧騰煇のような高等教育を受けた三十過ぎの輩などそもそもお呼びではなかったが、写真の腕が買われて特別に入団が許された。李火増は建成町青年団に所属し、鄧騰煇は京町青年団の幹部になった。
鄧騰煇は青年団の発展にもその目的にも興味がなかったので、何かしらの撮影に呼ばれる時だけ顔を出した。神社の祭礼や高校の軍事教練、消防演習、運動会、戦果を祝した旗行列が多かったが、汽車の車内で行われる広報活動、花蓮港《かれんこう》の勤行報国青年隊〔青年団の幹部養成機関〕の訓練、さらにタイヤル族、サオ族、パイワン族など各地に暮らす原住民族の生活を撮りに行くこともあった。

人生で初めて、撮影が義務になった。彼はもはや、道楽で猟犬をつれて山へ分け入るお気楽な貴公子ではなく、もがき苦しみながら美を追求する創作者でもなく、客の要望に応じて肉を切り分ける肉屋と同じだった。その手は、秤に載せるまでもなく正確に肉を切り分け、忙しなく働き続けた。

撮影しながら、鄧騰煇は日本人の動員能力に驚かされた。ひと声かければ、あっという間に人が集まる。旗も幟も服の色も統一され、何事もいたって真剣に取り組まれる。

なかでも面白かったのは、米軍の空襲による大火事を防ぐための消防演習だった。市内二十二の奉公会分団が台北《たいほく》駅前広場に集まり、競技形式で盛大に行われた。長距離をバケツリレーでつなぎ、最後の一人が高い台の上に置かれた水槽に水をかける。先に水槽を満杯にした組が勝ちだ。参加者が髪を振り乱し、必死の形相で競技に没頭しているのに対して、まわりで見物する台湾人は口元をゆるめ笑みを浮かべている。熱のこもった演劇でも観ているような様相だ。

防空演習だってそうだ。頭巾をかぶった日本人婦女子たちは、命令がかかるや一斉に空襲に備えた姿勢をとる。腹を地面から離すように手と肘、膝をついてうずくまり、親指で耳を、残り四本の指で目をふさぐ。身体の内と外の圧力を一定にするため口は大きく開き、爆風で内臓をやられないようにする。この時も道の反対側で台湾人が足を止めて見物していたが、みな日本人の真面目さを滑稽に思っているようだった。

南光さん、こんな写真じゃだめだよ。青年団の幹部が恨めしそうに言った。こんな写真は上に提出できない。南光さんには戦意高揚とか、忍耐強い奉公精神なんかが感じられる写真を撮ってもらわなきゃ。人物の動作がそろっていて、まっすぐな構図がいいんだ。余分な人や物はいらないから。

鄧騰煇は、はいと答えてフィルムを受け取った。しかし心のなかでは、仕方ないだろう、これは長年磨いてきた撮影の美学で、自然と面白い画を探してしまうんだから、と独りごちていた。それは蝶が蜜のある花にしかとまらないのと同じで、もはや本能による反応なのだ。

銃を担いだ高校生たちの行軍を軍用トラックの上から撮影した時、彼はカメラを四十五度傾けた。おかげで隊列は急流に、一人一人の学生はその流れに逆らえず飛び散る水しぶきのように写った。彼は学生たちがいきり立った顔で訓練に励む場面よりも、穴を掘って炭を起こし、竹竿に弁当箱を吊して汁を沸かす場面を好んで撮った。ピクニックでもしているかのような楽しそうな様子は、これぞ青春の本分だと思わせた。

奉公行列の時には、退屈そうに道端にしゃがむ青年団幹部にピントを合わせた。列車内の広報活動は下からあおって撮ったせいで、指導員は傲岸不遜な態度に、聴衆は罰を受けているかのようなやるせない表情に写った。温泉療養地では、軍帽をかぶり白い療養ガウンをまとった軍人が、見舞いに来た女性に慕わしげな視線を送る姿を撮った。ふんどし一丁で並び、訓示を聴いている公学校の生徒たちは、みなしかめっ面であらぬ方向を見ている。後ろのほうには歯をほじくったり背中を掻いたりしている子までいる。

国家は制服や隊列、規律で以て、人を戦争という機械の小さなネジに仕立てあげようとしていたが、鄧騰煇はカメラで隊列を斜めに切り裂き、一人一人の人間に生き生きとした鮮やかな表情を返してやった。

南光さん、こんな風に撮られたら僕ら困っちゃうよ……。

仕方あるまい。幹部の面子を立てるために、こらえて要望通りの写真を撮るしかなかった。そして撮影の不満は撮影で解消した。城内で日本人の催し事を撮影するのに嫌気が差すと、彼は本島人の多い太平町に撮影に行くようになった。李火増や張才《ちょうさい》らと酒を飲みに行く以外で、こんなにも頻繁に太平町を訪れたことはなかった。少なくとも戦争が白熱してくる以前は、ここはのどかな場所だった。お洒落に敏感な女性たちが、上海の流行に倣って長衫《ツンサア》で闊歩する姿は、着物よりも洒脱で、洋装よりも色気があった。冷える日に上から西洋風のコートを羽織っても、まったく違和感がない。

長衫の女性が日傘を差して通りを行く。長衫の女性が人力車に乗って待ち合わせ場所へ急ぐ。毛皮の襟がついた短いコートを長衫に合わせた女性が、笑いながら亭仔脚《ていしきゃく》を出てくる。髪飾りをつけた長衫の女性が、友人と出くわして言葉を交わし、カツカツとハイヒールの音を通りに響かせる。

彼はよく子どもとも出かけた。台北に越してから、永光のあとに次々と二男二女が誕生し、休みの日には家族みんなで遊びに行った。近くでは新公園や植物園、遠くなら車を出して関渡《かんと》や淡水《たんすい》へ、飼い犬まで連れて出かけた。

子どもたちが木登りやブランコをしたり、サイダーを飲んだり、犬とじゃれあったりするごくありふれた日常の風景を、彼は何枚も写真に収めた。この頃に彼が撮った写真を並べてみると、同時に存在していたとは信じがたいふたつの世界が見えてくる。一方では狂信的に軍国主義に突き進み、一方では静かで平穏な歳月が流れている。だがそれも、戦争がすべてを呑み込んでしまうまでのことだった。

京町青年団の撮影に従事する鄧騰煇が最も衝撃を受けたのは、女学校の運動会だった。戦争が始まってから運動会は規模を拡大し、各女学校が台北帝国大学の運動場に会して行われた。総督が直々に式辞を述べ、海軍の九三式中間練習機が上空を飛んで花を添え、男子学生からなる鼓笛隊が演奏した。運動会は国旗掲揚と国歌斉唱、宮城《きゅうじょう》方面への拝礼から始まる。徒競走や綱引きといった一般的な種目に加え、時局に合わせて建国体操や看護競争、避難競争、担架競争、運搬リレー、武道——台北第一高等女学校による薙刀術——が行われた。

建国体操は満州国で生まれ、その後大日本帝国の各地域に広められた。体操に舞踏を組み合わせて運動効果を高め、国民の体力増強を目指したものだ。しかしそれはまた、厳格な命令に基づく軍隊の機械的な動きにも似ていて、奇妙な複合体を形成していた。女学生たちは溌剌と躍動しつつ、生気なく硬直した。

白い半袖シャツに黒いブルマーを履いた数百名の女学生の隊列は、裸足で草を踏みしめ、建国体操をする。みな知的でありながら従順で、懸命に動きを合わせ、きらめく星空になろうとしていた。確かに彼女たちの動きは軍隊のように正確だった。だが、腰をひねって足を上げ、腕を広げて跳躍する瞬間、ジャングルの奥深くに隠された池から数千羽の白い鳥が一斉に飛び立つかのように、にぎにぎしい生命力を感じさせた。

報道の腕章とカメラがここでも通行証の役割を果たし、鄧騰煇は運動場を好きに歩きまわることができた。彼は体操をする隊列の正面に堂々とまわり込み、しゃがんで構図をとった。ふと振り返ると、楽器を置いて座り込んだ男子学生たちが、息をつめて彼女たちを凝視していた。

青春の鳥たちは、飛び立ったかと思えば鉄格子に阻まれた。鄧騰煇は低い角度でカメラを構え、少女たちが飛翔するその瞬間を永遠に変えた。

初めて法政大学の運動会を見物した時を思い出した。運動場に足を踏み入れた瞬間、新しい大陸を目にしたような気分になった。人びとが運動という目的のためにこうして集まり、精一杯戦い、笑い合う。それは彼が未だかつて想像さえしなかった、果てしのない自由だった。選手たちが自分の身体を駆使して、少しでも速く走ろう、少しでも高く遠く跳ぼうとする姿を見て、人間の身体はこんな風に使えたのかと感心した。より速く、より強くなるために厳しい鍛錬を重ね、わずか一センチ、一秒という物理的な差を埋める。それはもはや、精神への挑戦でもあった。

入学して間もなかった鄧騰煇は、野暮ったい学生服を着ながらわざと襟を開け、学生帽ではなくトップハットをかぶっていた。その姿は、春になり巣立ちを迎えながらも、遠くへ行く勇気のない小動物のようだった。まだ手にライカはなく、亀井光弘に借りたエルネマンの蛇腹カメラを握っていた。千分の一秒の高速シャッターを備え、運動を撮るのにおあつらえ向きのこのカメラは、三百円もする高級品だった。

正直なところ、彼は汗まみれの選手よりも、観客の女学生たちのほうに興味があった。けれど写真を始めて間もない未熟者は、おどおどとカメラを構えては相手に警戒されてばかりいた。勇気を振りしぼって何人かに声をかけてみたが、たどたどしい説明がかえって怪しまれる結果となった。初めに声をかけたセーラー服の女性にはちらりと横目で返され、着物に日傘の女性にはぽかんとされ、その隣の友人は口を尖らせて露骨に不満を表明し、また別の女性はハンカチで口元を覆って怒ったように睨みつけてきた。一人二人、年上の女性が写真を撮らせてくれたが、警戒心からかその表情は硬かった。

突然、階段の手すり付近に明るい影が現れた。鄧騰煇は数値を調整する間もなく、あわててシャッターを切った。まるで千分の一秒後にはその影が消えてしまうとでもいうように。

彼女はほっそり痩せていたが、それがむしろスマートでモダンな印象を強めていた。肩下までしかない短い袖に、黒のシルクで襟が飾られたクリーム色のワンピースを身にまとい、クロッシェをぐっと押し上げてかぶっている。おかげで表情がよく見えた。細い眉をかすかにしかめ、優雅でありながら凛としている。

あのう、すみません……。口を開いたものの、言葉が出てこなかった。反対に彼女のほうがゆったり微笑んで話をしてくれた。自分を表現したり、写真を撮られたりすることに慣れているようだった。

彼女も同じ新入生で、同級生の応援に来たという。鄧騰煇は彼女の学科も名前も訊けないまま、正面から一枚撮ってもいいですか、とだけ尋ねた。それから、すみませんすみませんと、前にいた学生に少し場所を空けてもらった。冬の朝冷たい水に触れた時のように手が凍え、頭が空っぽになって、一瞬、絞りやシャッターの調整方法がわからなくなった。友人から借りたカメラだから慣れていなくてと言い訳をしながら、余計いたたまれない気持ちになり、急いでカメラで顔を隠した。ニュートン式ファインダーをのぞき、十字線に目標を合わせる。彼女は腰をひねって軽く欄干に寄りかかり、どこか近寄りがたい虚ろな視線を上から投げる。

彼はその一瞬のきらめきを逃さずシャッターを切った。撮れた!と心が叫んでいた。そしてこれから始まる大学生活に無限の希望を感じたのだった。

エイ！　エイ！

建国体操が終わると、女学生たちは頭に白い鉢巻をしめ、薙刀術を披露した。手に稽古用の木刀を握り、縦に切り横にはらって想像上の敵を斬りつけていく。幼い顔に不釣り合いな悲憤に満ちた表情は、そこはかとなく滑稽で、それでいてどこまでも真剣な様子は見るに堪えなかった。

もしあの凛とした美しい彼女が、白シャツにブルマーで鉢巻をしめて薙刀の訓練に臨んだとしても、同じような光景になったのだろうか。

自由とは何かを教え、自由にどっぷり浸からせてくれたのはこの日本という国家だったのに、今、人びとを縛っているのもやはり日本だ。いったいどういうことなんだ？

彼は目の前にいる数百人の女学生のなかから、美しい顔、虚ろな瞳を探し出そうとしたが、空を突く薙刀が視線を遮り、思考をかき乱した。ファインダーをのぞき写真を撮っているふりをしていたものの、実際には一度もシャッターを切れなかった。薙刀が頭上に迫って我に返った。彼は草地を離れて観客席の最上段まで登り、全体像を写真に収めた。そこからは誰の顔もわからず、ただ数百個の白黒はっきり分かれた身体が整然と動いているだけだった。

九三式中間練習機が再び上空を飛んだ。翼を二枚持つ複葉機で、練習機特有の橙色に塗られていたことから赤とんぼと呼ばれた。青い空、白い雲、緑の山に、赤とんぼ。練習機が上空を旋回すると、翼が光り輝いた。

鄧騰煇は空を見上げて何枚か写真を撮った。最後にほぼ頭上真上を飛んで行く練習機を撮ったところ、フィルムの傷か汚れか、引き伸ばしてみると尾翼から細い煙があがっているように見えた。深く考えずにそれも提出したが、採用はされなかった。

数年後に戦争が激化して台湾もアメリカ軍による空襲を受けるようになった頃、国民の士気を高めるために、この写真が「連合軍の飛行機が撃墜される瞬間」として政府の刊行物に掲載されるとは思ってもみなかった。おかげで鄧騰煇は後世の研究者から、空襲の最中に命の危険を冒して外へ飛び出し、空中戦の情景を写真に収めたと勘違いされる羽目になった。

違う、あれはただ、一人の写真家がある灼熱の午後に見た橙色の幻影だ。地面を離れて自在に飛びながら、わずかな傷のせいで撃墜されてしまった夢なのだ。

⁂

エレガントな白いベールの影が、鄧騰煇の心に焼き付いていた。

彼はビールの入ったコップを持ち、父が生前、夏の夜によく涼をとりに来たバルコニーに立っていた。暗闇にぽつりぽつりと明かりが光る北埔《ほっぽ》の夜景を前にしながら、頭にはあの白いベールがちらついていた。

恥ずかしそうにうつむいた花嫁は、手に花束を持ち、家を出て足早に迎えの車に乗り込もうとしている。鄧騰煇はその瞬間を写真に収めた。裾が跳ね上がったスカートと後ろに長くたなびくベールが、青春の名残りのようでもあり、家族に引き留められているようでもあった。しかし結婚という幸福へ突き進む娘の決心は、誰にも止められない。

もちろん彼は知っている。フレームには入っていない柱の陰に子どもたちがいて、新婦のベールを捧げ持っているからそんな風に見えるのだと。それでもこの写真には、ここ一年であまりにも多くの別れを経験し、吉事の到来を心から待ちわびている家族の気持ちがよく表れていた。

父が愛した柑園は北埔市街の南、山のふもとにあり、町を一望できた。バルコニーでビールを飲むうちに気分が高揚し、天下でも獲ったような気持ちになった。だが下を見ればバルコニーの手すりは膝までの高さしかなく、あと一歩踏み出せば、つまずいて天国から地獄へ真っ逆さまだ。しかしよくよく考えてみると、独りで高みに立つというのは、つまりそういうことではないだろうか？

　これが父の見た風景だったのかと、鄧騰煇は思った。ビールは好きではなかったが、この数日は毎晩ここで一杯やっていた。厚かましく、父が好きだった肴も兄嫁に炒めてもらっている。そして父に倣って木の梯子を引き上げ、邪魔が入らないようにして、夜のなかで独りになる心情を理解しようとしていた。

　トントントンと、誰かが梯子を登ってくる音が聞こえた気がした。驚いて振り返ったが、梯子はバルコニーにじっと横たわったままだ。彼は弟の騰駿《とうしゅん》がおしゃべりをしに来てくれたのではないかと期待した自分を笑った。騰駿は新婚ほやほやで、匂い立つような花嫁をもらったばかりなのだ。寝室を離れるわけがない。

　大学を卒業して北埔に戻ってからというもの、騰駿は脇目も振らずひたすら油絵に専念した。七年の間にどれだけの見合いを断ったか知れない。新竹《しんちく》州中の令嬢を集めても彼のお眼鏡には適わないようで、三十を前にしても結婚する素振りは一切見せなかった。ところがわずか数ヶ月の間に家族が相次いで亡くなり、騰駿の結婚は両親最期の願いとなった。それで目を覚ましたのか、翌年彼はついに高雄《たかお》随一の美人の呼び声高い謝富美《しゃふうび》を娶ることにした。新婦は高雄高女を卒業し、三井物産で着物のモデルや受付の仕事をしていた。知性も器量も教養も立ち居振る舞いも上等で、ウェディングドレスを着れば、酸いも甘いも噛み分けた新姜家の人びとですら感嘆しきりだった。

この日、新郎の騰駿は黒い燕尾服を着てシルクハットをかぶり、黒縁の眼鏡をかけていた。はにかんだような表情ながら、その姿はエレガントな紳士そのもので、頽廃的な雰囲気をまとった若い頃とはまるで別人だった。騰駿は優雅な身のこなしで柑園の石畳を先に行き、うつむいた新婦が三歩後ろに続いた。どうしてか騰駿は騰煇のカメラに絶えず視線を送ってきた。彼に何かしらの手引きを求めているかのようだった。

鄧騰煇は自分の結婚式を思い出した。あの時はとにかく、横についた年長者たちに言われるがまま習俗に従って動いた。ひとつの誤りも許されず、操り人形になった気分だった。対して騰駿は今、完全に自分の意思で前へ進んでいる。その代わり、どうすればよいかわからずに戸惑っているように見えた。騰煇にしてみれば微笑ましくもあり、羨ましくもあった。

彼は台北から現像用の機材一式を持ち帰っていた。柑園に臨時の暗室を作り、撮ったそばから写真を引き伸ばして弟とお嫁さんに贈ろうと思ったのだ。現像の途中で、新婦が柑園の前で車を降りる姿を撮った写真が左右反転していることに気付いた。新郎の右胸に挿した花が左胸に、新婦が出てきた車の左後ろのドアが右後ろにと、写ったすべてが反転している。裏返して引き伸ばし機に載せてしまったのだと一目でわかった。初心者みたいな間違いに、思わず暗室のなかで大笑いしてしまった。自分はきっと嬉しさのあまり浮かれているんだろう。彼はすぐにフィルムを裏返して作業をやり直した。

あとからよく見ると、反転した写真には特別な趣があった。この左右反転した画像は、じっとカメラを見つめる騰駿がレンズのなかに見たものであって、カメラが切り取ったものではない。その写真を見ている騰煇は、弟の眼差しを通してレンズのなかの騰駿を見ている。ということはつまり、まさに今この時、二人はひとつになっているのではないか？　そう思った瞬間ぞくっとし、それから大きな感動が押し寄せた。

天を仰いでビールを飲み干すと、銀河の横たわる空が見えた。吸い込まれそうな星空だった。父さんは意外と楽しむってことを知ってたんだな。

結婚式を翌日にひかえた昨晩、騰駿がここへやって来た。騰駿は景色を見渡し、父さんはここで何を考えてたんだろうね、とつぶやいた。

おおかた、末息子はお絵かきばっかりでなかなか結婚しないなって悩んでたんだろ。それから三男はいつになったらカメラをやめて真っ当な仕事に就くのかってね。憐れなもんだ。そんな昨日の会話を思い出し、鄧騰煇は声を出して笑った。けれどなぜか鼻の奥がつんとして、目頭が熱くなった。

高雄で見合いをしたあと、騰駿はひと月もの間、先方に連絡もしなければ返事もしなかった。おかげで相手方は彼が心変わりしてしまったのではないかと、気が気でなかったらしい。なんでさっさと心を決めなかったんだと騰煇が尋ねると、騰駿はさも当たり前のように、あの時はある絵を描くのに没頭してて、ほかのことなんて考えられなかったんだ、と答えた。

高雄一の美人に逃げられるのが心配じゃなかったのか？　そんなに大切な絵って何だ？

騰駿は長いこと黙っていた。その封印は軽々しく解けはしないものらしかった。しばらく経って、暗闇から言葉を差し出すように騰駿は言った。あの「裏道」だよ。

その絵なら騰煇も見たことがあった。弟が今年の府展〔台湾総督府美術展覧会〕に問おうとしていた作品で、確かに傑作だった。でも先は長いんだから、まず結婚してからゆっくり描いたってよかったんじゃないか。

いや、途中でやめたらきっと完成しなかった。珍しく荒々しい様子でビールをあおり、騰駿は顔をしかめた。もう絵はやめるって決めたんだ。

どうして？　騰煇は驚いた。弟が絵画に心血を注ぐ姿を見てきたし、昨年ついに「龍柱と花売娘」が府展に入選を果たし、堂々と画家を名乗れる身分になったのだ。未来はどこまでも拓けているというのに、なぜ突然やめるなどと言い出すのか。

騰駿は新婦のことを持ち出した。曰く、謝富美は自分に真っ当な職に就いてほしいと思っている、ちょうど北埔庄役場の民政課長の席が空いていて、瑞昌《ずいしょう》おじさんが世話できるというので引き受けることにしたという。

変わったやつだな、見合いからひと月も放っておいたくせに、今度は嫁に迎える前から言いなりになるのか。それに、もし課長になったとしても絵は続けられるだろう？

絵をやめるのは僕自身が決めたことだよ。騰駿は言った。「裏道」を完成させられたから、もう満足なんだ、と。そして騰駿は騰煇に、ある年の、普渡を前に燈篙《とうこう》が立てられた夜のことを覚えているか尋ねた。あの時、寝つけなかった二人はそれぞれ町をそぞろ歩いていて、慈天宮の裏道でばったり出くわした。

騰駿は言った。ずっとあの夜の感覚を描きたかった。この七年来の努力は、すべてこの絵を描くための準備だったんだと思う、と。最後のひと月あまりはまるで何かに憑かれたようで、彼自身も怖くなるほどだった。キャンバスに筆を走らせるたび、あの夜のあの裏道に戻った気がした。遠くの街灯の下に人影が見えて、あと少しで出口が見つかりそうなのに、前へ一歩踏み出すことすらままならない。彼は早くこの作品を完成させたいと思う一方で、完成する日が来ないように願ってもいた。そんな矛盾した気持ちは初めてだった。

その夜のことを騰煇はよく覚えていなかった。だが騰駿の絵なら覚えている。画面の大半を占める手前の暗部に、荒々しい筆致で落ち着きのない線が描かれ、黒い炎があたりを呑み込もうとしているように見えた。上方にある道の出口へ近づくにつれ、光があたりを鎮め、人は自然とそちらへ引きつけられていく。だがそこへ至るのは容易ではなく、道行く者の覚悟が試される。画面いっぱいに力強さがみなぎったあれは確かに、画家の魂が込められた作品だった。

あの絵を描き終えた時、ようやく腹の底から納得したんだ。そもそも前方に出口なんかないって。それはただ描く者の心にしかない想像の産物なんだ。そう騰駿は言った。

自分の選んだ道は間違っていなかったと家族に証明したい一心で、前は府展に入選することばかり考えていたと、彼は言った。しかし天のいたずらか、何度も敗北という屈辱を味わわされたうえ、母、父、祖母が相次いで亡くなった年に入選するのだから、泣くに泣けず笑うに笑えない。

戦争の影響を受け、総督府主催の展覧会では写実的で明朗な作品が目立つようになってきた。一方で彼の関心は、時局とは真逆の抽象的な内面世界へ向かっていた。それにもかかわらず、画家としてプロパガンダへの協力を依頼される。そんなくだらないものにはまったく興味がなかったが、断るわけにもいかない。

しかし最も引っかかっていたのは、外の世界は戦争に翻弄され、公学校の若い日本人教師たちが一人また一人と軍に召集され、物資もどんどん乏しくなっていくなど、北埔のような前線から遠く離れた山奥の町ですら激しく揺さぶられているというのに、自分だけが小さなアトリエにこもって天下泰平を気取っていていいのかということだった。

こんな時に花売りの少女や暗い路地なんて描いていられないだろう？

騰駿の問いかけに、騰煇は何と答えたのだったか。昨晩のことだというのに思い出せなかった。おそらく騰煇自身も納得のいく答えが見つけられなかったのだろう。だが騰駿はそんな彼に厳しく質問を重ねた。

兄さんは本当に写真を続けられる？　画家は自分で構築した想像の世界に隠れていられるからまだいいけど、写真家は現実世界にピントを合わせなくちゃいけないだろう？　今目の前で起こっていることを本当に撮影していけるの？

そうだな、こういう現実にカメラを向けて時代の表情を撮るっていうのは、まさしく写真家の使命だと思うよ。

騰煇は美しい理屈を述べたてた。戦争はいつか終わるけれど、芸術は永遠だ。僕らの頭上にある銀河と同じで、いくつもの戦乱や災禍を見送り、なお変わらず輝き続けるものだ……云々。今思い返せば気恥ずかしいが、夜の景色と酔いに背中を押されたのだろう。とにかくその話題はここで打ち切られ、あとは当たり障りのない会話を二、三交わしてお開きとなった。

それは騰駿が独身に別れを告げる前に騰煇と交わした最後の会話であり、おそらくは絵画をあきらめる苦悩をもらした最後の場面でもあった。騰煇は弟の人となりをよく知っていた。表向きはおっとりしているように見えるが、骨の髄は強情なのだ。七年もの間絵画に没頭し外の世界など見向きもしなかったのに、一度やめると決めたら完全に手を引き、民政課長や夫の役割に徹してしまえるのだ。

突然、おかしな考えが頭に浮かんだ。絵筆を置いた騰駿は、頽廃を捨てた頽廃青年ではないか。

思い返せば、これまで騰駿の笑った顔を撮れたためしがなかった。結婚式でも穏やかな表情を見せてはいたものの、そこに喜びは感じ取れなかった。騰駿と自分は長らく生みの苦しみと闘ってきたけれど、あるいは絵画を手放すことで騰駿は気が楽になるかもしれない。ならばそのうち笑顔を撮れることもあるだろう。

ところが不思議なもので、彼はその後一枚も騰駿の写真を撮らなかった。兄弟仲は良かったが、撮影したい衝動に駆られるものが騰駿の表情から見出せなかったのだ。東京の下宿で見せたあの二日酔いの文人のような頽廃も、次兄が出征する時の底知れぬ怒りも、人生を賭して絵画と対峙する険しさも、騰駿の顔からすっかり消え失せてしまった。

ここに残されたのは僕一人だけか。鄧騰輝は空を仰いで長いため息をついた。満天の星が輝いていたが、彼の目には自分の撮影した、あのたなびく白いベールが映っていた。足早に車へ向かう新婦の姿が永遠に凍りつき、この瞬間が果てしなく続くように感じられた。

⁂

広州へ行っていたわずか三年の間に、彭瑞麟《ほうずいりん》はめっきり老けこんでしまった。外見だけではない。あの極限まで削った鉛筆のような鋭さも消えていた。いまだ硬い棘はあるものの、以前ほどの険しさはない。

この日、店にいた彼は、誰かが手をかざしてガラス越しになかの様子をうかがっていることに気付いた。大東亜戦争が始まってから治安が急速に悪化し、窃盗が多発していた。自転車やら何やらが盗まれたという話を毎日のように耳にしていたので、警戒心が働いた。

この恥知らずなこそ泥に説教を垂れてやろうと、彼は勢いよくドアを押し開けた。ところが危うくドアにぶつかりそうになっていたのは、見知った人物だった。

南光さん？　なんで入ってこないの？

お久しぶりです。鄧騰煇は少しも変わらない様子で、おっとりと笑みを浮かべていた。前を通りかかったところ店名が変わっていたので、もしや経営者が替わったのかと思ってのぞいてみたのだと言う。

彭瑞麟は鄧騰煇に冷淡な態度をとってきたが、なぜか今日は話が弾み、あれこれ説明してやった。広州の中山大学で訓練を受ける間、彼の兄である騰釬《とうかん》と苦楽を共にしてきたからか、あるいは台北にいながら客家《はっか》語で話ができる珍しさからか、ともかく今日の彼は饒舌だった。

アポロという店名の発案者は、石川欽一郎先生だ。ギリシャ神話に登場する光と芸術を司る神ならば、写真館のシンボルにもってこいだという考えだった。当初は看板に、かの有名な「ベルヴェデーレのアポロ」像を模して彭瑞麟が描いたアポロの裸体を掲げていた。彫像は伸ばした左手に弓を握り（但し弓は折れてなくなっている）、左足をやや後ろに引いて爪先をつき、伸ばした手の先を追うように遠くを見やっている。看板の絵はこれを大幅に簡易化し、男性器も省略していたが、それでも風紀を乱すとの指摘があり撤去せざるを得なくなった。

大東亜戦争が始まると、店名のアポロもローマ字の「Apollo」も敵性語とみなされ、改名を促された。彭瑞麟は店名を「亜圃盧」に改め、恩師の雅号である「欽一盧」と父親の名「香圃」から一字ずつとったのだと言い張ったが、読み方は変わらずアポロだったため、さらに厳しく非難された。それで仕方なく瑞光という店名に変えたのだった。

世の中には改名を誇りにするやつもいるけど、店名ですらころころ変えさせられるんじゃ、もう写真界にはいられないかもしれないって思うよ。そう彼は言った。

話すうちに興が乗った彭瑞麟は、鄧騰煇を店内に招き入れ、心血を注いだ作品を引っ張り出してきた。なかには秘伝の漆写真技術を使った「太魯閣之女《タロコの》」もあった。昭和一三年（一九三八年）に大阪で開催された日本写真美術展に入選した作品だ。入選した十五点のうち、唯一台湾人による作品だったため、一時は世間を騒がせた。鄧騰煇も話には聞いていたが、実物を目にするのは初めてだった。

昭和一二年（一九三七年）、彭瑞麟は材料の調達で日本へ出かけたついでに、東京写真専門学校の校長だった結城林蔵を訪ねた。隠居生活に入って久しい結城は、この思いがけない来客に心を動かされた。深い井戸のなかで助けを待ち続け、ようやく手が差し伸べられたかのような気持ちだった。しばし迷った末、結城は彼を部屋の奥へ招き入れた。そして、本来は一人息子に受け継がせたかったが重病で叶わず、かと言ってこのまま墓へ持って行くには惜しい秘技があるのだが、門下生のなかでも気を吐いているきみに継いでほしいと、真剣な面持ちで彭瑞麟に申し入れた。

結城が取り出した何点かの作品を見て、彭瑞麟は興奮した。これぞまさしく写真を芸術に昇華させた最高傑作であり、彼が何年も追い求めながら手に入れられずにいるものだ。おかげで彼のほうが結城に、その秘技をぜひとも伝授してほしいとあべこべに頼み込む格好になった。時間も材料も限られていたので結城に制作過程を実演してもらうことはできなかったが、要点をいくつか詳しく説明してもらい、あとは自分で研究するよう言われた。

この技術は古典的な湿板写真の基礎を応用したものだ。蜂蜜と砂糖、重クロム酸塩を調合した感光材をガラス板に塗って湿板フィルムを作り、撮りたいものを写す。重クロム酸塩は感光すると固くなり、反対に感光していない明部は湿ったまま保たれるので、そこに金粉をつける。最後に感光膜を慎重にガラスから剥がし、木の板か何かに貼り付ければめでたく完成だ。

言うは易く行うは難しで、どの手順も困難を極めた。彭瑞麟をしても、この技術をすぐものにできるとは思えなかった。だが同級生の藍蔭鼎《らんいんてい》が頭角を現し、ローマで水彩画の展覧会を開くという知らせに大いに触発され、必ずやり遂げると決めた。

作業に取りかかってすぐ、ぬかるみにはまってもがく羽目になった。台湾は湿度が高く、国外から取り寄せた高価な薬剤で作った感光膜は、乾燥後に気泡が生じやすい。またガラスの油分をしっかり拭き取らないと、膜に斑紋が出る。感光材を塗る時には火であぶる必要があるが、薄くてもろいガラスは、均等に熱を加えないと割れてしまうし、火が強すぎても粒子が粗くなる。現像に使うブラシは、毛先の細いものでないと膜を傷つける。ようやく膜が完成したと思っても、長く放置しすぎると乾燥による収縮速度が不均等になり、またガラスが割れてしまう。

どの工程も手間と時間がかかるうえ、少しでも気を抜くとそこまでの努力がすべて水の泡となる。失敗を重ねるたび、頭にきてすべてを叩き壊してやりたい衝動に駆られたが、深呼吸してまた最初からやり直した。

そしてついに彼は、薄いフィルムの膜を完璧な状態で剥がし、原木のフレームに貼り付ける段までこぎつけた。本当に完成したのか半信半疑で数分の間じっと見つめていたが、もう何も変化が起こらないとわかるや、身体が激しく震えた。成功したぞ、と彼は雄叫びをあげた。

それは紛うかたなき芸術作品だった。重たい荷物を頭にくくりつけた原住民族タロコ族の女性が二人写っていて、うち一人は幼い子どもをおぶっている。二人とも両手を身体の横に下ろして立ち、うつむいて視線を地面に落としている。ただ一人、親指をくわえた子どもだけが、母の影に隠れながらこっそりカメラを見ている。もともとの画像では灰色の階調で表現されていた明部が、幾重にも重なる黄金色の色調へと変化を遂げ、まるで黒い鉱石に刻まれた金色の絵画のように見えた。それでいて、それは確かに一葉の写真なのだった。

これぞ夢のイメージを具現化したものであり、手の込んだ唯一無二の芸術だ。作品を日本に送ると、見事大きな展覧会に入選を果たし、彭瑞麟の名声はいよいよ高まった。だが「太魯閣之女」を完成させた直後、金銀が統制の対象となり、彼自身も通訳として広州に送られたため、二作目に挑戦できずにいた。

この召集はまったくもってひどかった。彭瑞麟は台湾屈指の写真家であるばかりか、日本全体を見渡しても、彼ほど膨大な時間と労力をかけて鍛錬を重ねてきた写真家はいなかった。それなのに通訳として広州に呼ばれた挙げ句、そもそも必要なのは客家語とはまるで別の言語である粤《えつ》語の通訳だったと判明したのだ。才能の持ち腐れも甚だしい。広州に着いて中山大学で訓練を受け、それぞれの部隊に配属されたあとは何もすることがなく、毎日暇を持て余す羽目になった。なんとも馬鹿げた話だ。

通訳官の制服は軍人と同じだ。違いといえば階級章がなく、「通」と大書きされた白く四角い布を右胸のポケットに縫いつけてあることだけだった。通訳を指すその文字を目にするたび、不通の通だと、心のなかで悪態をついた。入隊する時、軍部は資料として彼の写真を撮った。髪を平らになでつけ、もみあげを刈りあげ、軍帽をかぶったその姿は文化人とは程遠いものだった。よれた制服に身を包んだ彼の目は、怒りに満ち満ちていた。

しかし時を置かずして本領を発揮する機会に恵まれた。当時、支援国が中国へ物資を送るルートを寸断するのが、日本軍の悲願だった。とりわけ輸送量が多かったのが、フランス領インドシナにあるハイフォン港から滇越《てんえつ》鉄道を経由して昆明《こんめい》に至るルートだ。それを潰すのが目下最大の目標となっていた。日本軍はベトナムから日本に亡命した阮朝の皇族クォン・デを丁重に扱い、ベトナム侵攻後に傀儡政権を建てようと目論んでいた。

クォン・デの腹心が広州を訪れた際、部隊長は彭瑞麟に撮影を任せた。悶々とした日々を送っていた彭瑞麟は、軍の目論見など知る由もなく、ただ腕を振るえることが嬉しくて一所懸命撮影に臨んだ。するとこれが大絶賛された。この機をとらえ、軍部は彼を皇室御用達の写真師に推薦し、諜報活動の駒にしようとした。

だから半年後に台湾人の通訳が次々送り返されても、彼は残った。そして三年もの間、南下していく日本軍を見届けた。それを耳にした石川欽一郎が手紙をよこし、行く手は茨の道であると暗に示しながら、有用な命を大切にするよう諭した。彼はその手紙を読んでようやく目が覚め、台湾に帰ってきた。

広州にいる間、彭瑞麟はよく漆黒と黄金色が混ざり合った夢を見た。彼は漆黒の霧に包まれて走りながら、どこへ向かうべきか途方に暮れている。前後不覚のなか、時折金色の光が瞬く。道しるべのようでありながら、どうもはっきりしない。おまけに暗闇からじっとこちらを見つめる視線を感じて恐ろしかった。やっと手がかりをつかんだかと思えば、彼は自分の撮った「太魯閣之女」に閉じ込められていたのだった。あの睨《ね》めつけるような視線は、女性におぶわれた子どものものだった。

暗闇に光る金色の眼差しは警戒心と敵意に満ち、そもそも彼女たちは写真になど撮られたくないと訴えているようだった。ましてや金色に燦然と輝く芸術作品としてあちこち展示されるなど以ての外。

だが異民族の統治者が持つ強大な力を前にして、拒絶する余地はない。
その眼差しはさらに彭瑞麟に問いかける。あなたはこんなところで何をやっているの、と。
日本人に利用されていることは薄々勘づいていた。それでも彼は身を引かなかった。負けず嫌いな性格が災いしただけでなく、半ば自暴自棄になってもいた。「太魯閣之女」を完成させて名を成したはいいが、彼は次に追い求めるべき目標を見失っていた。高峰に登りつめた今、古典的な写真工芸の限界が見えてきたし、写真と古典芸術が本質的には相容れないものだということもわかってきた。また実際的な面からしても、こんな時局では資材が手に入らず、写真芸術の創作を続けるのは難しかった。それなら台湾に戻るよりも、資材の豊富な場所に留まって腕を振るうほうがいいと思ったのだが、そのままどんどん深みにはまってしまった。

広州で自由に動きまわれた彼は、この歴史ある町が戦火によって破壊されていくのを目の当たりにし、心を痛めていた。ある日、広州の写真絵はがきを一組、軍部からもらった。それは兵士たちが日本本土の家族や友人に手紙を出すためのものだった。写真に写る広州の風景は、賑やかで華やかで平穏で、普段目にしている姿とまるで違った。ならば実情を撮ってやろうと、彼の心に火が点いた。

彼は弟子である羅全獅《らぜんし》が広州に開いた写真館へ出向き、小西六《こにしろく》〔現・コニカミノルタ〕のベビーパールを買った。小さな折り畳み式の蛇腹カメラで、シャッター速度が四段階しかないなど機能性には劣るが、一二七ロールフィルムで十六枚の写真が撮れた。彼にとって重要だったのは、畳むと高さ十センチ、幅七センチ、厚さ三・五センチにまで小さくなり、重さもわずか三百グラムという点だった。これならポケットに隠せるし、撮影時に開いても人目を引かない。

芸術としての写真を追い求め、大判カメラしか使ってこなかった彭瑞麟にとって、これが初めての街頭スナップ用カメラだった。彼は絵はがきに載っていた場所へ行き、同じ構図で無残に破壊され荒廃した寒々しい現実を撮った。それが終わると、続けてほかの名勝を撮ってまわった。愛群大酒店、六榕寺の花塔、四牌楼、中山記念堂、黄花崗烈士墓。撮影したフィルムは羅全獅のところで現像した。だが面倒を避けるため、プリントはしなかった。

台湾に戻ってからそれらをすべてプリントし、床一面に並べた。首を傾けて眺めていた妻が、みんな空っぽじゃない、と言った。その通りだ。彼は建物も街並みも飾り門もみな孤立した物として撮った。すっきり片付いたビル、人っ子一人いない橋など、そこに生きる人びとの気配を感じさせない写真にしたのだ。現場に誰かいれば去るまで辛抱強く待ったし、わざわざ朝早く出かけて行くこともあった。どうしても人を入れなければならない時には、顔がわからないほど小さく撮った。

こうして見ると、広州って殻だけ残った無人都市みたいね。妻が言った。

彭瑞麟は穴の開いたボールのようにどんどん気が抜け、しぼんでいった。もはや空虚な心の内を隠せなかった。彼がカメラで捉えたのは、彼自身の不安と寂しさの反照であり、長すぎる夢の果てだったのだ。

台湾に戻ってすぐ、彭瑞麟は台北北区写真組合の理事長、台湾写真組合の副理事長に選出された。台北北区の同業者はほとんどが台湾人で、南区の日本人同業者たちとどこか張り合う気持ちがあった。彼は北区の代表として南区へ抗議に出向き、台湾人の写真館も日本人と同様に神社の前で結婚写真を撮れる権利を勝ち取ってきた。それまでは神社で結婚写真を撮る台湾人が少なかったこともあり、日本人が権利を独占している状態がさして問題視されていなかった。ところが皇民化政策が推進され、宮前で結婚式を挙げるのが必然のようになったため、多くの人の利益に関わってきたのだ。

新たな手柄を立てた彭瑞麟の名声はさらに高まり、今や台湾写真界を牛耳る存在となった。しかしその年の末に大東亜戦争が勃発し、生活は日を追うにつれ厳しくなっていった。うかうかしている間に、妻に編み方を教わり長年愛用してきたあのセーターが、朝早く店に忍び込んだ盗人に持って行かれてしまった。

セーターがなくなったことに気付いた時、最初に思ったのは、あんなにも古い服を盗むやつがいるのか、ということだった。そして意外にも自分がさほど落ち込んでいないと気付いた。

彼は暗室の扉の前に立ち、あのセーターを着た背中の写真を眺めた。ふと石川欽一郎先生の言葉が思い出された。ひとたび創作意欲を失った創作者は、停滞状態に陥る。彭瑞麟は手を伸ばし、その写真を壁から下ろした。

アルバム八

上海の灯火

張才《ちょうさい》が真剣に写真に取り組み始めたのは、戦争が激化したあとのことだ。正確には、上海に移住したまさにその日、長らく心に押し込めていた疑惑と衝動が一瞬にして爆発し、カメラを手にしてこの世界に照準を合わせるようになった。

昭和一六年（一九四一年）、張才は母の葬儀のため上海へ渡った。あわせて翌年の移住にむけた準備をする心づもりだった。兄の張維賢《ちょういけん》が一年早く母を連れて上海に移り住み、雑貨の売買で生計を立てていた。新しい環境で母にのんびり老後を過ごしてほしいと思っていたのだが、母は突如病に倒れ、帰らぬ人となってしまった。

台湾人が中国へ渡るには、渡華旅券を申請しなければならなかった。しかし日本本土から行けばその必要がないので、張家の兄弟のように総督府に目を付けられ、且つ経済的にゆとりがある者は、当局に足跡をたどられぬようあえて遠回りをした。張才もまず船で九州の門司港へ渡り、さらに大連を経由して上海へ入った。重苦しい空気と威嚇に満ちた島を離れ、何かの儀式を思わせる長く静かな航海を経て、薄暮のなか、遠方に光と喧騒に輝く岸辺を望んだ時、まるで戦火とは無縁の、海に浮かぶ仙山に来たかのようだった。

船はゆらゆらと仙山に近づき、日本郵船が開発した虹口《こうこう》埠頭に着岸した。黄浦江は大小の船舶でいっぱいで、岸辺には貨物が山と積まれ、労働者たちがアリのように群がっていた。噂には聞いていた。日本軍に占領されていない上海は異様な繁栄を誇り、様々な闇取引や娯楽、命懸けのギャンブルもいまだに行われ、夢破れてなお夢の残骸をつかもうとしているかのようだと。だが張才が最も驚いたのは、空が暗くなりはじめたばかりだというのに、租界全体が煌々と光り輝いていたことだ。色とりどりのネオンが瞬き、低く垂れ込めた雲を奇妙な色に照らして、魔性のきらめきを見せている。

中国との戦争が始まってから、台湾には灯火管制が敷かれた。当初は続けざまに日本の勝利が伝えられ、さほど厳格に運用されていなかったが、緊張が高まるにつれ、夜の町が闇に包まれる時間が増えた。やむを得ず外出しなければならない時は、線香を一本だけ灯すことが許された。電柱にぶつかったり側溝に落ちたりしないよう、その弱々しい明かりで道を照らして歩く。夜間は敵の攻撃目標となる文明の痕跡を徹底的に消し去り、電灯も石油ランプもない時代に逆戻りするのだ。

しかし上海にそんな配慮は一切なかった。自由奔放に電灯を輝かせ、人類のありとあらゆる欲望をかき集めて圧縮し、激しく燃え盛っていた。

張才は口元がゆるむのを抑えられなかった。この華やかな光の下にはどす黒い潮流が横たわっていると知ってはいたが、思わず心のなかでつぶやいた。嘘でも嬉しい。それは友人の鄧騰煇《とうとうき》や李火増《りかぞう》と酒家へ行く時、よく女給に言っていた言葉だった。たとえまやかしだとわかっていても、心は弾む。

本当の輝ける夜景っていうのはこういうものだったのか。張才は十五年前、十一歳の時分に、兄が主催する星光演劇研究会が大稲埕《だいとうてい》の永楽座で行った三日間にわたる公演を思い出していた。二日目の夜は、尾崎紅葉の名著「金色夜叉」を上演することになっていた。貧乏を嫌う婚約者が富豪と結婚してしまい、深く傷ついた書生は金の亡者へと変貌を遂げ、それぞれもがき苦しみながら生きてゆくという物語だ。兄はどうやって舞台で熱海温泉の夜景を表現しようか頭を悩ませていたが、適当な方法を見つけられずにいた。

当日の朝早く、陽が窓から差し込み、ガラスについた汚れや窓格子の影を壁に映し出していた。張才は跳ね起きて筆を持ってくると、ガラス乾板のフィルムを引き伸ばしたみたいだね、と言いながら窓に落書きをした。それを目にした兄は、何かひらめいた様子で外へ飛び出していった。どう話をつけたのかわからないが、兄は電力会社から五百燭光の明るさの大きな電球をふたつ借りてきた。そして張才にも手伝わせて窓ガラスをはずし、一緒に油絵の具で色を塗った。熱海など二人とも行ったことがない。雑誌に載っている白黒写真を参考に、湾曲した海岸沿いに明かりがきらめく様子を想像して色を塗るしかなかった。なんとか描きあげたガラスの後ろで電球を灯すと、たちまち景勝地の風景が浮かびあがった。

さらに兄は厚紙で空にかかる月の図案を切り出し、なかに小さな電球をひとつ入れた。劇の最中、この月の位置を変えることで時の移ろいを表現したのだ。

幕が上がり、暗がりのなかであのガラスが電球に照らされると、観客席から大きなため息がこぼれた。二人とも大得意だった。僕らが台北《たいほく》に熱海を持ってきたんだ、と兄が言った。こんなのは台湾演劇史上、初めての演出だぞ！

張才も舞台に上がった。原作にはない弟の役だ。舞台の上は人が多いほうが賑やかでいいという兄の意向だったが、同時に張才を舞台に慣れさせる意図もあった。二言しか台詞がない端役だったので、張才はほとんどの時間舞台袖にしゃがんで、兄と絵を描いたあの窓ガラスをうっとり眺めていた。それは兄弟が二人一緒に創り出した、世界で最も美しい夜景だった。

来年の今月今夜になったならば、僕の涙で必ず月は雲らして見せるから、月が曇ったらば、宮さん、貫一は何処かでお前を恨んで、今夜のように泣いていると思ってくれ！　主役を演じる兄が情感を込めて閩南《びんなん》語で名台詞を叫び、ヒロインを蹴倒すと、観客席は熱狂の渦に包まれた。

そんなことを思い出し、ぷっと吹き出してしまう。あの時想像した夜景は、今眼前に広がる現実の景色とあまりに違いすぎて話にならなかった。のちに東京の築地小劇場へ二年間修業に行った兄は、台湾に戻ってから、自分は演劇について何も知らなかったと嘆いていた。あっちでは舞台装置も科学的で、大道具小道具も衣装も照明も綿密に練られているし、演技に至ってはもはや次元が違う。それに比べたら自分はただの無知な赤ん坊だ、と。

当時の兄と言えば、周囲の人たちからひねくれ者呼ばわりされていた。髪はぼさぼさ、直線眉をぎゅっと寄せ、目に入るものすべてを時代遅れで馬鹿らしいと批判しなければ気が済まない。だが張才にとっては、兄はこの世で最も熱意があり、最も高い理想を持ち、最も公正な人間だった。張才が八歳だった時に父が亡くなり、家のことはすべてこの十一歳年上の兄が決めていた。彼からすれば兄はもはや父親のような存在で、崇拝の対象だった。

張維賢は南北貨行の従業員を連れて埠頭に迎えに来ていた。人や貨物、客引きをする人力車の車夫らでごった返すなかをずんずん進み、揚子北路に停めてあった車まで張才を案内した。車は虹口港から斐倫路《ひりん》を北に進み、すぐに鴨緑《おうりょく》路付近にある自宅へ到着した。

兄は仕立てのよい三つ揃えの背広を身に着け、中折れ帽をかぶっていた。上海で商売をするからには、見栄えは大事だ。相変わらず眉はぎゅっと寄せられていたが、あの険しい視線は失われ、代わりに深いほうれい線が刻まれていた。笑うと眉が一直線につながり、いかにも誠実な商人に見えた。しかしそんな笑顔も、客を相手にする時にしか見せなかった。普段の兄は、命からがら厄災を生き延びた者特有の、硬い表情を貼り付けているだけだった。

翌日の早朝、空が白みはじめ、一晩中大騒ぎを続けていた上海の街が気だるい眠りをむさぼっている頃、張才は奇妙な騒音に眠りを破られた。身体を起こして窓から外をのぞくと、向かいの空き地いっぱいに、おびただしい数の牛が集まっているのが見えた。彼がこれまでの人生で見てきた総数よりもはるかに多い。その牛がモウモウと低く鳴く声が響いてきたのだった。

昨晩夕食の席で、家の向かいに工部局の屠畜場があると兄が言っていたことを思い出した。あの時は旅の疲れから聞き流してしまっていた。

服を引っかけて外へ出た。時折、路地裏にあるユダヤ人娼婦の部屋から出てくる西洋人とすれ違った。彼らは張才が手にしたライカを見るや、帽子のつばを深く下げた。張才は鴨緑路にかかる小さな橋から川べりの道へ出ると、屠畜の群れに入っていった。牛は従順に角と角をロープでつながれて一列になり、前方の巨大なコンクリート製の建物へ、一頭また一頭と引き込まれていく。

屠畜場は四階建てほどの高さがあった。すっきりした造りではあるが、四角や丸の格子を連ねた装飾が一面に施されていた。一階は軒を波打たせた柱廊になっていて、重々しい建物に動きを与えている。張才はこの建物をどう表現したものかわからなかったが、何にせよ、こんな前衛的な建築が屠畜場だとは信じがたかった。

彼は牛と一緒に建物のなかへ入った。思っていたよりもずっと広大な空間が広がっている。中央にある丸い建築を外側の長方形が囲い、それぞれの間をつなぐ橋が頭上にいくつも架けられている。数え切れないほどの牛豚羊が、それぞれ太さの違う橋を渡り、死へ向かって歩んでいく。しかし奇妙なことに動物の悲鳴はほとんど聞こえなかったし、血なまぐさい気配も薄かった。

何してる？　関係者以外は立ち入り禁止だぞ！

張才はカメラを構える暇もなく追い出された。彼は屠畜場のまわりを一周しながら、牛の群れを写真に撮り続けた。建物側面の壁際に、清真〔ハラル〕牛肉麺の屋台が出ていた。仕事を終えたばかりの作業員やわざわざ足を運んだ客が座り込み、ずるずる汁をすすり、大口を開けて肉にかぶりついている。その目の前を、牛の群れが絶えず通り過ぎていく。

屠畜場の裏側へ行くと、ひとかたまりに切りそろえられた肉が順々に送り出されてきていた。常温のものもあれば、冷凍のものもある。部位ごとに分けられ、トラックやリヤカーに載せられて運ばれていく。

彼は空き地で入場を待つ牛の群れを見やった。この大きな動物にこんなにも親しみを感じたことはなかった。その顔は無垢で、あきらめにも似た表情を浮かべている。ふと、屠畜を待つ牛とさばかれたあとの肉塊を一緒にレンズに収め、強烈な対比を表現しようと思いついた。だがいくら粘っても理想的な構図を見つけられない。断念して引き返すことにしたが、気落ちするあまり帰り道が思い出せなくなるところだった。

のちに聞いたところによれば、この屠畜場は極東随一の規模を誇り、世界三大屠畜場のひとつに数えられているという。電動の設備を整え、一日に牛三百頭、豚三百頭、羊五百頭を処理することができ、上海市全体の需要がここでまかなえる。建築も隅々までよく考えられていて、室内は一年中涼しく保たれ、動線も明確、衛生管理にも徹底的に気を配り、人や動物による感染症の発生を予防しているそうだ。

上海へ来てからこっち、驚愕してばかりだ。初日の夜に果てを知らない艶やかな繁栄ぶりを見せつけられたかと思えば、翌早朝には目もくらむほど大規模な屠畜場ときた。さらに震撼したのは、その屠畜場が前衛的な建築で、効率的、機能的な設備を備え、素早く大量の食肉を処理できるうえ、血なまぐささも残さないということだ。

張才はあの群れになった牛の目が忘れられなかった。彼にとってあの日の朝日は、新生活への期待に満ちたものだった。だが牛にとっては、その短い命で見る最後の光なのだった。

真珠湾攻撃のあと、張才は妻の張宝鳳《ちょうほうほう》と生まれたばかりの息子・曙光《しょこう》を連れて正式に上海へ移住し、兄の南北貨行を手伝った。

その頃上海で商売をするのは簡単だった。入荷も出荷も電話一本、品名等級数量を伝えるだけで、時間になれば貨物も代金も現れるべきところに現れた。商売を成り立たせているのは、双方の信用のみ。ひとたび信用を失えば、当然ながらもうこの埠頭で商売はできない。

彼らは上海から台湾の商社に商品を卸し、差額で稼いでいた。簡単そうでいて、やり方次第で売り上げには大きな差が出た。誰でも手に入れられる商品なら利潤も限られるが、独自に仕入れた珍しい商品は倍の価格になることもある。仕事の腕や人脈も大事だが、賭けの要素も大きかった。天候の良し悪し、航路の穏やかさ、戦況、百貨店市場の浮き沈み、すべてが賭けだった。

家族が何年かかけて経営の基礎を築いてくれたおかげで、兄弟二人の商売はまずまずうまくいっていた。張才はたいてい朝のうちに業務を処理し、昼食後は仕事がなければ兄に挨拶だけして写真を撮りに街へ繰り出した。

あの屠殺を待つ牛を撮りたいという思いが、ずっと心に引っかかっていた。だがあれ以降、屠畜場には近づいていなかった。毎朝家畜たちが集められて鳴く声も、今や日常の一部になっていた。

大東亜戦争が勃発すると、日本軍は上海租界全域を占領した。上海はもはや孤島ではなく、出入り自由となった。灯火管制が敷かれてあの艶やかさは失われたものの、租界に吹き寄せられた者が容易に去るわけもなく、昼間は相変わらず賑やかだった。

張才はすぐに租界の著名な名勝旧跡をひと通りまわってしまった。外白渡橋《ガーデンブリッジ》、百老匯大廈《ブロードウェイマンション》、外灘《バンド》、徐家匯《じょかわい》聖イグナチオ大聖堂、上海レースクラブ、大世界、新新百貨、会楽里の高級妓楼、先施大楼《シンシア》、龍華寺、そして九江路と漢口路一帯の華人居住区。

最初に目を奪われたのは、壁に描かれた巨大な広告と文字だった。醤油から雪花膏〔バニシングクリーム〕、舶来の煙草に至るまで、あらゆるものが自分を買ってくれと大声で叫んでいた。人の背丈よりも大きく書かれた「當」〔質〕の一文字もあり、街のあちこちで貧困にあえぐ者たちに、恥じることはない、ここで当面の手当てをしていくがよいと、堂々と語りかけていた。つまるところそれが上海で生きるということであり、ごくありふれた日常なのだから。しかしその文字の下に衣類を並べる露店は、年がら年じゅう頭上から不運にのしかかられているかのようだった。

ビル四階分の高さにわたる歯磨き粉の広告もあった。この街だけのお楽しみをひけらかすかのごとく、白い歯をこぼす黒人が大きく描かれている。おかげで竹竿いっぱいに揺れる近隣の洗濯物が、今さっき黒人の歯を磨いてやったあとのように見えた。

次に目に付いたのは、貧乏人の多さだった。犬を連れた西洋人女性が、道端の物乞いを見て見ぬふりして通り過ぎる。外灘では外国製の高級車がずらりと停められたすぐ横を、一輪車を押した苦力《クーリー》がとぼとぼ歩いていく。先進的な医療を提供する病院の裏には、猿を使って患者を呼び込み、歯を直接糸で縛って抜歯をする露店が出ている。

銀行の正面入口や百貨店のショーウィンドウ、ホテルの前では、浮浪者たちが眠っていた。黄浦江で船に乗ろうとしてもサンパンを漕いだ物乞いが近づいて来て、むしろに膝をつき拱手《きょうしゅ》をしながら、旦那様どうかどうかお恵みをと、もごもご繰り返した。物乞いは穴の開いた服を何枚も重ねて身にまとっていた。破れた服もこれだけ重ねれば風を通さなくなるだろう。その姿はまるで腰を折る腫れぼったいぼろ雑巾のようだった。

浮浪者に身をやつした者が力なく壁に寄りかかり、チョークで自分の窮状を書いて訴える。我は寧波出身、街の中心に住み潁川を都としているため、名は名乗れぬ。もとは儒者であったが、学では飢えをしのげず……。

上海の物乞いは年寄り子ども男に女、東洋人西洋人インド人中東人と、数も多ければ属性も多様だった。モダンでエレガントな環境との落差も激しく、道行く人の冷淡さも際立った。たとえ死人を見ようとも無関心な様子は、ただただ恐ろしかった。

台湾出身の同郷者たちがよく言っている通りだ。上海上海、金持ちに良し《シャンハオ》、貧乏に悪し《シャンハイ》。台北の道端では物乞いを見なかった。物乞いが存在しないからではなく、兄の親友である施乾《しかん》が各地の浮浪者を集めて萬華《まんか》の施設に収容したからだ。そのような施設は鴨子寮と呼ばれたが、施乾は閩南語の語呂合わせで愛愛寮と名づけた。

兄に連れられて愛愛寮の見学に行ったことがあった。施乾は自ら浮浪者たちの身体を拭き清め、食べ物を配り、豆腐作りで身を立てる方法を教え、寝食のすべてを彼らと共にしていた。

僕たちも何か手伝う？　施乾の姿に心を動かされながらも、鼻を衝く臭気に圧倒されて、張才は三歩後ろに退いてしまった。

いや、それぞれ違う仕事があるんだ。我々はここで手を動かすよりも、もっと大きな助けになることをするんだ。兄はそう言うと、さっさときびすを返してその場をあとにした。

昭和二年（一九二七年）の星光演劇研究会の第三回公演、すなわち「金色夜叉」を上演したあの時、兄は木戸銭の六割を孤児院、盲唖学校、愛愛寮に寄付した。愛愛寮はその寄付金で鉄筋コンクリート製の二階建ての寮を建てた。これでもう台風の心配をしなくてもよくなった。

これが新劇の力であり、我々の大勝利でもある。兄が言った。新劇って何？　新劇はプロパガンダまみれの腐敗した旧劇とも、観客に媚びを売るだけの改良劇とも違う。新劇は大衆に本物の心の糧を与え、啓蒙するものだ。人類の真なる生活を追求するため、旧弊を打ち破り、社会を改革し、人びとを団結と友愛に導き、闘い続ける。平等社会という理想を芸術で以て実現するのだ！

公開の場であっても私的な集まりであっても、兄の演説は聴衆の心に届く力を持っていた。だが聞く者は時に、兄が劇中でしゃべっているのか舞台を下りてしゃべっているのか判然としなくなった。兄の理想はこれだけに留まらなかった。彼は無政府主義思想の友人らと孤魂連盟を結成し、後世に伝わる有名な宣言を発した。

――孤魂とは生前孤独にして死後寄辺なき憐れむべき霊魂の言うなり、其の悲哀は恰も吾人無産階級農民の現代に於ける生活と異ならず、吾人は茲《ここ》に孤魂連盟を組織し我等の光明、無産階級解放運動に進出せんとするにあり！

無産階級って何？　十一歳の張才は尋ねた。

無産階級とは我々のように抑圧された群衆のことだ！　兄はきっぱり言い切ると、それ以上は説明してくれなかった。質問に対する兄の答えは、いつもこんな風に簡潔だった。理解できないのは自分が不勉強なせいであって、質問を重ねれば叱られるのは目に見えていた。

兄・張維賢と施乾、そして施乾と共に愛愛寮の事業に携わった周合源《しゅうごうげん》の三人は、台湾三大乞食頭と呼ばれた。兄をそう呼ぶのはあながち間違いではない。なぜなら兄は生まれたばかりの頃、本当に張乞食と呼ばれていたからだ。占い師に頼ることの多い台湾では、同じような名前をつけられた者が少なくなかった。この子は星まわりがひどく早死にするかもしれない、万が一大きくなれたとしても困窮し、災いをもたらすことになるだろうなどと占い師に言われた親は、わざと子を貶めるような名をつけた。

兄は戸籍や家系図には張孫乞として登録されたが、両親からは乞食と呼ばれた。乞食ごはんだよ、乞食着替えなさい、乞食あんたまた癇癪を起こしたのかい、本当に乞食みたいな子だね！　こうして両親が日々言葉で踏みにじってさえいれば、神の目を欺き、生来の厄運を落とすことができるとでも言うように。

公学校に入学すると、兄は名前のせいで同級生からさんざんからかわれた。頭にきた兄が手を上げることもあったので、先生に勧められ、学校では張維賢という名前を使うことで落ち着いた。

ところが長じてからは反対に、兄自ら乞食の底を自称するようになり、挙げ句の果てに無産階級の孤魂だとまで言い出した。

彼らの生家は大稲埕の怡和巷《いわこう》にあった。代々続く酒造業を営む、裕福な家庭だ。しかし父がアヘンに溺れ、身心を蝕む煙に金をつぎ込むようになった。事業はあっという間に傾き、最後には父の命まで取られてしまった。

当時、兄は南洋遊歴から戻ったばかりで、家産を継ぐとすぐに摘星テニス会の仲間と星光演劇研究会を設立した。つまりスポーツから演劇に転じたわけで、星光という名前の由来もこのテニス会にあった。旗揚げ公演には胡適の「終身大事」が選ばれた。

それはいたってシンプルな一幕劇だった。田という家の娘が意中の陳という男性と結婚したいと申し出るが、母は占いが凶兆ばかり示すと言って頑として認めない。帰宅して話を聞いた父は、母の迷信信仰を叱責し、寺や占い師まで批判した。娘はてっきり父が味方をしてくれるものと思ったが、父は父で祖宗成法〔清の皇帝が作った制度〕を持ち出し、二千五百年前には田家と陳家はひとつの家であったのでそもそも婚姻は認められないと、母同様に反対を貫く。ついに娘は両親が食事をしている隙に置き手紙を残して家を去り、陳と駆け落ちするのだった。了。

いようがいまいが物語に何ら影響を及ぼさない弟の役が張才に割り当てられるのは、この時からの決まりとなった。台詞は、姉さんごはんだよ、姉さん陳さんが来たよ、の二言のみ。兄は頭の固い田家の父親を演じた。

初めてのリハーサルは、とある劇団員の家の中庭で行われた。ところが幕が下りると団員同士で大ゲンカになり、そのまま解散が決まってしまった。いったい何を揉めていたのか、張才にはさっぱりわからなかった。それから兄は別の仲間を探して再出発し、台北の新舞台を借りて盛大に興行を打った。舞台に上がった張才は、足元が観客で埋め尽くされていることに気付き、緊張もしたが高揚もした。いずれにしてもほとんど動きのない役だったので、兄の演技をわくわくしながら見ていた。おかげで自分が話す番をうっかり忘れてしまい、兄が小声で指示を出しているのに気付いてあわてて、姉さんごはんだよ、と大声で叫び、会場を爆笑の渦に巻き込んだ。

兄が演じた田家の父親は真に迫っていた。とりわけ母親の迷信や易に対する盲目的な信仰を批判する場面は、心の奥底から発せられる軽蔑と怒りに満ちていて、観客の共感を呼んだ。

張才はよく上海南京路の新新百貨にある緑宝劇場に新劇――上海では話劇――を観に行った。話劇も新劇も文明戯も区別がつかなかったが、何でも観た。緑宝は毎日昼と夜の二回公演を行っていて、だいたい五日で別の劇に入れ替わった。木戸銭は四角、六角、八角と決められ、映画よりも安かった。先進的な設備を備えた緑宝の劇は、脚本も演出もなかなか出来がよく、観客の心をつかむのが上手で満足いくものが多かった。二度ばかり兄も誘って行ったが、兄はつまらなそうにしていた。

おまえは孤島時代の緑宝を知らないからな。あの頃はどんな反抗的な主題だって扱ったんだ。反伝統、反教条、抗日を促すものまであった。あれこそ見応えがある。そして兄は何くれとその日の舞台をひとくさり批評した。兄の言う通りだった。確かに緑宝の劇は次から次へと山場が来るのだが、まったく余韻が残らない。そこらの屋台で食べる軽食のようなもので、近づけばいい匂いがするし、口に入れれば塩辛さが広がるが、その刺激は長続きしない。兄はその後、接待を口実に観劇の誘いを断るようになった。兄も複雑な心境なのだろうと思い、彼も誘うのをやめた。

張才は舞台を観ながら、自らの経験と引き合わせずにはいられなかった。かつての兄の演技は、ずいぶん情感がこもっていたものだ。まるで芝居にかこつけて自身の苦悶を吐き出しているようだった。そして思った。もし今の兄に田家の父親を演じさせたら、きっと非の打ちどころがないだろう。台詞を言わず、ただ舞台に立っているだけで様になるはずだ。

星光演劇研究会の公演は、熱狂的な支持を得ていた。もちろん興行成績では緑宝に敵わない。だが観客を舞台に没頭させる力は、星光のほうがはるかに上だった。緑宝に通うのは根っからの演劇好きばかりで、娯楽として舞台を消費していた。舞台がどれだけ面白かろうがそれは偽物だとわかっていて、幕が下りれば忘れてしまう。対して星光は、新劇などという文明的な芝居と初めて出会う観客がほとんどで、観劇すら初めてだという者も日々通ってきた。もともとは妻や子どもの観劇を面白く思っていなかった夫が、家族を引き連れてくることもあった。なかには芝居に没頭するあまり、舞台に駆け上がって敵方を演じる役者に殴りかかり、はっと我に返って気まずそうに逃げ出す者までいた。

星光は三年の間に七本の演目を上演した。台本の多くは西洋のものを兄が自ら日本語に翻訳し、閩南語で演じられた。演出はすべて役者本人に任されていた。

我々には監督も演出もいない。それぞれの役者が台本に忠実な芝居をすることで舞台を創りあげているんだ。兄はいつも誇らしげにそう言った。これぞアナーキズムであり、無政府主義の小さな実践だ、と。

兄の言葉を思い出し、緑宝劇場のなかで張才は思わずため息をついた。思い返してみれば、演劇について兄から学んだことはそう多くなかった。むしろ現実を切り取る角度や、単刀直入な姿勢など、撮影について示唆を得るほうが多かった。兄は言った。写真を撮るのと新劇を演じるのとは、同じ精神だ。人を見る時にはじっと相手の目を見つめ、物事を見る時には最も残酷で不公平な現実を見る。絶対に目をそらすな。冷静に、徹底的に観察するんだ。

上海の街を歩けば、至るところで腹立たしいほど残酷な場面に遭遇した。数歩も行かないうちに靴底に残酷さがこびりつくようだった。足裏を汚さずにこの街を闊歩できるのは、きっと猫くらいのものだろう。張才は静かにライカを構え、ひっそりシャッターを切った。ファインダーに写るのが華人だろうが西洋人だろうが、身なりが整っていようがぼろぼろだろうが、あるいは腑抜けていようが鋭い目をしていようが同じだった。

撮って撮って撮り続けて、ある時突然、なぜ鄧騰煇と李火増が口をそろえて、彼が撮る女性はみな表情が硬いとかスチール写真みたいだとか言って笑ったのか理解した。おそらくはこれが彼の生まれながらの撮影スタイルなのだ。

上海にいて、自分がよそ者だと感じたことはなかった。そもそもここは西も東もごちゃ混ぜにしたちゃんぽんのような場所で、どんな出自の者がいてもおかしくなかった。だが上海は根を下ろす場所というよりも、大きな舞台というほうがしっくりきた。ここでは誰もが役者であり、割り振られた役を懸命に演じているのだ。

上海でカメラを持ってうろうろしては危ないと忠告する人もいた。スパイに間違われる危険があるという。しかし彼は意に介さなかった。思い通りの構図をとるため、交差点の真ん中にある交通整理台に上り、カシャカシャ撮影して悠々と立ち去ることもあれば、勝手知ったる様子でビルに入っていって屋上から街を撮ることもあった。彼は気付いたのだ。カメラを手にする時は肩の力を抜き堂々としているほうがよい。そうすれば人は、この人は何かしらの特権が与えられて撮影しているのだと思い込み、たとえ心中では訝しく思っていたとしても文句を言わない。

職務質問も怖くはなかった。兄が社会運動に携わっていたために、彼の実家にはよく警察や特務が出入りしていた。長らくその相手をしてきたおかげで、制服の下は自分と同じように弱点もあれば隙もある普通の人間に過ぎないと、子どもの時分から知っていた。

ただ一度だけ、生真面目な日本人憲兵に、銃剣つきの小銃を鼻先に突き付けられ詰問された。彼は流暢な日本語で応答し、あたかも東京と大阪のすべてを知り尽くしているかのように話してみせた。越後の田舎出身の憲兵は驚いてあたふたし、最後には直立不動の姿勢で彼に写真を二枚撮らせてくれた。

だが憲兵が去ったあと、なぜかうんざりして撮影を続ける気分になれず、鬱々としたまま家路についた。路面電車の吊り輪を握っても、誰かに肩をつかまれ激しく揺さぶられているように、身体が振られた。結局のところ、あの実直な憲兵は彼を捕らえることに成功したのだ。

おまえは何者だ？　いい質問じゃないか。

彼は最初から最後まで自分が日本人だとは言っていない。ただ一等国民たる日本人らしく振る舞っただけだ。優越的で、中心的で、先進的でモダンな日本国民を模した彼の態度に、あの憐れで真面目な田舎者は引け目を感じ、すっかり萎縮してしまった。それで彼は悠然と窮地を脱することができたのだ。

兄の薫陶を受けた張才は、幼い頃から日本を軽蔑し、日本に反抗心を持っていた。戦争が始まってフィルムが統制を受けるようになると、鄧騰煇と李火増から青年団に誘われた。撮影に従事する代わりにフィルムが手に入るという。しかし彼は蔑むように、二本足の台湾人と四本足の日本人、と答え、暗に日本人は畜生だと揶揄した。誰が青年団なんて入るものか。そして張家の兄弟二人は台湾を離れると決めた。歯向かう者を抑えつけようとする総督府の態度が厳しさを増していたこともあったが、偏った思想の持ち主から先に前線に送られるという噂を耳にしたことが、彼らの脱出を急がせた。

だがあの憲兵の質問は、本来西洋人に属するこの土地でカメラ片手に好き勝手に動きまわるには、占領者である日本人の身分にすがるしかないのだと、彼に思い知らせた。

彼はその後何週間も撮影に出られなかった。カメラはいつだってある種の階級であり、ある種の権力だった。ライカ一台、家一軒。カメラを手にできるのは金持ちだけだ。占領国の国民だけが、カメラを手にする資格を持つのだ。

兄の孤魂宣言が頭にこびりついて離れなかった。あの時兄は無産階級の孤魂を自称し、底辺にあえぐ人びとに代わって声をあげた。しかし実際には彼らは大稲埕の富商の生まれ。ぼんぼんとは言わないまでも、日銭のために額に汗する必要もなく、テニスや新劇や撮影に明け暮れていられた。そんなやつのどこが孤魂なんだ？　心情的に相手にどれだけ寄り添おうが、相手と共にあると宣言しようが、結局は孤独な魂を持つ彼らを劇に仕立てたり、写真を撮ったりするだけだ。最後には身を翻し、路上で物乞いや寝泊まりをする彼らをその場に残したまま立ち去るのだ。

彼はまた悟った。この上海という大舞台の上では、自分はいてもいなくてもいい端役に過ぎない。どうということもない台詞を二言発し、あとは袖にしゃがんで舞台上のあれこれをのぞき見ているだけなのだと。

何年もあとになってから、戦時中にあれほどたくさんの写真を自由に撮れたのは奇跡的なことだったと、張才は身に染みて感じた。

日本はイギリス、アメリカと貿易を断ち、ドイツからもフィルムを輸入するのはほとんど不可能だった。そのうえ国内の生産量もごくわずかで、一般市民はフィルム一本入手するのも難しい状況だった。対して上海は一九四一年末まで自由貿易を維持していて、フィルムも薬剤も潤沢だった。

日本軍が租界を占領すると、中国人でも外国人でもカメラを持って街に出れば圧力をかけられた。古参の新聞記者ですら仕事を続けるのが難しいほどだった。だが日本国民の身分に加えて恐れ知らずの性格を持つ張才は、制限を受けていると感じたことはなかった。

さらに視野を広げれば、大日本帝国でそこそこ名の知れた写真家はみな、戦時体制を翼賛する組織に引き込まれていた。彼らは勤労奉公挺身報国を是とする国策に沿った写真しか撮影を許されず、そこに創作の自由などというものはなかった。しかしまだ無名だった張才は、国家総動員体制の網の目にかからなかった。

こうしたいくつもの偶然が重なって、張才は時代の隙間を自由に歩き、光と影を自在に切り取ることができた。

そんなことを当時の彼は知る由もなかった。何年ものち、話を聞きに来た後進に、彼は言った。台北で生まれ育った写真好きの二十六歳の青年にとっては、上海のすべてが刺激に満ち満ちていて、目に入るものを片っ端から撮ったんだと。

この世で一番の贅沢は、浪費と知らず浪費することだ。張才は心の赴くままにカメラを構え、上海で暮らした四年の間に千コマ近い写真を撮った。その半数が路上の華やかさと暗部を捉えた写真であり、半数は日常生活を撮ったものだった。彼は立て続けに一男二女をもうけ、家族に兄一家四人と友人たちも交えて、賑やかな日々を過ごしていた。子どもたちがボールで遊び、砂を掘り、猫をからかい、眠る姿を彼は撮った。そして家族の散歩や会食、おしゃべりなど、ごくありふれた暮らしを撮った。

それらは発表に値するような写真ではなかったが、彼に大きな温もりを与えてくれた。妻の張宝鳳はいつも顔に笑みをたたえた女性で、どの写真でもポップコーンが弾けるように朗らかに笑い、小さな幸福の花をポンポン咲かせていた。母の性格を受け継いだ子どもたちも、みな仲睦まじく楽しそうにしていた。

寝室で張才自身を撮った素晴らしい出来栄えの写真がある。おそらく上海で撮った写真のなかで最も気に入っている一枚だ。部屋はいい塩梅に薄暗く、柔らかな自然光が右の窓から斜めに差し込んでいる。天井から吊るされた白い蚊帳がベッドの端と端に向かって垂れ下がり、さながらおとぎ話に登場する王宮の天幕のようだ。彼は生まれたばかりの娘を腕に抱き、淡い光の中心に座っている。うつむいていてその表情は見えない。ただ赤ん坊の顔だけが光の差すほうに向けられている。張才が愛娘を包みこみ、その空間が張才の心を包みこんでいた。

時折彼は思う。カメラを持った自分は、まるで宙に張られた綱を渡る曲芸師のようだ。その手にはバランスをとるための奇妙な長い棒が握られている。棒の片方にはぞっとするほど冷酷な現実があり、もう片方には平凡な家族の日常がある。

兄の写真もたくさん撮った。友人と原っぱに腰かける姿、接待の場、正装をしたポートレート。だがプリントした写真は、どれも見知らぬ人のようだった。兄は若い頃の放埒さそのままに商売で伸し上がった野心家ではなく、力不足ながら見栄を張らねばならないことに疲弊した商人のように見えた。

ふと、ある疑問が浮かんだ。自分はいつの間に、兄を心から崇拝することも、その背中についていくこともやめたのだろう？　あるいは書物のなかに無産階級の定義を見つけ、孤魂宣言に疑問を抱いたあの時にはもう、兄の絶対的な権威は揺らぎはじめていたのかもしれなかった。

心のなかの偶像や精神的な支柱を打ち倒す時、人は往々にして長くゆっくりとした変化の過程を必要とする。たとえ理性の基盤がすでに空洞となっていても、感情や記憶がそれを覆い続け、あたかもすべてが今まで通りであるかのように思わせる。表面を覆った最後の薄皮が剥がれて初めて、内部が空っぽであることに驚かされるのだ。

よくよく考えれば、十四歳の頃にはもう兄の言いつけを拒絶するようになっていた。ただその時は自分がわがままなだけで、兄に反発しているのだとは思っていなかった。

あの年、公学校を卒業した張才に、兄は日本の作家・武者小路実篤が宮崎県児湯《こゆ》郡木城《きじょう》村に開いた「新しき村」へ行くよう言った。そこでは一切の階級をなくし、ユートピアを目指して自給自足の農業生活を実践しているという。

宮崎ってどこ？　張才は訊いた。

九州東部だ。

それって田舎でしょう？

田舎だからこそ最先端の理想を実践できるんだ。兄はまるで新しき村の入口で同志を勧誘するような調子で、勢い込んで言った。新しき村の精神第一条、全世界の人間が天命を全うし各個人の内にすむ自我を完全に成長させることを理想とする。同時に、自分の快楽、幸福、自由の為に他人の天命と正しき要求を害してはいけない。これぞ高名な理想だろう！

その武者小路さんも村に住んでるの？

彼は開村して六年住んだが、家庭の事情で離れざるを得なくなったんだ……。

つまり創設者自身がやり遂げられてないんじゃないか。

僕だっておまえに一生住めとは言ってない。何年か勉強して、新しき村の精神を台湾に持ち帰ってくればいい。

どうして自分で行かないの？

もちろん行きたいさ。でも僕は築地小劇場から演劇全般を学んできたばかりで、これからそれを台湾に押し広めて、群衆の意識を覚醒させなきゃならないんだ。それぞれ仕事を分担して、共に無政府という遠大な目標に向かって前進しようじゃないか。

宮崎なんて行きたくないよ、僕も東京へ行く。

子どもに何がわかるんだ。兄はむっとしたようだった。そして将来ユートピアを実現する段になったら、農業の技能が生きるための基盤になると言って、彼を台北州立宜蘭《ぎらん》農林学校に行かせた。

張才は一年で学校を辞めて舞い戻り、母に、自分は勉強が好きではないからと言って家に居座った。兄が新たに民烽劇団を起ち上げたので、彼も一座にくっついて活動を手伝った。それは三年後に経費や環境など様々な理由で劇団が解散するまで続いた。

東京に行って写真の勉強をしたい。十八歳になった張才は、自ら兄に申し出た。これも生計を立てるためのひとつの手段だと思うんだ。写真館を開けば客が仕事を依頼しに来てくれるんだから、尊厳だってある。

兄は思案の末、少し奇特な、それでいていかにも兄らしい段取りをつけた。彼はまず写真館専門の人材を育てる武蔵野写真学校へ張才を入れた。そこで感光材料、光源、フィルムの現像や修正、引き伸ばしなど、開業にあたって必要な技能を短期間で習得させると、今度は自身が東京で築いた人脈を使って『フォトタイムス』の創刊者・木村専一の下へ送り込み、新興写真の観念を学ばせた。写真もまた文化活動の利器のひとつであり、光学技術だけではなく、観念まで学んでこそ意味があるんだと、兄は言った。

日本にいる間に、張才はある習慣を身につけた。書物や新聞に面白い写真や文章を見つけるたび、切り取って分類し、スクラップ帳に貼り付けるのだ。モホリ＝ナジ・ラースローとマン・レイを貼り、ブロスフェルトの新即物主義を貼り、中山岩太「上海から来た女」を貼り、植田正治「茶屋老人の横顔」を貼り、瀧口修造「写真と超現実主義」を貼った。

初めはただ興味の赴くままに手を動かしていただけだった。しかし開戦後、思想統制が次第に厳しさを増すと、書物や新聞に掲載される写真は似たようなものばかりになっていき、彼はこのスクラップ帳を繰り返し眺めることで、思考を深める養分とした。

振り返ればあの数年間は、彼の人生で最も気ままで愉快な時間だった。昭和一〇年（一九三五年）、十九歳の張才は生まれて初めて自分のカメラを手に入れた。ローライの一二〇フィルム二眼レフカメラだ。このカメラ最初の写真は、兄の友人で、学者であり詩人でもある楊雲萍《よううんへい》の士林《しりん》は外双渓《がいそうけい》の家で撮った。

バスも通っておらず、士林から五十分も歩かねばならない不便な場所だったが、たくさんの文化人たちが集い、張家の兄弟もよく通っていた。この日、張才は真新しいカメラを宝物のように腹の前に捧げ持ち、記念すべき一枚目の写真は慎重に撮ろうと、うつむいて数値を調整していた。すると楊雲萍の生き生きとした表情が目に入ったので、あわててシャッターを切った。あとになってから、ボディが十五度も傾いていたと気付いた。

傾いた写真は人物をより躍動的に見せた。楊雲萍は淡い色の長袍《ツンパオ》と馬褂《ベエコア》〔長袍の上に羽織る上着〕に身を包み、フレームの外にいる友人とどんな話をしていたのか、目を大きく見開き、口を鴨のように尖らせている。書物を手にした姿勢も、誰かを殴らんと板を握っているかのようだ。偉大な学者でありロマン派詩人でもある君子が、張才のせいで喜劇役者さながらの姿に写されてしまった。

友人たちはこの写真を見て楊雲萍をからかったが、本人は気にしていなかった。彼にとってそれは、友人同士が愉快に過ごす様子を捉えた記録だった。

兄の張維賢は写真の左側で、楊雲萍のほうを振り返っていた。黒い三つ揃えの背広を着て、両手をズボンのポケットに突っ込んでいる。写っているのはその後頭部と横を向いた目鼻の輪郭だけだったが、満面の笑みを浮かべているのが見て取れた。どれだけ時を重ね、どれだけ兄を撮っても、張才にはこの写真こそが兄の一番いい姿を捉えているように思えた。顔が写っていないからではない。兄がこんなにもくつろぎ、自由でいることは滅多にないからだ。

翌年、張才は建成町二丁目五番地[*1]の二階に影心写場を開いた。店名は楊雲萍がつけた。ただ写真を撮影するのみならず、心までも描き出すという意味が込められた、趣ある格調高い名前だ。

主人は留守だ！　いつからかこの言葉が張才の口癖となっていた。あるいは影心を始めた当初からかもしれない。多くの写真館と違って、影心の撮影室——もしそれを撮影室と呼べるなら——は空っぽで、背景用のセットもなければ道具もなく、椅子すら置いていなかった。代わりに壁いっぱいの本とレコード、蓄音機があった。彼は不審そうにしている客やあれこれ質問してくる客を見ると、主人は留守だと言って追い返し、せっかくの売り上げをふいにしてしまうのだった。

写場を名乗りながら、その実ここは文化人たちのたまり場になっていた。楊逵《ようき》[*2]が創刊した『台湾新文学』の台北事務所もここに設けられ、兄が責任者を務めた。みながここで読書をし、音楽を聴き、与太話に明け暮れていたので、客の写真を撮ることは滅多になかった。

天気のいい日には、ライカを持って撮影に出かけた。友人たちと郊外へ遊びに行くこともあれば、鄧騰煇や李火増と弁当会をしたり、酒家の女給をモデルに屋外撮影をしたりすることもあった。彼はいつもハンチングを前後逆にかぶり、カーキ色の半ズボンに膝まである白い靴下を合わせ、腰にタオルを差していた。撮影の時、地面にしっかり刺さったコンパスよろしく両足を六十度に開くその姿は、若々しい少年のようだった。

あれは中国との全面戦争が始まる一年前、日々はまだ穏やかで、みなの顔には笑顔があった。兄たちは変わらず文化の力で群衆を覚醒させ植民統治に立ち向かう夢を追いかけていて、投獄されて極刑に処される、あるいは南洋の前線に送られ骨すら帰って来ないという同志もまだいなかった。

日本が降伏したあの日、上海中の人びとがその知らせを触れまわった。灯火管制の解除を告げる者はいなかったが、ありとあらゆる照明やネオンが申し合わせたように一斉に輝きを取り戻した。日本兵は律儀に持ち場の見張りに立ち続けた。中国人は彼らを取り囲んで歓喜の声をあげ、徹夜で街を練り歩いた。

燃え盛るネオンの海に、張才は上海に到着した日の夕方を思い出した。きらめく看板の数々は、この四年の間、一夜として明かりを落としたことはなかったように思えるほど、馴染み深さを感じさせた。

彼もみなと一緒になって夜通し騒いだが、翌朝目覚めた時も疲れは感じなかった。珍しく兄が朝食をとりに行こうと彼を誘いに来た。兄はどこへ行くとも言わぬまま ずんずん前を歩き、あの屠畜場の

＊1 〔原注〕現在の太原路と長安西路が交わる十字路の、西北側の角地。
＊2 台南出身の作家。一九三二年に発表した小説「新聞配達夫」が一九三四年に雑誌『文学評論』の第二席を獲得して注目を浴びた一方で、抗日運動家としても知られ、日本統治時代には何度も投獄された。戦後の国民党政権時代にも「政治犯」として逮捕され、十二年もの間、緑島の監獄に収容された。

脇にある清真牛肉麺の屋台にたどり着いた。

長らくひっそりとしていた屠畜場は牛豚羊でいっぱいだった。人類の勝利には畜生の生贄が必要なのだ。

潰したての牛は確かに新鮮でうまかった。張才は牛の群れに背を向けて目に入らないようにし、自分の椀に集中した。

宜蘭の頭囲《とうい》に土地がある。唐突に兄が言った。福徳坑渓の山頂だ。数年前に買ったんだ。

へえ。

川沿いに歩いて行って、そこから山頂まで登る必要がある。車は入れない。世間から隔絶された場所だよ。兄は牛筋肉を噛みながら続けた。何年かして子どもがもう少し大きくなったら、そこを開墾して、作物を植えたり鶏を飼ったりして、自給自足の生活を送るのはどうかと考えてるんだ。

ユートピア。張才の心にその言葉が浮かんだが、口には出さなかった。代わりに彼は、よさそうじゃないか、そうなったら遊びに行くよ、とだけ言った。

いいよ。兄はほっとしたようだった。数年にわたって慣れない商売に従事していたせいで兄の顔に貼り付いたどこかおどおどした表情と、それを抑えつけようとするがゆえの過剰な力強さが、跡形もなく消え去っていた。

数年後、張才はカメラを持って石が転がる河川敷を歩き、兄の山の家を訪ねた。遠く、川の両岸に急峻な山がそびえたち、まるで文明が生み出す世俗の穢れを入れまいと固く閉ざされた門扉のようだった。

兄は農民服を着て出迎えてくれた。兄嫁は写真を撮るからといそいそ長衫《ツンサア》に着替え、子どもたちもみな楽しそうにしていた。張才が子どもたちにバスの玩具をあげると、兄が、僕の煙草は?と訊いてきたので、急いで丸々一包みの煙草を渡した。それから門の前で家族写真を撮ってやった。

兄は自ら水をくんで玄関の水がめに注ぎ、薪を割り、葡萄を植え、菅笠をかぶって太陽の下で大根を干し、いっぱいになった籠を腰を曲げて三歳の娘に渡し、娘が腰のあたりで籠を握りしめて慎重に家のなかへ運び入れるのを見守った。十二歳になる長男は小学校の制服を着ている。ちょうど兄が張才を宮崎の新しい村へやろうとしていた年頃だ。

兄が煙草を一本くわえ、ポケットをごそごそやったが探し物は見つからない。張才は前へ出てマッチを擦り、兄さん!と呼んだ。兄が顔を近づけるのを待って煙草に火を点けると、マッチ箱を兄の手に押し込んだ。

その瞬間、どうしてか兄と一緒に屠畜場の脇で牛肉麺を食べた朝を思い出した。あるいはあの時、兄といつの日か再び会う約束を交わしたからだろうか。

彼はふいに、なぜ自分が最後まで屠《ほふ》られるのを待つ牛と、屠られたあとの肉塊が並ぶ情景を撮れなかったのか、雲が晴れたように鮮明に理解した。一目見た時からうすうす感じてはいた。上海という街そのものが、類を見ないほど巨大な屠畜場のようなものだと。それは最も文明的かつ最も効率的で、安全と衛生に配慮した方法で人びとの運命と魂を整然と切り分け、分類して売り飛ばす。だが自分は最後まで、その現実から目をそらさず冷静に観察し、百分の一秒のシャッターを切ることができなかった。

戦争に勝利したあとも社会は好転しなかった。すぐさま内戦が勃発し、上海はまたも陥落の危機にさらされた。張才は先に家族を連れて台湾に戻り、兄は残って家や在庫の処理をした。

張才はフィルムをすべて持ち帰った。奇跡的な偶然のもとで撮られた上海の街角スナップのほとんどは、印画紙にプリントせずフィルムのまま保存していた。台湾に戻ってからもビスケットの箱や茶葉の缶にしまい込み、誰にも見せなかった。これらのフィルムは、一九八九年、写真に携わる若者たちが張才のコレクションのなかから劣化の始まった姿で発見するまで、丸々四十三年もの間、人知れず封じ込められたままだった。彼らはそのあまりの貴重さに腰を抜かし、フィルムをプリントし、個展を開いて公開した。

上海を離れる前、張才はすべてのフィルムに今一度目を通し、深い絶望を感じた。そこに写る物乞いや浮浪者の姿からは、一縷の希望も、生きるために闘う気力も、生命の尊厳も見出せなかった。彼は思考をめぐらせ続けた。精気のない人、生命力が感じられない人から、わずかでも活力を写せはしないのか？　尊厳を踏みにじられた人の姿から尊厳を写すのは不可能なのか？　この世は本当に尊厳が存在しないほど無慈悲なものなのか？

いや、そんなはずはない。

その後、張才は生涯をかけてあらゆる方法、技巧、構図のとり方を研究し、撮影の要である真心を尽くして、一人一人の魂の在り処を見つめる努力をした。彼は台湾原住民族の鷲や黒熊のごとき気高い不可侵性、豊かな歌のように澄んだ美しさと力強さ、生命の誇り高さに震撼した。また聖なる神輿巡幸の荘厳さと、信者たちの純真な敬虔さに心を打たれた。祭礼に参加する黒衣の男子から鋭い眼差しで睨まれれば、その歪んだ顔に、厳しい世界で日々を生き抜くうちに身につけざるを得なかった執念を見出した。

彼はもう自分が相手と同じ身分だと偽りはしなかった。ただ兄に教わった方法で、顔を背けず目の前のすべてを冷静に見つめ、カメラに写る一人一人に心から敬意を払った。

アルバム九

写真の言葉

もし写真に言葉が話せたら、いったい何語を話すのだろう？　おそらく戦前の写真は日本語、戦後のものは中国語、そしてそれとは別に客家《はっか》語や閩南《びんなん》語を話すものがあり、時折そこに欧米の言語が混ざるといったところだろう。でも本当にそうだろうか？

時が経ってから一九四〇年代に撮った写真を見返してみると、戦前なのか戦後なのか判然としないものが少なくなかった。碧潭《へきたん》の渡し船の上で昼寝をする男性、堤防の水門脇で服を干す女性、木の下で肩寄せ合ってバスを待つ人びと。戦争の前後で時代は移ろえど、人びとの生活には変わらない部分も多く、写真では区別がつかなかった。

たとえば関渡《かんと》で撮った砂利を運ぶ男性は日本式の甚兵衛を着ていて、それだけ見れば日本時代の写真のようだ。しかし鄧騰煇《とうとうき》が関渡に頻繁に足を運ぶようになったのは光復後のことだし、貧しい人が手近にあるものを適当に身につけるのは不思議なことではない。

光復。日本語にはない言葉だ。鄧騰煇は国語〔中国語〕辞典をめくった。光の部首は儿、注音符号《ヂュウインフウハオ》*1ならㄍㄨㄤの一声*2で光《グアン》。該当するページを見つけ、紙面に指を滑らせていく。光明光顧光滑光膀子、あった、光復《グアンフウ》。失ったものを取り返すこと、失われた土地の栄誉ある回復。

それよりも彼は、光の回復と解釈したかった。露光の回復、南光の回復。

写真に写るかすかな手がかりから、いつ撮られたものか判断できる場合もあった。たとえば店の看板に日本語があれば戦前、中国語に変えられたものは戦後というように。どちらも漢字が使われていたが、両者を区別するのは難しいことではなかった。戦後、彼自身の店は南光写真機店から南光照相機材行へ、張才《ちょうさい》の店は影心写場から影心照像館へ名を改めていた。

仮に写真に言葉が話せたとしても、日本語を話すものはすぐに沈黙させられていただろう。日本語は新聞や雑誌からもあっという間に姿を消した。ゴキブリのように駆除すべき存在になったのだ。壊滅は難しいとしても、テーブルや壁の間を好き勝手に走らせておくわけにはいかない。

沈黙を強いられたのは、写真や店の看板だけではなかった。京町通りは博愛路《ボォアイルゥ》、栄町通りは衡陽路《ヘンヤンルゥ》、太平町通りは延平北路《イエンピンベイルゥ》、東西三線道路は中山南路《ヂョンシャンナンルゥ》と中華路《ヂョンホワルゥ》に変わった。

鄧騰煇自身も、長らく沈黙していた。光復したばかりの頃、彼は新しい「国語」となった中国語がまったく話せなかった。彼に話せたのは、もはや「国語」ではなくなった日本語と、台北《たいほく》では使う人の少ない客家語だけだった。通りすがりに入って来た客が、言葉が通じないとわかるや出て行ってしまい、商売の機会を逸することが続いた。対して張才や李鳴鵰《りめいちょう》のように、中国語か、上海語や粤《えつ》語などの中国方言を話せる同業者は、順調に仕事を得ていた。

変化はあまりにも劇的だった。戦争末期の数年間は、総督府が皇民化運動を強く推し進めた時期でもあった。日本語を話さなければならない場面が増え、立ち居振る舞いもすべて日本人に倣うよう求められた。だが東京で十年暮らした彼にとっては、たやすいことだった。彼は国策に順じて吉永晃三という日本名までつけた。以来、公的な書類にはすべてこの名が記されたが、家族は騰煇と呼び続けたし、友人や客からは変わらず南光さんと呼ばれた。

写真の機材や活動に対する当局の規制は厳しさを増し、青年団に加入すればいいという話でもなく

＊1　中華民国が制定した、中国語の発音記号の一種。日本語の平仮名や片仮名と同じように表音文字として使われ、一文字から三文字で一音節を表す。俗に「ボポモフォ」とも呼ばれる。

＊2　中国語の声調のひとつ。中国語はほぼすべての音節に、第一声から第四声までのいずれかの声調が指定される。

なっていた。総督府は昭和一八年（一九四三年）に登録写真家制度を始めた。応募者は写真作品を提出し、審査を通過して初めて許可証がもらえるという話だった。同時に総督府はフィルムと薬剤を配給制とし、登録写真家に優先的に配布することを決めた。屋外での撮影は事前に申請が必要となり、撮り終えたフィルムは指定の写真館に送って現像し、情報局の審査を受けなければならなかった。問題があれば穴を開けて廃棄され、残ったものだけが返却された。

李火増《りかぞう》と酒を飲んだ時、登録制度の話になった。二人とも参加しないわけにはいかないという考えだった。登録写真家の資格をもらえなければ、南光写真機店は現像業務すら続けられない。

南光さんはどの作品で応募するんだい？　李火増が訊いた。

この「堤防の上の人」だよ。見てもらおうと思って持ってきたんだ。鄧騰煇は張り切って一枚の写真を李火増に渡した。あおりで撮られた写真は、画面の六割が灰色の空に覆われていた。左下の角に草の茂った堤防が小さく写り、その中央に電柱が一本立っている。堤防の上に上半身だけの人物が四人、それぞれ視線を交えることなく遠くを見やっている。

写真を見た李火増は一瞬ぽかんとしたのち、腹を抱えて大笑いした。彼は総督府の刊行物を取り出して鄧騰煇に見せた。そこに掲載された写真はどれも戦意高揚や勤労奉仕を声高に叫び、銃後の労働や教育、生産活動などプロパガンダ的な性質を持つものばかりだった。水兵帽をかぶって笑顔で敬礼する小学生、豊作に喜ぶ農民、天皇陛下の慈しみの下で安穏とした生活を手に入れた原住民族、前線で戦う兵士のために軍服を縫う女性たち。

南光さんもたいがい能天気だな。日本人が欲しがってるのはこういう写真だよ。南光さんだっていくらでも撮ってるだろうに、どうしてまたこんな前衛的な作品を選ぶんだ？　写ってる人たちも呆然として虚無感にあふれてて、まるで時局を風刺してるみたいじゃないか。

あぁ、そんなつもりはなかったんだ。鄧騰煇は頭を抱えて言った。ただ、写真が年鑑に載れば後世の人にも見てもらえるだろうと思って、最近の自信作を持ってきただけなんだ。

よかったよ、僕が先に審査しておいて。じゃなけりゃ落選してたぞ。李火増は得意げに笑った。審査を通ったら一杯おごってくれよ！

審査には三百名近くの応募があったが、通過したのはわずか八十六名だった。鄧騰煇と李火増も名簿に名を連ね、一年間有効の証書を手にした。二人はまた酒家で顔を合わせた。李火増は襟から「台湾総督府登録写真家」というバッヂをはずして、女給たちに見せびらかした。これを甘く見てもらっちゃあ困るぜ、今やこれがないと外で撮影できないんだからな。

そんなにすごいの？　女給たちは争うようにバッヂをのぞきこんだ。

そう焦りなさんな、南光さんも持ってるから。

鄧騰煇は自分のバッヂを取り出し、じっくり眺めた。それは左右に引き伸ばしたライカの図案になっていた。ファインダーに連動距離計、フィルムの巻き上げレバーといった細部まで表現されている。馴染みの女給がぱっとバッヂを奪い取ると、自分の胸に留め、これで私も立派な写真家よ！と誇らしげに言った。それを聞いてみな大騒ぎになり、順番にバッヂをつけては笑い合った。

しかし実際にはバッヂがあっても役に立たなかった。数年前までは頻繁に行われていた行進や軍事訓練、運動会は軒並み中止され、私的な娯楽も「自粛」を余儀なくされた。結局その一年、彼は家族写真ばかり撮っていた。バッヂは優先的にフィルムの配給を受け、公園で自分の子どもを撮る許可としてしか機能しなかった。

昭和二〇年（一九四五年）、登録写真家制度は停止された。その年の一月三日より、極端に天候が悪い日を除いて、台北は連日アメリカ軍の空襲に見舞われるようになった。鄧騰煇は貴重なカメラ機材を車に積めるだけ積み、大切にとっておいた最後のガソリンをタンクに給油し、家族を連れて北埔《ほっぽ》へ疎開した。そのまま柑園で一年あまりを過ごし、戦後しばらく経つまで台北へは戻らなかった。

主な物産は茶葉という北埔のような僻地には、軍事施設もなければ工業施設もなかった。おかげで滅多に空襲警報も鳴らず、浮世離れした桃源郷のようだった。ラジオはいつも皇軍の作戦を雄々しく伝えるばかりで、台湾全土が大空襲に見舞われていることについては一切言及しなかった。

北埔に出入りする人たちから、多くの曖昧で不確かな情報がもたらされた。それによると、台北、基隆《きいるん》、新竹《しんちく》、嘉義《かぎ》、高雄《たかお》などの大都市は、相次ぐ空襲で壊滅的な被害が出ているという。またアメリカ軍は台湾上陸を目論んでおり、すでに大本営から全島に玉砕、徹底抗戦の指令が下されているとの噂もあった。

町は平穏に見えたが頻繁に停電し、灯火管制とも相まって、夜は漆黒の暗闇に包まれた。まるで幼少期の故郷に戻ったようだ。いや違う、あの頃の故郷には、こんな風に殺伐とした脅威が至るところに潜んでいる気配はなかった。目には見えないものの、常にある種の大禍が差し迫っている落ち着きのなさが、今の北埔にはあった。あるいは祖先がここを開拓にやって来た時の状況に近いのかもしれない。

鄧騰煇はよく柑園のバルコニーに上がって煙草を吸った。今やここは彼だけの空間だった。彼は煙草を吸いながら、晴れ渡った空を眺めた。五色の鳥がさえずり、春を歌っている。ヤマムスメのかしましいおしゃべりにメジロの群れが美しい歌声で応え、高い枝にとまったムクドリが長々とささやく。

もう少し気温が高くなれば、夜の帳が下りると同時にホタルが瞬き、虫が鳴き、カエルが歌う。みな人の世の危険など我関せずだ。

北埔の上空に敵機は飛来せず、飛行音すら聞こえてこなかった。彼はかつて間近でアメリカの飛行機を見たことがある。あれは昭和一一年（一九三六年）三月末、台北飛行場〔現・台北松山機場〕が落成し使用を開始した時だ。日本航空輸送会社が所有するダグラスDC－2型旅客機「富士号」が、福岡から那覇を経由して台北へ飛んで来た。ダグラスは滑走路で低空飛行を披露したあと、急旋回して上昇したかと思うと、再度旋回してから着陸し、観客から熱烈な歓迎を受けた。この日から本島と内地を結ぶ定期便が就航した。

彼は八ミリでダグラスが着陸する歴史的な一幕を撮影した。銀色のボディと勇ましいエンジン音は、彼にアメリカ製のカメラを思い出させた。工芸品としての美しさや優雅さにはこだわらず、徹底的に実用性を追求したアメリカ製のカメラは、性能においては申し分なく、信頼が置けるものだった。話に聞くアメリカ軍の爆撃機は、ダグラスよりも大きく、大量の爆弾を運ぶという。実用性を重んじるアメリカ人のことだ。きっと安定性の高い高性能の飛行機に違いない。

今まさに上空に巨大な機体が現れ、こちらへ向かって飛んで来ると、その腹を開いて無数の爆弾を吐き出す様を想像した。ライカを肌身離さず持つ習慣が抜けない彼は、もし上空に敵機が現れたら反射的にレンズを向けるだろう。もちろん、そんな状況を望んでいるわけではなかった。だが奇妙なことに、目の前に広がる光景があまりにも平穏であるがゆえに、かえって不穏な想像をしてしまうのだった。

輝く青空をじっと見つめていると、目のなかに素早く回転する点がいくつも現れた。一瞬、急速度で落下する爆弾かのように思えたが、すぐに空のまばゆさに目がくらんだだけだと気付いた。自分ももう若くないのだ。

本当に来るのか？　最後にいつ現れるとも知れない飛行物体を空に探したのは、飛行船を見に行った大学生の時だ。期待に胸膨らませて広大な空を見上げるも、飛行船はいつどこから来るのかわからず、長時間待ち続けてくたびれた。飛行船が姿を現したことは、人びとの歓声が教えてくれた。けれど彼は探すことをやめられなかった。自分こそがいち早く発見し、指を差して声高らかに「来た！」と叫ぶその人でありたかったのだ。

飛行船は本当に来た。ひどく巨大で、非現実的で、夢のようだった。興奮した人びとは口々に、これは科学文明の勝利だと言い合った。しかし今や科学文明の歩みは、彼の理解を越えた境地に達していた。空から降りてくるのは国境を越えた友情の証などではなく、街を焼き尽くす地獄の炎だ。しかもそれは、より高くより速くより敏捷で、効率的に街を破壊する。

もし今アメリカ軍の爆撃機が襲来したら、僕は爆弾が着地する前に本当にシャッターを切るだろうか？　鄧騰煇はぼんやり考える。いや、彼は美しいものだけを撮り、悲惨なものにカメラを向けることは滅多になかった。彼は思案した。そもそも芸術は人類が神や精霊に捧げるためのものだった。それがのちに人類が自我を探求するものになった。だが今となっては、神も精霊も自我も存在しない。芸術の価値はいったいどこにあるのだろう？　戦火のなかにあって、芸術に何ができるのだろう？

六月のある日、五月三一日に台北が大空襲を受け、市中心部がみな爆破されたと聞いた。総督府まで被弾したそうだ。ぽつぽつ届く知らせによれば、京町に集中的に爆弾が落とされ、通り全体が廃墟と化しているという。

八月一五日、ラジオで玉音放送が流れた。雑音混じりのうえ、古式ゆかしい日本語だったためすぐには内容を把握できなかったが、どうやら日本が降伏するらしいとわかった。禁止されて久しい爆竹の音が町に鳴り響いた。人びとはすぐに、何年も休止していた普渡を復活させようと話し合いを始めた。鄧騰煇がまずしたことは、カメラとフィルムを携え、あらゆる交通手段を駆使して台北へ行き、何が起きたのか探ることだった。

台北の被害は想像以上だった。だが空襲からすでに二ヶ月半が経っていて、瓦礫はとうに片付けられ、驚くほど整理が進んでいた。瓦礫の撤去を急ぐのは、そこからまた火災が広がるのを防ぐと同時に、通行を妨げないための当局の戦時対策だった。

南光写真機店の前に立った時の、彼の心情を表せる言葉はなかった。写真を撮るという考えすら浮かばなかった。京町はほとんど壊滅状態だった。一丁目と二丁目の交差点に、爆弾が穿《うが》った巨大な穴が三つ遺されていた。水の溜まったその穴が、空爆の無慈悲を物語っていた。

がらんどう。通りに並んでいたはずの店は、どれも文字通りがらんどうだった。ただ煉瓦の壁が四枚残されているだけで、木の梁や床板はことごとく大火に焼かれていた。日差しが店のファサードに残る窓枠の影を通りいっぱいに落とし、建物のX線写真が撮られたように見えた。

彼は空っぽになった自分の店に足を踏み入れた。記憶を頼りに、店、暗室、事務室と歩を進める。だが今やそれらを区切るものはなく、すべてが渾然一体となっている。両脇の壁に遺された梁の丸い跡から、その位置を推測するしかなかった。上を仰げば青空が見え、二階もへったくれもなかった。

彼は頭を上げて、自分が二階の書斎兼応接室に立っているところを想像した。レコードを手にして蓄音機へ歩み寄り、針を落とすと、ラッパが交響曲を奏ではじめる。あの頃はどんな音楽もゆったりと耳を楽しませてくれた。たとえベートーヴェンの「運命」が扉を叩こうとも、恐れることはなかった。二階の自分はうつむいてレコードのジャケットに書かれた文言を読んでいる。その視線は、見上げる彼の視線と相対していたが、両者は決して交わらない運命にあった。

空間というのは不思議なものだ。かつて起き伏しを繰り返した室内には、自分の気配がうっすらと染み込んで、目には見えない層が形成されていた。当時の気分や情緒までもが沈澱して、十年もすればもうひとつの自分の殻のようにすら思えてくる。普段は意識に上らなくとも、薄い殻のなかに戻って来ると、たちまち安心感に包まれたものだ。爆風や火災が消し去ったのは、床板や壁や装飾だけではない。あの肌に馴染んだ殻までもが奪われてしまった。物理的に言えば、確かにここは以前と同じ空間だ。しかし、もはや同じ場所ではあり得ないのだ。

この場所で撮影したたくさんの写真が思い起こされた。ショーウィンドウにところ狭しと並べた高級カメラやレンズ、各種付属品、フィルム、印画紙、引き伸ばし機の電球、D－76、D－72、MQといった薬品の数々。むっつりした表情の妻が棚に座らせた次男の永明と、慎重に弟を支えてカメラに顔を向ける六歳の長男永光。立てるようになったばかりの三男永正は、店の裏手で、締まりのゆるい蛇口の下に手を差し出し、水がしたたり落ちる様子を不思議そうに眺めている。テラゾーの階段に姿勢を正して座る、おかっぱ頭をした四歳の長女美枝。両手はきちんと膝の上にのせているのに、視線は横に向けられていて、何か特別な秘密でも隠しているように笑みをこぼす。

それにあの一枚。五人の子どもたち全員がこの世に生を受けたあとで、二階の書斎にライトを立てて撮った家族写真。彼は生後間もない末っ子の桂美を抱き、心のなかで秒数を数えながら、目を大きく見開いてシャッターが自動で切られるのを待っていた。そのせいで、遠くを見るようなどこか大げさな表情に写っている。妻は永正を抱え、顔を上げてライトのほうを見ていたが、その目は空っぽで、ただ成り行きに身を任せているといった風情だ。残り三人の子どもたちは立ったり座ったりして、その後の人生におけるそれぞれの気質と出会いを予言するかのような表情を浮かべていた。

彼はなぜか、南光写真機店を正面から捉えた写真を撮っていなかった。ウィンドウは撮っても、もう一歩下がった引きの構図で、店のファサードと看板を一枚の写真に収めたことはなかったのだ。反対に、店の入口から通りを撮った写真ならたくさんあった。向かいの堀内商会や松本商行、京町薬房、大沢運動具店。二階の窓からも台湾神社の祭り、女学生の行進、奉公班の集まりを撮った。毎日目にする自分の店は、改めて写真に収める必要を感じなかったのだろう。それがこうして、消えてしまった。

鄧騰煇が受けた衝撃は、予想よりもはるかに大きかった。いつかきっと、自分は南光の店構えを忘れてしまうだろう。日本から戻ってここに根を下ろし、子どもを育て、仕事を始めた。その人生で最も輝かしい十年の歳月が、跡形もなく消えてしまった。

もし焼け焦げた梁や瓦のかけらでも残されていたなら、これほど気落ちしなかったかもしれない。少なくとも生活の痕跡を感じさせる何かがあれば。だが灼熱の太陽が照りつける下にあるのは、がらんどうの廃墟だった。まるで彼の人生が徹底的に否定されたようだった。窯のなかで焼かれているかのごとく、身体中から汗が噴き出した。汗と共に、記憶が一滴また一滴と蒸発していく。

通りに並ぶ店はどこも同じだった。往時の面影も生活の賑わいも、一瞬にして命を奪われた痛みも残虐さも、そして死の痕跡ですら残していなかった。ぽつりぽつりと立つ煉瓦の壁が、かろうじて通りの輪郭を留めているだけだ。野獣や細菌に肉も魂も食い尽くされ、荒れ地にくすんだ遺骸だけが置き去りにされたようだった。

だが周辺を歩いてみて、わずかでも店の骨格が残されているのは幸運なのだと思い知った。裏手の木造家屋が並んでいた一画に至ってはまるごと消失し、広々とした空き地に姿を変えていた。もともと数十軒の家があったはずだが、どんな人が暮らしどんな店があったか、まるで思い出せなかった。人の記憶とは、かくもいい加減なものなのか。十年もの間毎日行き来し、数え切れないほど目にしてきた場所であっても、関心がなければ少しも頭に残らない。

京町以外の場所も悲惨な有り様だった。総督府は中央の塔の脇に被弾し、なかの廊下と部屋がむき出しになっていた。立派な礼服に数々の勲章をつけた老将が、右肩を激しくひと突きされたかのようだ。

後方の総督府図書館は全壊し、アーチが連なった壁の一部が残るばかりで、あとは地面いっぱいに散らばる瓦礫と化していた。その光景はどこか古代文明の遺跡のようで、観光写真で見たローマの円形闘技場を思わせた。ここはかつて台湾随一の蔵書数を誇り、鄧騰煇も貴重な写真集を閲覧しに来たことがある。日本語、中国語、ドイツ語、英語、フランス語、所蔵されていたありとあらゆる文明の宝が、すべて焼き尽くされてしまった。

菅笠をかぶった上半身裸の男たちが数人、廃墟をあさっている。空襲から二ヶ月半も経つのだ。あらかたのものは持ち去られているだろうに、彼らはまだあきらめていなかった。一人は金槌で力いっぽい壁を叩いて煉瓦をひとつずつに分け、別の一人は何度も行ったり来たりして誰かを探していた。その横で、幼い子どもがぼんやり瓦礫の上に座っている。

家が爆撃でなくなってよ、この子のおっかさんも死んじまったんだよ。痩せた男が閩南語で言った。鄧騰煇はこの時ようやく首にカメラを提げていたことを思い出し、写真を二枚撮った。台北の廃墟で彼が撮った写真は、これを含め数枚だけだった。写真が時空のかけらを切り取って保存するものであるなら、すでにばらばらのかけらにされた現実から、このうえ何を切り取れるというのだろうか？

最後に彼は新公園へ足を向けた。よく子どもたちを遊びに連れて来て、無数の写真に収めた場所だ。ここも大小数十の爆弾による穴が穿たれ、泥水をたたえていた。総督府博物館〔現・国立台湾博物館〕のまわりは前も後ろも穴だらけだ。しかし奇跡的に博物館の建物本体は被弾していなかった。もし前後左右を入れない構図で撮影すれば、何事も起きていないように見えるだろう。頭は空っぽだったが手足が勝手に動き、彼は博物館の正面に三脚を立てると、自分も入れて写真を一枚撮った。

乱れた髪に皺の寄った服、風でまくれた襟も直さずレンズの前に立つなど、初めてのことだった。三十七歳の鄧騰煇は驚くほど老けこみ、迷い犬のように不安そうだった。いや、彼は確かに迷い犬だった。彼の帰るべき場所も、彼の青春も、彼の街も、彼の時代も失った迷い犬だった。あとになってこの写真を見返すと、なんとも言えない気持ちになった。運良く難を逃れた建物の前で写真を撮ることは、あるいは未来までも失う恐怖を打ち消そうという彼なりのあがきだったのかもしれない。

彼は市の中心部を離れて台北飛行場へ向かった。周辺の空き地に無数の飛行機の残骸がひとまとめに積み重ねられていた。その多くは解体され、もはや原形を留めていない。荷車を牽いた人たちがやって来て、金目のものを物色していた。彼らは精密で複雑で高性能で強大な機材を金槌で叩き壊し、元の単純で安価な金属に還しては運んでいく。

胴体の外板が剥がれ落ちて骨組みが露出した飛行機は、幼少期に見た紙の神像を思い出させた。日の丸が残っている機体はほとんどなく、多くの残骸は日本軍のものかアメリカ軍のものか判然としなかった。薄汚れた服をまとった裸足の男が一人、鋼鉄の山を前に突っ立っていた。彼の手には、何に使えるともわからないトタンが一枚握られている。おそらくそれが入手できた唯一のものなのだろう。彼は長いこと呆然と立ち尽くしていた。再度鋼鉄の山に分け入るべきか、他人の動きを観察すべきか、それとも立ち去るべきか決めかねているようだった。

あの場でどんな写真を撮ったのか、鄧騰煇はまったく覚えていなかった。何年ものちにフィルムを現像してみると、何かに取り憑かれでもしたのか、自分があの男の背中を撮っていたと知った。まるで誰かが背後から自分自身を撮ったかのようだった。


翌年の春、鄧騰煇は再起を図って家族と共に台北へ戻り、のちに衡陽路と名を改める栄町通りに新しい店を開いた。

以前の空虚な静けさとは打って変わって、この時の台北は大いに賑わい雑然としていた。連合軍は日本人を全員本国に送り還すと決定し、一人につき持てるだけの荷物ひとつと、わずかな現金の携帯だけを許した。だから日本人は持ち帰れないものを並べて売りはじめた。家の前にござを敷く者もいれば、人通りの多い場所に品を広げる者もいた。おかげで駅前から城内、西門町《せいもん》、城南に至るまで、台北市内がまるごと巨大な蚤の市になっていた。

それは生活と記憶の叩き売りだった。本来は閉じた門のなかにしまわれていた私的な生活の細部が、貧富の貴賤なく、白日の下に赤裸々に晒されている。有田焼、信楽焼、鶯歌《おうか》焼といった愛用の器も、夏目漱石、志賀直哉、太宰治などの愛読書もすべて一目瞭然だった。しかし他人からすればそれらはほとんど価値がなく、二束三文に値切られる。

それはまたカメラの一大見本市でもあった。一台五円の国産大衆機から数百円する西洋の高級機まで、あるいはポケットカメラからライカ規格のスナップカメラ、中判フィルムカメラ、骨董じみた木箱型カメラまで、ありとあらゆる価格、型式のカメラが並べられていた。

他人が売りに出した生命を通して、鄧騰煇は自身の思い出と再会していた。水田を見まわる農夫よろしく、彼は毎日のようにカメラを見てまわり、珍しいものがあれば手に取ってあちこちいじってみた。世界にはこんなにも多様なカメラがあったのか。聞いたことのないものまであるな。みんなこういうカメラで生活の記録を撮っていたのか。

当然ながら彼が狙うのはライカやコンタックス、ローライといったドイツの高級カメラだった。だがこうしたカメラの持ち主の多くは、売るに忍びなく、荷物のなかに入れてしまっているようだった。

その時、道端に輝く銀色の光が目に入った。ライカAだ。

見てもいいですか？　彼はすぐさま売り主に話しかけた。ライカなんて、珍しいですね。

あぁ、ご自由にどうぞ。まだ売り買いに慣れていないのか、その日本人はどこかきまり悪そうに返すと、でもそれはすごく古い型で使い勝手が悪いですよと、思いとどまらせるようなことを言った。

カメラを手にした鄧騰煇は、まずシリアルナンバーを確かめて驚いた。八四七一、これはまた古いカメラですね！　さらに検分を続けた。レンズは絞り三・五、五十ミリのエルマックス、外付けの距離計もある。黒い貼り皮の一部が剥がれて金属のボディが露出した箇所があるなど、長年の使用で多少くたびれてはいたが、操作してみると本体の状態は非常によかった。彼は嬉しさに胸を高鳴らせた。

学生時代、十ヶ月分の生活費で初めてのライカAを手に入れたところから、本格的に写真の世界に足を踏み入れたのだ。当時は大切に思うあまり、寝る時も枕元に置いたほどだった。のちに新型のカメラを買うために泣く泣く手放したが、あとになってひどく後悔した。記念すべき初めてのライカの価値は何にも代えられないものだった。だから同型の機種を手にした今、人生最大の心残りが埋め合わされたような気持ちだった。もう二度と手放したくはない。

この数日で何人かの方が見て行きましたけど、どなたも古すぎて実用的じゃないって言うんです。カメラの持ち主はフィルムを二本手にした。もしご興味がありましたら、これもお付けします。

それは助かります。でもたったの百円なんて、いいんでしょうか？　今はフィルムだって貴重じゃないですか。鄧騰煇も懐に余裕があるわけではなかったが、買い叩くような真似はできなかった。

こんな事態ですから、たくさん頂戴するわけにはいきません。大切にしてくださる方の手にわたるなら、カメラも喜ぶでしょう。持ち主はそう言って気前よくフィルムをくれた。

このカメラを買った瞬間に、鄧騰煇の蚤の市は幕を閉じた。実際、日本人が船で順々に送還されるのにつれて、蚤の市の規模は急速に小さくなり、ひと月もするとすっかり消えてしまった。かつて山から海から台湾の至るところにいた四十万あまりの日本人は、あっという間に姿を消した。そんな人びとなど最初から存在しなかったかのように。代わりに接収の役人、軍隊など、中国大陸の各地から外省人[*1]が渡って来た。なかには新天地に賭ける各界の名士もいた。

台湾はさながら一本のガラス瓶だった。もともとは油と水が一対九の割合で入っていて、明確に二層に分かれていた。だが突然上層に浮いた油が吸い取られ、間髪を入れずに別の液体が注がれた。はたしてそれが油なのか乳なのか、あるいは別の何かなのかもわからず、水面が激しく揺れ動くなかでは融合するのか分離するのかもまだ見通せなかった。

鄧騰煇は戦時中に総督府から受けた厳しい制限の数々が解かれ、いよいよ自由に撮影ができると期待に胸を膨らませていた。しかし蓋を開けてみれば、戦後初期に最も多く撮影したのは、無数の証明写真と人物写真だった。

戦後の混乱期にあっては、あらゆる物資が不足していた。撮影機材など言うまでもない。販売できるライカは全台北市でたったの五台。それだって誰も見向きもせず、フィルムを入手するのも困難を極めた。

彼は日本軍の航空隊倉庫から見つかったフィルムが売りに出されると聞きつけた。本来は空から偵察写真を撮るためのもので、九×九インチの大判フィルムだった。彼はそれを同業者らと一緒に買い取って分けると、暗室で一二〇規格と一三五規格の幅に裁断し、ほどよい長さに分けてから販売した。いわゆる飛行機フィルム、もしくは航空フィルムと呼ばれるものだ。

フィルムはセルロイドでできている。ハサミで切れば小気味よい感触と音が伝わってきて、切れば切るほど病みつきになる。だがフィルムを切り分けるにはハサミではいけない。彼は三・五センチ幅

＊1　アジア・太平洋戦争終結後、台湾は「台湾省」として中華民国の一つの省に編入された。これ以降、他省から戦後に台湾へ移り住んだ者を「外省人」、それ以前より定住している者を「本省人」と呼ぶようになった。

の物差しを探し出し、それでフィルムを押さえつけて鋭利なナイフで切り分けた。これで一三五規格の完成だ――確かに理想としてはそうだった。しかし真っ暗な暗室で触覚だけを頼りに作業するのは難しかった。フィルムがまたよく滑るので、しょっちゅう線が曲がったり傾いたりした。とは言え、規格から大きくかけ離れてさえいなければ巻くのに支障はなかったし、こんな時世に文句を言う客もいなかった。

フィルムにもそれぞれの運命がある。暗室でフィルムを裁断しながら、そんなことを思わずにはいられなかった。同じ一巻のフィルムであっても、隣り合ったコマはまったく違うものを写すだろう。ましてや今裁断しているこの大判フィルムは、本来は空から大地を俯瞰し、一コマ一コマ雄大な空中写真を撮影するために作られた。それが細長く切り分けられ、自分だけの断片を受け入れるため各々別の道を歩むのだ。

もし撮影を終えたこれらのフィルムが再び一堂に会する機会があったら、元通りひとつにくっつけることができるだろう。そうしたら面白い光景が見られるんじゃないか？　撮影されたものが違えば、露光の条件も現像処理の仕方も違って、きっとそれぞれのフィルムが異なる表情を見せるはずだ。

もちろんフィルムに心はない。ただセルロイドに感光材が塗布され、光に対して機械的に反応するだけだ。こんな想像はロマンチックを通り越して幼稚ですらある。それでも彼はフィルムが空高く飛行し、エンジンが雄々しく轟き、時折涼しげな白い雲が流れていくなか、地面を見下ろしたカメラがカシャカシャッと勇壮な山河を捉える様子を想像した。なんて爽快なんだ！

しかしそうした空中写真では、人の姿や表情はわからなかった。写真は往々にして軍部が地図を制作したり、戦略を立てたり、爆撃目標を定めたり、空襲の成果を検分したりするのに使われた。対して細長く裁断されたフィルムは、大地をしっかりと踏みしめ、戦争が終結したあとの混沌と希望が織り成す光景を記録する。なかには旅行者によって中国各省に運ばれるものや、アメリカの水兵によって海外へ持って行かれるものもあるだろう。そうしてさらに広大な世界を写すのだ。

だが、そんなことは滅多に起こらなかった。この時まだ多くの人は写真を撮る余裕などなく、カメラ機材の商売は上がったりだった。ただ証明写真と人物写真の依頼は引きも切らず、写真館はどこも大忙しだった。南光にも写真館と間違えて入って来る客が毎日のように現れた。結局、飛行機フィルムのほとんどは生真面目な証明写真に費やされた。

何年にもわたった戦乱のなかで、大事な証明書を失くしたり破損してしまったりする人が少なくなかった。加えて、戦後に膨大な数の人の移動があった。帰郷、求職、復職、復学、商工業の再登記、そのすべてに証明書が必要で、証明写真の撮影が急務だった。しばらくすると政府が国民身分証を発行する運びとなり、またもや撮影を求める大量の人が押し寄せた。同時に、数年ぶりの再会を果たした友人同士や、戦時中に結婚して写真が撮れなかった人たちも撮影に訪れた。

鄧騰煇は中国語のわかる友人に頼んで、看板に「スピード写真」と大書きしてもらった。二時間で渡せると速さを強調しながら、別途、芸術的なポートレート撮影も承ることを謳った。初めて看板を店の前に出す時、ためらいを感じた。こんな仕事は開業当初の彼の志からは大きくかけ離れていた。京町の南光写真機店が懐かしかった。あそこはドイツ製のカメラ機材だけを販売する御殿で、サービスと言えばフィルムの現像や引き伸ばしくらいのもの……。京町のことは忘れよう。あの通りもあの時代も、とっくに廃墟になったんだ。どんな強者でも路頭に迷うような世情にあって、またカメラ機材店を持てただけでも自分は幸運だ。

まだ心の迷いを振り切れないうちに、早くも通りすがりの人が看板に吸い寄せられて来た。中国語の話せない鄧騰煇は、価格表を見せて身振り手振りで説明した。客はある価格を指差すと、頷きながら入店した。言葉が通じないおかげで、かえって自身のわだかまりに囚われずに済んだ。

本来彼は、人の生き生きと輝く瞬間をスナップするのを得意としていた。しかし証明写真の撮影は、決まった動作の繰り返しだった。ライトを所定の位置に固定し、客を所定の椅子に座らせ、こっち、みて、はい、とります、と覚えたての片言の中国語で声をかけてシャッターを切る。

理屈からすれば、肖像写真はその個人を表すものだ。少なくとも証明書を発行する部門はそう考えているらしい。だが彼は懐疑的だった。虚ろな目でこわばった表情をしたこんな写真が、本当に誰かを表し得るのだろうか。証明写真を数多く現像するうちに、彼は人の顔がみな左右非対称であることに気付いた。少し傾いていたり、目の大きさが違ったり、眉の一方が高く一方が低かったり、あるいは一方が細く一方が太かったり、顎がどちらかに寄っていたりする。普段誰かと相対している時には、そんなことにはなかなか気付かない。

彼にできるのは、少しでもそれらしく見えるよう、客を笑顔に導くことくらいだった。ところがほとんどの客が求めるのは速さのみ。むしろ控えめな写りの写真を望む人もいた。見知らぬ人のカメラの前で緊張するのか、みな疲労困憊しているように見え、時に怯えさえ感じられた。唯一の収穫と言えば、短時間のうちにたくさんの外省人の顔をじっくり観察し、全国津々浦々、出身地によって顔の作りが大きく違うと判明したことだった。

ある日、特殊な雰囲気をまとった客が入って来た。世慣れした風情ではあるが、接収役人のような傲慢さはない。彼は撮影室の椅子に座ると、鄧騰煇の手元を見て、ライカで証明写真を？　珍しいですね、と中国語で言った。

鄧騰煇は客の言葉を推測して、なんとか返事をひねり出した。ぼくは、ライカ、つかうのに、なれてます。

客は笑って、かつて自分もライカを所有していたと言った。そして悠々とポーズをとり、撮影に臨んだ。引換証を書く時、客は王と名乗り、費用を全額前払いしてくれた。

二時間後、王は写真を受け取りに戻って来た。受付で写真を確認し、出来栄えに満足した様子で、こんなによく撮れてるとは思わなかったと言った。そして出し抜けに流暢な日本語で話しはじめた。たかが証明写真なのに、あなたはこんなにも丁寧に撮影してくれた。ポーズも構図も大変よく考えられていて、よその店とは違いますね。本当にありがとうございます。

鄧騰煇は仰天した。しかしすぐに日本語で、これが仕事ですから、と謙虚に答えた。予期せず日本語を話す外省人に出会ったからか、心が弾み、言葉を継いだ。ネガも印画紙も適切に処理していますから、時間が経っても変質しません。もしまた必要がありましたら、いつでもこちらで焼き増しができますよ。

適切な処理というのは？

同業者のなかには、時間と経費削減のために、現像のあと酢酸溶液で停止処理をしないで、直接定着処理をする人がいるそうなんです。でも僕は完全な手順を守っています。そうでなきゃ品質を保証できませんから。

停止処理を省略したら、もし現像液が少しでも残っていた場合、あっという間に変化するでしょう？

おっしゃる通り。あなたも専門家でいらっしゃるようですね。鄧騰煇の言葉にさらに熱がこもった。そうは言っても、こういう証明写真は一般的には短時間の使用ですから、長期保存のことは考えられていません。お客様も速さを求めていますし、同業者がそうやって処理するのも理解できます。ただ僕が手順通りにやることに慣れているだけです。長期保存を望まれるお客様もいるでしょうし。

なるほど。王は何度も頷いた。

失礼ですが、王さんはどちらで日本語を学ばれたのですか？　抑揚が東京の人らしく聞こえるものですから。

私は横浜で生まれ育ったんです。王は雄弁に語りはじめた。横浜の高等学校を卒業後、祖国の抗日の呼びかけに応じて大陸に戻って大学に入りました。それから政府で対日工作の業務を担っていたんです。だからずっと日本語と付き合ってきたんですよ。

そうだったんですか。僕は東京の法政大学を出たんです。だから王さんの日本語の調子が懐かしく感じたんです。台湾にいる日本人はだいたいが九州なまりですから、耐えられなくて。

ははは、確かに。王は朗らかに笑うと、しばし間を置いてから決心したように口を開いた。さっき政府で働いていたと言ったでしょう。あれは汪兆銘《おうちょうめい》*1主席の南京国民政府のことなんです。汪主席もあなたと同じ法政大学の卒業生でしょう。

あぁ。途端に鄧騰煇は複雑な気持ちになった。戦時中、汪政権は大日本帝国の盟友だと喧伝されていたので、その名を聞いた瞬間親しみを覚えた。しかし一方で、中国が抗日戦に勝利するや汪兆銘は漢奸《かんかん》と批判され、南京国民政府も「偽」の冠を付されて敵方と見なされるようになったことを、当然彼も知っていた。

本当のことを言うと、私のこの名前も偽名です。王は抑えた声で言った。私みたいな人間は、今じゃ街のネズミみたいなものです。新政府に対して何も悪いことはしていなくても、南京から来たと言っただけで、すぐ袋叩きに遭う。だから名前を隠して、人目に付かないところで静かに残りの人生を送ろうと思っているんです。この写真は新しい身分を取得するためのもので、私にとってはとても重要なんですよ。

王は証明写真とネガを紙袋に入れると、生まれて間もない赤子でも扱うように丁重な手つきで懐にしまった。そして立ち去る前に、もう一度振り返った。偽名を名乗っているなんてことは、本来誰にも話すべきじゃないことはわかっています。でも今日はなぜか自然と口を開いてしまいました。これも何かの縁だと思ったんでしょうね。それに、今後数十年、ずっと自分を隠して余生を生きるのだと思ったら苦しくなったんです。だからついしゃべり過ぎてしまいました。今日の話は、どうか聞かなかったことにしてください。

何と返したらいいかわからず、鄧騰煇はただ、どうぞお元気で、すべてうまくいきますようにとしか言えなかった。

王が出て行ったあと、鄧騰煇の心は千々に乱れた。彼はカウンターの上で引き取りを待つ写真を眺めた。そのうちのいくつかは、もう数日経つのにまだ引き取りに来ない。もしや何か問題でも起こっ

＊1　孫文の側近として中国国民党の要職を務めたが、国民政府内で蒋介石と対立し、一九四〇年三月、日本軍の占領地だった南京に親日政権を樹立。だが日本の傀儡政権と見なされて中国国民からの支持を得られないまま、一九四四年に病気治療のために渡った日本で病死する。中華圏では汪精衛《おうせいえい》の字《あざな》で呼ばれる。

たのか？　ここ最近撮影した多くの人の顔が脳裏に浮かんでは消えた。どの顔も怪しく思えてくる。このうちの何人が、王と同じく新しい名で知る人のいないこの島に渡り、まったく違う人生を歩みはじめるのだろう？

　考えてみれば彼の曾祖父である鄧吉星《とうきっせい》もまた、太平天国が滅亡して北埔へ逃れて来たのだった。そして娘を姜満堂《きょうまんどう》に嫁がせたことが、のちの新姜家の繁栄に結びついた。それを思うと王への警戒心が薄れ、代わりに同情が湧いてきた。

　やがて政府が国民身分証を発行することになり、二インチの証明写真の提出が求められた。鄧騰煇自身も二枚撮ってみたが、どちらも納得のいく仕上がりにならなかった。写真に写る人物は窮屈そうで、少しも自分らしく見えない。こんなものが身分証に貼られるのは嫌だった。かと言って撮り直す時間もなかったので、結局前に撮った写真のなかから比較的新しいものを選んで提出した。

　発行された身分証を持ち帰ってしげしげ眺め、自分の選んだ写真が登録写真家の証明書と同じものだと発覚した。彼はふたつの証明書を並べてみた。一枚には身分証明書とあり、氏名吉永晃三、明治四一年一二月五日生と記され、写真の上に台湾総督府の朱色の印が押されている。もう一枚は中華民国国民身分証、姓名鄧騰煇、民前四年一二月五日生*1と記され、写真には台北市政府の浮き出し印がある。

　二枚の写真は同時に引き伸ばされ、露光も現像も条件はまったく同じだ。それなのに見比べてみるとまるで別の写真のようで、いっそ別人にすら見えた。もし写真に言葉が話せたら、異なる身分証に貼られた二枚の写真、つまり吉永晃三と鄧騰煇は、それぞれ何語を話すのだろうか。

　技術的な観点から言えば、この証明写真は決して理想的な仕上がりとは言えなかった。光が強すぎてコントラストが大きく、顔の大部分が白飛びに近い状態で、輪郭の陰影ばかりが濃い。だがそれでもこの写真は、彼の性質をよく捉えていた。いつもほのかな笑みを絶やさずにいた彼は、かしこまって撮った証明写真のなかでも、うっすら笑みをたたえている。

自分の証明写真をこんなにじっくり観察したことはなかった。顔の歪みはひどく、高い鼻が左に偏り、本来筆で一直線に書くべきところを蚊かハエに邪魔されて脇に逸れでもしたかのようだった。しかし彼の明るい目と、鳥が羽を広げたような豊かな眉の印象が、歪みを隠してくれていた。

名前や身分は服と同じで交換できるかもしれないが、この曲がった鼻はそうはいかない。鄧騰煇は考えた。もし二十年後に再び彼らと出会ったら、それぞれどんな物語を聞かせてくれるだろう？

＊1　中華民国では建国された一九一二年を紀元（元年）とする中華民国暦が使用されており、「民前四年」は中華民国暦紀元前四年、つまり一九〇八年を指す。

アルバム十

溶かされた画像

民国三五年（一九四六年）三月一日、世界がまるごと引っくり返った。

新しい交通法が施行され、人も車も左側通行だったのが、全国一律に右側通行に改められたのだ。幹線道路には誘導員が立ち、二人一組で大きな「右側通行」の看板を持ってうろうろしていた。逆走する人や車を見つけるたび、手に持った銅鑼を必死に打ち鳴らして警告する係もいた。

その週末、鄧騰煇《とうとうき》は例のごとく家族みんなを車に乗せて遊びに出かけた。車のドアを開けて運転席に座る段から「右側右側右側」と心のなかで念じ続け、鍵を差してエンジンをかけながら「右側右側」、クラッチを踏みながらも「右側右側」と唱えていたにもかかわらず、いざ道路へ出た途端、向こうから来た車と正面衝突しそうになった。妻と五人の子どもたちが一斉に、右側右側！と叫ぶと同時に、銅鑼の音がグワングワングワンと響きわたった。それで自分が本能的に左に寄っていたと気付き、急いで右にハンドルを切った。

右側通行だって言ったじゃないですか。すっかり肝を冷やした妻は、これ見よがしに苦々しい顔をした。

仕方ないだろう、僕だってずっと右側右側って念じてたんだけど、習慣ってやつはそんなすぐには変えられないんだよ。鄧騰煇は内心面白くなかったが、逆走してしまったことは事実なので、ただ深いため息をつくしかなかった。翻って子どもたちは、はらはらする出来事でも何でもいつも通り遊びに変えてしまった。道中、車が少しでも左に寄ると右側右側と大声で叫び、そのうち左に寄っていなくとも右側右側と騒ぎ出し、いっそ普段よりも楽しそうだった。

時に人は、驚くような速さで変化に適応する。淡水《たんすい》の海辺で一日遊び、夕方になって帰路につく時には、生まれてこの方ずっとそうしてきたかのように、ごく自然に右側通行で運転していた。

しかし長年の習慣は身体の奥深くに染みついているものだ。疲れていたり、酒に酔っていたり、考えごとをしていたりする時、気付かぬうちに左側を走ってしまうことがある。

とうに新しい習慣を身につけていたはずの長男・永光が、翌年の春、まさにそのせいで事故に遭った。自転車で家を出た彼は、左側通行をしている前の車に無意識のうちについていってしまった。学校で行われる国語の試験のことで頭がいっぱいで、異変に気付けなかったのだ。もし前の車がいなければ、きっと新しい規則通りに右側を走っただろう。けれど車が左側を走るのは十数年来の生活ですっかり見慣れた光景になっていて、何も考えず後を追ってしまった。前を走る車が突然右にハンドルを切ったので、永光は対向車と衝突し、重傷を負って病院に搬送された。

その日、鄧騰煇は台湾大学病院で歯を診てもらうことになっていた。ところが病院の入口に着いてみたら自分の息子が搬送されてきたので、急診に付き添った。永光の脚は不自然に曲がっていて、一目で大腿骨を骨折しているとわかった。

いつも当然のように直立する人間の身体を見慣れているために、骨折した部位を見ていると奇妙な感覚に包まれた。変形し、普段の印象とはまるで別物のようになった肢体を前に脳がうまく反応せず、非現実的な気分だった。それから少しずつ、人の身体というものは脆弱な筋と骨によって支えられており、外部から少しでも強い衝撃を加えられると、筋が切れ骨は折れて、支えを失くした肉体は人の形を留めていられないのだと理解した。

では、人の精神を支える骨格にはどれほどの強度があるのだろう？　ひとたび折れてしまったら、どのように変形するのだろう？

医者は永光のレントゲン写真を見ながら、折れた部位は股関節に近く、すぐに手術して接合するが、完全な回復は望めないかもしれないと説明した。術後しばらく安静にし、抜糸が済むと、さらに長い時間をかけてマッサージとリハビリが行われ、大腿部は運動機能を取り戻していった。

その後永光はやや足を引きずるようになり、激しい運動もできなくなった。けれど通常の運動機能は回復し、見た目にも目立つところはなかったので、ほぼ完治したと言えるだろう。

この間、鄧騰煇は息子の世話に追われ、歯の痛みは耐えるほかなかった。旧正月あたりから左上の奥歯が疼きはじめ、神経にびりびり響くようになっていたのだ。虫歯ができたのか、硬いものを噛んでヒビでも入ったのかわからない。指で揺すったり、スプーンで叩いたりしてみたが、どの歯が痛いのか判別できなかった。

旧正月の間は歯科医も休診しているので、ひとまず痛み止めを飲んで放っていた。二月末にようやく受診するはずが、永光の事故によってまたも先延ばしせざるを得なくなった。

あの日は二月二八日だった。突如として院内に大量の負傷者が押し寄せた。血にまみれた人もいれば、いまだ傷口から血を流している人もいる。真っ先に頭に浮かんだのは、もしや戦争が始まったのか、ということだった。続いて、息子の傷が癒えるまでは逃げるに逃げられないと考えた。

彼は戦地の様子をその目で見たことがなかった。台湾は地上戦の舞台となることを免れ、台北《たいほく》が大空襲に遭った時も彼は北埔《ほっぽ》に疎開していた。だから今眼前に広がる光景こそ、彼にとっては最も戦争に近い場面だった。

耳に届いた噂話は、傷口や血を見るより恐ろしいものだった。抗議に参加する民衆を、政府が銃で鎮圧したというのだ。やがて全島で蜂起があったという噂も流れたが、基隆《きいるん》から軍隊が上陸したという知らせによってすぐ沈黙に追いやられた。台北の街は全身の筋を切られ骨を折られて変形した身体のようだった。地面に倒れて動かないその姿は、どこまでも非現実的だった。人びとはさながら嵐の日に川底深く潜る貝だった。外界でいったい何が起こっているのか、なぜ川の流れが突然激しくなり、濁って冷たくなったのかはわからない。だが、こんなことは初めてではない。殻を固く閉ざして耐えていれば、激流はそのうち去っていくと知っている。

十三年後の八月一日、シャーリーと呼ばれる台風が、世界の観測史上初となる一日二千ミリもの雨を阿里山に降らせた。台湾中部は大きな被害を受け、台北市西部の淡水河も氾濫した。

南光照相機材行も水害で一部の機材に被害が出た。大した数ではなかったものの、すでに窮状にあった経営には致命的な打撃だった。鄧騰煇はやむなく、二十数年来続けてきた店を畳むと決めた。

店舗を譲渡する話をまとめたその夜、彼は張才《ちょうさい》と連れ立って酒家に行った。二人は南光機材行についてはほとんど話さなかった。鄧騰煇は若いとは言えなくなってきた女給と酒を懸けた手遊びをし、張才はいつも通りシャツを脱いで盛大に手ぬぐい踊りを披露した。踊り終わると張才は腰に手を当て、女給に彼を愛しているか訊いた。嘘でも嬉しい、愛してると言ってくれよ。けれど女給は答えず、反対に張才が彼女を愛しているか尋ねた。張才は大笑いし、鄧騰煇を指差して言った。僕に訊かないで南光さんに訊きな、あいつが一番きみを愛してるから。あいつは女性みんなを愛してるんだから。

南光さん南光さん。南光照相機材行がなくなっても、南光さんでいいんだろうか。鄧騰煇は黙って考えた。

いつもと変わらぬ夜に見えたが、別れの重苦しさが空気中に漂っていた。もはや鄧騰煇にこの金のかかる場所に足繁く通う余裕はないと、みなわかっていた。それだけではない。二十年来彼らが共に足を運んだ古参の酒家が、一軒また一軒と明かりを消していた。遅かれ早かれ一軒残らずなくなってしまうだろう。

今夜が最後の夜だった。だがみな何もないふりをして、曖昧な恋愛遊戯を楽しんでいた。嘘でも嬉しい、嘘でも嬉しい。二十数年も嘘をついてきたのだ。どうせなら最後の夜までつき通してほしい。

鄧騰煇は普段通り笑みを浮かべ、酒も言葉数も控えめに、ぽつぽつ煙草を吸っていた。入るなりあちこち触ってくるような客とは違って女給にも穏やかに接するので、みな彼の相手をするのが好きだった。

しかしいつもはさほど飲まない張才が、今日は大酒を食らい酔っ払っていた。張才は手ぬぐい踊りの途中でふいに大きな声を出したかと思うと、片膝に片足をのせ、片手を地面につき、山中で道をふさぐ鬼のような格好で座り込んでしまった。何か話があるのだろうと察した鄧騰煇は、女給にお茶を淹れるよう頼んで、しばらく席をはずしてもらった。

今日フィルムを何本か破棄したんだよ、とても大切なフィルムをね。張才は日本語で言った。あの日、僕の家は胸まで水がきて、しまっておいた茶葉やビスケットの缶がみんな浮いてきたから、苦労して集めたんだ。

うん。

缶からフィルムを出して一本一本確認したから、たぶん全部あるはずだ。本当は焼いちまおうかとも思ったんだけど、フィルムを焼くと変な匂いがするだろう。かえって目立つと思ったんだ。だから暗室にこもった。写真家が三日三晩暗室にこもるなんていうのは、珍しいことじゃないからな。赤血塩を何倍も入れた、とびきり濃い漂白液を作ったんだ。自殺用の毒薬でも調合してるみたいだったよ。それからフィルムを一本そこに入れて、表面の銀がゆっくり溶解するのを見てた。

二二八か？[*1]

話したっけ？

一回だけ。でも何を撮ったかは聞いてない。

何を撮ってようが、もうどうでもいいんだ。張才は言った。フィルムの画像が溶けるのを見てるのは、どうも不思議な気分だったよ。凝固した時間が溶け出すみたいでさ。

どうして破棄しようなんて思ったんだ？　誰にも知られず、こんなに長い間とっておいたのに、どうして今になって突然？

何十個もある缶のなかに紛れ込ませてたから、探そうったってそう簡単には見つからないだろうと僕も思ってた。だけどあの日、二階から下りてきたら、中元節の灯籠流しみたいに水面に茶缶が浮いてて、なかには玄関から外へ流れ出ていきそうなやつまであったんだ。僕はもう雷に打たれたみたいになって、水に飛び込んで全部かき集めた。それでも流れていったやつがないとは言い切れない。

＊1　一九四七年二月二七日、やみ煙草を販売していた寡婦が取り締まりの役人に殴打され、商品や所持金を没収された。これに抗議した民衆に役人が発砲して死者が出たことにより、民衆による抗議デモが起こった。翌二八日には、国民党政府の悪政に不満を募らせていた民衆たちが一斉に蜂起し、抗議活動は台湾全土に広まった。その矛先は政府のみならず、「外省人」全体に向かい、暴力行為も見られた。政府は中国大陸から援軍を呼び寄せるなどしてこれを鎮圧したが、混乱に乗じて、知識人や文化人を中心に、騒動に無関係な市民まで殺害した。犠牲者は一万八千―二万八千人にのぼるとされる。その後、政府は一九八七年まで戒厳令を敷き、政治活動や言論の自由を厳しく制限した。この間、多くの人が「政治犯」として投獄、処刑された。こうした政治的弾圧を「白色テロ」と呼ぶ。

あれからひと月もしないうちに雷震《らいしん》の件*1があっただろう。きっとあの水害は天からの警告だったんだ。世の中には完璧なんてあり得ないっていうさ。ひょっとするとあの日外に流れ出たフィルムがあって、誰かが拾って警察局に届けてるかもしれないって、心配でたまらなかったよ。しかもそれが運悪く二二八のフィルムだったらどうする？　自分が捕まるだけならまだいいが、もし写真に写った誰かにまで被害が及ぶなんてことになったら、それこそ恐ろしいだろう？

張才は口をつぐみ、自身の思考のなかに潜った。

茶缶をすべて回収したあとにまず張才が思ったのは、茶缶は本当に防水なんだな、ということだった。あんな風に水の上を漂っていたのに、なかのフィルムには一切影響がなかったばかりか、フィルムを収めた紙袋すら濡れていなかった。日が経つにつれ、本当にひとつも茶缶を失くしていないのか不安が募り、眠れぬ夜が続いた。誰かがやって来て戸を叩くのではないかと、怖くてたまらなかった。

二二八事件のフィルムの入った茶缶を、張才は十三年間一度も開かなかった。だが彼の脳裏には、シャッターを切った瞬間がみな鮮明に刻まれていた。いや、あの二日間のデモのすべてを、彼はありありと記憶していた。

当時、影心照像館は延平北路と南京西路の交差点に建つ徳記百貨の一角にあった。やみ煙草の販売取り締まりが発端となり、民衆と官憲との衝突が引き起こされた天馬茶房の隣だ。騒動を聞きつけた張才はカメラを手に通りへ飛び出し、翌朝のデモ行進にも参加した。上海や東京でデモをよく目にしていた彼は、主張を布に書いて訴え、同調者をさらに集めるよう手引きした。彼は建成円環から群衆に加わった。養殖魚が河川の氾濫に乗じて囲いを飛び出し、魚の群れと一緒になって悠々と波間を泳ぎまわるかのように、自分が巨大なうねりのなかに身を置いていることを痛切に感じた。強力な流れが、すぐに彼らを乾ききった固い陸地に打ち上げるとも知らずに。

群衆は城内の専売局台北分局の前に押しかけて抗議の声をあげ、建物内に侵入して煙草、酒、マッチの箱を路上に運び出し火を点けた。沈黙していた数万本の赤燐マッチが唸りをあげて瞬時に巨大な火柱となり、香焦《バナナ》、鳳梨《パイナップル》、楽園《パラダイス》といった銘柄の数千箱の煙草が噴き上げる煙が空に立ち込めた。続いて群衆は行政長官公署へ請願に向かった。だが中山北路の角まで来たところで、公署の屋上から機銃掃射を受ける……。

張才は専売局の前で物品を燃やす場面を捉えたフィルムを、黄緑色をした赤血塩溶液に浸した。何万本もの煙草が一気に燃えた時の、むせかえるほど濃い煙の臭いが、鼻に届いた気がした。フィルムに刻まれた黒い怒りの炎が、静寂のうちに瞬く間に消えていくのを見るのは、腹を割かれ血を抜かれながら死を待つ鶏の、じっとこちらを見つめる視線が次第に弱まり、やがてすっかり失われていく様を見るようだった。彼は続けて、殴打され地面に転がる人、引っくり返された車、破壊された店舗を溶液のなかで溶かした。一コマ一コマに記録された憤怒の表情を溶液に沈めるや、フェリシアン化カリウムが黒い銀粒子に食らいついて深い水底に引きずり込み、黙ってその顔をすべて消し去ってしまうのを見ていた。それらの顔には、上海ではどうしても見つけられなかった表情が浮かんでいたが、どれもあっという間に消えてしまった。

＊1　一九六〇年九月、長年にわたって雑誌『自由中国』を発行し、誌面で政権批判を繰り返していた雷震が、台湾や香港の活動家とともに蒋介石の三期連続総統連任に反対したところ、情報機関に逮捕され懲役十年の実刑に処された。

それから彼は六コマ一列のフィルムを一本一本洗浄して銀粒子を一粒残さず洗い流し、完全に透明なセルロイド片にした。もはや画像もなければ、時間のかけらも、歴史の証明も、どんな脅威もなかった。

あの時は、何年かして情勢が落ち着いて本当に自由になったら、写真を世に出そうと思ってたんだ。張才が言う。まさかその日がこんなにも遠いとはな。だからもう破棄するしかなかったんだ。でも本当に辛いのは何だかわかるか？　彼の言葉に怒りがにじんだ。写真を撮った当初は、命を懸けてもしっかり守り抜こうと思ってたんだ。それがどうだ、今やこんな意気地なしになっちまった。僕が歳をとったせいなのか、それとも世界がさらに恐ろしくなったのか。

きみの優しさだよ、ほかの人を守ろうとしたんだから。鄧騰煇は言った。

悔しいよ。

そりゃあ悔しいだろう。大切なものを失う気持ちは僕にもわかるよ。そう言いながら、鄧騰煇は南光を畳んだ自身の心情を重ね合わせていた。両者は同列に語れるものではないだろうが、かと言ってどうやって張才を慰めたらいいかわからなかった。

二二八について考えると、当時、永光の脚の怪我が治るまではどこへも逃げられないし、事態が鎮静化してくれてありがたいと胸をなでおろしたことを思い出す。そんな考えを抱くなんて、死んでいった人たちに申し訳が立たない。だが、それでも彼はそう思ってしまったのだ。

店を開いて十三年。北埔に疎開した期間を除いて、京町で店をやっていた分も合わせれば二十三年になる。彼は人生最良の時間を費やし、財産まで食いつぶして、自分が経営者失格だと証明してみせた。二十三年もの間、贅沢な夢を見られたのだ。いい加減足るを知るべきだろう。しかし彼は後悔でいっぱいだった。

彼はふと尋ねた。ねえ、南光機材行をやめても、僕は鄧南光だと言えるのかな？

何を馬鹿なこと言ってるんだ。張才は教え諭すように言った。あの店はきみがいるから南光って言うんだろう。店があるから鄧南光と呼ぶわけじゃない！

そうだな。鄧騰煇はふっと笑った。あのフィルムを破棄したって、きみは張才だ。

でもこれじゃあ後世の人たちに僕らがどうやって虐げられたか証明するものがない。

きみはこの十数年、価値ある写真をたくさん撮ってきたじゃないか。鄧騰煇が言う。厳めしい顔をした山の同胞とか、わずかな水だけを提げて裸足でどこまでも行く蘭嶼《らんしょ》の勇士とか、歌仔戯《ゴアヒ》〔閩南語を主とする台湾歌劇〕の舞台裏で授乳する役者、それに廟の祭りや豚の奉納も……。確かに後世の人は僕らがどうやって虐げられたかはわからないかもしれない。でもきみの写真から、僕らがどれだけ力強く生きていたかは伝わるはずだ。それはもっと価値のあることだよ。

張才は何も言わなかった。

あとあの「永遠の帰宿」。鄧騰煇が心酔したように言う。光復直後のあの写真は、まるで予言のようだよ。墓石が密集する丘の上に分厚い雲が垂れ込めて、空に月の暈《かさ》までかかってる。それなのにおどろおどろしさはなくて、むしろ卓越した存在感がある。まったく、あの写真には嫉妬するよ。

あれは安平《あんぺい》で墓地を通りかかった時に何気なく撮ったやつだよ。張才は言った。撮った時にはなんとも思わなかったんだが、見れば見るほど面白いって、あとから思ってね。死がごくありふれたものとして写ってる。

そういえば、結局あれはどうやって露光したんだい？　何度訊いても教えてくれないじゃないか。

教えられないわけじゃないさ。ただ自分の失敗を認めたくないだけなんだ。張才は苦笑いした。ありゃ本当は真っ昼間に撮ったんだよ、誰にだって撮れる。あの月の暈は……気泡なんだよ！　現像する時、面倒になって缶を叩かなかったんだ。そしたらあそこに気泡ができてて、そりゃあがっかりしたよ。本当はもう一度やり直そうかとも思ったんだけど、月があるほうが趣があっていいように思えてきて、それで残したんだ。

まさかあれが気泡だったとは。ずっと騙されてたよ！　鄧騰煇は涙が出るほど笑い、出し抜けに下手くそな閩南語《びんなん》をしゃべった。見なよ、きみがお天道様にどれだけ愛されてることか。月までお膳立てしてくれてるじゃないか。それなのにまだ満足できないのか！

張才は吹き出し、閩南語で返した。南光さんはやっぱり閩南語を話さないほうがいいな。

それでも鄧騰煇は続けた。いいから飲もう、もう考えるな！

張才はふすまを開けて女給に酒を持ってくるよう言いつけた。またどんちゃん騒ぎが始まり、個室のなかにいつもの賑やかさが戻ってきた。

鄧騰煇は言わなかった。彼もまた張才と同じ方法でフィルムを破棄したことを。そう、彼も二二八を撮っていた。だがわずか数コマだったし、すぐに破棄してしまった。

あの時、彼は歯の痛みをこらえながら永光に付き添っていた。院内に怪我人が運び込まれ、外で騒ぎが起きているのを見た瞬間、考えるより先にカメラを手にして反射的に何枚かシャッターを切っていた。

フィルムを破棄する時、彼は思った。写真というのは実に虚無的なものだ。言ってしまえば銀粒子の配列が作り出す幻覚に過ぎない。だがその幻覚が溶液のなかで一粒一粒自由な銀粒子に還っていくのを見ているると、やはり喪失感を覚えた。

たった数コマのフィルムを残しておけなかったのは、面倒が怖かったからではない。そのなかで誰かが倒れ、血を流していることに耐えられなかったからだ。撮影した時、木の板に身を横たえる人物がまだ息をしているのか確かめられなかった。ましてやフィルムを見たところで、その後助かったかどうかなんてわかるはずもない。彼はフィルムを紙袋に入れ、物入れの奥に押し込んだ。しかし無駄だった。その近くを通るたび、誰かが物入れの底に倒れ、永遠に血を流していることが思い出された。

彼は赤血塩溶液で流血の画像を完全に消し去った。フィルムはまるで純真な赤子のように透明になった。見てはならないものなど端から見ていないとでもいうように。だがあの画はまだそこにあった。メーカーの名もコマ割りの数字もすっかり洗い流された透明なフィルムを目にするや、脳裏の潜像がにわかに立ち現われ、あの傷口がまた血を流しはじめるのだった。

結局、化学には化学しか処理できない。

張才と酒を酌み交わしながら、彼はふと、あの時抜いた親知らずのことを思い出した。あの歯は持ち帰って保管していたはずだった。けれど、もうどこへやったかわからない。

騒動が徐々に鎮まり、永光の脚も少しずつ回復に向かいはじめて、ようやく歯の痛みを処置する時間ができた。歯科医にどこが痛いのか尋ねられた彼は、旧正月から話を始め、当初どうやって痛みをごまかしたか、熱いもの冷たいものが触れるとどれほど痛むか、息を吸っても痛みを感じること、一時落ち着いたように思えたがまた痛みが復活したこと、そして様々な事情に阻まれてこれまで治療に来られなかったことなどを、事細かに説明した。

じっと聞いていた歯科医は、彼に口を開けるよう言うと、身構える暇も与えず鉄の鉗子でひと突きした。あまりの痛さに診察用の椅子から跳ね起きるところだった。

虫歯で大きな穴が開いていますよ。よく耐えられましたね。親知らずは使い物になりませんから、抜いてしまいましょう。それだけ言うと、歯科医は長い注射器を手にして歯茎に麻酔を打ち、再び鉗子で虫歯をつついて麻酔の効きを確かめたかと思えば、あっという間に親知らずを抜き、カチンと鉄のトレイに落とした。

触ってもいいですか？

もちろん、あなたの歯ですから。

親知らずを手に取ってじっくり観察しようと思ったが、なぜか指が触れた瞬間に言いようのない拒絶と嫌悪の感情が生まれた。それがあたかも道端に横たわり、不快な死臭を放つ見知らぬ動物の死体のように思えた。不思議だ。この歯は数秒前までは自分の一部だったはずなのに。血にまみれ、虫に食われてひどい有り様になり、救いようもなければ使い物にもならないと医師から切り捨てられたせいで、身体を離れた途端こんなにも憎らしく思えてくるのだろうか。

言ってみれば歯も骨の一部だ。小さな骨をひとつ失った顔は、形を変えてしまうだろうか。しばらくすると徐々に麻酔の効きが弱まり、目覚めた身体は何かが違うと感じはじめていた。何かが、永遠に失われたと。残された穴からは血がにじんでいたが、生臭さは少しも感じられなかった。

⁂

もし写真の裏に日付が記されていなかったら、沙侖《さろん》の海辺でブランコをこぐ写真は本当に民国三七年（一九四八年）に撮ったものなのか、鄧騰煇本人ですら確信が持てなかっただろう。後々見返してみると、これが全島に混乱が広がった直後に撮られた写真だとは、とても信じられなかった。

もちろんその日のことは覚えていた。一〇月だというのに容赦なく照りつける太陽も、焦げつきそうな青空も、空の大部分を覆っているのに日差しを遮ってはくれない雲も、人を悩ます強靭な海風も、物憂げな波も、ブランコをこぐ女性の笑い声も、みんなみんな彼の脳裏にしっかり刻まれていた。

とは言え、やはりもう一度こっそり写真の裏を見て日付を確認しておこう。歳をとると記憶違いがよくあるからね。そんな冗談が年々増えてきた。記録をつけておく習慣のおかげで、どの写真の裏にも撮影の詳細が残されていた。日時、カメラ、レンズ、フィルム、シャッター速度、現像に使った薬液、温度、時間が、穏やかな筆跡で記されている。濃く淡くインクが印画紙に染み込み、筆が折り返すあたりで小さな玉になっていて、つい今しがた書かれたばかりのように見えた。そうだそうだ、これは間違いなくあの美しい夏に撮った写真だ。

どれだけ忙しくても、彼は現像したフィルムと印画紙の整理を怠らなかった。フィルムは三コマずつ切って専用のファイルにしまい、それを探すための見本帳も別途作り、印画紙には番号を振って撮影の記録を書きつけていた。

写真のなかでは、二人の若い女性がブランコの上に向かい合わせで立っている。ブランコが前に高く上がったところで、レンズに背を向けた細い格子柄のワンピースの女性が、膝を曲げて後ろに押し返そうとしている。前を向く主役は真っ白な長衫《ツンサァ》に身を包み、海に向かって心底楽しそうに、何の憂いもなく笑っている。

この二人はモデルとして呼ばれた酒家の女給だ。普段接客をしている時の芝居がかった様子とは打って変わって、ブランコの上で子どものようにはしゃいでいた。ほかの撮影者はみなパラソルの下の水着の女性を撮るのに夢中になっていて、この一幕に気付いたのは鄧騰煇ただ一人だった。彼は静かにブランコに近づき、シャッターを切った。

戦後台湾における写真の復興に、酒家の女給たちが果たした役割は大きい。あれは戦争終結から三年が経とうとしている頃で、撮影機材の供給も少しずつ正常になりつつあった。裁断して売られる安価な航空フィルムのほかにも、アメリカから輸入されるコダックのASA百の高感度ダブルX全整色性《パンクロマチック》フィルムも容易に入手できた。しかし市場はいまだ不況にあえぎ、機材店の商売もなかなか上向かなかった。

このままではいけないと同業者同士で話し合い、いっそ催事でもやって撮影の機運を高めようという運びになった。みなの推薦で、経験豊富な鄧騰煇と、カメラ機材同業組合の理事長である李鳴鵰《りめいちょう》が音頭をとることに決まった。李鳴鵰のあだ名はローライ・リー。ライカ・リーこと李火増《りかぞう》と区別するためにそう呼ばれていた。その名の通り、彼は素晴らしいローライの使い手だった。一二〇フィルムを使う二眼レフの長所を余すところなく活かし、おまけに経営手腕にも優れていた。終戦後に中美照相器材行を開いたかと思えば、二年後にはもう組合の理事長になっていた。

二人はそろって迪化街《ディホワジェ》の上林花《シャンリンホワ》大酒家の主人である謝輝生《しゃきせい》を訪ねた。彼は鄧騰煇の古い友人だった。上林花は、もとはカフェーゆりといったが、戦後片仮名のカフェーが使えなくなり、酒家に変わった。ゆり、エルテル、大屯といった日本式の名前の店は、上林花、万里《ワンリー》、小園春《シャオユエンツゥン》などと名を改め、一瞬にして中国風の雰囲気を色濃くまとった。けれど店の内装や女給は変わっていなかった。

上林花は店で働く三十数名の女給をモデルとして派遣することに同意し、酒家の屋上で私的な撮影会を開かせてくれた。それは戦後台湾で初めてとなるモデル撮影会だった。カメラ機材店にすれば購買の促進になるし、酒家にすれば無料の宣伝になるので、双方に利のある話だった。

そうは言っても、当時は人が集まる活動には慎重にならざるを得ない時期だった。協力すると決めた謝輝生はなかなか肝が据わっていた。二二八から間がないうえ、共産党との戦いに敗北しつつあった政府は、いかなる集会にも神経を尖らせていた。ゆえにこの時もあまり大々的にはせず、私的撮影会の名目で様子を見るつもりだった。ところが蓋を開けてみれば、どこで知らせを聞きつけたのか、女給の数を超えるほどのカメラ愛好家が押し寄せた。それで鄧騰煇は、台北市にこんなにも多くの名機が隠されていたことを知った。

あまりの盛況ぶりに、当局に目を付けられるのではないかと不安に駆られた謝輝生は、女給たちを屋上の築山前に立たせて数枚写真を撮らせると、早々に会を切り上げてしまった。近距離での撮影もなければ、ナンバーワン女給の単独撮影もなく、背景に合わせたポージング撮影もなかった。言ってみれば写真館の技師が屋外の集合写真撮影に招かれたようなもので、誰の写真も同じ写りだった。けれど恨み節をこぼす者は一人もいなかった。それどころか撮影者も女給も、まばゆい初夏の輝きを顔に受け、賑やかな会に参加できた喜びにあふれていた。

まったく、我慢が長すぎたんだ。李鳴鵰が言った。

そう、人びとは何年にもわたって戦争と動乱の影に抑圧され続けてきた。たとえ世界が不安定であろうとも、たとえ血と涙の記憶がいまだ薄れていなくとも、平和な時代にあるべき空気を吸いたいと誰もが渇望していた。

あるいはこの撮影会に触発されてか、三ヶ月後、『台湾新生報』紙が創立三周年を祝って写真コンテストを開いた。酒家の女給たちに水着を着せて、沙崙の海辺で撮影させてくれるという。これほど大規模な催しは、当然ながら暗黙裡に当局の許可を得ているはずだった。おそらく、それはさほど難しいことではなかっただろう。追い詰められた政府のほうも、太平安楽な光景を演出するのにやぶさかでなかったからだ。

撮影会当日、名を知る写真家はみな姿を現した。なかには中南部から何時間も汽車に揺られて来た者もいた。彼らの多くは海水パンツ一丁で、いつでも海に飛び込めそうに見えた。だがそもそも高価なカメラを手にしていては水に入れるはずもなく、ただ艶めかしい水着の美女たちに交じって、夏らしい風情に色を添えていた。

鄧騰煇は陶酔したようにその光景を眺めていた。コンテストのことなどすっかり頭から抜け落ち、この盛況ぶりを目にできただけで満足だった。

彼は円の外から写真を撮った。この心情もこの眺めも、とても馴染み深いものだった。大学のカメラ部の屋外撮影、戦前毎週末の恒例となっていた弁当会、一生こうして撮影を続けるのだろうと思っていたありふれた光景。各種カメラを手に美女に群がって撮影する男たちは、幼稚なまでに素直な笑みを浮かべている。まったく——彼の脳裏に覚えたての中国語のことわざが浮かんだ——犬はふんを食うのをやめられない〔悪癖はなかなか改められない〕。この文脈でその表現を使うのは適切ではない気もしたが、一方で言い得て妙だとも思えて、くっくと笑ってしまった。

十年は経っただろうか。最後にこうして何の気兼ねもなく撮影してから、いったいどれだけの月日が流れただろう。その間に撮ったものと言えば、出征壮行会や演習運動会、戦勝行進、光復の慶祝……。正々堂々と美女にカメラを向けてシャッターを切ることが、まさかこんなにも難しくなるとは思ってもみなかった。しかしあの厳粛な国民精神運動とやらに、少しも人を変える力のなかったことはわかった。檻の扉が開かれるや、豚も羊も犬も兎も豹も虎も狼も、みんな一斉に野山に飛び出し駆けずりまわっているのだから。

海辺で余暇を楽しむ人も予想以上に多く、コンテストの関係者を差し引いても大いに賑わっていた。海水浴客は海に飛び込んで波に身体を預け、子どもたちは砂浜で綱引きや城づくりに勤しむ。優雅なワンピースに身を包んだ女性は風に吹かれながら散歩を楽しみ、水着の美女はパラソルの下でガラス瓶に入った冷たい飲み物を飲んでいる。

鄧騰煇を強く惹きつけたのは、あのブランコだった。砂浜に立てられた四本の柱に、高低差のある三本の梁が渡され、麻縄で木の板がぶらさげられている。満潮時にはブランコの下にまで海水が迫り、引っくり返りそうなほど高くこいだり、板を踏切板に見立てて水に飛び込んだりしてはしゃぐ人もいた。女性用の美しい麦わら帽子がくくりつけられたブランコもあった。帽子の持ち主はどこへ行ったのだろう、今頃どこかで海水と戯れているのだろうかと、想像力をかきたてられた。

彼もブランコをこいでみた。あぁ、こんなにも単純な装置がこうも人を楽しませてくれるのか。よく子どもたちを連れて行く児童遊園地を思い出した。彼らが一番好きな乗り物も、空を飛んでいるような気分にさせてくれる空中回転木馬だった。中央の支柱から放射状に吊るされた木馬は、自由が制限されている代わりに安全が保障され、同じ場所で回転しながらどこへも行くことができない。その小さな冒険が、飛行と墜落への欲望を満たしてくれる。

彼は何でも静かに傍観するのが常だったが、このブランコだけは、そんな自分を忘れさせた。

確かにあれは民国三七年（一九四八年）だ。だがその前後数年は、とりわけ苦悶した印象がある。

戦時中ももちろん苦しんだが、戦争が終結して、みな一度は雲が晴れて青空を取り戻し、五十年来の霾が一掃されたものだと思った。犬去りて豚来たる。[*1] まさか空により分厚い暗雲が垂れ込めるとは予想だにしなかった。この写真のように明朗で純粋な快楽が、三七年にあり得ただろうか。

　コンテストのあと、彼はひどい日焼けに悩まされた。肩も背中も赤く腫れ、何かが触れるだけで跳びあがってしまうほど痛く、横になっても休まらなかった。額や鼻の頭にもぽろぽろ白い皮が浮き、店で接客もできなかった。まるで分不相応な楽しみに対する天罰を与えられたようだった。

　罰があれば賞もある。コンテストの結果は、張才が一、二、三等を総なめにし、紀緑瞳《きりょくどう》（林寿鎰《りんじゅいつ》の雅号）が同点二等、鄧南光と李鳴鵬が同点三等を獲得し、それぞれ賞金数万元を手にした。鄧騰煇と張才、李鳴鵬は台湾文化協進会撮影委員会の委員だった。三人は共同出資して毎月展覧会を開くなど、写真界を牽引する存在となっていた。写真家の黄則修《おうそくしゅう》が、ちょうどその頃上映されていた人気映画『三銃士』になぞらえて、彼らを「カメラ三銃士」と呼んだ。その称号は瞬く間に広まり、以降、生涯彼らに寄り添った。

　コンテストの成功に触発され、多くの組織がこれに続いた。カメラ機材組合も写真コンテストを開催し、やはり酒家の女給をモデルに招いた。

　カメラ愛好家たちが熱心に撮影会に参加する一方で、それ以外の場ではカメラが復活する兆しはまったく見られなかった。当局は風流で平和な活動については黙認していたが、公然とカメラを持って路上で撮影することはまだ難しかった。

　民国三八年（一九四九年）、大陸の中央政府が台湾に撤退してきた。これ以降、台湾は中華民国が取り戻した一省という立場から、中華民国のすべてに変わった。大陸を失った国民政府は再起を図り、反共反ソの戦争文学など多種多様な施策を打ち出した。そこに、写真も含まれた。まただ。日本時代に挺身報国を求められたのと同様に、写真はまた国を取り戻すための戦いに巻き込まれるのだ。

一時期、鄧騰煇は酒家の女給にしか思いを託せなくなった。長衫を来た女性、洋装の女性、サングラスをかけた女性、鏡をのぞく女性。酒を注ぐ、煙草を吸う、手遊びをする、歌を歌う、客と戯れる、客のカメラをいじる、あるいは彼の求めに応じて様々な光線のなかで色んなポーズをとってみせる女性。

張才はそんな彼を、女給一覧でも作っているのかと笑った。誰でも、どんな場面でも撮るんだから。もし政府が本気で女給や違法な酒楼茶室〔酒と性的なサービスを提供する店〕を一掃しようと思ったら、まず彼のアルバムを押収してから取り締まればいい、と。

確かに彼は来る者を拒まず、出会いがあればすぐに撮影したくなった。彼は女性が好きだった。それは彼女たちが盛り場でしなをつくって見せたり、欲情をかきたてたりするからではなく、心の底から女性にまつわるすべてが好きだった。彼は女性のありとあらゆるポーズや表情を撮った。微笑、笑み、大笑い。得意、傲慢、憤怒。怨恨、嫌悪、虚無。

当然ながら女給の器量も様々で、酔客は好き勝手に品評してはそれぞれの好みを見つけていた。けれど鄧騰煇には誰もが好ましく思えたし、実際、女性一人一人の個性がにじみ出た姿を撮ることがで

＊1 アジア・太平洋戦争終結後の台湾で流行した言い回し。「犬」は日本人を、「豚」は戦後台湾へ渡って来た外省人を指し、犬はうるさく吠える代わりに番犬として役にも立ったが、豚はただ食い散らかすだけで役に立たない、という意味の揶揄。

きた。若い頃から得意としていたことだったが、酒家の女給相手にその技はさらに冴えわたった。彼は彼女たちの女給らしからぬ写真を撮ってみせたのだ。女給らしからぬ姿――それはおそらく彼女たちのごく私的な、あるいは本人ですら久しく忘れていた表情だった。

酒家にいると、時折客がカメラを持ってきて写真を撮る。女給はそれを拒めないが、望んで撮られているわけではない。酒家で客に愛嬌を振りまき身体を預けるのは、必要に迫られてのこと。彼女たちの多くは家が負債を抱えていたり、単身で子どもを養育していたりと、人には言えない事情を秘めていて、一日でも早くこんな日常から抜け出したいと願っている。それに対して、写真が状況を凝固する力は強すぎた。それは一瞬にして人をある身分に閉じ込めてしまう。酒家で写真を撮られたら、一生涯女給という身分に閉じ込められて、永遠に身動きできないかのように思える。

だが鄧騰煇の写真のなかの彼女たちは、往々にして防御を緩め、その瞳で心に秘めた思いを物語る。すっかり人生に迷いながらも、明日への希望は失わない。

苦痛と憎悪に満ちた家へ帰るよりは、見せかけでも優しさのある酒家にいるほうがいい。

窓辺にもたれ、差し込む光のなかで、子どもが故郷から初めてよこした礼儀正しい手紙を読む。よそでは得られない、姉妹のようなしっとりした温情に浸る。

もう若いとは言えない年齢だが、席で鏡を取り出し丹念におしろいをはたく。

運命に逆らうことを早々にあきらめ、もはや何も気にしない。

盛り場に身を置きながらも、凛として尊厳を失わない。

泰然と理知的な笑みを浮かべる。

天が与えなかったものを、男性から取り戻そうとする中年の女性もいる。

彼は写真を撮り、賛美した。彼女たちは無言のまま切々と訴える。まるでそこに彼がいないかのように、あるいは彼もまた同じ運命を背負った姉妹であるかのように。

もちろん女給がみな彼を慕っていたわけではない。ただそれを口にしなかっただけだ。それでも写真に撮ればわかってしまった。たとえばBという女給は、彼のカメラの前ではいつも高嶺の花よろしく澄ましていたが、ほかの客のカメラには赤子のように天真爛漫な笑顔で収まり、まるで別人だった。受け入れる人もいれば拒絶する人もいるというのは、どこでも同じだ。それぞれの関係も、気が合うか合わないかという曖昧なことも、フィルムは必ず忠実に表現した。

一口に酒家と言っても、様々なしつらえの店があった。円卓を囲んで食事ができるもの、日本式のふすまと畳にちゃぶ台を備えたもの、喫茶店のように洋風のソファを並べたもの、バーカウンターにスツールを置いたものもある。作り物の山門に庭園まで整備する店がある一方で、うなぎの寝床のような部屋に適当に机を並べただけで営業するところもあった。

酒家の常連になる男性は、二種類に大別できる。一種は現実には存在しない自分を演じる者、もう一種は現実には存在できない自分を解放する者だ。そのなかで張才は異色だった。酒家に足を踏み入れるや、無人の遊園地に入り込んだ子どものように盛大にはしゃぎまわった。肴の味も女給の器量も気にしなければ、人目も一切憚らなかった。

光復間もない頃、政府は酒楼茶室を一掃し、女給を廃止すると声高に宣言し、給仕は必ず白い制服を身につけ、長衫の着用は許さないとした。それには主にふたつの理由があった。女給や私娼がいては人身売買を根絶できないこと、そして女性に接待をさせるのは日本が遺した悪弊であり、必ずや改正せねばならないということだ。

長衫禁止？　日本の悪弊？　鄧騰煇と友人たちは、酒家で女給からその話を聞いて大笑いした。日本時代、彼らはカフェーで長衫の女給を探して相手をしてもらったが、それは日本の統治からの逃避、あるいは反抗でもあり、精神的な勝利を意味する行為だった。

鄧騰煇が台北に定住して店を開いた昭和一〇年（一九三五年）は、ちょうど台湾にカフェー文化が花開きはじめた頃だった。当初日本人が開いた店は、どれも東京の様式をそのまま持ち込んでいて、女給のほとんどが和装で、洋装は少なかった。客が女給と恋愛遊戯を楽しむカフェーの流儀は、瞬く間に人気となった。

対して台湾人経営の店は、独自の遊び方を切り拓いた。まずもって台湾人は日本人と違い、曖昧な感情の駆け引きに溺れるどころか、猜疑心を抱いてばかりいた。そちらの方面に関しては、どちらかと言えばさっぱりして潔いのだ。

そして台湾の女性たちは、幾重にも拘束される着物ではなく、上海の流行に倣って、より経済的かつ性的でありながら礼を失することもない長衫を着た。台湾人にすれば、上海は漢文明の生まれ故郷である中国を代表すると同時に、日本の先を行く西洋文明をも象徴していた。一時期、上海のモダンで豪華なスタイルを指す「海派」という言葉が、台湾人の間で流行になったほどだ。

台湾人の女給は誰からともなく長衫を着るようになり、現実世界から切り離された別天地を酒家に生み出した。酒家で夜を楽しむ台湾人男性もまた、日本人の統制下からしばしの間だけ抜け出しているようだった。それを政府は今さら、酒家の長衫は日本の遺した悪弊だって？

結局、長衫の着用禁止は徹底が難しく、すぐに誰も話題にしなくなった。その後一、二年おきに示された宴席節約規定や、酒楼茶室を安価な公共食堂に転身させる規定などと同様、形式的なものにしかならなかった。高官や富裕層には会食のできる場が必要だったろうし、政府も歌や踊りが得意な女性を前線の慰問に派遣する必要があった。女給がいなくなったら、誰がその求めに応じられるだろうか？　酒家の多くは入口に公共食堂の札を提げるようになったが、供される酒や肴の価格はさらに吊り上げられた。

昔ながらの酒家が淘汰されていくのは時代の流れだった。政府が台湾に移って約十年、少しずつ基盤が安定し、地元有力者の協力を仰ぐことも減ってきた。代わりに新しい政商の結びつきが生まれ、接待の場は江蘇、浙江、四川、湖南など、大陸の料理を出す外省人の料理店に移っていった。地元の料理店や酒家は急速に衰退し、一軒また一軒と閉業した。

鄧騰煇は折につけ、張才の笑い話は真実を示していたと思い出す。彼が残したものは確かに酒家の女給たちの写真一覧であり、壮大な規模の記録だった。もともとはただ単純に女性が好きで、女性の写真を撮りたいというだけだった。だがひょっとすると彼はある時点で時代の移ろいを感じ取り、できるだけ多くの酒家を写真に収めておこうと無意識のうちに思うようになったのかもしれない。

Hさん、Bさん、Dさん、Kさん。彼は写真に記号で名前をつけていたが、見れば誰が誰だかすぐにわかった。そして自分で編み出した生物学に則って女給たちを分類した。気質、顔立ち、体つき、性格、好み、自分との親密さ、あるいは彼本人にしかわからない理由で、界、門、綱、目、科、属、種をしっかり整理した。

いつか彼女たちの源氏名やあだ名を忘れ、ただ無表情なアルファベットと、彼のカメラにだけ向けられた種々の表情しか残らない日が訪れることなど、想像もしなかった。酒家の女給たちの生物学的系譜は、後世の研究者にも読み解けないアルバムとして残った。ただ一枚一枚の写真が、かつてこのような空間と息吹があったことを示すだけだった。

彼はとうとう理解した。戦後、彼のように酒家へ通った台湾人男性は、女給の長衫に昔日の面影を探していたのだ。それは日本時代への郷愁というよりは、逃げ場のない現実にもがき苦しみながら、実際には存在しなかったかもしれない、名状しがたい美しい青春の影を探すようなものだった。

鄧騰煇にとって長衫は、記憶の両端を結ぶ長い糸だった。一端には抑圧された日本時代に追い求めた想像上の自由が、もう一端には光復後の苦しみのなかで思い出す、美化された過去があった。だから彼は長衫をまとった女給たちの姿を次々と写真に撮った。こんなにも美しく、こんなにもたおやかに、まるで世界は少しも移ろってなどいないように。

扉を閉め、華やいだ空間に身を置いている間は、確かにそう思えた。嘘でも嬉しい、嘘でも嬉しい。

アルバム十一

撮影と写真の違い

ある時期、鄧騰煇《とうとうき》は「撮影《ショーイン》」と「写真」がほとんど別物であるような気がしていた。

当然ながらそれは同じものを指す中国語と日本語の違いでしかない。撮影すなわち写真であり、写真すなわち撮影だ。だが民国三七年（一九四八年）、台湾省政府が名写真家・郎静山《ランジンシャン》を招いて中山堂[*1]で個展を開いた折、彼の作品を鑑賞した鄧騰煇は大きな衝撃を受け、撮影に対する認識が根底から揺らいだ。

違いが最もよく表れているのが風景写真だ。一見すると絵画的な雰囲気を色濃くまとっている。鄧騰煇も絵画主義《ピクトリアリズム》写真についてはよく知っていた。彼がカメラを始めた頃の日本写真界の主流がまさに絵画主義だったし、彼もそれらしい写真を幾度となく雑誌に投稿していた。しかし彼が知る絵画主義は、主に西洋絵画の精神を踏襲したものだった。郎静山のスタイルは、それとは一線を画している。何枚も作品を観るうちに気付いた。あぁ、これは中国の山水画だ。

最も彼の心を揺さぶったのは、やはり郎静山の代名詞である集錦写真だった。代表作「春樹奇峰」では、カメラは渓谷を隔てた遠方から黄山の峰々を望み、手前の断崖に灌木のシルエットを写している。こんなにも理想的な構図は滅多にない。解説によると、そもそも手前の灌木と後方の群峰は別々に撮られたものであり、ふたつのフィルムがつなぎ合わされているのだという。

「山居」、「暁汲清江」、「飛来双白鶴」と一枚一枚観ていくと、どれも複数のフィルムが合成されている。山が欲しければ山、水が欲しければ水、鶴が欲しければ鶴というように、欲しいものを何でも好きなように配置する。すべて写真家の思うがままだ。

こんな写真があるとはな、目を開かれるとはこのことか。鄧騰煇はどこか複雑な気持ちだった。その正体が何であるかすぐにはわからなかったが、郎静山の撮影と暗室の技術が極めて優れていることは確かだった。作品は多いものでは五、六枚のフィルムが重ねられている。これをやるには光線や角度、コントラストが近い素材を探し、それぞれ最適な露出を導き出すなど、綿密に計画したうえで正確に実行しなければならない。どれかひとつ掛け違えただけで、作品そのものが失敗する。

フィルムの数が多くなくとも、郎静山はその暗室技巧によって見事な作品を創造してみせた。たとえば「絶嶂迴雲」には、急斜面に大きな岩が連なる、切り立った雄々しい山が写されている。郎静山はコントラストを極限まで低くして立体感を失くし、灰色の絵画のような色調を生み出すと同時に、粒子を荒くすることで披麻皴《ひましゅん》[*2]の筆致に近づけた。さらに赤血塩溶液を含ませた筆で、中国画らしい霞まで表現している。遠くから観れば水墨画そっくりだ。

こんなにも大きな衝撃を受けたのは、十七年前に東京で独逸国際移動写真展を観て以来だ。あの展覧会にも多重露光やモンタージュを用いた作品が出展されていたが、これはそれらともまったく違う。

美しくないわけではない。だが観れば観るほど混乱した。とりわけ複数の遠近法が混在した作品を前にして、混乱は深まった。いくつもの異なる視点を一枚の画に入れ込むというのは、中国画の特徴ではあるが、写真は真実を写すものという印象が強すぎて、脳の認知が追いつかない。空間の感覚が破壊されると時間までもが消し去られ、まるで始まりも終わりもない幽玄な幻を観ているかのようで、とても現実のものとは思えなかった。

*1　一九三六年竣工の建物で、日本統治時代は「台北公会堂」と呼ばれた。戦後、初代中華民国臨時大総統・孫中山（孫文）の名を冠して「中山堂」と改められた。

*2　山水画の技法のひとつ。筆に墨汁をあまり含ませずにかすれた曲線を描き、山や岩のひだを表現する。

写真は芸術か否かという論争が繰り広げられて久しい。一九三〇年代、日本の新興写真は旧来の芸術写真と袂を分かち、新しい写真の美学を打ち立てようとしていた。郎静山の作品は、その手法と成果からして、鄧騰煇が知るなかで伝統的な芸術写真の定義に最も近いものだと言えた。しかしこの芸術写真は、すぐには彼の腑に落ちなかった。それどころか彼を困惑させ、どう評価したものか頭を悩ませた。

鑑賞していると、場内がざわめいた。役人や記者団に囲まれて、鮮やかな青い影がふらりと現れる。作者である郎静山本人が開幕式に登場したのだ。彼はひときわ目を引くインダンスレン・ブルーの長《ツン》袍《パオ》を身にまとっていた。とても中国的な様式でありながら、躍動感あふれる藍色が現代的な若い活力を感じさせた。北京のどこぞの寺の獅子像を藍色のペンキで塗れば、きっと似たような印象になるだろう。

あとから知ったことだが、インダンスレンという染料はドイツのメーカーが開発したものだそうだ。日差しや雨、洗濯にも強く、着れば着るほど色鮮やかになることを謳う最新の科学製品だという。ドイツの染料と中国の衣装の組み合わせは、鄧騰煇が郎静山の集錦写真に抱いた印象とぴったり重なった。

舞台上で役人が順番にスピーチをしたあとに、郎静山が短い講演を行った。鄧騰煇は耳をそばだてて聞いていたが、彼の中国語能力ではすべてを理解するのは難しかった。わかったのは、西洋画に比して、中国画の原理は写真との親和性が高いという発言だけだった。郎静山は中国画の六つの技法を挙げたが、その語彙は難解だった。かろうじて「気韻生動」という四字熟語だけは聞き取れたものの、どんな写真を指して気韻生動〔生気に満ちあふれている〕と言っているのかはわからなかった。

郎静山は最後に言った。ご覧なさい、これを写真に置き換えれば、まさに集錦の技法と同じではありませんか。フォトモンタージュは西洋にもあります。ですが中国の集錦写真にはあのような唐突さが感じられないばかりか、生き生きと輝き、さらなる高みを目指し……。

聞けば聞くほどわからなくなってきたので、鄧騰煇は目を細めてちょうど横に掛けられていた「絶嶂迴雲」を眺め、その趣と意味を感じ取ろうとした。集中するあまり、講演を終えた郎静山が来賓に代表作を紹介しながら会場をまわり、自分の側まで来たことにすら気付かなかった。

こちらは本省の有名な写真家・鄧南光さんです。カメラ愛好家が郎静山に紹介した。

これはこれは、どうぞよろしく。郎静山は手を伸ばし彼と握手した。

鄧騰煇はあわてて挨拶を返すので精一杯だった。郎静山の手のひらは、六十の声を聞く写真家のそれとは思えないほど柔らかかった。

南光さんはこちらの写真に特にご興味があるようですな。ずいぶん熱心に観ていらっしゃる。

郎静山にそう言われて、鄧騰煇は頭が真っ白になった。お世辞でも何か言わねばならないと思うものの、中国語では思うように話せない。咄嗟にひねり出したのは、絵のように美しい風景ですね、という言葉だった。周囲の人びとがどっと笑い、彼は恥ずかしさでいっぱいになった。

黄山は確かに人間界の仙境ですよ。郎静山は嬉しそうだった。まるで誰かに自分の庭園を褒められたかのように、にこやかな笑みをたたえて続けた。これは小心坡と呼ばれる場所で、文殊院の右手にあります。切り立った断崖に石の階段がつけられていて、ここを歩くのはなかなか勇気がいりますよ。彼は写真を指差し、聴衆に身体を向けて言った。実はこの写真には、渡仙橋から蓬莱三島、一線天、文殊洞、小心坡を通って文殊院に至るまでの景色を入れ込んでいるんです。

そして彼は鄧騰煇のほうに向き直り、言い含めるように話した。黄山は最も中国らしい風景が見られる、一生に一度は行くべき場所ですよ。南光さんもぜひ行ってみてください。

郎静山は穏やかで気品にあふれ、少しも傲慢なところがなかった。黄山の風景について話す時も心がこもっていて、好感を抱かせた。鄧騰煇は思わずこくこくと頷いていた。

郎静山が来賓を引き連れて次の写真へと移っていくと、彼は密かに安堵のため息をついた。両足がかすかに痺れていた。

鄧騰煇も郎静山も、この時はまだ知らなかった。翌年、中央政府が台湾へ撤退し、郎静山も大陸を離れて台湾に根を下ろすことを。その後彼はこの島で四十五の夏と冬を数え、長い余生を通して台湾写真界に大きな影響を与えた。

民国四二年（一九五三年）、中国撮影学会が台湾で復活し、郎静山が初代理事長に選ばれた。設立大会には総統府戦略顧問の何応欽《ホーインチン》将軍以下、立法院長、内政部長、教育部長、中央党部第四組主任などの高官が出席し、翌日の『中央日報』が一面で大々的に報じた。

台湾でここまで写真が耳目を集めるのは前代未聞だった。日本時代、台湾の写真家は全関西写真連盟台湾支部に所属するしかなかった。末期になってようやく総督府登録写真家制度ができたが、帝国においては辺縁中の辺縁に置かれていたと言える。それが今や全国規模の組織が台湾で復活し、政府の高官が集まる騒ぎになっている。振り子の針が一気に反対側に振りきれたようで、これまた居心地が悪い。森林火災を生き延びた動物たちが一斉に大きな洞穴に逃げ込み、これまで顔を合わせることのなかった熊、猿、豹などの王が鉢合わせてしまったようだ。おかげでもともと穴に住んでいた狐は隅に追いやられ、息もできない。

台湾では名の知られた写真家である鄧騰煇と李鳴鵰《りめいちょう》、蔡子欽《さいしきん》、詹炳坤《せんへいくん》の四名は、招待を受けて三十八名の発起人に名を連ね、博愛路《ボォアイルゥ》の西洋レストラン美而廉《メイアーリエン》で開かれた設立大会に参加した。だが彼らは舞台から遠く離れた窓辺で、大陸の地方なまりが強い高官たちの長ったらしいスピーチを聞き、儀礼的に拍手をするばかりだった。会の最後に集合写真を撮る際も、後列の端に遠慮がちに立った。

中国語が苦手な鄧騰煇は気もそぞろで、こっそり窓の外を眺めていた。そこから見える景色は彼にとって馴染み深いものだった。今、博愛路と呼ばれているのは、かつての京町通りだ。ここから旧南光写真機店まではわずか百五十メートルほど。台北《たいほく》大空襲で京町通りに穿《うが》たれた三つの大きな爆弾の穴のひとつは、ちょうどこの窓の下にあった。美而廉の建物があるこの並びも、みな焼き尽くされたのだ。

京町通りは驚くべき速さで復興を遂げた。大火によって木の骨組みはことごとく焼け落ちたが、堅固なファサードと煉瓦の壁はどっしり屹立したままだった。人びとは壁に遺された穴に木材を挿して梁を渡し、床板を並べ、屋根を架けた。そうして通り一帯が、まるで何事もなかったかのように元の姿を取り戻した。

真新しい屋根、梁、床板と、部屋を埋め尽くす外省出身の高官や写真家たちを同時に眺め、鄧騰煇は不思議な気持ちだった。

中国撮影学会は、復活後すぐに大規模な「祖国河山影展」を開催した。出展された六百十二の作品は、ほとんどが外省出身の写真家のものだった。北京天壇、長江三峡、峨嵋山金頂、黄山奇松、長安古塔、雲岡石窟、西湖断橋、塞外蒼穹……、この亜熱帯の小さな島に雄大で美しい山河が展示された。しかしそれが雄大であればあるほど、故郷へ帰ろうにも帰れない寂しさが募るようだった。彼らは各々大切にしまっている心象をかき集め、つなぎ合わせて、変わらぬ故郷の姿を夢に描くほかなかった。

交換しあった記憶のかけらが寄せ集められ、みなで共に抱く巨大な夢を成し、絵巻のごとく無限に続く一幅の写真作品が完成する。それはさながら、この世で最も複雑な集錦写真のようだった。

この展覧会は政府当局から高く評価され、以降、中国式のスタイルとサロンの絵画主義が写真界至上の指針となった。就任初の仕事を首尾よくやり遂げた郎静山は、写真界のリーダーとしての地位を確固たるものにした。彼はその後、民国八四年（一九九五年）に百三歳で逝去するまで、二十四期続けて理事長を務めた。

❖

郎静山は未だかつて自分を年寄りだと思ったことはなかった。

家族や友人らが五十歳の誕生日を祝ってくれた時も、そんなに生きてきたなんて到底信じられなかった。ついこの間四十を数えたばかりのような気がした。めでたいはずの誕生日の宴は、もう百の半分も生きた年寄りだということを彼に認めさせんと迫るかのようだった。

七十、八十の時も同じだった。それどころか百歳を迎えて国内外の関係者から祝われ、メディアがこぞって報道した時ですら、他人事のような気がした。僕はまだまだ若いんだがなあ。

百三歳となった今だって、意気軒昂で足取りも軽い。彼の特集を組もうと考えたあるテレビ局が、年齢を気遣い家まで取材に行くと申し出たところ、彼は室内では見栄えが良くないと言って断った。

代わりにハッセルブラッドのカメラを持って陽明山の小油坑へ出向くと、撮影隊に存分に自分の姿を撮らせるため、何遍も行ったり来たりを繰り返してみせた。撮影理念を話す時も、カメラに向かって理路整然と雄弁に語った。

その少し前、九十四歳の時に、彼は大事故に巻き込まれた。あの日は台東撮影学会一行で南横公路へ撮影に出かけていたが、雨で路面が滑り、乗っていた車が道路を飛び出して崖を転げ落ちた。彼は車から投げ出され、道路から四、五十メートル下の斜面に転がった。気が付いた時には、右手は草をつかみ、左手はカメラ二台をしっかり抱いていた。一にカメラ、二に家内と日頃よく口にしていたことを、命を懸けて証明した格好になった。この事故で三人の犠牲者が出たが、彼は骨盤を軽く骨折しただけで、ひと月後には元通り動けるまでに回復した。

写真以外で最もよく訊かれるのが、健康管理についてだ。彼はいつもわずかに浙江なまりの感じられる口調で答えた。健康に関しては特に何もしちゃあいないよ。ただ自然に任せてあるがままを受け入れているだけで、どんな暮らしだって構わない。良いものも悪いものも受け入れて、それですこぶる快適だよ、と。

彼はさながら水のように風のように透き通り、飾らずありのままでそこにいた。おかげで神ですら彼の年齢を忘れた。天下の至柔《しじゅう》は、天下の至堅《しけん》を馳騁《ちてい》す〔『老子道徳経』第四十三章〕。すなわち、この世の最も柔軟なものこそが、最も堅固なものを思い通りにできる。

初めて彼の家を訪ねる人はみな、世界的に著名な写真家の質素な暮らしぶりにたじろいだ。彼は温州街の古いアパートに住み、机も椅子も棚もごくありふれたものを使っていた。座り慣れた椅子は当時流行していた折り畳み式のビーチチェアで、何本かの平らなビニール紐が折り合わされた座面の、風通しよく弾力性のあるところが気に入っていた。おまけに軽くて移動も楽だ。

書斎の壁には一面に書画が飾られていた。それらはみな旧友の張大千《チャンダーチェン》や台静農《タイジンノン》など、大家の手になる作品だった。撮影に関する物も多かったが、写真そのものはほとんど飾られておらず、写真家というよりは書家の住まいのようだった。

賞状やトロフィーは飾らないのか尋ねられると、彼は言った。

そんなものはいらない。そもそも数が多すぎて置く場所もないよ。

確かに彼はその生涯を通して、無数の輝かしい称号を手にしていた。中国初のプロ報道写真家、中国初のヌード写真家、中国商業写真の先駆者、中国芸術写真の創設者、英国王立写真協会のフェローシップを授与された中国初の写真家、世界十大写真家、そしてそれらを一身に背負う、郎静山大師という称号。

しかし彼本人は、そうした仰々しい称号よりも「詩書影画四絶」[*1]という賛辞を誇りに思っていた。自分は単なる写真家ではなく、中国の伝統的な文人だという思いが常にあったのだ。

郎静山は百歳まで生きた人にしかわからない秘密を知っていた――彼らは一生分の豊かな記憶を自在に飛びまわり、人生の好きな地点に戻って今一度その時間を追体験することができるのだ。だがこうした能力を持つ老人たちは、往々にしてそれを大したこととは思わず、ほとんど使いもしなかった。追憶に溺れるなどというのは、青春が二度とは訪れないと恐れる人か、死期が近いと悟った人間のすることだ。それよりも彼らは今この時を生き、一秒一秒の存在を感じるほうを望んだ。ましてや郎静山のように恵まれた百歳については言うまでもない。彼は時間さえあれば撮影に出かけたり、暗室にこもって写真を焼いたりしていた。

もちろん彼の人生にも特別な時間はあった。時折、折り畳み式のビーチチェアに腰かけて、その瞬間に戻ってみた。彼は控えめで多くは望まなかった。ただあの太陽に焼かれ、あの風に吹かれ、あの喜びの感情に浸るだけでよかった。

彼が最も愛する瞬間のひとつは、手に入れたばかりのRBグラフレックス・シリーズDを持って、初めて撮影に出かけた時だ。彼はまるで赤ん坊を抱くように大きなカメラを腕に抱き、父親さながらの喜びに満ちた笑顔を浮かべていた。

このカメラは民国一八年（一九二九年）に、タイガーバームの開発者である胡文虎《フーウェンフー》から贈られたものだ。当時、郎静山は三十八歳だった。その十年前に上海で静山広告社を始めた頃、タイガーバームは主要な顧客のひとつだった。彼は豊富な人脈と技巧を凝らした広告で、胡文虎の迅速な事業発展に貢献した。華僑である胡文虎は、精力的に国際写真サロンに参加し、中国の美しいイメージを広めようとする郎静山の姿勢を高く評価して、惜しみなく彼を支援した。

RBグラフレックス・シリーズDは大判の一眼レフカメラで、コダックないしアグファの八×十・五センチのフィルムを使う。普段は四角い箱の形に折り畳まれていて、使用時にレンズとファインダーの蓋を開く仕組みだ。ボディには四十五度に傾いたミラーが内蔵され、レンズから入ってきた像を反射して上方のファインダーに届ける。構図を決めピントを合わせたら、シャッターを切る前にミラーを跳ね上げておく。

＊1　詩、書、画のすべてに秀でていることを意味する「詩書画三絶」に、写真の「影」を付け加え「四絶」としている。詩書画三絶は、中国の文人墨客が目指す理想とされた。

最大の特徴は、垂直に伸びる大きな筒状の暗幕だ。撮影する時にはうつむいて暗幕に顔を突っ込み、目のまわりに密着させて外界を完全に遮断する。そうすることで、レンズから差し込む光線が半透明のすりガラスに淡い像を結ぶのが見える。一瞬にして自分とこの光の絵画だけが世界に残され、誰も知らない真実を見つめているような気分になった。

当時、郎静山はすでに写真集を出版するほど、撮影の経験は豊富だった。だが初めてこの暗幕のなかの像を見た時には、天の神秘をのぞいたような驚きに打ち震えた。

このカメラが好きなもうひとつの理由は、構図を決める時に頭を下げなければならず、あたかも目の前の光景にお辞儀をしているような格好になることだ。両手でカメラを腹の前に捧げ持って操作する姿勢も、画像を大切に抱いているようだ。撮影の工程すべてが、謙虚さと敬意に満ちている。

それから長い間、彼はこのカメラを主力機として使い続けた。大判のカメラを山へ海へと提げていっても、疲れは感じなかった。彼は三脚を携帯しなかったので、低速シャッターを使う必要がある場合は、平坦な岩や塀を探さなければならなかった。付近の人に頼んで長椅子を借り、そこにカメラを置いたこともある。胡文虎が三脚の金を出し惜しみしたわけでない。三脚があると行動と思考を拘束されたような、どこか不自由な気分になるので、極力持ち歩きたくなかったのだ。それは彼のちょっとしたこだわりだった。

暗室の作業もそうだ。どれだけ工程が複雑な集錦写真でも、彼は一切メモをとらず、記憶だけを頼りに作業した。たとえば「鹿苑長春」は十八版も試作をし、百枚以上の印画紙を使ったが、引き伸ばし機のピント、一コマずつの露光秒数、遮光範囲、操作の順序等々、あらゆることを細部まで完全に記憶していた。

のちに郎静山はアメリカの写真家アンセル・アダムスと対面し、彼のポートレートを撮った。卓越した技術を持つ巨匠二人が顔を合わせれば、話は尽きなかった。アンセルは、彼の暗室作業には厳密な正確性が求められると話した。理想のプリントができたら、工程を事細かに記録しておく。その手順を一切の誤差なくたどれば、息子やアシスタントでもそっくり同じ複製ができるというわけだ。

微笑みながら聞いていた郎静山は内心、人は機械ではない、そんな仕事のやり方は窮屈すぎると思っていた。彼自身は作業時間にも内容にも決まりを作ってこなかった。ただ流れに任せ行き着くところまで行き、止まったところで止まる。これぞ中国文人の態度だ。決して気まぐれなどではない。長い鍛錬を積み重ねて初めて、本当に心の欲するところへ至ることができるのだ。

彼は壮麗な中国の風景をたくさん写真に収めることで、カメラを贈ってくれた胡文虎への返礼とした。まずは近いところで浙江省の莫干山《ばくかんざん》と雁蕩山《がんとうさん》、杭州西湖、続いて船で長江を遡り、風光明媚と名高い三峡へ足を向けた。

三峡を見るには、ポンポンと音を立てる民生公司の小汽船で、全長二百キロ近い峡谷へ入っていかなければならなかった。ほとんどの旅客は兵書宝剣峡《へいしょほうけんきょう》や牛肝馬肺峡《ぎゅうかんばはいきょう》、巫山《ふざん》十二峰などの名所を通る時だけ船倉から顔を出した。だが郎静山はカメラを抱えて終始甲板に立ち、創造主のなせる業を全身全霊で感じていた。

それはまるで神が中国人のために切り拓いた、一筋の啓示のようだった。黄色く濁った川面には時折、暗礁にぶつかった流れが水しぶきとなって噴き上がり、美しい景色の底に危険が潜んでいることを思わせた。川は両岸に迫った山の間を蛇行しながら進んだ。前方を塞ぐようにそびえる山の裾が湖岸のように見えることもあったが、近づいてみると川は山麓をなぞってねじれながら続いていた。そそり立つ断崖に、古人がつけた桟道の跡があった。桟道は山腹に沿って高くなり低くなりしながら続き、どこから始まりどこへ行くのかも判然としなかった。

長江をわたる風は、時間の流れの向こう側から吹いてくるのだろう。そうでなければこうも果てしなく人の顔に痛みを与え続けることはできまい。甲板で半日風に吹かれ、食事をとるために船倉へ下りた時、忙しなく動きまわる人たちからまったく音が聞こえてこなかったので驚いた。無声映画を観ているようだった。少し経ってようやく、風に吹かれ続けていたせいで一時的な難聴になっているのだと気付いた。三峡を越えるのは歴史の一部を通過することと同じだと言うならば、歴史が残したのは唸るような騒々しい雑音ばかりで、正しい音を拾うための周波数を見つけられなかった。

汽船は出発して間もなく、秭帰《しき》に一晩停泊した。彼はカメラと一緒に甲板に横たわって、深夜まで星空を見上げていた。翌朝早く、エンジンの震える音で目を覚ました。汽船が岸を離れて二番目の峡谷である巫峡《ふきょう》へ入っていくとわかり、急いで甲板に戻って青々と茂る岸辺の緑を眺めた。こんな調子で船倉にいる時間が短かったため、下船前に荷物を受け取る段になってから、民生公司の創業者・盧《ルー》作孚《ズオフー》の著名な対聯を目にした――仕事や休息を楽しむ者も、夢では国家の大災を忘るるなかれ。

夕暮れが迫る頃、汽船はついに瞿塘峡《くとうきょう》の入口にたどり着いた。この旅で最も雄大な景色が目の前に広がる。そう、夔門《きもん》が見えてきたのだ。郎静山はカメラを構えてしかるべき構図を探したが、船は揺れるし、光量は足りない。おまけに旅客がみな甲板に出てきて揉み合うので苦労した。なんとか三回だけシャッターを切ったものの、理想とは程遠かった。汽船はあっという間に夔門の真下へ近づいた。両岸の間が非常に狭いうえに、岩壁は高く切り立ち、世界中のいかなる撮影機材であってもその姿を捉えるのは難しいだろう。できるのはただ肉眼で見つめ、心の震えを感じることだけだ。

旅客は極限まで首をそらし、ため息をこぼした。しかし喉が圧迫されているため、くぐもった声しか出ない。世界に名高い古来よりの絶景は、総じて旅客のかすれ声で称賛されているのだった。

郎静山は奉節で先に下船し、適当な宿を探して一泊した。翌日、現地の船頭に片っ端から声をかけては夔門の下まで連れて行ってくれるよう頼んだ。写真撮影のために峡谷の浅い岸辺に停泊してもらおうとしたのだが、誰もそんな仕事は引き受けたがらなかった。最後にようやく年老いた船頭を捕まえた。国家の興亡やら何やら大義名分を並べて、どうにか長い櫂で川へ漕ぎ出してもらうことに成功した。

夔門の写真は、西から東へ川の流れに沿って撮影されたものが多かった。南岸にそびえる白塩山の雄大な眺めを表現するには、その構図がうってつけだった。しかし郎静山の身心には、流れに逆らって峡谷を行くという経験が印象深く刻まれていて、なんとしても夔門を過ぎたあたりの岸辺に上陸したかった。

夏の盛りで水が枯れ、浅瀬が露わになっているところがあった。老船頭は熟練の櫂さばきで、うまく岩礁を避けながら進んだ。郎静山はある地点で船を停めるよう大声で言いわたすと、カメラを抱いて岸に飛び降りた。

それはまたとない絶好の場所だった。北の断崖の下に立ってみると、まるで峡谷とひとつに融け合ったかのようで、その圧倒的な気配がひときわ濃厚に感じられた。船で通り過ぎるだけの旅客には決して体験できないものだ。カメラを持つ両手がかすかに震えた。十一年前、父の位牌を抱いて金華市蘭渓の游埠《ゆうふ》鎮にある郎家の墓に祀った時もそうだった。住んだことのない本籍地に足を踏み入れるのは、人生で二度目だった。それでも瞬時に自分の血から共鳴する何かを感じて手が震え、位牌を落としてしまいそうだった。

父・郎錦堂《ランジンタン》は清の将軍だった。元は曽国藩《ゼングオファン》の参謀だったが、のちに兵を率いて軍功をあげ、河南河北鎮の総兵〔総司令官〕になった。それは紅頂子*1の正二品にあたる官職で、九つの兵馬隊を率いて交通と政治の要衝である懐慶府《かいけいふ》に駐留した。威厳に満ち満ちていた郎錦堂だったが、世嗣ぎには恵まれず、長男と次男は成人を迎える前に夭逝した。五十歳でようやく三男の郎静山を授かり、精魂を込めて育てあげた。おかげで郎静山は鉄砲術、拳法、琴、碁、書道、絵画などあらゆる才を身につけた。

父は進んだ考えの持ち主で、新しいものを積極的に受け入れた。結婚した時も時代を先取り、淮陰《わいいん》鎮の留雲閣写真館から技師を呼んできて、家で記念の湿板写真を撮った。よく上海へ行き来していた父は、そのたびに郎静山に中国内外の名勝や風景、民俗の写真をたくさん持ち帰ってきた。秀才は門を出でずして天下のすべてを知る、ということわざは新聞の絶大な威力を指したものだったが、写真はさらに優れていた。何しろ文字を読めなくともはるか遠くの地まで思いを馳せ、世界を知ることができるのだから。郎静山は幼くして、中国の山河はもちろん、パリやローマのような海外の都市にまでも親しむようになっていた。

上海の南洋中学で学んでいたある日、写真の授業を受け持つ李静瀾《リージンラン》先生が、何枚かの写真を示して言った。見なさい、これが外国人の目に映る中国だ。

つんつるてんのボロをまとった街頭の物乞い、寝台でアヘンを吸う中毒者、路地で客を引く娼婦など、どれも暗く奇妙な風俗の写真だった。なかでも纏足の女性が裸足になっている写真が目を引いた。寝台に載せた小さな足の横に、彼女の三寸〔九センチ〕の靴が並べてある。その曲がった足は、一見すると粽《ちまき》か、土から顔を出したばかりの筍のようだった。だがよく見ると節々で指の骨を折られて変形しているのがわかり、胸が痛むと同時に嫌悪感を抱かせた。撮影者は比較のために、フレームの外からもう一人、正常な足を突き出させて一緒に撮っていた。それが余計に写真の印象を強めていた。違う、これは中国の本当の姿ではない。中国はこんなにも美しいものにあふれているのに、なぜ偏った写真ばかり撮るのだ。遠く離れた異国の人びとに、中国人はかくも醜い怪物だと思わせたいのか？　同級生たちもみな憤慨し、撮影技能を高めようとそれぞれ志を新たにした。世界の人びとに、中国文化の雄大さ、奥深さ、繊細さを見せつけねばならない。

あの頃の撮影機材は巨大かつ複雑で、操作するのに手間も時間もかかった。彼らは一度に五枚から六枚のガラス乾板を収納できる、コダックの箱型カメラを使っていた。イルフォード社製のHD百度のフィルムで、絞りを十二・五に設定するのが普通だった。高感度を売りにするイルフォードの赤札HD四百度を使って太陽光の下で撮影するにしても、適正な露出を得るには、絞り六・八でシャッター速度は五十分の一秒までしか速くできなかった。

フィルムは現像後、定着液に一晩漬けておく必要があった。さらに翌日、水で十回洗い流したあと、天日で紙に焼き付けるのにもまた半日がかかる。高価な白金印画紙を買えない学生のために、李先生は青写真用の印画紙の作り方を教えてくれた。色味がおかしく単調にはなるが、練習には十分だった。どんな面倒な作業も学生たちにとっては楽しく、疲れは感じなかった。

郎静山はすぐに、自分に写真の才覚があることに気付いた。生まれながらの本能と同じで、心の赴

＊1　赤い布地に珊瑚珠の飾りをつけた帽子。清朝は官職の階級を衣服と帽子の色で区別しており、紅頂子は一品、二品の高官が身に着けていた。

くままに手を動かせば良いものができた。幼少期から学んできた中国画の概念も自然と構図に活かされ、李先生に称賛された。彼は先生に背中を押されて挑戦を続けるうちに、とうとう専業写真家の道へ進んでいた。

郎静山が十九歳になる年、清朝が滅亡し、中華民国が成立した。父・郎錦堂は逃げるように上海に移り住み、めっきり家から出なくなった。かつては栄えある総兵を務めてはいたが、決して楽な仕事ではなかった。何しろ清朝は衰退の一途をたどっており、常に内憂外患に悩まされていた。軍事面においてもそうだ。西洋人に敗北するならまだしも、郎静山が二歳の時、中国は甲午農民戦争を端緒とする日清戦争で日本のような小国に敗れ、台湾を割譲するという耐えがたき屈辱を味わい、権威は失墜した。父は酒を飲むたびこの件に触れては涙を流し、混沌とした国情に恨みをこぼした。だからこそ、のちに台湾が光復し、台湾省政府から写真展の誘いを受けた時、郎静山は一も二もなく承諾した。この一度は失われ再び取り戻した国土を、父に代わって見てやろうと思ったのだ。

指折り数えてみれば、李先生のもとで撮影の勉強を始めてから、二十六年もの歳月が流れていた。当時写真班にいた同級生たちのなかで、今なお撮影に従事している者はどれだけいるのだろう？　民族の雪辱を果たすという悲痛な願いを今も胸に刻んでいる者はいるだろうか？

残念ながら今日は天気が悪かった。どんよりとした灰色の雲が空を覆い、夔門の両岸も暗く沈んでいる。郎静山は長いこと考え込み、うろうろ歩きまわった。何度も暗幕に顔を入れてはファインダーをのぞく。汗がしたたって革製の暗幕を湿らせたが、どう操作すればこの雄大な景色に負けない写真を撮れるのか一向にわからなかった。

じき暗くなりますよ、お客さん。老船頭が言った。そろそろ帰らねえと、帰り道が見えなくなっちまいますよ。

郎静山ははっとしたが船に乗ろうとはせず、待ってくれ、もう少しだけでいいから、とあわてて答えた。この場所に何か感じるものがあったのだ。しかしその正体をはっきりとは捉えられずにいた。焦りのなかで彼は問うた。自分はここでいったい何を探しているんだ？　この無言のまま流れる悠久の川から何を聞きたいんだ？

夜の帳が徐々に下りていく。まるで歴史の門がゆっくり閉じられ、背後に隠された秘密まで消えていくかのようだった。その時、川面に一片の光が反射するのが見えた。彼はもう躊躇しなかった。あのお辞儀のような謙虚な姿勢をとると、すりガラスのファインダーに漆黒しか見えないことにもひるまず、毅然としてシャッターを切った。

フィルムを現像してみると、汽船から撮影した写真のほうが画質はよかったが、構図は平凡だった。対して虁門の下で撮った写真は、完全に露出に失敗していた。コントラストが強すぎるうえ、細部がすべて潰れている。

両側の暗部が写真の七割を占め、中央で漏斗のような形に光る明部が三割ほどある。ネガでは明暗が反転するため、暗部はただひたすら透明で、明部は金属的な輝きを放つ黒になっている。黒と白のかたまりの間に中間の色調はほとんど存在せず、そもそも写真の体をなしていない。言うなれば、ただの影だ。

しかし彼はフィルムを手放せなかった。暗く曖昧になってしまった記憶を、それでも忘れまいと抱きしめるかのようにずっと側に置いていた。彼はその影に比類なき気迫と、あの日あの場所の自身の震えを見ていた。

ふと思い立って筆を手にすると、赤い塗料に浸した。まず紙で筆先を拭きとってから、ガラスフィルムの透明な部分にかすれた筆致で岩石のひだを描き、続いて水面の光を描いた。さらに奥へ行くにつれてすぼまる峡谷の川面を、わずかに上に向けて伸ばすと、あたかも大河が天から流れ出ているかのようになった。

彼は描き終わったフィルムを引き伸ばし機にセットし、印画紙に焼き付けた。画像が浮かびあがってきた時、思わず息を呑んだ。幽遠な大地の両側に、門番をする巨大な神々のように、天を衝く断崖がそびえたっている。峡谷の上に広がる空からは、一筋の流れがあふれ出して天と川をつなげ、ぱっと視界が開けたように明るい雰囲気に満ちている。

それはあの日の夕暮れに夔門で目にした景色であるばかりでなく、ほとんど彼が何年も探し求めてきた心象そのものだった。彼は興奮して、作品を「中国」と名づけた。

だが彼はこの作品を焼き増しはせず、人にも滅多に見せなかった。これは単に壮麗な風景を撮った写真ではなく、中年に差し掛かった郎静山にとっては、長きにわたる地上の苦しみや日ごと迫る戦争の影、そして人生の寂しさを前に、光り輝く未来への希望を抱かせるものだった。

彼はそこに、子どもの頃、父に暗記させられた詩と同じ不屈の精神を感じていた——前頭山脚尽きるに到り得、堂堂渓水前村に出る。[*1]

それは当然ながら大切にすべき思いではあったが、中国の美しい風物を世に知らしめるという初心からは離れていた。ゆえに彼は作品を自分だけのものとして大事に保管し、旅を続けた。

次第に理想の写真を撮れるようになってくると、彼は志を同じくする二人の仲間と三友影会を起ち上げ、作品を積極的に海外の国際写真サロンに送った。中国に対する世界の見方を変えてやろうとしたのだ。彼らは九一八事変〔満州事変〕が起こった民国二〇年（一九三一年）に活動を開始した。砂糖を探しまわるアリのごとく、地球上のいかなる場所で行われる写真サロンの情報も調べあげ、入選するかどうかは二の次で、とにかく作品を送った。その後二十年の間に、実に五、六千枚もの作品が各国の写真サロンに入選を果たした。

だが皮肉なことに、彼の作品が初めて入選した国外の写真展は日本国際写真サロンで、撮影者の国籍は「支那」と記された。

⁂

民国二四年（一九三五年）、郎静山は張《チャン》善孖《シャンヅ》、張大千兄弟と一緒に、初めて黄山に登った。黄山がいかに素晴らしいかという話は聞いていた。五岳より帰りて見る山なし、黄山より帰りて見る岳なしという言葉もあるほどだ。だが当時登山者はほとんどおらず、行く手には蔓植物が生い茂り、橋は崩れ、崖がそびえ、道らしき道もなかった。

文殊院に一泊したのち、百歩雲梯と呼ばれる長い石段を伝って蓮蕊峰《れんずいほう》へ登った。幾百もの厳冬を乗り越え、氷雪にさらされてきた古道の石段は、凍結によるひび割れがあちこちに生じていた。おまけ

＊1　南宋の楊萬里による七言絶句「桂源鋪」の一節。山々に流れを阻まれた小川は、山裾までたどり着き、壮大な川となって村から流れ出るの意。小川は弱者、その流れを阻む山は強者の比喩であり、小さな流れも時が熟せば大きな流れとなることを示している。

に雨上がりでよく滑り、どこに足を置くべきか命懸けの謎解きに挑んでいるようだった。一歩一歩足元を確かめながら歩けば、いつまで経っても目的地へたどり着けない。と言って危険を顧みず歩を速めれば、不安定な石を踏んで奈落の底へ真っ逆さまだ。慎重な判断をしながらも、半ば運を天に任せて進むしかなかった。

蓮蕊峰から始信峰《ししんほう》へ行く途中、石橋を通りかかった。左右に頼れるものが何もなく、いよいよ危ない。彼は先達である呉稚暉《ウーヂーフイ》の登山心得を思い出した。ただ三尺前だけを見つめ、慎重に登り、慎重に下る。だが彼は写真家の身。足元が安定してさえいれば本能的に周囲を見渡し、撮影に値するものはないか探してしまう。はたして石橋の中央まで来ると視界を遮るものが一切なく、その解放感にカメラを構えずにはいられなかった。彼が背中をそらして構図をとる姿に肝を冷やし、同行者が騒ぎ立てた。それで自分が危険な場所にいることを思い出し、あわてて足元に集中して橋を渡り切った。

郎静山はすっかり黄山に魅入られた。これぞ彼が何年にもわたって探し求めていた、中国を代表する天下の名山だ。岩肌をむき出しにした峰々は、雄々しくも麗しい。奇松や珍木が堅固に根を張り、雲海の波濤は刻一刻と姿を変える。

下山後にフィルムをあらため、その美しさに圧倒された。だが残念なことに、山、雲、樹々が一枚に収まった理想的な構図のものはなかった。平地と違い、山中ではカメラを構えられる場所が非常に限られていたのだ。

五年前、三峡のフィルムに手を加えた経験を思い出した。暗室の技巧を凝らせば、創作条件の不足を補える。そう思い立ち、彼は多重露光の作業に着手した。まず西海峰《せいかいほう》のフィルムを印画紙の上半分に焼いて背景とし、続いて始信峰頂上の一本の木を下半分に焼いて前景とした。二枚の画像が接する箇所をかすかに白く飛ばしてつなげば、完璧な一幅の画になった。

遊び心がくすぐられ、これが二枚の写真を合成したものだと明示しないまま、他の作品に紛れ込ませて展示してみようと思い立った。ところがいざ壁に掛けてみて、作品に破綻を見つけた。下半分を埋める木の写真は、手前の木にピントが合わせられ、後ろにある山の風景はぼかされている。それなのに、背景にしたはずの上半分の西海峰は明晰に写っていて、通常の視覚ではあり得ない状態になっていたのだ。

ぎょっとした彼は作品を下げてしまおうかと考えたが、隠そうとすればするほど悪事は露呈するような気もした。そこでつかず離れずの場所から、こっそり来場者の反応を確かめることにした。同時に心中では、想定し得る質問への返答を準備していた。だが瑕疵はさほど目立つものではなく、むしろ作品全体の素晴らしさに心を奪われ、誰一人としておかしな点に気付く者はいなかった。会期終了後、今度は海外の写真展にも作品を送ってみたが、結果は同じだった。

人というのは、こうも簡単に写真が真実だと信じてしまうのか。こうもたやすく目で見たものを受け入れてしまうのか。百聞は一見に如かずということわざの如し。眼前にあるものが嘘であるはずはないのだ。

彼は幸運に恵まれた賭博師のようだった。あるいはよく物語に描かれる、お忍びで町をめぐる皇帝よろしく、誰にも見破られずこっそり自由を享受しているような気分だった。この刺激はすぐ病みつきになった。何より自分が写真を変え、思う通りに心象風景を創造できるという気付きが、彼に大きな達成感を与えた。

彼はフィルムの枚数を増やし、素材を充実させ、より難しい合成に挑戦した。創意工夫を凝らすうちに、暗室と道具を使いこなす彼の技術は飛躍的に向上し、唯一無二の技巧が編み出された。

合成写真に挑戦したのは彼が初めてではない。八十年前にはすでに西洋の写真家が複雑な作品を生み出していたし、今や広告にもコラージュの手法が頻繁に使われている。だが天衣無縫の暗室技術と中国画の理論を融合させたのは、郎静山ただ一人であり、まったく前例がなかった。

これより山川日月花鳥草木船車人獣、すべてが調理台に並ぶ食材あるいは調味料となり、彼の思うままに引き伸ばされたり切られたり、回されたり縮められたりした。天地に生命力欠けるところあらば補い、両立が難しいところあらば調整した。どんな素材も彼の手にかかればたちまち息を吹き返し、輝きを取り戻した。郎静山はなぜいつも天の時、地の利、人の和の三拍子そろった完璧な瞬間を捉えられるのかと、人びとは毎度感嘆するのだった。

扉を閉めれば、彼は暗室の創造主となった。彼の技は匠の域に達し、伝説の武道の達人のごとく草、木、竹、石を剣とし、花や葉で以て敵を制した。のちに郎静山の娘は父を振り返って言った。長袍に身を包んだ父は、暗室のなかで力強い竹のようにしなやかに揺れていた。その動作はたゆたう雲や流れる水のように自在で、交響楽団の指揮よりも優雅だった、と。

郎静山は撮影旅行も続けた。日本との抗戦中は上海を離れて、雲南や広西、四川、安徽、甘粛、湖北をまわり、見事な場面を一枚に収めた作品を無数に撮った。

しかし景色を切り取る彼の視線は、以前とは違った。理想の構図を捉えられなくとも、画のなかに使えそうな素材があれば迷うことなくシャッターを切った。写真とは本来フレーミングの芸術だ。彼はさらにそれを切り分け、埋蔵された鉱石や宝玉を取り出した。

おかげで彼の長年の悩みは解消した。若い時分から多くの名山や大河を訪ね歩いてきたが、撮影すればするほど、彼が心酔する中国画から離れていくような気がしていたのだ。なかでも高遠、深遠、平遠*1という空間表現を追求する文人画は、一枚の画に複数の遠近法が混在して異なる視点が同時に表現されるうえ、実際の姿ではなく魂によって美化された理想像が描かれる。どれも写真には成し得なかった表現方法だ。しかし合成写真の手法により、ついに彼は至高の美を誇る中国の風景を創造できるようになった。

彼は七年にわたってこの秘密を守り続けた。その間に国際撮影サロンの常連となり、英国、米国写真協会のアソシエイトに認定されるなど、中国を代表する写真家の地位にのぼりつめた。国内外の評価を揺るぎないものとしたのち、彼はいよいよ郎静山の集錦写真法を公開し、その名を世界に轟かせた。最初に創作したあの黄山の写真は、「春樹奇峰」の名で写真史に刻まれた。

民国三八年（一九四九年）、大陸の政権が替わった。郎静山はあわただしく香港に逃れ、翌年台湾へ渡った。写真展を開催するだけのつもりが、まさか定住することになるとは予想だにしなかった。当初、誰もこの島に長居する気などなかった。だが数年経っても情勢にはまったく動きが見られなかった。ひと息ついて冷静に状況を見極めた人びとは、落ちのびた政府は当分ここに居座るつもりだと判断して、それぞれ腰を落ち着ける算段を始めた。中国撮影学会もそうした雰囲気のなかで台湾において復活したのだった。

再興式典には大将軍や政府高官が集まり、二時間にわたって交代で写真に関する駄弁を弄した。郎

＊1　北宋の画家・郭熙《かくき》が提唱した「三遠」と呼ばれる遠近法。高遠は下から高い山を見上げる仰角視、深遠は山の手前から山の背後をのぞく俯瞰視、平遠は近山から遠山を水平に望む水平視を指す。

静山は見抜いていた。政府は写真の重要性を認識していると言いながら、その実、内戦の脅威が遠くなったことを表明しているのだと。

この年、郎静山は六十二歳にして撮影学会九長老の首長と呼ばれ、その後は終身、学会の理事長を務めた。

台湾へ来た時、彼は四百枚分のフィルムしか携えていなかった。あとから大陸に残してきた娘に何度かに分けてフィルムを送ってもらい、どうにか集錦写真用の素材をそろえた。彼は台湾でも熱心に撮影に出かけた。やがて台湾の風景も少しずつ集錦写真に入れ込んで、中国山水画の趣を持つ作品に仕立てるようになった。それは例えるなら江蘇や浙江、四川、湖南の料理を出す店が、手に入らない地元食材の代わりにこの島の産物を使うようなものだった。

彼の集錦の技はもはや入神の域に達し、暗室こそが彼の中国だった。彼は仕事のやり方に決まりを作らなかった。椅子に腰かけて目を閉じ、精神を集中させ、ひらめきを得ると直ちに立ち上がり暗室へ入る。そして無数の麗しい風景を創り出した。深山の楼閣、松陰の高士、仙境の雲海、寒々とした雪の川辺で独り釣り糸を垂れる様。彼はこれらの作品を世界各地に送ることで、中国文化を広く誇示し、中国に対する誤った認識を正そうとした。

台湾へ渡る前、彼は集錦写真で心に描く理想の中国を創造した。だが台湾へ来てからは、空想上の中国を創り出し、帰ることの叶わぬ故郷に想いを馳せるしかなかった。

彼の耳にも批判の声が届かなかったわけではない。特に台湾本省の若い世代から、彼のせいで台湾写真界の活気が失われ、時代に取り残されていると非難の声があがっていた。だが彼は一切申し開きをしなかった。ただ生涯を通じて、自身の芸術に忠実であり続けた。彼は政府から金をもらうこともしなかった。それどころか自分の金で撮影学会の財政を支えた。政府が彼を大師として、さらには中国文化の象徴として表彰しようとしたが、彼はそんなものを望みはしなかった。

何歳になろうとも、彼は撮影し、思考し、さらなる進歩を追い求め続けた。本来写真とは機械で以てある瞬間を切り落とすものだ。だが彼は集錦の手法で時間を消し去り、写真を悠久の歴史と結びついた永遠にし、果てしない静止像を生み出した。

郎静山は気付いていなかった。彼の暗室の魔法によって、彼自身の時間まで消し去られていることに。おかげで彼はいつまでも歳をとらず、人生の冬さえ訪れず、終生を通して純真無垢でいられた。

⁂

鄧騰煇も集錦写真を試してみようと思ったことがある。「湾曲した月が中国の大地を照らす」という題まで考え、紙に簡単な配置を記して郎静山に教えも請うたが、結局作品は完成しなかった。

暗室技術の観点から言えば、集錦写真は興味深く挑戦しがいのある手法だった。しかし鄧騰煇はそこに写真本来の味わいを感じられなかった。彼はやはり自分の目と手、それにカメラの導きを信じていた。大量の失敗写真のなかから、たった一枚、理想の画を得る現実のほうに醍醐味を感じた。

忘れてはならないのは、中国撮影学会が復活を遂げた翌年、つまり民国四三年（一九五四年）に、革命的とも言えるライカM3が世に出たことだ。ライツ社は数多の写真家の経験をもとに、最先端の技術をすべてこの一台に盛り込んだ。じきライカに追いつけると勢い込んでいた日本の会社は、徹底的に打ちのめされた。

M3は構図を決めるためのビューファインダーと、距離を測るためのレンジファインダーをひとつにまとめた。これにより、ピント合わせとフレーミングが同時に行えるようになったうえ、三組の異なる視野枠も内蔵された。レンズ交換はねじ込み式のスクリューマウントから、より迅速なバヨネットマウントに変更された。フィルムの巻き上げにはレバー式が採用され、速度があがっただけでなく、デザイン性も向上した。シャッターダイヤルは持ち上げる必要がなくなり、専用の露出計と連動するようになった。改良後のフィルム圧板はピントの精度を向上させ、背面の裏蓋が開くことでフィルム交換も簡単になり……。

　要するにこのカメラは、フィルム交換から測光、ピント合わせ、フレーミング、シャッター速度調整、フィルム送り、レンズ交換に至るまで、撮影のあらゆる動作をより迅速かつ正確に行えるようにし、一九五〇—六〇年代におけるドキュメンタリー写真の世界的な広がりに大きく貢献したのだ。その後のカメラの基本構造を確立した、歴史に残る名機だ。

　鄧騰煇は一年あまりをかけて、このカメラを身体の一部にした。撮影機器はあらゆる場面を瞬時に把握し、条件が完璧にそろう瞬間を逃さないほどに進化を遂げた。カメラの最大の長所は、現実を前にしたスナップの能力だと彼は思っていた。いい写真は生き生きとして、人の真の感情をつかみ、風景や静物からも生命力と真実味を写し出すものでなければならない。

　彼は絵画主義を真っ向から否定していたわけではなかったし、外省人の写真家にも敬意を持っていた。だが中国撮影学会は政府の反共抗俄《はんきょうこうが》〔反共産主義、反ソ連〕文化政策に呼応して、明るく前向きで、純潔かつ崇高な作品を撮るよう会員に求めた。反対に頽廃、ロマンチック、赤、黄〔ポルノ〕、黒〔堕落〕の作品は否定された。その定義の下では、写実的、郷土的、人びとの真の生活を反映したものはもちろん、社会の不公正を告発する作品なども否定の対象だった。

鄧騰煇は革命家でもなければ、活動家でもなかった。しかし写真の本質に対する認識の違いから、別の道を切り拓かねばならないと悟った。光復後、何度も内政部に撮影団体の設立を申請したが、ことごとく却下されていた。幾たびもの挫折を経たのち、彼は自由影展の名で仲間たちを集めた。彼らは日本の雑誌を通して、ドキュメンタリー写真の世界的な広がりを追いかけた。そしてアンリ・カルティエ＝ブレッソンやユージン・スミス、ポール・ストランドらの作品と出会い、木村伊兵衛や土門拳、濱谷浩と出会った。彼らはまるで地下組織のように展覧会で最新の作品を披露し合い、この化外の地を守った。

鄧騰煇はテーマや目的を決めずに撮影へ出かけるようになった。何と出会うかは行ってみなければわからない。彼は種々の職業や種々の生活様式に興味を抱き、製茶、煉瓦焼き、製陶の様子を撮った。また鉱山労働者や漁夫、牧畜をする子ども、アヒル飼い、川辺で洗濯をする女性を撮った。田舎の小さな駅で列車を待つ光景、道端の青空理髪店、土手べりにぎゅうぎゅうに干された衣類、夜市に出る子どもだましの輪投げや的当て、数字当てゲームも撮った。

そうしながら写真と撮影の違いとは、日本と中国、本省と外省の区別であるだけではなく、戦前から戦後への彼個人の大きな変化でもあると思い至った。

先の見えない時代の混乱ゆえか、彼はよく盲目の流しに惹かれた。

九份で、月琴を抱えて歌う盲目の女性に出会った。空っぽの目は遠くを見やり、彼女の幼い娘が不安そうにその肘にしがみついている。娘はもう片方の腕に傘と団扇、杖を抱え、猜疑心に満ちた暗い視線をレンズに向けた。右手に立つ、カメラに背を向けた男性は何事かとこちらを振り返り、左手の隅にいる少年は、写真に写れるのが嬉しくて満面の笑みを浮かべている。

北埔《ほっぽ》の慈天宮の前でも、一組の盲目の夫婦に出会った。サングラスをかけパーマをあてた妻が月琴を抱き、夫は椰子の殻で作った胡琴を握っている。夫の皺だらけの手はタコのように柔らかくしなやかで、声には出さないまま、旋律を噛みしめるように一音一音唇を動かしている。あるいは盲目の彼ら彼女らは、現実の醜い変化を目の当たりにせずに済んだために、祖父母の時代から伝わる音を奏でられるのかもしれなかった。

盲目の人は最も撮影しやすい対象だった。カメラの存在に気付かないので、隠れたりむっとしたりすることもなく撮られるがままだからだ。だが同時に、最も撮影しづらい対象でもあった。彼らはいつも人に、真に現実を見ていないのは自分たちのほうだと気付かせた。

盲目の人がいれば、暗黒の前途もあり、断定的な口ぶりの易者もいた。台北新公園にいる年老いた易者は、頭のてっぺんから爪先までくたびれていた。古いフェルトの帽子に破れた上着、首にはマフラー代わりにすり切れたタオルを巻き、黒縁の丸眼鏡をかけている。小さな机には貧相な亀の甲羅と筮竹《ぜいちく》の入った筒が置かれ、香炉では線香が一本炊かれている。左手で木魚を叩いて人目を引いているのかと思いきや、右手には巻煙草を挿したパイプを握ってゆったりくゆらせ、商売など気にかけていないようにも見える。

彼を見た誰もが、まずは自分を占ってみたらどうだと思わずにはいられなかった。だが易者は木漏れ日を身体に受け、すべてを見透かしているかのごとく泰然としていた。まるで人間界に遊ぶ仙人のように、生きとし生けるものが行き交うのを笑みを浮かべて見守り、縁があれば導かんとしていた。

前途に占いと言えば、お気に入りの写真が頭に浮かぶ。一見占いとは関係ないように思えるその一枚は、関渡《かんと》と八里《はちり》を結ぶ渡し船で撮ったものだ。一人の地方出身者が、船尾に積まれた柳や竹、籐の籠と木桶の間に腰を下ろし、手に一羽の雄鶏をぶらさげている。男のすぐ横にあるネギの束の上には、開かれた豚の顔が置かれている。縄で縛られた豚は目を細め、鼻をそらし、頬を膨らませ、尖った両耳をぴんとそばだてている。何かを嘲笑っているかのような表情だ。男は年寄りというにはまだ若かった。だが淡水《たんすい》河の冷たく湿った風に何年も吹かれ続けたせいで、顔には数多くの皺が刻まれていた。男は片方の手で顎を支え、首をまわして怪訝そうに豚の顔を見ている。その姿はさながら鏡をのぞく猪八戒《ちょはっかい》だ。お互いいくら見つめても見飽きることがないようだった。

鄧騰煇は微笑みながらシャッターを切った。これぞ変えることのできない未来を予見した、何より正確な占いのように思えた。写真は年齢よりも老いてしまった、悲しい地方出身者の運命を写しているばかりではない。鄧騰煇自身の、そして将来これを目にするであろう鑑賞者たちの境遇をも写しているのだ。悲観的に言えば、人間は誰しも支配される宿命にあり、死後の表情ですら自由にはならない。だがこうも解釈できる。死んだ豚は、もはや熱湯の熱さも気にならない。たとえどんな結末を迎えようとも、こんな風に自己満足した様子でありたいものだ。

鄧騰煇は通りを一本一本撮影した。赤ん坊を背負って天秤棒を担ぎ、日傘まで差して田んぼの脇を行く女性、川にかかる軽便軌道の上を台車を押していく人たち、輝く太陽と積雲の下、古い家屋の老木の前で大きく曲がった太い田舎道、まっすぐな道の両脇で葉を落とす大樹、はるか遠く、霧にけぶる枯れ木のトンネルのなかへ消えていく小さな人影。

こうした道がどこへ通じるのか知らなかったし、写真のなかに行く先を探そうとも思わなかった。ただ人びとが汗をかきかき懸命に生きる様子を見るのが好きだった。彼はいつもすべてを温かく見守った。穏やかな笑みをたたえながら。

鄧騰煇と同好の士の作品は限られた仲間内だけで披露され、広く世に問うことはまだ叶わなかった。それでも彼らは創作に没頭し、労を惜しまなかった。

実際のところ、この自由影展も中国撮影学会も、あるいは李鳴鵰《りめいちょう》が主宰するドキュメンタリーと絵画主義の中庸をいく台北市撮影会も、関係は悪くなかった。おまけにどの団体も西洋レストラン美而廉を連絡場所にしていた。彼らには派閥を越えて共有できるものがあった。特に屋外での女性モデル撮影や、少し遅れて始まったヌード撮影では、異なる流派の者たちが喜んで一堂に会した。

鄧騰煇と郎静山は、常に互いを尊重しあっていた。展覧会や撮影会を開く折には、郎静山を招いて審査や指導を依頼し、活動に参加してもらうこともあった。郎静山を盾にして、当局の非難を避けたいという思惑がなかったわけではない。郎静山もそれを重々承知のうえで、できる限り協力してくれた。

ある時、郎静山は台北市撮影会の会員作品展に、二枚の写真を出展した。「最後の文面人〔顔に刺青を施した人《した》〕」という一枚には、原住民族タイヤル族の老婦人が片手を柱に添え、もう片方の手を胸に当てて横向きに立っている。鬢《びん》の下から頬を横切って唇にまで達する太い刺青が、目を奪う。彼女はまるで老いた雌豹のようだった。もはや俊敏には動けないが、警戒心に満ちた眼差しはいまだ鋭く、威厳と気高さを漂わせている。

絵画主義の観点からすれば、この写真は構図、配置、雰囲気ともに非の打ちどころがなかった。ドキュメンタリー写真の基準からしても、人物の独自性と生命の尊厳を写し出した上作だった。

もう一枚は「牛墟〔牛市場〕」という題で、くびきをつけられた一頭の台湾水牛が、画の外にある重たいものを牽こうとしている。どうやら「走行試験」をさせられているようだ。四つの車輪に固定した牛車と積み荷を牽かせ、水牛の牽引力と持久力を試しているのだ。水牛は頭を高く上げ、茶褐色の毛の一本一本まで使ってありったけの力を出しているようだった。四肢に地面が削られ、土埃が立っている。水牛を牽く男は、綱引きでもしているかのように身体を後ろに倒し、やはり全力で水牛を鼓舞し、導こうとしている。画面いっぱいにみなぎる緊張感とダイナミックさが絶妙に釣り合い、劇的な瞬間を見事に捉えている。

この写真に鄧騰煇は強い感銘を受けた。撮影会には彼も同行し、それなりに満足のいく写真が撮れてはいた。しかし郎静山のこの写真には遠く及ばなかった。

作品を鑑賞しながら、彼は心底感嘆せずにはいられなかった。これぞ一流のドキュメンタリー写真じゃないですか。郎さんはこちらの方面にも造詣が深かったんですね。

郎静山は少しも驕ることなく、浙江なまりの国語で、むかし報道写真をかじったことがあるから、こういう撮影方法も知らないわけじゃないんだと、穏やかに言うばかりだった。

謙遜しすぎですよ、郎さんといったら中国最初の報道写真家じゃないですか。鄧騰煇はさらに一歩踏み込んで尋ねた。しかしどうしてこういう写真をもっと発表して、後輩たちに手本を見せないんですか？

今回出展した二作品は、訪ねた先で非常に印象深かった場面を記念に残したものなんだよ。それからもうひとつ、違う見解を持つ写真仲間たちに、絵画主義の耽美的な作品も集錦写真も、決して上辺だけのものでもなければ、ましてや写真の腕がないからやる遊びでもないと伝えたいんだ。むしろ耽美も集錦も、あらゆる方面における確かな能力を基礎に成り立ってるってね。

でも、耽美や集錦とリアリズムは両立し得るんじゃないですか。

抗戦前、中国写真には百花繚乱の時代があったんだよ。民国十何年の頃、僕も『良友』という雑誌に庶民の苦境を写した作品を何枚も提供したことがあった。鉄道労働者や川に入って綱で船を牽く人夫、大道芸人なんかのね……。郎静山はしばらく沈黙したのち、ふいに話を変えた。曰く、初めて台湾へ来た時、基隆《きいるん》市政府に頼まれて港と要塞の写真を撮り、役所で展覧会をしたという。ところがこれが保安司令部の注意を引き、フィルムと写真をすべて没収された挙げ句、何日も拘留されて尋問を受ける羽目になった。危うく災難に巻き込まれるところだったと。

少ししゃべり過ぎたと思ったのだろう。郎静山はひっそり笑って、例のごとく中国絵画主義の写真理論について滔々と語り、外国の模倣はやめ、完全なる中国独自の芸術を打ち立てるべきだ、などと強調した。

鄧騰煇は思った。確固たる地位を築いているかのように見える郎静山も、実際は不自由なことが多いのだ。自分は郎静山の主張には賛同しかねるが、いつもインダンスレンの長袍を身にまとっているこの郎さんが、写真を熱烈に愛する、とても純粋な人であることはよくわかった。

この時彼はまだ知らなかった——いや、彼は永遠に知ることができなかった。目の前にいる六十を過ぎた郎静山が、まだ人生の中盤に差し掛かったばかりであることを。郎静山はその後さらに四十年生きた。誰よりも長生きした彼は、最期の時まで台湾写真界を牛耳った。そして彼がこだわる中国絵画主義写真の理論を、何世代にもわたって後進に伝え続けた。

彼のような国際的に評価された偉大な写真家が百年にもわたって存在したことは、中華民国にとって幸運だった。だが一方、生きた化石のような彼がいたことで、台湾写真界が何億年も前の堆積岩がごとく活力のないものにされてしまったという意味においては、不幸でもあった。

アルバム十二

シャッターの速度

セミが鳴きはじめた。シャワシャワシャワシャワ――シャワシャワシャワシャワ――、今年の夏はやけに早いな。二階にある撮影室の窓は、大きなガジュマルの木に面している。研究所正門につくられた丸い花壇に植わる木で、枝にたくさんセミの姿が見えた。

鄧騰煇《とうとうき》はセミを憎からず思っていた。幼少期の思い出もセミの鳴き声でいっぱいだった。よく友人と木についた褐色の抜け殻を集めて遊んだものだ。薄い殻は目や胸、背中、足、細い毛など、セミの細部をすべて留めていた。指に挟んでみると、鋭く尖った足先で指にしがみつこうとする感覚すらあった。生まれ変わった新しい身体が羽を広げて飛び去っても、古い身体が依然としてかつての意志を守り続けているかのようだった。

彼はいつも背中の裂け目からなかをのぞいた。そこにも何か生命の内なる形が残されているのではないかと思ったが、ただ雑然とした空洞があるばかりだった。

ある時、近くにくっついていた殻をつかむと、木から離れまいとする抵抗力が普段より強く感じられた。しかも動くではないか。それはまだ脱皮する前のセミの幼虫だったのだ。いそいそと持ち帰って、枕元にある細い柱につかまらせてみると、セミはそこに落ち着いた。真夜中、布団の上に腹ばいになってセミを観察した。いつの間にか背中に一本の切れ目が入っている。そこから乳白色をした奇妙な身体がじわじわ押し出されてきた。新たな身体は古い自分の殻を抱いたまま、長い間じっと動かなかった。背中にある小さく丸まったふたつの透明なものが、ひどくゆっくりとした速度で伸ばされ、二枚の羽になった。そしてまたゆっくりとした速度で身体から蛍光水色の液体が羽に注がれ、翅脈《しみゃく》の模様が浮かびあがっていく。それが徐々に淡い桃色に変化したかと思えば、最後には翅脈も身体全体も、硬く光沢のある黒に変わった。

脱皮を終えたセミは、鳴きもしなければ飛びもしなかった。観察に飽きた鄧騰煇は、セミが動かないのを見て眠りについた。空が白みはじめる頃、けたたましい騒音に夢を破られた。ぼうっとした頭でしばらく考え、あのセミだと気付いた。小さな身体からこんな雷鳴のような轟音が出せるとは思いもしなかった。困ったことになった。家の年長者たちを起こしてしまったら大変だ。大急ぎでセミをつかみ、窓の外に放り投げた。セミはカッカッと二回鳴いて飛び去った。彼は何事もなかったかのように布団のなかに戻ったが、激しい動悸がしばらく治まらなかった。

今朝、研究所に出勤する時、門の脇にある木にセミの抜け殻が引っかかっていた。取ってきてデスクの上に置き、時折手で弄んだ。五十数年を経ても、抜け殻の頑なな様子は変わらなかった。人間は脱皮できなくて残念だ。幼い頃の姿を留めておけるのに。そんな考えがよぎり、気付いた。写真だって人間が脱ぎ捨てた殻じゃないのか？

彼はセミが嫌いではなかったが、鳴き声には悩まされた。長年、機械の発するかすかな音からカメラが正常に作動しているかどうか、特にシャッターのバネが疲労して速度が遅くなっていないかどうかを判断してきた。だが天を覆い尽くすようなセミの鳴き声に機械音がかき消され、焦れったくなった。

シャッター速度にわずかでもズレが生じると、教育用スライドの濃度が不均等になり、拡大投影する際に目立ってしまう。彼にはそれが耐えられなかった。

幸いライカは信用が置けた。仕事場には都合四台のライカM3があった。文書を撮影するためのハイコントラストなリスフィルムを入れたもの、複写用の整色性《オルソマチック》モノクロフィルムを入れたもの、教育やプレゼンテーション用のカラーリバーサルフィルム、そしてカラーネガフィルムを入れたものと、用途別に分かれている。どれも一日平均三十回、一年で一万回ほどシャッターを切るが、この十一年来、一度たりとも故障せず、シャッター速度も正確だ。

しかし最近になって、ライツ社から派遣されたカメラの保守点検員に聞いた。千分の一秒の高速シャッターは、ギアの噛み合わせや幕のテンションなどの要素に左右され、非常に管理が難しいため、メーカーは四十パーセントまでの誤差を許容しているのだという。

露出の差はごくわずかで、フィルムの露出寛容度《ラチチュード》でカバーできる範囲だ。それに高速シャッターを使うには絞りを開けなければならず、被写界深度が浅くなるのでスナップ写真には向かない。街頭スナップを撮ることの多い鄧騰煇には、さほど影響はなかった。だが、彼はこの話を聞いて大きなショックを受けた。ライカという精密機器への信仰が揺らいだだけではなく、この世界を測る自分自身の正確性までもが揺らいだ。それこそ彼が誇りにしてきた能力だった。

四十年以上、ライカで撮影してきた。ライカで森羅万象を観察し、時間を切り落とし、現像液に浸し、乾かし、誇らしげに人に見せてきた。けれどそこには四十パーセントの誤差があって、みなフィルムの寛容度《ラチチュード》にカバーしてもらっていたというのか？

民国四九年（一九六〇年）の八一水災で、南光照相機材行は多大な損害を被った。ちょうど仕事の紹介があったので、彼は撮影機材を売る商売から足を洗うことにした。五十二歳の年だった。

その日、友人が彼を面接に連れて行ってくれた。公園路と青島西路の角に程近い通用門から台大医院のなかへ入り、新しい職場となる赤煉瓦の建物が、かつて歯科があった場所だと気付いた。途端に歯が疼いたような気がした。日本時代から始まり、長らくこの歯科をかかりつけにしていた。光復間もない頃、ここで抜いた親知らずをわざわざ持ち帰ったこともあったが、引っ越しを繰り返すうちにどこかへやってしまった。

今この建物にはU.S. Naval Medical Research Unit 2（アメリカ海軍第二医学研究所）の看板が掛けられている。第二次世界大戦中、アメリカ軍の兵士はアジア太平洋地域で様々な風土病に悩まされ、戦闘能力を低下させた。そのためグアムに医学研究所を設立し、のちにここ台湾へ移転した。アジア太平洋地域随一の医学研究機関だ。

研究所からすれば、鄧騰煇以上に撮影部門のリーダーにふさわしい人物はいない。所長はいくつか形式的な質問をしただけで、喜んで彼を研究所に迎え入れた。彼は小さなチームを率いて医学写真の仕事に従事することになった。

かつての歯科診療室が撮影室となり、暗室が設けられていた。彼の待遇はとてもよかった。給与は米ドルで支払われ、様々な福利厚生もあった。仕事量は多かったが、急ぎの案件がなければ二時間の昼休みがとれた。

仕事中は医師のような長袖の白衣を着る必要があった。白衣を着て病院のなかを歩くと、ベテラン医師と勘違いされ尊敬の眼差しを向けられた。それが面映ゆくて、できるだけ病院の方へは行かないようにした。

実際のところ、彼は出勤一日目にして、医学研究所の一員になったことを強く思い知らされていた。あの日、助手が四角いガラスの水槽を押して入ってきた。近づく前から濃厚なホルマリンの匂いが鼻を衝いた。よく見れば水槽には魚が泳ぐ代わりに、足が一本浸かっていた。くるぶしから十五センチほど上で切られた、人の足だ。

足の裏全体が黒ずんで硬くなり、まるで鰹節のようだった。爪先は水槽の底に軽く触れ、踵はかすかに持ち上げられて、ゆらゆら浮き沈みしている。足を入れてはみたものの、まだ踵を下ろすかどうか決めかねているように見えた。それはある農民の足で、壊死したために切断されたのだが、長年大地を踏みしめて働いてきた力強さを今なお感じさせた。

烏脚病〔下肢壊疽〕の標本です。助手は淡々と撮影依頼書を読みあげた。カラーネガフィルム十五枚、カラーポジフィルム二十五枚、撮影ポイント、患部の壊疽が明瞭にわかる標本全体の写真を撮影すること。

あまりの衝撃から鄧騰煇はすぐには反応できなかったが、助手が依頼書を復唱するのを聞き、急いで専門家らしい態度に切り替えて仕事に取りかかった。撮影に集中すると、気持ちも落ち着いた。なんとか撮り終えて息を吐き出した途端、身体の力が抜け虚脱感に襲われた。

昼休みに弁当を開けると、彼のために妻が用意してくれたおかずは豚足だった。これにどうやって箸をつけたものか、わからなかった。

毎日撮影を待つ様々なサンプルや標本が彼のもとに届けられた。切断された四肢、摘出された内臓、組織片、人間のもの、動物のもの、寄生虫、昆虫の卵に原虫。大量の文書や研究用の図表もあった。撮影の仕事自体は単純だった。四台のライカM3はたいていカメラスタンドに設置され、六つのレンズと組み合わせられた。文書を撮影する時は、絞り八、シャッター速度一秒に固定し、両側にひとつずつ照明を点けるのが決まりだった。一度に十枚から六十枚の複製を撮影した。標本を接写する必要がある時は、カメラとレンズの間にビゾフレックスIIを装着した。一連の作業は今やすっかり身に染みついていた。

ここでの撮影は、完全に機械的な機能に還元されていた。求められるのは純粋な記録であること。

客観的な情報だけを提供すればよく、個人の意見も解釈も、研究や教育のための写真には邪魔でしかなかった。

ある日、助手はステンレスのトレイを運んできた。上には二本の止血鉗子で組織を開かれた小さな肺葉が載っていて、気管から米粉《ビーフン》のような白い線状のものが何本か引き出されていた。助手が依頼書を読みあげる。犬糸状虫《フィラリア》に感染した犬の肺、撮影ポイント、標本全体、寄生虫の様子を明瞭に撮影すること。

それはメスで正確に切除された組織だった。生き物の気配が完全に保たれ、寄生虫もまだ蠢いている。ステンレスのトレイが医学的な冷たさと鋭さをたたえているのに対して、標本はまるで原始社会の生贄のように息をしていた。

鄧騰煇は慣れた様子で撮影を終えると、いつも携帯している自身のミノックス超小型カメラでも何枚か写真を撮った。終業後、彼は煙草に火を点け、外から響くセミの鳴き声を聞いた。そして今やこうしたすべてが完全に習慣化していると気付いた。

南光を畳むのは胸の痛むことだった。二十三年間（あるいは北埔《ほっぽ》に疎開していた一年あまりも加算できるが）、彼は父が遺した莫大な資産をすべて店につぎ込んだ。その損失は大きく、夫婦二人の老後をまかなうだけの金すら残らなかった。だからこうして働いている。もしすべては写真芸術のためだというなら、彼は一生涯かけてその道を邁進し、カメラを自分の頭脳、目とひと続きのものにしただろう。それが最後は自分のほうが機械となって、日々標本と文書を撮影することになるとは夢にも思わなかった。

だがこれが彼の闘志に火を点けた。道半ばで挫折したと思われたくなかったし、ましてやこのまま写真をあきらめるなんて以ての外だった。だから彼はますます写真に注力した。日曜日は毎週のように屋外撮影に出かけ、平日の夜に一枚一枚印画紙に焼き、分類し、整理し、事細かに撮影情報を記録した。さらに全精力を傾けて『撮影術入門』という本を執筆し、持てる限りの知識を惜しみなく詰め込んだ。郎静山《ランジンシャン》に頼んで序文も寄せてもらった。

最も大きな一歩は、民国五二年（一九六三年）、ついに台湾省撮影学会が正式に設立されたことだ。長年にわたり、鄧騰煇と数名の写真家たちが学会の設立を申請し続けていたが、ずっと認められなかったのだ。その間、写真界ではいくつか事件が起こっていた。初めは屏東《へいとう》の写真家・劉安明《りゅうあんめい》が撮影した、田舎の子どもが食事をしている写真だ。子どもの服に穴がひとつ開いていたことから「貧困を暴露した」と指摘され、展覧会場から撤去された。桃園《とうえん》の写真家・林寿鎰《りんじゅいつ》は動体撮影で創作した「夏日」という作品を国内のコンテストに出品した。ところが零点で落選したため、頭にきてアメリカのロータリークラブが主催する世界写真コンテストに出品すると、なんと最優秀賞を獲得した。台南の写真家・謝震隆《しゃしんりゅう》は十二枚の写真を選んで中国撮影学会の「碩学」会員に申請したが、三人の審査員に零点をつけられた。怒りに震えて同じ写真を日本の雑誌に投稿したところ、『フォトアート』の月間コンテストに六ヶ月連続で入選したうえ、小型写真部門で、外国人として初めて年度の一位に輝いた。

同じような事件は枚挙に暇《いとま》がなかった。まったく馬鹿げた話だ。中国撮影学会は現実社会から乖離した空疎な美学政策に固執し、世界の潮流から完全に取り残されているにもかかわらず、台湾写真界を強力に支配していた。彼らは台湾本土のテーマには中国的な風情が足りないと考えていた。リアリズム写真は社会の暗部を照らし出し、左翼的な連想をさせるというのだ。それではもはや霞がかった蓮と美女くらいしか撮るものがなかった。リアリズム派の写真家たちは、この局面を打開せねば出口はないと考えた。だから鄧騰煇は立法院長である黄国書《こうこくしょ》に請願した。黄国書も北埔出身の客家《はっか》人で、鄧騰煇より三つ年上なだけだった。過去には陸軍中将を務め、今では台湾籍初の立法委員長だ。その黄が省政府に働きかけて、社会処はようやく台湾省撮影学会の登記を認めた。

鄧騰煇は学会の理事長に選出され、七期連続で任を務めた。彼はすぐさま第一回全省写真展覧会を開催し、北から南まで各地を巡回した。出品を募る際には「絵画的で古風なサロン写真は除く」ことを強調し、中国撮影学会と一線を画す旗を掲げた。また学会誌『台湾撮影』を創刊すると同時に『コニカ通信』の編集長も引き受け、昼休みを利用して編集作業に従事した。彼は原稿依頼から審査、レイアウト、入稿、校正まですべて自分で行った。

だが出勤一日目に撮影したあの足が、彼の頭から離れなかった。ある夏の明け方、助手が水槽を押してくる夢を見た。水槽はホルマリンで満たされていて、足が一本浸けられている。足は青白くつやつやしていて、どこにも病変が見当たらない。彼は知っていた、それは自分の足だと。けれど百パーセントの確信は持てなかったので、ガラスに張り付いてまじまじと観察した。とは言え人は普段から自身の身体の各部位をじっくり観察などしないし、ましてや切り離されてしまったものを見慣れているはずもない。彼はますます自信が持てなくなった。顔を上げると、カートの上に三つの水槽があることに気付いた。それぞれに一本ずつ足が入っている。

驚いて目を覚ました。まだ動悸がしていた。

その日彼は仕事場に着くと、助手に頼んで標本庫を見学させてもらった。扉を開けるや、ホルマリンとアルコール、肉類の腐敗臭が混じったような匂いが全身を包んだ。木製や金属製の棚いっぱいに、人体と動物の各種標本が並べられている。なかには撮影した記憶があるものもあった。すべてもとは生命、あるいは生命の一部だったはずだが、今では何がしかの疾患の象徴となり、ほかの疾患と一緒に並べられている。

烏脚病の標本へ行き着き、彼は密かに息をのんだ。夢と同じように、三本の足が一緒に置かれている。病変の状態は少しずつ異なるが、果てしない孤独を感じさせるのは同じだった。

この時、彼は烏脚病に対して少しばかり知識をつけていた。聞くところによれば、嘉南の沿岸部で高濃度のヒ素が含まれる地下水を飲んだ人びとが中毒を起こし、末梢循環障害になって手足の組織が壊死してしまったのだという。ひどい痛みを伴ううえ、重症化すると切断するしかなくなる。

この足は鄧騰煇によって撮影され、数十枚のコピーが作られて、台湾各地の医学院やアメリカの研究機関にまで送られた。画像は海を渡り、もとの持ち主の想像を超えるほど広範囲にまで届いた。それにこの足自体も、持ち主より長く世界に留まり続けるだろう。

しかしこれより先、この足は烏脚病の標本としてしか見られない。足の持ち主がどんな人物で、何という名で、どんな顔で、どこに住んでいたか、どんな経験をして、足を失ったあとどのように暮らしたか、知る者もなければ興味を持つ者もいない。

鄧騰煇は様々な足を目にしてきた。特に民国四〇年代（一九五一—一九六〇年）、リアリズム写真に熱中するようになってからは、これまで意識しなかった足に目がいくようになった。船乗りの足、脱穀機を踏む農夫の足、天秤棒を担ぐ女性の足、市場で牛を売る売り子の足。

思い返せば、彼もまた往々にして彼らの名前や境遇、心情や生活を知らなかった。彼はカメラで人の顔や表情、動きを切り取り、その瞬間の彼らの身分と社会的立場に閉じ込めた。さらに手元の様子や笑顔、丸い臀部など特定の部位にフォーカスし、拡大した。すべては裁断された標本となり、あるものは展覧会の会場に掛けられ、あるものは雑誌に印刷されて遠方まで届けられる。以降、それらはもとの持ち主から切り離され、より遠くまで行き、より長く存在し続ける。

写真がある瞬間の光と影を切り落としたものであるなら、目の前にある足の標本は、まず人の身体から切り落とされ、さらにカメラでその切り落とされた姿の複製を作られる。考えてみれば、写真と標本には実に多くの共通点がある。人は本当に写真の人物の真の姿を見ているのだろうか？　それとも、ある種の拡大されたイメージを見ているだけなのだろうか？

若い頃はこのふたつの目を通して、当人ですら気付いていない輝きや特質を写し出せると信じていた。だが老境に足を踏み入れた今、写真は必ずしも真実を表してはいないと彼は理解していた。それは撮影者と被写体の短い交わりが放つ輝きであり、どちらか一方だけに属するようなものではなかった。ただ撮影者側には、選択し解釈するという、ある種恣意的な権力がある。それが芸術的創造と呼ばれるものだ。

標本庫を出て午前の仕事を終えると、彼は昼休みを利用して、熱心に超小型カメラ写真展の計画を練った。ここ数年、超小型カメラに魅せられ、作風にも変化が表れていた。

超小型と言われるのは一三五規格より小さなフィルムを使用するもので、出たばかりの頃は品質が悪く、彼も興味を引かれなかった。民国四五年（一九五六年）、出張先の香港で初めてミノックスⅢsを試したところ、これがまさに理想的な機種だったので、その場で二台買った。

これはスパイカメラだ。しまう際には長さ八・二センチ、幅二・八センチ、厚さ一・六センチにまで小さくなり、重さはわずか七十グラム。板状のチューインガム一パックと大差なく、手のひらに隠せてしまう。フィルム幅は九・五ミリで、画像サイズは八×十一ミリ。爪ほどの大きさだ。

ボディは小さくとも必要な機能はすべて備えている。千分の一秒の高速シャッターがあれば、レンズもシャープで、各種カラーフィルターまで内蔵されている。超微粒子フィルムにハーヴェイ777微粒子現像液を合わせれば、驚くほど鮮明な画質に仕上がる。諧調も豊かで、細部の表現も完璧だ。四×五インチの印画紙にプリントしても、品質は一般的なフィルムにまったく引けを取らないし、六つ切りサイズまで引き伸ばすこともできる。

ミノックスのボディを横にスライドして開くたび、カメラ内部の機器が自動でフィルムを送って圧板で押さえ、カウンターのコマ数が増える。同時にシャッターがチャージされ、撮影の準備完了だ。一枚撮り終えたら、再度スライドするだけで次の撮影に臨める。あらゆるカメラが年を追うごとに洗練されてきたが、こんな風に心をわしづかみにされる独創性を体感するのは久しぶりのことだった。

鄧騰煇はここへ来て、長らく忘れていた撮影の楽しさを思い出した。はるか遠くなった一九三〇年代、一般的にカメラは大きなものだと思われていた。だからライカのような小型カメラを向けても認識されにくく、写真は街頭スナップの時代に入った。ところがライカ規格、つまり一三五フィルムを使用したカメラが主流となるにつれて、この玩具みたいなものがカメラだという認識も広まり、人びとから警戒されるようになった。人目に付きにくいというライカの利点はもうない。

そこへタイミングよく現れたミノックスのスパイカメラは、ライカ登場時と同じような驚きをもたらした。彼はいつもライカとミノックスを両方携えて出かけ、状況を見てどちらを使うか判断した。

もちろん性能や品質においては、スパイカメラを一般規格のカメラと同列には語れないし、正式な撮影機材と見なすこともできない。しかし、だからこそ遊び感覚で使えた。発表や印刷、引き伸ばしのことを考える必要もなければ、撮影する理由すらいらなかった。言ってみれば、ただ純粋に自分が楽しむための撮影だった。

自分だけのために写真を撮るなんて、いつ以来だろう？　鄧騰煇は考えた。いつの間にか彼はカメラ愛好家たちのリーダーとなり、中国撮影学会に対抗する最前線に押し出されていた。写真コンテストでは順位をつける権力を持ち、巨匠と讃えられることもある。そうしたすべてが、彼をひどく不自由にした。このスパイカメラは、そんな彼に自由な撮影の楽しさを取り戻してくれたのだった。

そうだ、新興写真。久しく思い出さなかった言葉が浮かんだ。写真は絵画主義《ピクトリアリズム》とリアリズムという異なるアプローチの二項対立だけではないのだった。彼はまるで初心者のように心弾ませ、カメラと呼ばれる精密機器の機能をあれこれ試した。

鮮魚売り場の箱いっぱいに詰められた魚は、どれも口を大きく開いている。なかにはそこから胃袋が飛び出したものもいる。超現実主義的《シュルレアリスム》な服従のイメージだ。重ねられたふたつの籠は、レンズのなかで緻密な曲線と直線を描き、幾何学模様の美しさに満ちている。陶芸窯のまわりに点々と置かれた大きな黒い壺は、口を開け天を仰いで何事か問いかけているようで、どこかポストモダン的な風景にも見える。穴の開いたブリキのバケツに置かれた二足の布靴。児童遊園地の片隅に放置された、虎の頭を模したアーチ門。金網の破れ目から見る、芝生の少年野球。木枠に吊るされた菜切り包丁、肉切り包丁、鎌、鍬のシルエット……。何気なく撮影されたように見えるこうした写真も、その実、どれも非常に洗練されていた。

高尚な主義も理想も忘れ、自分が背負っている栄誉や責任も忘れた。彼は今、十ヶ月分の生活費をつぎ込んで一台のカメラを買った、あの青年だった。新しい眼差しで広い世界を見たくてうずうずしている青年だ。彼はまた以前のようにあちこち歩きまわるのが好きになった。淡水《たんすい》の重建街交差点から坂を登り、見知らぬ市場をそぞろ歩き、廟の祭り行列を追いかけ、面白いと思うものは何でも撮った。学会主催の屋外モデル撮影会でも、ミノックスを使って撮影することに興を覚えた。写真家としてのキャリアの晩年、鄧騰煇は超小型カメラで新たに小さなピークをもうひとつ生み出した。

ミノックス専用フィルムは非常に高価だったので、幅の広い微粒子フィルムを裁断して九・五ミリ幅にし、暗闇のなか手探りで、小さく設計も複雑なカートリッジに装着した。撮影し、フィルムを現像すると、必ずすべて見本プリントを作った。それから理想的なものを選んで四×五の印画紙に引き伸ばし、見本と一緒に台紙に貼り付けて、裏に各種記録を書き込んだ。楽しさが先に立ち、面倒な作業にも一切疲れを感じなかった。

あとになって気付いたことがある——彼は現場に分け入り、より中心に近づいて撮影するようになっていた。とりわけ若い頃に撮った慈天宮の祭礼写真と見比べると、違いが際立った。あの頃は中元普渡の祭礼を撮影するのに、彼は自宅店舗二階の窓辺に立って通りの人びとを俯瞰した。それは裕福な坊ちゃんの位置だった。今は群衆のなかに交ざって、顔いっぱいにペイントを施した虎爺《ホーヤー》の行列や、練り歩く巨大な神像のすぐ近くにいた。老人が老妻を背負う場面を一人二役で演じるコミカルな出し物では、演者が彼に向かってにっかり笑って見せた一方、まわりを取り囲む観衆の目はみな演者に注がれ、誰も写真に撮られたことに気付いていなかった。

彼はかつて自分が一歩退いて見ていた画面のなかに入り、ひっそりその場に溶け込んだ。すべてはスパイカメラの忍びの効果と、彼自身が長年培ってきた気配を消す能力のおかげだった。だが一番大切なのは、やはり前へ出たいという気持ちだった。

彼はついに有能なスパイカメラマンになった。廟の祭りでスリを繰り返す盗人のように、こっそり時間ばかりを盗んだ。神も仏も知らぬ間に、刻々と変化する人生の喜びを手のひらにしまい込み、手を翻して跡形もなく隠してしまうのだった。

⁂

鄧騰煇はよく文学作品のなかに「黄ばんだ記憶」という言いまわしを見つけた。

だが昔の人の記憶は黄ばんだりしない。するのは現代人の記憶だけだ。より正確に言えば、写真が普及したあとの人だけだ。実際に黄ばむのは写真であって、人びとは写真を記憶と同じものとして扱っているのだ。確かに一枚の古写真からは多くの記憶が呼び覚まされる。それに人の記憶は、ある意味では写真的なものだとも言える。時間の流れを止めて、隅々までくっきり見渡せるようにするのだから。

フィルムや印画紙の上の銀塩は不安定で、酸性の物質に簡単に化学反応を起こして変質してしまう。写真を永久に保存したいなら、調色をする手がある。銀塩を硫化ナトリウムで黄褐色の硫化銀に変えるか、セレンで暗黒色のセレン化銀に変える方法だ。どちらも毒性があり、特にセレンは規制を受けるほどの猛毒だ。「永久」を追い求める代償は、毒物と渡り合い、死の危険の隙間に着地点を見つけることだ。

調色をせず、定着や水洗の処理すら適切に行われていない写真は、時間が経てば劣化した。カビが生え、虫に食われ、銀粒子が表面に浮きあがって鏡面のような光沢を発し、ベースとコーティングの熱膨張や収縮の速度が違うために皺がより、湾曲する。当然ながら人の手によって折り曲げられ、へこまされ、指紋をつけられ、飲み物をこぼされ、汚されるものもある。言うまでもなく、落書きされたり、破られたり、切られたり、踏みつけられたり、燃やされたりすることもあれば、憎む相手が写っているからと握り潰されることだってある。

時間から盗んできたものは、結局は時間に奪い返されてしまう。李火増《りかぞう》の撮った古い写真を見ると、たかだか三十年にして一部で劣化が始まっていた。

この日は珍しく仕事が暇で、鄧騰煇は昼休みに学会誌の原稿を印刷所まで届けに行った。その道すがら、李火増に出くわしたのだ。指折り数えてみれば、かれこれ十年近く会っていなかった。李火増は鄧騰煇を今の住処へ連れて行った。積もる話に花が咲き、その流れから以前撮った写真が引っ張り出されてきた。アルバムのほこりから見るに、李火増本人も滅多に写真を見返していないようだった。

あぁ、懐かしいな、これぞ昔の台北《たいほく》だ。鄧騰煇が言う。彼の手にしたアルバムは、ほとんどが屋台の写真だった。特に多いのが李火増の家の近くにある建成円環の屋台と、そこに集う客の様子だった。

日本時代の屋台と言えば、と李火増が口を開く。あれは中流層の食べ物だったな。貧乏人は食べられないし、金持ちは見向きもしない……。南光さんみたいな人は、あんまり屋台じゃ食べないだろう？

今はたまに食べるよ。鄧騰煇は答えた。そうか、日本時代の屋台はこんな感じだったか。今とほとんど変わらないな。大きな丸い鉄板で食べ物を焼いて、寸胴でスープを煮て……。あれ？　この屋台は変わってるね。

目に留まった写真の屋台は、上からガラス製のコーヒーサイフォンをぶらさげ、台の上のガラス瓶には果物やら草花やらが浸かっていた。おまけにイギリス式の上品なティーカップを使っている。売り子の若い男性は角刈りで、布ボタンの中国式木綿シャツにきっちり腰巻エプロンをし、どこか修行僧のように浮世離れした落ち着いた表情をしている。

あの頃こんな屋台があったとはね。

李火増はアルバムを受け取ると、老眼鏡を頭に押し上げて怪訝そうに見つめた。おかしいな、自分で撮ったのにまったく印象に残ってないよ。きっと当時も珍しいと思ったから撮ったんだろうな。だけど道端で優雅にアフタヌーンティーなんて飲むやつはいないから、すぐに商売替えしたんじゃないか。

自分で撮った写真を忘れるなんてことがあるのか？　鄧騰煇は思った。もちろん人が何かを忘却するのはおかしなことではない。言ったこと、したこと、約束などを忘れてしまうことはいくらでもある。だが自分の撮った写真は忘れないと、彼は思っていた。

李火増の撮影は気ままで、日々の暮らしのなかに題材を見つけていたため、撮影範囲は広くなかった。しかし建成町周辺の日常を生き生きと記録していた。

写真っていうのはつくづく不思議なもんだよなあ。李火増が感慨深そうに言った。こういう写真を目にすると、毎日ふらふらしてた頃の自分が見えてくるよ。朝、円環の脇で朝日を浴びながら通勤通学する人たちを撮ったら、大量の自転車が踏切で列車の通過待ちしてるところを見て、今度は派出所に行って今日は誰が捕まったかな、なんて見てさ。まったく本当に暇だったんだな。

いや、美しいよ。当時はなんとも思っていなかった風景だけど、今はもう見たくても見られないんだから。李さんが撮影しておいてくれてよかった。

黄ばみ、カビが生え、亀裂が入った写真は、それがゆえにかえって輝きを増したように鄧騰煇には見えた。印画紙そのものが人と一緒に時間のこちら側へやってきて、記憶がどれだけ古くなろうとも銀塩の画像は忠実に若さを保ち、写った顔は曖昧になろうとも、永遠に歳をとらないと告げているようだった。

若かりし頃は、写真で時間を止められると思っていた。だが今になってわかった。写真は人がどれほど時間に押し流されてきたかを無情に知らせるだけだと。

李さん、何枚か好きなものを選んで調色して焼き直して、永久保存したらどう？　僕の暗室を使ってもいいし、僕がやってもいいよ、と鄧騰煇が言った。

いいよ、永久って言ったってどれだけ持つやら。李火増はあっさり断った。死んだらこんなものは何の価値もない。孫に見せてもちっとも興味を持ってくれなかったよ。歳とってから毎日昔のことを思い出すけど、同時に気持ちが軽くなってもいるんだ。どうせ死ぬ時には何も持って行けないんだからな。

え？　この写真は……。鄧騰煇は北投温泉で撮られた女性のヌード写真のページで手を止めた。

ヌード撮影の習作だよ。きみより二十年早かったね。李火増は舌を出しておどけた顔をしてみせた。

これはたしか、あの人だよね？　やるじゃないか。モデルを務める酒家の女性に、鄧騰煇は見覚えがあった。

そうだ、写真と言えば。李火増は何か思い出したように、古雑誌の山から『月刊ライカ』を探し出してめくりはじめた。戦前に発行されたその雑誌には、鄧騰煇が投稿した写真も掲載されているはずだった。家にも一冊あると思うが、どこへしまったかもうわからない。

これだ！　李火増があるページを開くと、懐かしい写真が掲載されていた。それは確かに鄧騰煇が撮ったもので間違いない。四十年近くが経ったが、細部までよく覚えている。

記憶が洪水のように押し寄せ、一瞬にしてあの日の情景がよみがえった。あの光なら知っている。柔らかな斜陽が少女の優しい顔を照らしていた。それがすぐに消えてしまう、束の間の魔法の瞬間だと気付いた彼は、動かないでと少女に頼み、急いでカメラを構えた。灰色の雲がゆっくり流れ、頬をなでる爽やかな春風はまだかすかに冷たさを残していた。少女は静かに前を見つめ、じっと彼を待っていた。

あの、心にいる理想の女性の写真だったか。布団のなかでじゃれあっている時に彼が冗談を言い、少女が怒って彼を叩くふりをしたことを覚えている。二人で抱き合っていても、目を閉じると脳裏にこの写真が浮かんだことも。

一瞬、過去のすべてが、あの場のすべてがよみがえったかと思った。彼はもうあの場に身を置き、二十二歳に戻っていた。時の流れが今にもごうごうと唸りをあげて押し寄せてくるかと思われた。しかしそうはならなかった。時間は固定されていた。写真によって、永遠に。前の一秒もなければ後の一秒もない。彼にはその場所がどこだか思い出せなかった。二人がなぜそこへ行き何を話したのかも、そしてシャッターを押してからどうしたのかも思い出せない。ない、何もない。

彼は確かに過去へ戻った。だが百分の一秒に閉じ込められて身動きがとれなかった。それは単なる幻影に過ぎなかった。自分の心のなかだけに存在する楽園は、どこにも通じていなかった。

いい写真だ。李火増が言った。タイトルは「Out Door Portrait of My...」か。で、これは誰なんだい？

当時の恋人だよ。鄧騰煇は感情を込めずに淡々と答えた。だが突然、左胸に金槌で殴られたような痛みが走り、冷や汗が噴き出した。四十年という歳月の重みが一気に込み上げてきたかのようだった。

どうした？　李火増が心配そうに尋ねる。

何でもない、持病だよ、すぐによくなる。鄧騰煇は重たい感覚が抜けるのを待ってポケットをまさぐり、煙草を探し出して火を点けた。

驚かさないでくれよ、医者に診せたらどうだ？

診せたよ。僕の職場が病院だって忘れたのかい？　鄧騰煇は腕時計を見やり、仕事が溜まっているから戻らなくちゃと言った。一階の玄関口まで送ってくれた李火増を振り返り、鄧騰煇は言った。李さん、また撮りなよ。あのライカ・リーが撮らないなんてもったいないよ。

そんな余裕はないんだよ。李火増は率直に打ち明けた。戦後投資には失敗するし、保証人になったのも災いして、とっくにすっからかんなんだ。たまにカメラを持って街に出ることもあるけど、前みたいに撮りたいって気持ちにならないんだよ。ここはもう僕がよく知る路地じゃないし、僕の時代じゃないんだ。

二年前に張維賢《ちょういけん》がまた映画を撮った時、李さんも参加したんでしょう？　カメラマンをやったの？

あの話はいいよ。維賢さんは映画に再起をかけてたし、僕も台湾語〔閩南語〕映画が流行してるから可能性があると思ったんだ。でもその映画のタイトルが『思い違い』っていうんだけど、まさか本当に思い違いに終わるとはね。維賢さんは芸術に関しては頑固だろう。結局興行は散々だった。フィルムは張才《ちょうさい》が提供したんだけど、そのせいで兄弟は危うくケンカ別れするところだったよ。李火増は手をひらひらさせて笑った。

李火増に別れを告げて一人で通りを歩いていると、目に映るすべてが見知らぬもののように思えた。考えてみれば、青年時代から共に歩んできた仲間たちは、ほとんどが創作をやめていた。彭瑞麟《ほうずいりん》は戦後、無実の罪で一時牢に入れられた。潔白が証明されてからは故郷に戻り、かれこれ十数年サツマイモを作っている。聞くところによると、数年前に漢方医の資格を取り診療所を開いたそうだ。張才はサロン写真文化に幻滅する一方、流行しはじめたカラー写真の現像事業が忙しくなり、次第に創作意欲を失っていった。李鳴鵰《りめいちょう》は事業をさらに拡大して日本製のフィルムと印画紙の代理店を務めるようになり、新作をあまり目にしなくなった。

まだシャッターを切っているのは、今や自分ばかりだ。その自分にしても新作は滅多に発表しない。台湾省撮影学会を設立した頃、彼は「走行試験」をされている水牛のように、荷物を満載した四輪台車を牽いて必死に前へ進んでいた。展覧会を開き、雑誌を発行し、驚天動地の宣言を二回発表した。ダイナミックな表現を用いて現代社会のテーマを追求し、模倣を放棄するよう呼びかけたこの宣言は、中国撮影学会の美学に対する宣戦布告に等しいものだった。

民国五五年（一九六六年）、海峡の向こう岸で発生した文化大革命が台湾の芸術文化にまで影響を及ぼすことになろうとは、夢にも思わなかった。政府は中国文化復興運動を推進し、いよいよ激しく燃えんとしていた創作の自由の火種を消してしまった。それ以降、鄧騰煇は沈黙を守り、作品も宣言も一切発表しなくなった。彼にできるのは学会や展覧会、雑誌を存続させることだけだった。彼はじっと固い殻に閉じこもり、冷たい激流が去るのを待った。嵐がひとつひとつ過ぎ去るまで耐え忍んだ、これまでと同じように。

だが彼の控えめな振る舞いは、あるいは彼が年をとったことの表れだったのかもしれない。この二年の間に、若い世代の創作者たちが衝撃的な展覧会を続々と開催していた。彼らはまず現代写真の旗を掲げたかと思えば、ミクストメディアによる視覚芸術へと領域を広げ、超現実主義《シュルレアリスム》、意識の流れ、実存主義、不条理演劇、コンセプチュアル・アートなどのスローガンを次々に打ち出しては実践した。まるで才気に満ちた恐れ知らずの幼い侠客の群れのように、彼らはそれぞれ奇抜な武器を手に天地を引っくり返そうとしていた。

絵画主義《ピクトリアリズム》とリアリズムの論争はもう古い。そのうち郷土ドキュメンタリー写真ですら「郷土サロン」の烙印を押され、絵画主義と一緒に歴史のごみ溜めへ掃き捨てられるのだろう。

鄧騰煇が研究所へ帰ると、助手が舟を漕いでいた。急ぎの仕事はないようだ。夏の午後、撮影室はのんびりとした空気に包まれ、窓の外のセミだけが絶え間なく鳴いていた。

机の上の抜け殻を手に取り、背中の裂け目からなかをのぞいてみる。自分はまさにこの野暮ったい抜け殻のようだと思った。生まれ変わった新しい生命はとっくにどこかへ飛んで行ったのに、土から出て最初に抱き着いた木に、ただ一本の木に、しっかりとしがみついているのだ。

飛んで行ったのは何だろう？　若い頃の夢か、主流になりつつある一眼レフカメラか、色彩豊かなカラー写真の世界か、それとも勢い盛んな新しい芸術の潮流か。あるいは自分を置き去りにして飛んで行ったのは、ひとつの時代そのものかもしれない。

何であれ、それらはみな外の木の上で、シャワシャワと声高らかに鳴いている。かつて自分の脱いだ殻が、いまだ世界の片隅にしがみついていることも忘れて。

鄧騰煇は珍しく静かな、けれど蒸し暑い仕事場で考えごとをしていた。煙草をもみ消したその手で、すぐ次の一本に火を点ける。立ちのぼる紫煙で室内の暑さが増した気がした。

写真とその他の芸術には、ひとつ大きな違いがある。どれだけ経験豊富な写真家であっても、平凡でつまらない失敗写真を大量に撮影して、ようやく一枚の佳作を手にできる。そして佳作を無数に積み重ねた先に、後世まで遺すに足る傑作が生まれるのだ。

厳格な写真家の多くは、選び抜いたフィルムしか人に見せたがらない。フィルムにはなぜシャッターを切ったのかわからないもの、あわてて撮ったスナップ、近づき過ぎたり遠ざかり過ぎたりしたものなど、右往左往した記録がたくさん残されているからだ。不適切な絞り、不適切なシャッター速度、不適切な露出の組み合わせ。そもそもピントが合っていないものもあれば、初心者のような無様な失敗だっていくらもある。

玉石混交の写真の濁流に、ふいに銀の光がきらめくことがある。大量の失敗写真のなかから完璧な一枚が現れた時には、嬉しい驚きに魂が震える。その前後の惨憺たる有り様からすれば、こんな傑出した作品を撮れたのは奇跡としか言いようがない。結局のところ作品の良し悪しはすべて運によるのではないかと疑いたくもなる。

そう、運だ。写真のもうひとつの特色は、たとえまったくの素人であっても、タイミングと運さえよければ佳作、いっそ傑作すら生み出せるということだ。

ベテランが運に翻弄される一方、初心者は運を引き寄せる力も強い。こんな芸術を彼はほかに知らない。だからこそ写真を芸術と見なすことに反発する人がいるのだ。

鄧騰煇は初心者だった時分から運に恵まれ、次々と佳作を生み出してきた。それが彼に写真を続ける力を与えた。あの頃最も心を動かされた作品のほとんどが、ある種の理想像を写し出したものだった。景子の写真は理想の女性を、房総の海女は理想的な生命の様子を表していた。

だが撮れば撮るほど自分の凡庸さを思い知らされ、写真の撮り方すらわからなくなる。そうなったらもういくら工夫しても、いくら待っても、いくら知識と技術を磨いても、自分を驚かせるような作品は撮れなくなる。

のちに彼は知った。写真はその人の生命の在り方そのものを反映しているのだ。光を通して被写体を把握する撮影者には、時間、空気、人の感情の機微のすべてをコントロールする能力が求められる。撮影者の心性や品格、教養、感受性、想像力がみな写真に反映される。たとえシャッター速度は百二十五分の一秒だったとしても、写真を完成させるのはその人の歩んできた一生分の時間なのだ。

写真とは、言わば撮影者の心象を映す鏡だ。カメラを持って日がな一日歩きまわれば、身につけた技術でそれなりの写真は撮れる。だが心象を完璧に映した情景に出会えるかどうかは、運次第だ。それは往々にして電光石火のごとき一瞬で、百分の一秒の間にシャッターを切れなければ、過ぎ去ったきり二度とは戻らない。初心者でも一度か二度はその瞬間を捉えることができるかもしれない。しかしツバメが風雨を察知するように、あるいはナマズが地震を予知するように、神秘の瞬間が近づいていると直感し、鏡のように澄んだ心でそれを捉えることができるのは、しっかりと準備を整えた写真家だけだ。

つまるところ写真というのは、カメラで何を捉えたかではなく、何に心を捕らわれたかだという人がいるのは、そういう意味なのだ。

ここ数年、鄧騰煇がほとんど作品を発表しなくなったので、人はもう彼が創作意欲を失ったのだと思った。彼がいつでもどこでも、あらゆるものを対象に写真を撮り続けているのを知っているのは、彼自身だけだった。前と違うのは、今は現像するだけでプリントはせず、見本も作らなくなったことだ。

今この時、彼にとって大切なのは、心象の確認だった。好機を逃さず正確にシャッターを切れたなら、その写真は完璧だ。印画紙に焼くかどうかはどうでもよかった。彼は作品を発表もしなければ写真展にも参加せず、特段分かち合いたい相手もいなかった。収蔵するといったって、すでにこの半生で撮った数千枚の写真が無数のキャビネットにしまいこまれていて、それですら見終わらない。もし見たければ直接ネガフィルムを見ればよい。フィルムに刻まれた層を鑑賞するのは、写真科学に精通した者にとって最も胸躍ることなのだ。

⁂

鄧騰煇はデスクに置かれたローライ三五を手に取り、目の前にあるものに構図を合わせてみた。発売間もないこの機種は、一三五フィルムを使うカメラのなかでは最も小型で、煙草の箱より少し大きいだけだった。すべてのダイヤルがボディの前面に配置され、中央に鎮座するカールツァイス製のレンズとぴったり合っている。ドイツのカメラらしい精巧な工芸品の趣がある。

一番面白い点は、目測カメラであること。つまりカメラ本体にはピントを合わせる機能がなく、ファインダーは純粋にフレーミングのためだけにある。撮影者はピントリングのメモリで距離を合わせ、ピントを調整しなければならない。だがそんなことは鄧騰煇にはお手の物だ。最初期のライカAも同じような設計だった。ローライ三五を手にした彼は、肉眼で距離を測る能力を再び使うことになり、かつて覚えた撮影の楽しさと出会い直した。

彼は静かに座っていた。祖父・姜満堂《きょうまんどう》が釣りをする時のように、あるいはハエが口の近くに飛んで来るのを待つ年老いたカエルのように。彼は心の赴くままにシャッターを切った。この人生で何万回シャッターを切ったか知れない。それでもなお、あの軽やかな響きに、そして指先に響く機械が唐突に発するかすかな振動に、酔いしれた。彼は左手の親指でフィルム巻き上げレバーを操作し、ギアがスプールを回転させるなめらかな感覚と、レバーが素早く跳ね戻る軽快さを楽しんだ。

突然、彼は何かに捕らえられた。彼を捕らえたものは穏やかさをたたえ、ゆったりと深く息をしてリラックスした表情だった。その笑っているようないないような顔の、太い眉の下の下がり目は、すべてを見透かしているような思いやりに満ちていた。それは彼のデスクの右側にある鏡に映ったもの、すなわち彼自身だった。

意図せずこんな表情を出せるのは、波瀾万丈の人生を送りながらも、なお心のうちを平静に保ってきた人だけだ。そして鏡に映るこの神秘的な瞬間を鋭敏に察知できるのは、何万回もの撮影で腕を磨いてきた写真家だけだ。だから鄧騰煇はわずかに横を向き、自分に向けて穏やかにシャッターを切った。

この瞬間は永遠に刻まれた。何年ものち、彼の足跡をたどろうとする者が暗室にこもり、寝る間も惜しんでフィルムを一枚一枚現像し引き伸ばしては、かくも抒情的で人間味にあふれる写真家が、世間から長らく忘れ去られていた事実に驚愕することになる。またフィルムの劣化が進行しつつあるなか、一コマ一コマをスキャンして、今にもかすれて消えそうだった画像を救出し保存する者も現れる。おかげで、このセルフポートレートを目にすることができる。これは鄧騰煇がプリントせず、危うく時の流れに埋もれそうだった彼の姿だ。そして人びとは知る。かつてこのような時代があり、このような人物がいたことを。

理想の典型も理想的な生命の有り様も、彼の指の間、瞬時に開くシャッターの前にある。この写真の露光時間は、百二十五分の一秒に、六十二年六ヶ月と十二日だ。

付録

南光が写した時代

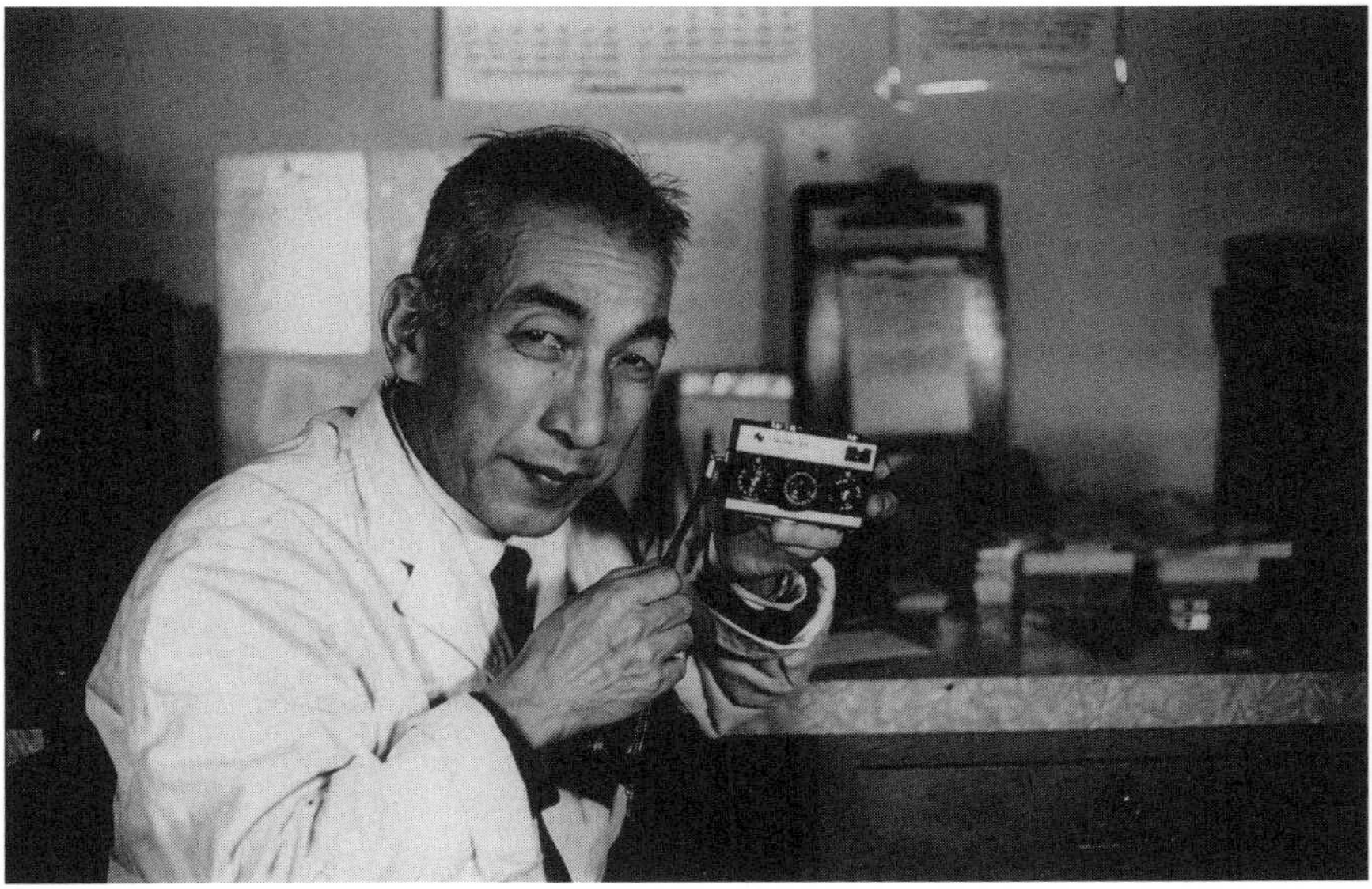

東京のモダンガールのスナップ

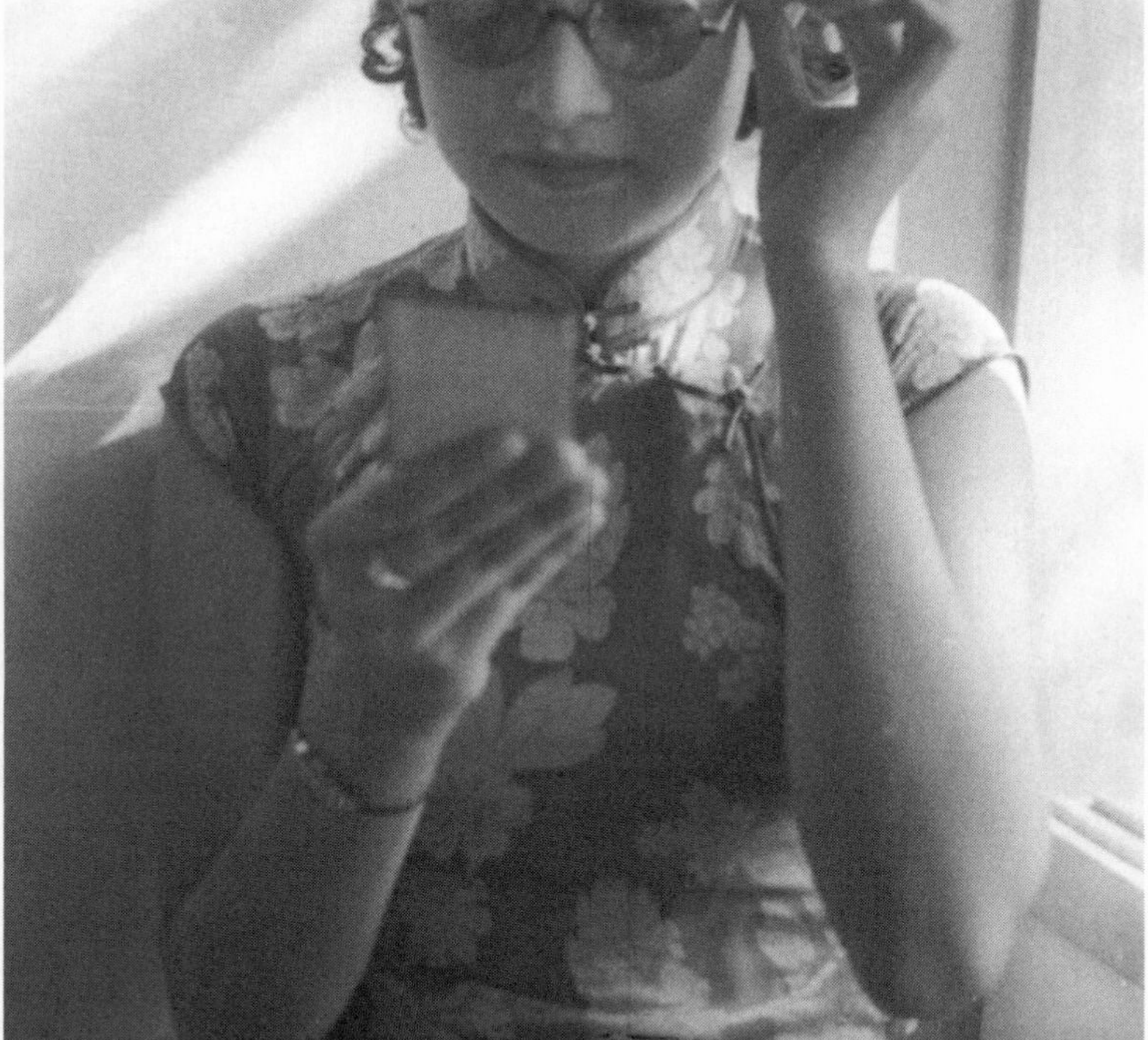

差し込む光を浴びる女性

法政大学の新入生歓迎イベント

鄧騰駿に嫁いでゆく謝富美

北埔のルーレットゲーム

媽祖を乗せた慈天宮の神輿

祝應召鄧騰釬君
祝従軍
祝應召鄧騰

鄧騰釬の出征壮行会

台北新公園の易者

九份の盲目の流し

関渡と八里を結ぶ渡し船の船上

南光写真機店の鄧南光

あとがき　光の痕跡をたどって

鄧南光さんの作品を鑑賞する経験はとても特別だ。彼は穏やかで物静かな性格で、画面にも意図的に介入しようとしない。そのため彼の作品は一見さほどインパクトがなく、急いでいれば見落としてしまうことさえある。だが彼は冷静かつ自然に現場へ分け入っていくので、作品をディテールまでじっくり読み込めば、人をある種の空気に浸らせてくれる。彼は温かくロマンチックな眼差しで以て、時代の印象をまるごと繊細に記録した。そしてまたユーモラスでありながら正確に、様々な人生模様を描写した。社会の底辺にあえぐ人を撮っても、そこには強さと尊厳、希望の輝きが見える。

時代が時代だけに、生前、彼が作品を発表できる場は決して多くなかった。だからこそ彼は志を捨てず、最後まで写真を撮り続けた。僕はこう考えずにはいられない。晩年の彼はシャッターを切る瞬間、ひいては目で対象を捉えたその瞬間に、もう撮影を終えていたのではないだろうか。それは一種の心象の確認であり、不自由な時代に身を置いた芸術家の、心の自由を求める優雅な飛翔なのだ。

僕は自分にとっての写真の意義を考えさせられた。デジタル撮影がこんなにも容易になり、画像が氾濫しているような時代において、写真を撮ることはもはや以前とは違う行為になっている。伝統的なフィルム写真が存在し続けることの価値とはいったい何だろうか？

僕にとってフィルムでなければならない理由のひとつは、暗室が覚醒しながらにして潜在意識に入っていけるような空間であることだ。真っ暗な部屋のなか、赤い安全灯があらゆる物の輪郭を照らし出す。フィルムには一コマずつ切り落とされた時空のかけらが閉じ込められていて、僕らの手で引き伸ばされ、トリミングされ、理想のなかの記憶や心象に変換されるのを待っている。それは言わば、破られたくない白昼夢のようなものだ。

もし写真が時空のある瞬間を切り落とし、雄弁なイメージとして永遠に留めるものであるなら、僕がこの小説で成し遂げたかったのは、その「凝固した瞬間」を反対に時間の大河に還し、そこに閉じ込められた喜怒哀楽をあらためて感じることだった。

だからこれまでとは異なるアプローチで執筆をし、古写真を一枚一枚眺めては、脳裏に浮かぶ意識の流れを噛みしめようと努めた。その過程で、写真と小説の似ている点を発見した。両者とも真実に肉薄した錯覚を創り出そうとするが、実際に描かれる世界はひそやかに翻訳され、心を惑わす虚像となる。したがって写真のなかの心に刺さる点《プンクトゥム》や輝きをたどりながら進めば、あの時代、あの彼らの切実な感情を疑いようもなく感じられるばかりでなく、むしろ自分自身を省み、かすかな心のきらめきを見ることができる。

本書を執筆している間、僕の生活にもいくらか変化があった。僕の内部も外部も、何かを模索するように混沌とした状態に陥り、度々壁にぶつかってほとんど前に進めなくなった。物語が展開するにつれてようやく落ち着きが戻り、そのなかへ没入することができた。この小説は、最後には内なる生命の旅となった。完成した時には心身ともに疲れ果てていたが、一方で情緒はとても満たされていた。

それはまるで、露出不足のうえ定着時間も長すぎたフィルムのようなものだった。一見すると粒子が粗くコントラストも制御できていないが、いざ紙に焼いてみれば撮影した時の心象を見事に表していて、僕にとってとても大切な創作のひと時となった。

本書を執筆するにあたっては、長年支えてくれている師や友人をはじめ、見ず知らずの先達からも多くの示唆や力添えをいただいた。彼らのたゆまぬ努力には、心から敬服する。僕は彼らの熱意と寛大さから多大なる恩恵を賜った。

羅曼《ロマン》・羅蘭《ロラン》百萬《ミリオン》小説賞発起人の謝里法先生に感謝申し上げる。この賞はより多くの人に台湾美術史および先の時代の芸術家たちに目を向けさせただけでなく、僕にこの作品を書きあげる決意をさせてくれた。また賞を主催する巴黎文教基金会、および本作を評価し、大いなる励ましをくださった審査員の先生方にも感謝申し上げる。

写真というテーマについて多くの示唆をくださった簡永彬先生にも感謝申し上げる。簡先生が写真家たちの作品を救い出して保存し、研究を進めてくださったおかげで、このような小説を書きあげることができた。原稿の誤りを指摘してくださったうえ、多くの貴重なご意見をくださったことにも感謝したい。そして暗室でプロの観念と技術を教えてくださった達蓋爾《ダゲール》銀塩暗房工作室の陳豊穀先生にも、感謝申し上げる。

同窓の李明倫は、気前よく貴重なアンティークのライカを貸してくれた。おかげで一種理性的で科学的な視点を体験することができ、世界の見方が少し変わった。写真に向き合う先達の心境がわずかばかり理解できたように思う。Pにも感謝を。僕の創作活動はすべて彼女と出会ってから始まった。彼女は最も容赦ない査読者であり、最も厳しい編集者であり、最も冷酷な批評家だ。もし作品のなかに輝く箇所があるとするなら、そのほとんどは彼女のアイデアによるものだ。彼女は僕の共著者なのである。

印刻出版編集長の初安民さん、副編集長の江一鯉さんには、いつも温かな支援と協力を賜り、家鵬には丁寧な編集作業をしていただいた。そして著作を読んでフィードバックをくださる読者の皆さんにも感謝を。それが僕が執筆を続けるエネルギーだ。

訳者あとがき

鄧南光の写真を初めて目にしたのは、そう前のことではない。二〇一八年に台湾で刊行された写真集『凝望鄧南光　観景窓下的優游詩人1924〜1945（鄧南光に目を凝らす　ファインダーの吟遊詩人1924〜1945）』（蒼璧出版、二〇一八年）を台北の書店で手に取ったのが最初だ。その前年には、同じシリーズの『看見李火増　薫風中的漫遊者・台湾1935〜1945（李《り》火増《かぞう》が見える　薫風の放浪者・台湾1935〜1945）』（蒼璧出版、二〇一七年）も購入していた。

ページをめくると、バロック式ファサードが整然と並ぶ台北の街並みや、賑々しい廟の祭り、菅笠をかぶった人たちが集う屋台といった、戦前の台湾の情景を捉えた写真が続く。長衫《ツンサァ》をまとう酒家の女性たちを被写体にしたものも多い。そこへ、法被を着て鉢巻をしめた男たちが神輿を担ぐ写真がまざる。キャプションには台湾神社の祭りとある。台北駅前では、もんぺ姿の女性たちによる消防演習が行われ、台北幼稚園の運動会では、子どもたちが日の丸を振る。

一八九五年、日清戦争後に交わされた下関条約にもとづき、台湾は清国から日本に割譲された。それから一九四五年までの約五十年間、台湾は日本の植民地だった。写真を目にするや、当時の様子がたちまちくっきりとした輪郭を表し、眼前に立ちあがる。祭り囃子や号令まで聞こえてくるようだ。

シリーズの編者は、写真を通して台湾の近代史、とりわけ庶民の生活史を紐解くことをライフワークとする王佐榮《ワンヅゥオロン》。王は日本統治時代の「台湾総督府登録写真家」に名を連ねていた李火増と鄧南光に注目し、このシリーズを編んだ。写真集の裏表紙には、登録写真家に配布された、ライカを模したバッヂのイラストが描かれている。

鄧南光は一九〇八年、日本統治時代の台湾に生まれた。生年については一九〇七年とする資料も多いが、台湾総督府登録写真家の身分証明書に「明治四一年一二月五日生」と記載があること、著者が鄧南光の家族にも確認済みであることなどから、本書では一九〇八年としている。

生家は現在の新竹《しんちく》県にある北埔《ほっぽ》の富商である。北埔は独自の言語や文化を持つ客家《はっか》人が多く暮らす地域として知られ、鄧南光も客家だった。

初めて自分のカメラを手に入れたのは、日本の名教中学に内地留学していた頃。本書ではほとんど触れられないが、コダックのオートグラフィックカメラが、生涯初の相棒だった。その後、法政大学へ進学するとカメラ部に所属し、ライカでスナップ写真の腕を磨くようになる。モダニズム全盛期の東京を写真に収めては、写真雑誌『カメラ』や『月刊ライカ』に投稿し、たびたび入賞を果たしている。

銀座や浅草、上野などの街角で撮られたスナップ写真は、木村伊兵衛、桑原甲子雄、濱谷浩らを彷彿とさせる。彼らもまた、ライカを愛用していたことで知られる。

しかし鄧南光が東京で撮った写真は、戦後長らく、日の目を見なかった。鄧南光の長男である鄧世《とうせい》光氏《こう》（本書には「永光」の名で登場）が、紙に焼かれることもなくしまわれた大量のネガを見つけたのは、一九七一年に鄧南光が亡くなってしばらく経ってからのことだ。

それは戦後、台湾が歩んできた歴史と無関係ではない。一九四五年の日本の敗戦後、台湾は中国国民政府によって接収され、中華民国の一省となった。被植民者として辛酸をなめてきた台湾の人びとは、「祖国」復帰に少なからぬ期待を寄せていただろう。

だがその期待は、すぐに裏切られる。国民党政権は、政治や経済の中枢から台湾本省人を締め出し、実権を独占。汚職も相次いだ。これに治安の悪化やインフレなども重なり、本省人は、政府のみならず、戦後に中国大陸から渡って来た外省人に対しても不信感を募らせていくこととなる。

五十年にわたる日本統治、特に一九三〇年代後半に始まった皇民化政策により、本省人の生活や文化には、日本的な色彩を帯びた部分が少なくなかった。一方、八年にわたって抗日戦争を闘ってきた外省人は、強い反日感情を持ち、日本的要素の払拭に躍起になった。抗日戦争当時は日本国民であった本省人に対して、自分たちこそが真の戦勝国民であるという驕りもあった。そうして本省人と外省人は次第に分断されていく。

分断を決定的なものとしたのが、本書にも登場する二二八事件である。ことの発端は、一九四七年二月二七日に起こった、やみ煙草の取り締まりをめぐる民衆と政府当局の衝突だった。政府や外省人に対する不満を鬱積させていた本省人は、これを契機として一斉に蜂起。翌二八日には台北全域に抗議行動が広がり、台湾全島へと波及していった。

政府はすぐさま軍隊を投入し、武力で民衆を鎮圧した。そればかりか、混乱に乗じて本省人エリート層を中心に、抗議行動に無関係な市民まで多数殺害した。犠牲者の数はいまだ不明瞭だが、一万八千―二万八千人にのぼると推計されている。

一九四九年には戒厳令が敷かれ、反政府行動や共産主義への共鳴に対して、徹底的な弾圧が行われるようになる。二二八事件にはじまり、戒厳令が解かれる一九八七年までにわたったこの政治的弾圧を「白色テロ」と呼ぶ。

こうした状況下にあっては、日本統治時代に撮影した写真を世に問うなど不可能だった。ましてや内地留学していた東京の写真など、言うまでもない。若き日の鄧南光が撮影した作品が長らく埋もれていたのも、無理からぬことだった。

一九八〇年代に入ると、台湾に民主化の萌芽が見えはじめる。そしてその成長と歩みを同じくするようにして、沈黙を余儀なくされていた日本統治時代の写真家たちが、次々と「再発見」される。

一九八五年には行政院文化建設委員会に「百年台湾撮影史料整理工作小組」が組織され、台湾写真史の本格的な資料収集と調査が行われた。その結果、鄧南光や李火増、張才《ちょうさい》、彭瑞麟《ほうずいりん》らが、重要な写真家として注目を集め、再評価が進んだ。

鄧南光の紹介者としては、写真家の簡永彬《ジェンヨンビン》や張照堂《ヂャンヂャオタン》の果たした役割も大きい。簡は「夏門撮影企画研究室」を起ちあげ、近代台湾の写真家たちのフィルムと写真を収集、スキャンしてデジタルデータ化し、保存する活動をしている。鄧世光氏が発掘した鄧南光の東京時代の写真も、簡によって整理され、一九九〇年に台北で「鄧南光 1920―1935　一位台湾留学生東京遺作展」と題した写真展が開かれた。一九九四年には、東京のドイフォトプラザでも「鄧南光遺作展　未公開写真　埋もれた映像　昭和7年の東京」展が開催されている。

冒頭に挙げた写真集シリーズも、簡の協力のもとで編まれた。さらに二〇二一年には、シリーズ編者の王佐栄と郷土史家の王子碩《ワンヅーシュオ》の手によって、鄧南光のモノクロ写真を彩色したカラー写真集『彩絵鄧南光　還原時代瑰麗的色彩 1924~1950（鄧南光を彩る　あの時代の華麗なる色彩 1924~1950）』（蒼璧出版）も刊行された。

張照堂は一九八九年に『台湾撮影家群象』シリーズ（躍昇文化）の刊行をはじめた。その記念すべき第一号を飾ったのが、鄧南光だった。また張は、二〇〇二年に『郷愁・記憶　鄧南光』（雄獅図書）を刊行。鄧南光の写真や資料をテーマごとに整理し、写真家としての軌跡をまとめた。

一九八七年に戒厳令が解除され、徐々に民主化が進むと、「本土化」と呼ばれる動きが活発化する。台湾の歴史や文化を中華民国から切り離し、台湾を中心とした視点で捉えなおそうとするものだ。これにより、日本統治時代もまた台湾のアイデンティティの一部を成すものとして、積極的に探究されるようになった。

本作『南光』は、こうした時代のうねりを経て生まれた。

著者の朱和之《しゅわし》は一九七五年、台北生まれ。国立政治大学コミュニケーション学部でメディアについて学び、出版社勤務を経て、作家の道を歩みはじめる。

歴史好きが高じて二〇一〇年に刊行した歴史随筆『滄海月明　找尋台湾歴史幽光（蒼い海に月冴える台湾史の幽光を探して）』（印刻出版）が、翌年の台北国際ブックフェア大賞非小説部門にノミネートされると、台湾で国神と崇められる鄭成功を人間味あふれる姿で描いた自身初の歴史小説『鄭森』（印刻出版、二〇一四、二〇一五年）も、二〇一六年、同賞の小説部門にノミネートされた。また『逐鹿之海　一六六一台湾之戦（海の覇権争い　一六六一年台湾の戦）』（印刻出版、二〇一七年）では、鄭成功とオランダとの戦いを多面的な視点で描き、二〇一六年の台湾歴史小説賞の佳作（大賞該当作なし）に選ばれたほか、二〇一八年の金鼎賞文学図書類優良出版品にも選出された。

二〇一六年、佐久間左馬太総督の太魯閣《タロコ》蕃討伐をテーマとした『楽土』（聯経出版）が、全球華文文学星雲賞長編歴史小説賞の大賞を受賞。同賞創設以来、第六回にして初の大賞受賞者となった。さらに二〇二三年にも、終戦直後の台湾で発生した三叉山事件に材を取った『當太陽墜毀在哈因沙山（太陽がハインサラン山に墜ちた日）』（印刻出版、二〇二四年）で再び同賞を受賞し、大きな話題となった。

二〇二〇年には、日本にも足跡を残した作曲家・江文也《こうぶんや》の生涯を描いた『風神的玩笑——無郷歌者江文也』（印刻出版）を刊行。こちらは本書と同じく春秋社の「アジア文芸ライブラリー」から『風のいたずら（仮）』として邦訳が刊行される予定だ。

歴史小説以外にも、転生業務を請け負う会社の若手社員が、現世に未練を残す死者を導く様子を面白おかしく描いた『冥河忘川有限公司』（印刻出版、二〇一六年）、密やかに夢の売買が行われる社会を舞台にした『夢之眼』（印刻出版、二〇一九年）といったSF小説も手がけている。

テーマの幅広さや輝かしい受賞歴もさることながら、デビュー以来、作品の刊行がコンスタントに続いていることにも驚かされる。年代順に並べてみると、ほぼ一年に一作ずつ長編小説を発表している。驚異的なスピードである。

本書『南光』は、二〇二〇年、台湾の芸術家を主人公とする長編小説が対象の羅曼《ロマン》・羅蘭百萬《ロランミリオン》小説賞を全会一致で受賞し、二〇二一年に印刻出版から刊行された同名小説の全訳だ。朱和之初めての邦訳となる。

鄧南光は、カメラについては書いても、自身や作品についてはほとんど文章を遺さなかった。したがって本作は、鄧南光という実在の人物をモデルとしながらも、シャッターを切る瞬間、またその前後、あるいは次にシャッターを切るまでの時間すべてが、著者の想像で書かれた虚構である。これ以前に著者が執筆した歴史小説は、あくまで史実に忠実であることを命題としていたが、本作では図らずもそのくびきを解かれ、より自由な創作が可能となった。会話文に括弧を使わず地の文に溶け込ませるスタイルも、著者初の試みだ。

写真家がモデルとあって、数々のクラシックカメラが登場し、その構造や機能、暗室作業に関する記述も多い。まるで写真家本人の目を通したような、解像度の高い緻密な描写には圧倒される。著者によれば、専攻した学科ではカメラ実習が必修とされ、暗室での作業も経験したという。さらに本作を執筆するにあたり、台北にある達蓋爾《ダゲール》銀塩暗房工作室で、今一度現像や引き伸ばしの手順を勉強しなおしたそうだ。

鄧南光が青春を謳歌したモダン都市東京と、植民者である日本人が威信をかけて開発した台北城内、そして旧態依然とした北埔の対比も興味深い。鄧南光はモダンの空気に強く惹かれる一方で、移ろいゆく故郷・北埔にも心を寄せ、シャッターを切り続けた。鄧南光と言えば、日本統治時代の台北の風景や酒家の女性たちを撮った写真に注目が集まりがちだが、実は戦前の客家の生活を記録した功績も大きい。ライカ一台、家一軒とまで言われ、カメラが非常に高価だったあの時代に鄧南光が遺した無数の写真は、今や大変貴重な資料となっている。

そして鄧南光と同時代を生き、彼と交流を持った写真家たちの横顔が描かれるのも、本作の魅力のひとつである。鄧南光と同じく、日本統治時代の台北を記録した写真で知られる李火増、東京写真専門学校（現・東京工芸大学）で学び、台湾初の写真学士としてアポロ写真研究所を設立した彭瑞麟、やはり東京で写真を学び、戦中の台湾と上海を写真に記録した張才、ローライフレックスのカメラを愛用し、鄧南光、張才と共に「撮影三剣客（カメラ三銃士）」と称された李鳴鵰《りめいちょう》、そして、複数のネガを一枚にプリントしたモンタージュ写真で山水画のような写真を生み出し、写真界に衝撃を与えた中国出身の郎静山《ランジンシャン》。また、妻や兄弟といった、ごく身近な存在から見た鄧南光の姿も描かれる。

複数の異なる視点が挿入されることで、物語は時間軸に沿って一方向に進むばかりではなく、行きつ戻りつしたり、時に一方にぶつかって激しく跳ね返ったりしながら、複雑な軌跡を描く。それが作品に厚みと深みを与えている。

同じ手法が、著者のほかの作品にも用いられている。それはあるいは、台湾が多元的な社会であることと関係があるのではないだろうか。

一九九〇年代以降、台湾では住民の構成を表す「四大族群（エスニック・グループ）」という言葉が使われるようになった。四大とは、漢人が移住してくる以前から台湾に暮らしていたオーストロネシア系の原住民族、福建省南部から移住した閩南人《びんなん》（福佬人）、福建省西部や広東省北東部から移住した客家人、そして戦後に中国各地から移住した外省人を指す。近年はここに、新住民と呼ばれる、結婚や出稼ぎを契機として台湾に移住した中国や東南アジア諸国の出身者も加わる。

実は日本統治時代以前から台湾に暮らしていた人びとは、共通の言語を持たなかった。閩南人は閩南語、客家人は客家語、原住民族は各民族の言語というように、それぞれのエスニック・グループは本来違う言語を話していた。そのうち最多数を占めた閩南人の言葉が、現在「台湾語（台語）」と呼ばれているものだ。
それが日本統治時代には日本語が、戦後の中華民国国民党政権下では北京語を基礎とする中国語が「国語」に定められ、それ以外の言語の使用は抑圧ないし禁止された。だが民主化に伴う「本土化」の流れのなかで、この多様性こそが台湾の本質だという考えが広まり、それぞれのグループの言語や文化が尊重されるようになった。

著者もまた、多元的で多様な台湾の有り様を浮かびあがらせるために、複数の異なる視点を描きこむのではないだろうか。著者によって様々な角度から光を照射された台湾は、プリズムのように多面的な輝きを放つ。

戦中、フィルム目当てに青年団に加わった鄧南光と李火増に対して、張才は「二本足の台湾人と四本足の日本人」と吐き捨てる。抗日感情の強かった張才は、暗に日本人を畜生だと蔑み、決して屈しない姿勢を見せた。

日本統治時代に生まれ日本語教育を受けた、いわゆる「日本語世代」の台湾の方から、かつてこんなエピソードを聞いた。日本統治時代、正月に着物を着せてもらい、得意になって街を歩いていたところ、台湾人から閩南語で「三本足《サーカー》」と揶揄されたという。日本人と同等でありたいと願っても、日本人からは「二等国民」として扱われ、台湾人からは四本足の畜生を模す半端な存在として後ろ指を指された、ままならない当時の状況が伝わってくる。

そんななか、張才とは違い、鄧南光はさしたる矜持もなく、政府の方針に唯々諾々と従っているように見える。改姓名が促されれば「吉永晃三」という日本名をつけ、青年団に加入し、台湾総督府登録写真家制度に応募する。だが鄧南光の矜持とは、いかなる状況下であろうとも、写真を撮り続けることだったのではないだろうか。その証拠に、彼はどの時代も決してカメラを手放さなかった。

　本書にこんな場面がある。カメラに魂を抜かれてしまうのではないかと恐れる老人に、鄧南光が言う。

「それは日本のカメラです、質が悪いからそうなるんです。僕のこのカメラはドイツ製です。魂を抜き取ることはありませんから、安心してください」

　日本の植民地に被植民者として生きた時代も、鄧南光はカメラを通じて日本を飛び越え、世界と直接つながっていたのだ。歴史のうねりに翻弄され、抑圧を受けながらも、もはや一心同体となったカメラを手にして心の赴くままにシャッターを切ることが、鄧南光の魂に翼を生やし、自由な飛翔を可能にしていたのである。


　鄧南光の写真集を手にした翌年、縁あって長男の鄧世光氏とお会いする機会に恵まれた。その後、本書の原作となる『南光』が刊行され、邦訳を担当することになったと連絡をすると、大いに喜び、親切にもご自宅で鄧南光が実際に使っていたライカやスパイカメラを見せてくださった。鈍く光るライカに触れた時、古い木箱のカメラに指が触れた瞬間の鄧南光と同じように、心の震えを感じた。

　さらに翻訳作業に入ったあと、これまた不思議なめぐりあわせで、とある方から鄧南光に関する書籍を大量に譲っていただいた。作品に登場する写真のほとんどが手元にそろった状態で作業ができたのは幸運だった。

　鄧南光が生まれ育った北埔の町にも足を運んだ。決して便がよいとは言えない山あいの小さな町ではあるが、そここに歴史や文化を感じさせるスポットが点在し、歩くのが楽しい。町はずれの柑園に建てられた鄧家の別邸は、二〇〇六年に歴史建築に登録され、二〇〇九年より「鄧南光影像紀念館」として一般公開されている。鄧南光が町の明かりを見ながら物思いに耽ったバルコニーも残されている。

翻訳にあたっては、著者の朱和之氏にもお時間を頂戴し、「南光写真機店」があったあたりを案内していただいたうえ、様々な質問にもお答えいただいた。それはたとえばフィルムの現像に関する単純な疑問から、誰が誰を「本島人」と呼び、誰が誰を「台湾人」と呼ぶかという問題まで多岐にわたる。根気強くお付き合いいただいたおかげで、およそ十四万字という言葉の大河を泳ぎ切ることができた。本書のごく一部に原書と違う部分があるのは、この対話の結果であることをご了承願いたい。

また本稿で台湾の多様性について触れたが、『南光』にも日本語、客家語、台湾語、中国語が登場する。時代や発話者に応じてルビの振り方を変えるなどの工夫はしたが、それらすべてを厳密に訳し分けることまではできなかった。代わりに原文から発話者それぞれの個性を想像して訳出している。

最後になるが、「アジア文芸ライブラリー」の生みの親でもある春秋社の荒木駿氏には、時宜を得たサポートと丁寧な校正をしていただいた。荒木氏が綴った同ライブラリー刊行の辞には、胸を打たれた。本書がそのうちの一冊に並ぶことを心から嬉しく思う。

二〇二四年三月

中村加代子

イラスト：柳智之

Leitz Elmar f=5cm

◈ 著者略歴

朱和之（しゅ　わし）

Chu He-Chih

1975年生まれの台北人。現代台湾で注目を集める作家の一人。歴史的な主題から台湾の多様性を描いて社会問題を探求することを得意とする。2020年に『南光』（印刻、2021年）で羅曼《ロマン》・羅蘭百萬《ロランミリオン》小説賞を受賞。2016年には「佐久間総督の太魯閣蕃討伐」を描いた『楽土』（聯経、2016年）で全球華文文学星雲賞長編歴史小説賞の大賞を受賞。同賞創設以来、第六回にして初の大賞受賞者となる。2023年にも終戦直後の様々な民族の境遇を描いた『當太陽墜毀在哈因沙山』（印刻、2024年）で同大賞を受賞し、最も栄誉ある文学賞を三度にわたって受賞する快挙を遂げる。2022年にはアイオワ国際創作プログラム（IWP）に招聘される。その他に『風神的玩笑——無郷歌者江文也』（印刻、2020年）、『逐鹿之海——一六六一台湾之戦』（印刻、2017年）など10を超える作品がある。

◈ 訳者略歴

中村加代子（なかむら　かよこ）

Nakamura Kayoko

1980年東京生まれ。ライター、翻訳者。慶應義塾大学大学院社会学研究科修士課程修了。谷中・根津・千駄木界隈の本好きの集まり「不忍ブックストリート」の実行委員として、2006年より「一箱古本市」の運営や「不忍ブックストリートＭＡＰ」の編集に携わる。2017年に発足した、台湾の本に関する情報を日本に発信するユニット「太台本屋 tai-tai books」の一員。訳書にハリー・チェン『台湾レトロ氷菓店——あの頃の甘味と人びとをめぐる旅』（グラフィック社、2019年）、陳柔縉『台湾博覧会1935 スタンプコレクション』（東京堂出版、2020年）がある。

Photo：鄧南光（Te Nan-Kua）

南光《なんこう》

アジア
文芸ライブラリー

二〇二四年五月二〇日　初版第一刷発行

著者　朱 和之
訳者　中村加代子
発行者　小林公二
発行所　株式会社 春秋社
〒一〇一―〇〇二一
東京都千代田区外神田二―一八―六
電話　〇三―三二五五―九六一一
振替　〇〇一八〇―六―二四八六一
https://www.shunjusha.co.jp/
印刷・製本　萩原印刷 株式会社
装幀　佐野裕哉
装画　柳 智之
定価はカバー等に表示してあります

Printed in Japan, Shunjusha. ISBN 978-4-393-45506-7

アジア
文芸ライブラリー

刊行の辞

わたしたちの暮らすアジアのいままでとこれからを考えるために、春秋社では新たなシリーズ〈アジア文芸ライブラリー〉を立ち上げます。アジアの歴史・文化・社会をテーマとして、文学的に優れた作品を邦訳して刊行します。

これまでも多くの海外文学が日本語に訳され、出版されてきましたが、それらの多くが欧米の作品か、欧米で高く評価された作品です。アジア各地でそれぞれに培われてきた文学は、一部の人気ある地域のものを除けば、いまだ多くの優れた作品が日本の読者には知られていません。アジア文学という未知の沃野を切り拓き、地理的に近いだけでなく、文化的、あるいは歴史的にも深いつながり——侵略や対立の歴史も含めて——を持つ国々の人びとが、何を思い、どのような言葉で思考し、暮らしてきたのか、その轍をたどりたいと思います。

現代では遠く離れた国のことでも、分かりやすく手短にまとめられた知識が簡単に手に入るようになりました。氾濫する情報の波に手を伸ばせば、深い思考や慎重な吟味を経ずとも、簡単に他者や他国のことを理解したつもりになれます。世の中を白か黒かに分けて見るような、紋切り型で不寛容な言葉の羅列も、昨今では目に余ります。しかし、他者を理解することは、文化も歴史も異なる地域の人びとであればなお、容易なことではないはずです。

単純化された言葉や、誰かがすでに噛み砕いてくれた言葉では、複雑で御しがたい現実に向き合うことはできません。出来合いの言葉を使い捨てにするのではなく、自らの無知を自覚し、立ち止まって考えるために、今まさに文学の力が必要です。文学を通して他者への想像力を持ちつづけることで、平和の橋をつないでゆきたいと思います。